Das Buch

Rosa Reich genießt ihr neues Dasein als Gartenplanerin. Ihr Team ist eigenwillig, aber tüchtig, Mops Archie freut sich seines Lebens, und sogar eine neue Liebe ist in Sicht. Alles scheint perfekt, bis Rosa den Auftrag erhält, den Außenbereich des Clubrestaurants eines Bonner Golfplatzes zu verschönern. Ausgerechnet während ihrer Arbeitszeit wird die Leiche eines Golfspielers gefunden. Zu Rosas Bestürzung ist der Tote ein ehemaliger Schüler von ihr, weshalb ihr der Fall keine Ruhe lässt. Undercover ermittelt sie auf dem Golfplatz. Verdächtige für den Mord gibt es genug: überambitionierte Spieler, den grimmigen Greenkeeper, die eifersüchtige Fitnesstrainerin, den spanischen Golflehrer … Als Archie einen wichtigen Hinweis erschnüffelt, bekommt der Fall eine neue Wendung. Um den Mörder zu enttarnen, muss Rosa alles aufs Spiel setzen …

Die Autorin

Kristina Hortenbach wurde 1969 in Bonn geboren, wo sie auch ziemlich lange studierte. Durch ein Volontariat landete sie beim Südwestrundfunk in Baden-Württemberg. Als »Frl. v. Hochtenbach« brachte sie den Hörern Schwäbisch bei. Seit vielen Jahren ist sie als Promireporterin für Radio und Fernsehen unterwegs und jeden Freitag in der TV-Sendung »Kaffee oder Tee« zu sehen. Seit ihrer ersten selbst gezogenen Möhre im Reihenhausgarten liebt sie alles, was wächst und blüht. Obwohl sie eher die grüne Faust hat, begleiten sie seit Jahren ein Olivenbaum, ein Oleander und ein Hibiskus.

KRISTINA HORTENBACH

GRÜN
IST DER
TOD

Ein Garten-Krimi

WILHELM HEYNE VERLAG
MÜNCHEN

Penguin Random House Verlagsgruppe FSC® N001967

2. Auflage
Originalausgabe 05/2024
Copyright © 2024 dieser Ausgabe
by Wilhelm Heyne Verlag, München,
in der Penguin Random House Verlagsgruppe GmbH,
Neumarkter Str. 28, 81673 München
Dieses Werk wurde vermittelt durch die litmedia.agency, Germany.
Redaktion: Michelle Stöger
Umschlaggestaltung: zero-media.net unter Verwendung
von Alamy Stock Foto (Ron Sunners), FinePic®, München
Satz: Satzwerk Huber, Germering
Druck und Bindung: GGP Media GmbH, Pößneck
Printed in Germany
ISBN: 978-3-453-42816-4

www.heyne.de

Beim Golfen geht es nicht um Leben und Tod –
es geht um mehr!
Schottische Weisheit

Wenn es im Inneren eines Menschen
eine dunkle Stelle gibt –
beim Golf tritt sie zutage!
Paul Gallico, amerikanischer Schriftsteller

Watt soll dä Quatsch?
Willy Schmitz zitiert das Rheinische Grundgesetz, Artikel 10

Kapitel 1

Rosa trat auf die Bremse und bog mit Schwung von der Landstraße auf den unbefestigten Feldweg ab. Ihr Mops Archie auf dem Beifahrersitz hüpfte wie Buddha auf dem Trampolin. *Hier musste es irgendwo sein.*

»Gleich hinter der Belustijungsgrünfläsche für Besserverdienende«, blökte Willy aus dem Smartphone in der Handyhalterung.

»Wenn du den Golfplatz meinst, da bin ich gerade dran vorbei.«

Rosa parkte am Wegesrand, nahm Archie an die Leine und ihr Smartphone ans Ohr.

»Und vergiss den Korb nicht«, rief ihre Mutter Roswitha aus dem Telefon. »Bloß keine Plastiktüte, wegen der Giftstoffe!«

»Ja, Mama, weiß ich doch. Ich bin schließlich Biologielehrerin und nicht zum ersten Mal unterwegs. Ich *war* Biologielehrerin«, verbesserte sich Rosa lächelnd. »Ich glaube, hier bin ich richtig, ich sehe schon den Wald, bis später!« Sie hörte noch Willys »Studieren jeht über krepieren!«, bevor sie ihr Handy wegsteckte. Eine gefühlte Schulstunde blieb ihr noch vor ihrem Termin nebenan im Golfclub, hoffentlich genug Zeit, um ihr Herzstück für das Abendessen zu finden: Morcheln. Der Name dieser Frühlingspilze erinnerte Rosa jedes Mal an ihre zweite große Leidenschaft neben der Natur: Krimis! In den Büchern, die sich auf ihrem Nachttisch stapelten, war allerdings eher vom Meucheln die Rede. Sie zückte ihr Pilzmesser. Gleich würde es den Speisemorcheln an ihr Hütchen gehen. Mit etwas Glück warteten dort im Wald auch die kleineren Käppchenmorcheln auf sie, und wenn es ein richtig leckeres Essen für ihren ehemaligen Kollegen Karl werden sollte, dann müsste sie, den schnuppernden Archie zu ihren Füßen, gleich auch noch Morchelbecherlinge finden, diese dunkelbraunen Wülste mit dem hellen Rand, die aussahen wie Ohrmuscheln – oder halt Becher. Die rochen zwar fies nach Aufsicht beim Schulschwimmen, aber schmeckten so lecker würzig nach dunkler Soße, dass sie eine Bereicherung für jedes Essen waren.

Rosa bog in den Wald ein, das Schild ›Privatweg‹ hatte sie fast gar nicht gesehen. Und damit sie auch niemand auf unbefugtem Gelände erwischen konnte, kam sie lieber freiwillig vom rechten Weg ab und stiefelte gleich in den dichteren Wald, während sie Ausschau nach Ulmen hielt, unter denen sich die Meuchel-Morcheln besonders gern versteckten. Da war doch schon was! *Kann das ein früher Maipilz sein?* Rosa griff nach dem bräunlichen runden Kopf, der sich erstaunlich hart anfühlte. *Aber wo kommen diese Einbuchtungen auf der Oberfläche her?* Rosa nahm das Objekt in die Hand und betrachtete es eingehend. *Reingefallen*, dachte sie und musste beim Anblick des goldenen Golfballs grinsen. Als eine Stimme an ihr Ohr drang, steckte sie den Ball schnell in ihre Jackentasche, zog einen Hundekeks aus der anderen, um Mops Archie abzulenken, und verbarg sich hinter einem Baum, den ihr ehemaliges Lehrerinnenhirn als Esche identifizierte.

»Das kannst du doch nicht machen. Mitten im laufenden Projekt. Was soll ich den Kunden erzählen?«

Rosa lugte hinter dem Baum hervor. Vorne auf dem Weg, einige Bäume vor ihr, stand ein Mann in Sportkleidung und rief aufgeregt in sein Smartphone, so laut, dass Rosa kein Problem hatte, jedes Wort mitzuhören.

»Was? Ab sofort? Spinnst du? Halt, halt, warte, ich …« Er hatte sein Handy vom Ohr genommen und war einen Moment still, bevor er »Verdammte Scheiße!« brüllte. Fast hätte Rosa rübergerufen, ob er gerne nachsitzen möchte. Archie schaute zu erschrocken, um einen Mucks von sich zu geben, als eine zweite Person auftauchte. Sie trug Hut und Jacke und hatte ein langes Gerät in der Hand, das in Rosas Augen weniger nach Gewehr als nach Gartenwerkzeug aussah. Wenn er etwas gesagt haben sollte, so war es zu leise, um es zu verstehen. Der Sportler drehte sich zu dem Mann um und schien zu diskutieren. Rosa hörte ›Privatweg‹, ›Geht Sie gar nichts an‹ und immer wieder ›Verdammte Scheiße‹ heraus. Sie rührte sich nicht. Das roch nach Ärger. Der Sportler machte einen Schritt auf den Mann mit Hut zu und stieß ihn weg. Der andere stolperte und hob den Arm.

»Lassen Sie mich gefälligst in Ruhe!«

Die letzten Worte hatte die kurze Sporthose gebrüllt. Rosa hielt die Luft an und streichelte mechanisch Archie. *Kannte sie diesen Mann?* Vorsichtig lugte sie hinter dem Baum hervor. Der Mann im Sportdress fauchte noch ein »Ich warne Sie!«, dann drehte er sich um und rannte weg. Der Hutträger mit dem Gartengerät sah ihm noch einen Moment nach, dann verschwand auch er, wie er gekommen war. Erleichtert holte Rosa Luft, während Archie sein Bein hob.

»Halt«, rief sie leise und zog ihren Hund vom Baum weg. Denn zwischen den Blättern hatten ihre kurzsichtigen Augen etwas Braunes ausgemacht. Wenn das keine Meuchel-Morcheln waren!

Kapitel 2

»Die strahlen wie das blühende Leben. Ich kann gar nicht verstehen, warum sie Totenblumen genannt werden.«

Andreas Krawinsky kniete am Fuße eines Kugelahorns und schaute zu seiner Kollegin rüber. Rosa steckte bis zu den Ellenbogen im hölzernen Blumenkasten, während ihr Mops Archie an den gelben Blüten in den Töpfchen schnupperte, die darauf warteten, ebenfalls eingepflanzt zu werden.

»Dann sag doch einfach Studentenblumen. Ich habe die schon geliebt, als ich selbst noch Studentin war.«

»Was höchstens drei Tage her sein kann.«

Mit einem Lächeln erwiderte Rosa das Kompliment des Baumschulbesitzers, ihr Samenlieferant und Berater für Großhölzer. Sie hatte noch keine Zeit gehabt, ihm von ihrem morgendlichen Erlebnis im Wald zu berichten, gerade noch rechtzeitig hatte sie es zu ihrem gemeinsamen Pflanztermin im Golfclub geschafft.

»Ich habe noch nie verstanden, warum ausgerechnet Blumen für den Tod stehen sollen. Mich erinnern einige Sorten eher an diese puscheligen Pompons der Funkemariechen.« Andreas trat ein paar Schritte zurück und betrachtete seine zwei neu gesetzten Ahorne vor dem Restaurant des Golfclubs. Die alten hatte der letzte Sturm zerlegt.

»Manche riechen auch wie ein Funkemariechen an Aschermittwoch. Daher nennen sie einige Leute liebevoll Stinker.«

Rosa kicherte. »Aber ihr wissenschaftlicher Name ist Tagetes. Die Mexikaner nehmen die gerne für ihren Totentag. Als ich meinem alten Freund Karl von unserer heutigen Arbeit berichtete, erzählte er mir, dass die Toten das Gelb der Tagetes besonders gut sehen können. Es zeige ihnen den Weg zu den Totengaben. Behaupten jedenfalls die Mexikaner. Die machen eine richtige Party mit den Toten! Dagegen ist unser Allerheiligen eine lahme Veranstaltung.«

»Die Lehrerin in dir hast du noch nicht abgelegt, was?« Andy grinste sie an. Rosa richtete sich auf.

»Das wird wohl noch eine Weile dauern. Was ich eigentlich sagen wollte: Ich dachte einfach, dass sich Gelb am besten vor dem großen Grün hier macht.« Rosa blickte über die in ihren Augen perfekt getrimmte Rasenfläche, die sich vor ihnen ausbreitete. »Was bin ich froh, dass ich heute nur das Restaurant aufpeppe und nicht den Rasen mähen muss. Am Wochenende steigt hier ein großes Turnier, da sollen Restaurant und Tische für die Siegerehrung hübsch aussehen, meinte die Clubchefin am Telefon.« Rosa zog ihren Autoschlüssel aus den Tiefen ihrer grünen Latzhose und lief zurück zum Auto, um weitere Blumen aus ihrem Mini zu holen. Ihre Mutter Roswitha hatte die Gestecke heute früh in der Gärtnerei fertig gemacht, lachsfarbene Rosen und himmelblaue Vergissmeinnicht, passend zu den Clubfarben.

»Das ziehe ich dir vom Lohn ab.« Die grauhaarige Frau, die eine große Kiste aus dem Kofferraum eines SUVs hievte, sah zerknirscht aus. Sie beschimpfte auf dem Parkplatz ein junges, blondes Mädchen, das sich nervös die blonden Locken aus dem Gesicht strich. *Waren denn heute alle auf Streit programmiert?* Sie musste ihre Mutter fragen, ob die Sterne ungünstig standen. Rosa packte die Palette mit den Tischgestecken aus ihrem Wagen und lief zurück zur Terrasse des Clubrestaurants. Sie pfiff ihren Mops mit dem Namen aus dem britischen Königshaus zurück, bevor der hier draußen den wenigen Restaurantbesuchern an den ordentlich gedeckten Tischen noch die Füße ableckte. Oder – noch schlimmer – die Golferinnen und Golfer aus ihrer Ruhe brachte.

»Wie groß ist eigentlich die Wahrscheinlichkeit, von einem Golfball getroffen zu werden?« Rosa stellte die Kiste mit den Blütengestecken auf einen der Restauranttische und blickte fragend in das Gesicht ihres Kollegen, als befinde sie sich noch im Klassenzimmer. *Der Bart steht ihm gut,* fuhr es ihr durch den Kopf, *endlich haben wir mal wieder einen gemeinsamen Termin!* »Nur so als Frage«, schob sie hinterher, »dann bringe ich nächstes Mal meinen Fahrradhelm zur Arbeit mit.«

»Vermutlich größer, als wir denken. Ich habe gelesen, dass Golf eine der gefährlichsten Sportarten der Welt ist.« Andreas Krawinsky zog die Arbeitshandschuhe aus und schien sich sichtlich darüber zu freuen, dass er endlich andere Themen hatte als das Vertreiben von Stinkwanzen und die Herstellung von Brennnesselsud.

»Weil sich Golfer zu Tode ärgern, wenn sie verlieren?«

»Eher, weil sie vom Blitz getroffen werden. Du läufst schließlich den ganzen Tag durch die Pampa, und die Schläger leiten sehr gut. Ein kleines, plötzliches Sommergewitter und schon wirst du dahingerafft. Ist vor einigen Jahren einer Damenrunde mitten in Deutschland passiert. Keine schöne Vorstellung.«

»Verstehe. Wenn du jemanden loswerden willst, schickst du ihn auf den Golfplatz.« Rosa grinste. »Donald Trump spielt doch auch Golf. Vermutlich hat das seine Frau eingefädelt.«

Schweigend arbeiteten sie eine Weile nebeneinander, bis Andy seine Sachen zusammenpackte. »Ich fühle mich zwar gerade mit dir wie Adam und Eva im Garten Eden, aber ich glaube nicht, dass es hier immer so friedlich zugeht.« Das Thema Gewalt und Golf schien ihn nicht loszulassen. »Wer weiß, vielleicht hauen sich Golfspieler auch die Schläger um die Ohren.«

»Und das weißt du so genau, weil du nicht nur Bäume pflanzt und Gitarre spielst und dein Haus selbst baust, sondern nebenbei auch noch Golfprofi bist.«

»Nee, ich hatte mal 'ne Freundin ...«

»Ah ja.« Dass Andy geschieden war und eine erwachsene Tochter hatte, wusste Rosa. Über weitere Frauen in seiner Vergangenheit wollte sie sich nicht den Kopf zerbrechen. Zumindest jetzt nicht. Auch Andy wechselte plötzlich das Thema.

»Ob wir hier schon was zu essen bekommen? Ich könnte ein Pferd verdrücken. Oder wie der Rheinländer sagt: Sauerbraten.«

Rosa versuchte mit zusammengekniffenen Augen die Tagesangebote auf der Tafel neben dem Eingang zu entziffern, vor der gerade die junge, blonde Frau kniete und mit Kreide etwas ans Ende schrieb.

»›Weiner Schnitzel mit Bommes‹? Na, als Lehrerin ist mir auch gleich nach Weinen zumute bei solchen Rechtschreibfehlern. Willy würde sagen, die sollten hier mehr Buchstabensuppe essen. Ich glaube allerdings, hier ist eher die Gegend für Fitnesssalate. Damit die Golfer anschließend wieder munter über die Wiese springen und ihr Täschchen tragen können.«

»Das heißt Bag. Dafür gibt's die Trolleys, Wägelchen würdest du sagen. Sieht aber doch gut aus, was die da auf dem Teller hat.« Andy deutete unauffällig auf die Frau im lachsfarbenen Poloshirt, die allein am großen Tisch beim Essen saß.

»Schweinemedaillons mit Kartoffelpüree und dicken Bohnen. Kann ich empfehlen«, rief die Frau rüber, als sie bemerkte, dass sie beobachtet wurde, und prostete ihnen mit einem Glas Weißwein zu, das ihr die junge Bedienung mit den blonden Locken gerade gebracht hatte.

»Danke!« Rosa hob grüßend die Hand und murmelte dann ein »Die spielt heute aber auch nicht mehr« in Andys Richtung, während sie die frisch bepflanzten Blumenkästen wässerte und ihr Gartenwerkzeug zusammenpackte.

»Du würdest dich wundern, wie viel beim Golfen gesoffen wird.« Andy griff nach ihrem Sack Erde. »Ich glaube ja sowieso, dass Golfen nur erfunden wurde, um sich zwischen den ganzen Mahlzeiten und Trinkgelagen die Beine zu vertreten. Vorschlag: Ich trage schon mal unsere Sachen ins Auto und du fragst den Koch, ob es ein Mittagsangebot gibt, sonst verfuttern wir gleich unser ganzes schwer verdientes Geld. ›Weiner Schnitzel‹ oder so.« Beim Stichwort Futter begann Archie mit dem Schwanz zu wedeln. Rosa steuerte mit ihm auf den Mann mit den strubbeligen grauen Haaren zu, dessen Bauch so dick war, dass die schwarze Kochjacke spannte. Er schien den gesamten Eingang zum Restaurant einzunehmen.

»Sie sehen mir nach Gambas-Teller aus, junge Frau. Frisch eingetroffen. Gibt's auch mit grünem Spargel an der Nudel, hahaha.«

Hat der Kerl einen Büttenredner gefrühstückt, oder atmet er in seiner Küche giftige Dämpfe ein? Rosa tadelte sich insgeheim für ihre zynischen Gedanken, die eindeutig von zu viel Zeit mit Willy zeugten.

»Ihr Sportskollege sieht mir mehr nach Rievkooche mit Sauerrahm aus. Getrüffelt natürlich.« Er zwinkerte ihr zu. »Reibekuchen, wie der Immi so sagt, also der Zugezogene, hehehe.«

»Winnie, jetzt bring unseren Gästen erst mal die Speise-karte. Und hast du schon mal einen Golfer in Latzhosen und Gummistiefeln gesehen? Eben. Frau Reich, setzen Sie sich doch zu mir, das ist zwar der Golfers Table, aber heute ist nicht viel los.« Die Frau im Poloshirt rückte auf der Bank zur Seite und winkte Rosa zu sich. »Sie hatten heute früh sicherlich mit Sil-via Görgen, der Frau des Kochs zu tun. Aber von mir haben Sie den Auftrag bekommen, wir hatten telefoniert, Schäfer-Schlaf-fer.« Die Frau reichte Rosa die Hand über den Tisch. Die Glä-ser ihrer Sonnenbrille, die sie in die halblangen, braunen Haare geschoben hatte, leuchteten in Regenbogenfarben. »Aber sagen Sie einfach Tanja zu mir. Wunderschön sehen Ihre Blumenkäs-ten aus. Und endlich haben wir neue Bäume, Herr …«

»Andreas Krawinsky, für Sie Andy.« Rosas Kollege war zu-rück mit einer Gesichtsfarbe, die der Clubfarbe ähnelte, be-merkte Rosa überrascht, was vermutlich nicht am festen Hän-dedruck der Frau lag. Sie hatten also die Chefin des Golfclubs vor sich.

»Wir suchen übrigens immer neue Mitglieder«, fuhr Tanja Schäfer-Schlaffer fort und blickte Andy dabei tief in die Au-gen. »Golf ist ein Sport, den man bis ins hohe Alter ausüben kann, wie Sie sehen«, wandte sie sich an Rosa und wies dann zu der Gestalt, die sich ihnen von der weiten Rasenfläche her näherte. Rosa kniff die Augen zusammen und erkannte, dass sie wild mit den Armen fuchtelte. Sie schien etwas zu rufen, das allerdings nicht verständlich war.

»Das ist Fritz, einer unserer ältesten Spieler. Schauen Sie, wie der noch laufen kann. So aufgeregt habe ich ihn allerdings das letzte Mal gesehen, als er 1975 den Herrencup gewonnen hat. Auf einem Foto natürlich, das war vor meiner Zeit. Er wird doch kein Hole-in-One gespielt haben?«

»Mit nur einem Schlag eingelocht«, warf Andy ein. »Oder wenigstens ein Birdie.«

»Mit einem Schlag weniger eingelocht als vorgegeben«, ergänzte die Clubpräsidentin. »Oder vielleicht sogar ein Eagle? Haben wir nicht so oft.«

»Zwei Schläge weniger als auf der Bahn vorgesehen«, erklärte Andy, »das nennt man Adler.«

»Danke, des Englischen bin ich durchaus mächtig.« Für Rosas Geschmack wurde es langsam doch ein bisschen zu viel Insider-Golf-Pingpong, das Andy hier mit dieser Tanja spielte.

»Das weiß ich doch. Apropos England – wann geht's mit Karl wieder auf Musicalreise nach London?«

Aber Rosa hatte keinen Sinn für Freizeitgeplauder, sie starrte auf das Männchen, das über den weiten Rasen gestolpert kam, so schnell es seine dünnen Beine trugen.

»Vielleicht ist etwas passiert?« Sie sprang auf und ging Fritz entgegen, der schwer atmend mit seinem Sonnenhut wedelte und rief: »Schnell, schnell, da hinten … da … da liegt einer …«

»Waaas?« Jetzt sprang auch Tanja Schäfer-Schlaffer auf, während Archie aufgeregt kläffte.

»Neben Bahn zwei, kurz hinterm Abschlag«, keuchte der alte Mann, den Rosa spontan in die gleiche Altersklasse wie ihre Mutter steckte. Aber modisch war er ihr in seinen rot karierten Hosen weit voraus. »Da neben dem Weg … ich weiß doch auch nicht … Hana und Manfred sind noch da …«

»Ist was mit Manni?« Die Clubchefin wurde blass unter ihrer Golferinnenbräune. »Er hat doch immer zu hohen Blutdruck.«

»Was? Nein. Da, da …« Das Männchen zeigte mit zitternden Armen über die Wiese. »Da liegt ein Mensch. Ich … ich glaube, der … der … der ist tot.«

»Was? Wer? Ein Spieler? Hat ihn der Schlag getroffen?«

»Nein!« *Spieler Fritz wirkt nach seinem Sprint um Jahre gealtert, wenn man das in seinem Alter überhaupt noch sagen kann,* dachte Rosa. »Nein«, wiederholte Fritz und ließ sich auf den nächstbesten Stuhl sinken. »Ich glaube, das ist einer aus dem Club. Und den hat nicht der Schlag getroffen, sondern Mannis Ball!«

Kapitel 3

»Ist zufällig ein Arzt hier?«, rief Clubchefin Tanja Schäfer-Schlaffer ins Restaurant, das bei dem schönen Wetter mitten in der Woche allerdings menschenleer war. Die wenigen Gäste auf der Terrasse schauten nur betroffen.

»Ich kenne mich mit Erster Hilfe aus,« meldete sich Rosa zu Wort und überlegte, wann sie das letzte Mal einen Erste-Hilfe-Kursus an ihrer Schule mitgemacht hatte. Während einer der Projektwochen musste das gewesen sein. Hoffentlich versagte sie nicht bei einer Herzdruckmassage. Ach was, eine Lehrerin vergisst nichts, beruhigte sie sich.

»Also gut, kommen Sie mit. Ich hole nur schnell den Defibrillator, der hängt draußen am Büro.« Die Clubchefin griff ihre Kappe und sprintete los. »Winnie, du rufst den Notarzt!« Wenig später folgte ihr Rosa über die akkurat geschnittene Rasenfläche, Archie auf dem Arm, Andy im Schlepptau. *Es ist nie verkehrt, einen starken Mann dabeizuhaben.* Nach einem Spurt, wie ihn Rosa zum letzten Mal hingelegt hatte, als sie Finja aus der 9c beweisen wollte, dass man auch mit Plattfüßen durchaus in der Lage war, schnell zu laufen, erreichten sie hohes Gras. Mit einem Hüpfer über Wiesenkerbel landete Rosa auf einem Bett aus Waldmeisterpflanzen und vertrieb den Gedanken, dass es mal wieder Zeit für ihren Waldmeister Secco wurde – bei einer ihrer abendlichen Scrabble-Runden mit Karl.

Dann sah sie auch schon den Mann auf dem Boden. Er lag auf dem sandigen Fußweg, der direkt neben dem Golfplatz entlangzuführen schien, auf dem Bauch. Sein Kopf war seitlich verdreht, sodass Rosa in seine aufgerissenen stumpfen Augen sehen konnte. Sie erschrak. Das war der Weg, von dem sie heute Vormittag aus in den Wald gestiefelt war. Und das war der Mann, den sie heimlich beobachtet hatte. Rosa war entsetzt. Gerade eben hatte dieser Mensch noch lautstark geschrien und sich gestritten. Jetzt war er eindeutig tot. Und nicht nur das. Sie bückte sich. Die kurzen blonden Haare des Mannes hatten am Hinterkopf eine dunkelrote Färbung angenommen. Das sah ihr nicht nach Herzinfarkt aus. Rosa fuhr zurück. Irgendetwas an diesem Gesicht kratzte an ihrer Erinnerung. War sie diesem Mann schon einmal begegnet? Ihr Blick wanderte tiefer. Am Hals des Toten war eine schmale, rote Linie zu erkennen. So, als hätte eine Kette eine Spur, eine Verletzung hinterlassen. Aber der Mann trug keine Kette. War er etwa erdrosselt worden? Oder hatte er seine Kette verloren? Vielleicht bei einem Kampf? Rosa setzte Archie auf den Boden. Der Mops fing sofort an, den sandigen Weg entlang zu schnuppern bis zum hohen Gras am Rand, wo er an einem Buschwindröschen sein Bein heben wollte. Bloß nicht den Tatort kontaminieren, wollte Rosa ihm zurufen und zog an der Leine. Was nichts half. Genervt machte sie einen Schritt ins Gras und stockte. *War das ein Pilz, oder lag dort schon wieder ein Golfball?* Während alle auf die Leiche am Boden starrten, bückte sie sich und schaute sich den Ball genau an. Sie sah ein aufgemaltes blaues Kreuz auf der weißen Oberfläche. *Nichts anfassen!* Rosa richtete sich auf und blickte in die Runde. Wenn ihr Hirn auch gerade in ihrer Vergangenheit wühlte – noch wusste sie nicht, wer dieser Mensch war und wie er zu Tode gekommen war. Aber sie war sich sicher: Dieser Mann war ermordet worden.

. . .

»Egal, was ihr denkt, ich war das nicht.« Die Stimme kam von der menschgewordenen Neonreklame, die neben dem Toten kniete. Zum orangefarbenen Poloshirt trug der Mann eine giftgrüne Hose, die zum Schweißgeruch passte, der sich unerbittlich in Rosas Nase festsetzte. Er sah verzweifelt aus, als er sich erhob.

»Was ist passiert?« Die Golfclubchefin stürzte herbei, unterließ aber jegliche Wiederbelebungsversuche nach einem Blick auf das Opfer.

»Manfred hat endlich mal getroffen.« Schmale, stechende Augen unter einer weißen Schildkappe schauten in die Runde, triumphierend kam es Rosa vor. Wo bei einer gängigen Baseballcap das Kopfteil war, quoll bei der Frau schwarzes Haar aus der Kappe und türmte sich auf. Sie hatte noch immer einen Golfschläger in der Hand. Rosa bemerkte den Schriftzug ›No.1‹ auf ihrem Shirt.

»Um Gottes willen, Hana«, ermahnte sie die Clubchefin, »jetzt ist wirklich nicht der richtige Moment für deinen Sarkasmus. Wo bleibt denn der Notarzt?«

»Egal wie schnell, er kommt zu spät.«

Rosa unterdrückte den Impuls, sich einzumischen, und lauschte interessiert Tanja, die die Befragung aufnahm, wie sie es selbst gerne getan hätte.

»Wie konnte das passieren? Hier liegt ein … ein toter Mann neben unserem Golfplatz.« Die Clubchefin blickte der Frau mit den asiatischen Zügen entsetzt ins Gesicht. Die zuckte mit den Schultern. Der Anblick eines Toten, der plötzlich während der Ausübung ihrer Freizeitbeschäftigung auftauchte, schien sie nicht sonderlich aus der Ruhe zu bringen. Aber bekanntlich konnte sich ein Schock auf unterschiedliche Weise äußern.

»Mich musst du nicht fragen, ich war schon beim Einlochen, da sehe ich doch nicht, was die Jungs hinter meinem Rücken treiben, die brauchen ja immer so lange.«

»Manfred.« Tanjas Stimme nahm einen weichen Zug an, während sie von einem zum anderen blickte. Neben Andy kam sich Rosa vor wie eine Zuschauerin bei einem schlechten Krimidinner. *Fehlten nur noch die Häppchen.* Dass sie den Mann vor wenigen Stunden noch ziemlich lebendig gesehen hatte, verschwieg sie lieber erst mal. Schließlich war sie unbefugt auf Privatgelände unterwegs gewesen.

»Ich weiß doch auch nicht.« Manfred klang weinerlich, was nicht zu seiner Körpergröße passen wollte. *Ein Mann wie ein Baum, aber ein Ego wie ein Bonsai,* kam Rosa in den Sinn. »Ich dachte, ich hätte meine Schläge mit dem Siebener-Eisen langsam im Griff, aber wie so oft flog der Ball nicht dorthin, wo ich wollte, und als ich ihn suchen ging, da …«

»Hast du denn nicht gesehen, dass jemand auf dem Weg lief? Warum hast du nicht ›Fore‹ gerufen? Hast du die einfachsten Regeln vergessen?«

Der große, braun gebrannte Mann sah nicht annähernd so selbstbewusst aus, wie es seine grellbunte Kleidung vermuten ließ. Die Stimme seiner Chefin brachte den Baum von Mann bald zum Fallen, dachte Rosa, während Manfred immer weiter »Ich war das nicht« murmelte.

»Und wo warst du überhaupt, Fritz?« Der Angesprochene nestelte hinter seinem Ohr herum. Rosa tippte auf Hörgerät. »WO WARST DU?«

»Der keuchte hinterher«, mischte sich Hana ein, bevor der alte Mann mit den karierten Hosen antworten konnte. »Du weißt doch – Fritz ist immer mit seinem alten schweren Bag unterwegs, aus dem letzten Jahrhundert, genau wie er selbst. Spart sich das Geld für einen Trolley vermutlich für neue Bälle, so viele wie der verschlägt. Nix für ungut, Sportsfreund, aber so ist es doch.« Hana lächelte den alten Mann an. Ein falsches Lächeln, urteilte Rosa.

»Das ist ein Erbstück«, rechtfertigte sich Fritz.

»Warum helfen Sie ihm nicht beim Tragen?« Für ihren Zwischenruf erntete Rosa einen Blick von der Asiatin, der nicht tödlicher hätte sein können als ein Golfball auf schiefer Bahn.

»So geht das Spiel nicht. Außerdem lässt er da keinen ran. Wer sind Sie eigentlich? Schon wieder ein neues Mitglied?« Hana wandte sich mit finsterem Blick an Tanja.

»Das ist Rosalinde Reich, die Gärtnerin, sie bringt gerade die Terrasse unseres Restaurants auf Vordermann, für das Turnier am Wochenende. Sie war so freundlich zu helfen. Und das ist ihr Mitarbeiter Andy.« Sie lächelte versonnen und schien für einen Augenblick den Ernst der Lage vergessen zu haben. »Ich hoffe, Sie haben keinen falschen Eindruck von unserem Club. So etwas ist hier noch nie passiert.«

Andy nickte eifrig. Rosa räusperte sich. »Das ist übrigens mein Mops Archie. Kennen Sie den Mann?« Sie wies auf den Toten.

Die Clubchefin trat näher, legte den Kopf schief und blickte der Leiche angewidert ins Gesicht.

»So enden nicht alle neuen Mitglieder.« Spieler Manfred schien sich wieder gefangen zu haben. Rosa fragte sich, ob Sarkasmus Voraussetzung fürs Golfen war. Manfreds klobige weiße Sportuhr am Arm piepste laut. Vermutlich hatte er sein Tagesziel an körperlicher Ertüchtigung für heute erreicht.

»Ich fürchte, wir alle kennen den Toten.« Manfred klang betroffen. »Das ist unser neuester Zugang David Behringer.«

»O Gott. Den hätte ich fast nicht wiedererkannt. Der war doch noch gar nicht alt.« Die Clubchefin hielt sich vor Schreck die geballte Faust vor den Mund. »Und gut gespielt hat er auch.«

»Ich hoffe, er hat den Jahresbeitrag im Voraus bezahlt.« Hana hatte die Arme vor der Brust verschränkt.

Rosa erblasste. *David Behringer*. Gesichter veränderten sich im Laufe der Jahre, aber an Namen erinnerte sie sich. Das hatte sie über Jahrzehnte als Lehrerin trainiert. Der schöne David. Es war lange her, zwanzig Jahre vielleicht. Da war er ein gut aussehender Junge, mit dem alle Mädchen in der 9a gehen wollten. Warum musste er so enden?

»Mochten sie ihn nicht?« Wenn Rosa die Erinnerung nicht trog, war David nicht nur ein hübscher, sondern auch ein freundlicher Mensch gewesen. Kein Wunder, dass sie ihn nicht sofort erkannt hatte, als er noch vor wenigen Stunden im Wald herumgebrüllt hatte.

Hana zuckte mit den Schultern, während Manfred ein »Doch, doch« murmelte und Fritz etwas zu laut rief: »Er war immer sehr höflich. Anders als du, Hana.«

»Und er war ein guter Spieler, wie ich heraushöre.«

»Besser als die meisten, würde ich sagen.« Manfred nickte anerkennend.

»Wenn nicht sogar der Beste.« Fritz schaute betreten.

»Pffft.«

»Man könnte also sagen, er war ein großer Konkurrent.« Rosa betrachtete kritisch die Golfspieler. Während Fritz nickte und Hana den Kopf schüttelte, sagte Tanja: »Das wollten wir beim nächsten Turnier herausfinden.« *Und ich werde herausfinden,* beschloss Rosa, *warum mein ehemaliger Schüler neben diesem Golfplatz den Tod finden musste.*

• • •

Kurz nach dem Notarzt traf auch die Polizei ein und mit ihr eine Überraschung: das Pittermännchen. Peter Klein, vor vielen Jahren auch einer von Rosas zahlreichen Schülern. Und bis vor Kurzem noch Dorfpolizist in Kappeshoven. Rosa nahm Archie wieder auf den Arm, bevor der dem offenbar frischgebackenen Hauptkommissar ans Bein sprang.

»Frau Reich, dass wir uns schon so bald wiedersehen, hätte ich nicht gedacht.« Er klang zerknirscht. Bis ihm etwas einzufallen schien. »Ach, Sie spielen jetzt Golf. Da haben Sie aber ein schönes neues Hobby gefunden.« Peter wirkte erleichtert.

»Und du? Wie ich gehört habe, bist du nach Bonn befördert worden, gratuliere! Und gleich schon wieder so ein interessanter Fall.« Rosa holte Luft. »Um es kurz zu machen: Diese drei Golfspieler haben den Mann gefunden. Und das ist die Präsidentin des Golfclubs, wir saßen auf der Terrasse des Restaurants dort hinten. Und wer der Tote ist, ist eigentlich auch schon geklärt. Ich nehme an, dass du uns alle vernehmen willst, Pitter… äh Peter?« Manchmal ging die redselige Rheinländerin mit ihr durch.

Peter beugte sich zu der Leiche auf dem Boden. »Das sieht mir auf den ersten Blick nicht nach einem natürlichen Tod aus.« Er hob seine Dienstmütze an und wischte sich den Schweiß von der Stirn. »Ich muss Sie alle bitten, ein paar Meter zurückzutreten und nichts am Tatort zu verändern. Meine

Kollegin wird diesen Weg hier absperren.« Er zog rot-weißes Flatterband aus der Hosentasche und reichte es einer hübschen Schwarzhaarigen, die Rosa erst jetzt wahrnahm. Sie überragte Peter um mehr als einen Kopf. »Und auch dort hinten«, er wies Richtung Grün, wo sich einige schaulustige Golfspieler näherten. »Hier darf keine mögliche Spur niedergetrampelt werden.«

»Herr, äh, Kommissar Klein«, meldete sich Tanja Schäfer-Schlaffer. »Müssen wir etwa den ganzen Golfplatz sperren? Das wäre eine Katastrophe. Die Saison geht doch gerade so richtig los.«

»Ich habe noch jede Runde beendet. Ich lag in Führung.« Hana mit dem No.1-Shirt schaute grimmig.

»Glauben Sie mir, wenn hier gleich die Kripo Siegburg und die Mordkommission auftauchen, mit einem Team der KTU zur Spurensicherung, dann wird's ungemütlich.«

Die Beförderung hatte Peters Selbstbewusstsein einen Schub gegeben, urteilte Rosa nicht ohne Stolz auf ihren ehemaligen Schüler.

»Er meint die Kriminaltechnische Untersuchung, ganz großes Besteck!«

»Äh ja, danke, Frau Reich. Also hier wird jeder Stein umgedreht und jede Spur gesichert, das kann Tage dauern.«

»Was?! Aber wir haben am Wochenende ein Turnier, das können wir unmöglich absagen.« Tanja baute sich vor Peter auf.

»Ein Ergebnis hätten wir ja schon mal«, meldete sich Hana zu Wort. »David Behringer wird wohl auf dem letzten Platz landen.«

»Je besser Sie mit der Polizei zusammenarbeiten, desto schneller wird es gehen. Sie halten sich jetzt bitte zu unserer

Verfügung und entfernen sich nicht aus dem Golfclub. Sobald die Kripo da ist, werden Sie alle vernommen.« Peter schaute seine ehemalige Lehrerin ernst an. »Das gilt auch für Sie, Frau Reich.«

Kapitel 4

»Winnie, machst du uns die Tagessuppe noch mal warm? Ich glaube, wir können alle eine Stärkung gebrauchen.« Tanja Schäfer-Schlaffer schien vollkommen in ihrem Element. Die Golftruppe war im Clubrestaurant versammelt, Hauptkommissar Peter Klein hatte ein Hinterzimmer zum Vernehmungsraum erklärt, in den die mittlerweile eingetroffenen Kollegen der Kriminalpolizei alle Beteiligten nacheinander für eine erste Befragung hineinriefen – während draußen auf dem Golfplatz der Erkennungsdienst seine Arbeit tat. Wie Rosa aus ihren Krimis wusste, bauten die Beamten in ihren weißen Ganzkörperanzügen, die an Ärzte in der Coronakrise erinnerten, als Erstes ein Zelt rund um die Leiche auf. Diese würde noch am Ort untersucht werden – genau wie die gesamte Umgebung. Die Spurensicherung würde jeden Zigarettenstummel einsammeln, in eine Tüte stecken und mitnehmen und sicherlich so manchen verlorenen Golfball dabei finden. Und vielleicht mehr. Rosa schaute in die Runde. Bis auf einen Mann mit Hut, der mit verkniffenem Gesicht und verschränkten Armen neben der Tür stehen geblieben war, saßen alle Golfspieler stumm an ihren Tischen. So als wagten sie nicht, ein falsches Wort zu sagen, bis die junge, blasse Bedienung die Suppe servierte. Und dabei einiges verschüttete, was Archie freute. Rosa erkannte sie als die blonde, geschätzt Zwanzigjährige vom Parkplatz wieder. Sie zitterte, bemerkte Rosa, und dachte: verständlich, nach der ganzen Aufregung.

»Und«, wandte sie sich nach langem Schweigen zwischen zwei Löffeln Gulaschsuppe rheinischer Art an den in ihren Augen zugänglichsten Spieler Manfred, während Andy neben ihr schon den zweiten Teller freudig entgegennahm. »Spielen Sie oft in dieser Konstellation?«

»Sie meinen unseren Flight?« Manfred schien durch die Suppe zu neuem Leben erwacht zu sein, seine Wangen leuchteten so grellrot wie sein Poloshirt, was an zu viel Sonne, Nervosität oder aber dem Bier liegen mochte, das vor ihm stand. »Hm, ja, jede Woche gleiche Zeit, gleiche Bahn. Dazwischen üben wir allein, auf der Driving Range.« Schweiß tropfte ihm von der Stirn in die Suppe.

»Seit wann sind Sie drei miteinander befreundet?«

»Ach, wir kennen uns schon ewig, aus dem Golfclub. Es ist wohl ein bisschen so wie früher beim Schulsport, wenn immer dieselben auf der Bank sitzen blieben. Ich will nicht sagen, dass wir die Schlechtesten sind, aber wir wollen einfach in Ruhe spielen, nicht den Club neu aufmischen, wie …«

»Sie meinen den Toten?« Rosa pustete auf ihren Löffel mit Suppe, die für ihren Geschmack viel zu stark gewürzt war.

»Ach, ich kannte den eigentlich gar nicht. Wir mussten ihn ein paarmal auf der Bahn vorlassen, weil er so schnell vorbeizog.«

»Ein Angeber war das! Haute auf seinen Ball doch nur drauf, keinerlei Technik«, mischte sich Hana ein. Ihr Gesichtsausdruck war unverändert finster.

»Was ihn aber weit nach oben auf der Bestenliste gebracht hat«, wusste Manfred.

»Dann war er besser als alle anderen?« Andys Teller war schon wieder leer.

»Ja, leider. Er wollte es einfach wissen.«

»Er war halt noch sehr jung und hatte große Ziele, das kennen wir doch auch noch von früher.« Der älteste Spieler des Golfclubs, Fritz, hielt sich an seiner Fanta fest. »Als ich in seinem Alter war, wollte ich auch ständig mein Handicap verbessern.«

»Was ungefähr neunzig Jahre her ist. Heute willst du doch nur Frauen in kurzen Röckchen angucken.«

»Und Sie, Hana, was streben Sie in diesem Club an?«, wandte sich Rosa an die Frau mit den kritischen Zwischenrufen, die auch zum Essen ihre Schirmkappe nicht abnahm.

»Besser werden, jeden Tag besser werden. Nur für mich. Und für ein gutes Spiel.« Hana schaute sie finster mit zusammengekniffenen Augen an und schob verächtlich hinterher: »Soweit das mit diesen Spielpartnern möglich ist.«

»Und Sie, Manfred? Wollen Sie auch besser werden?« Rosa ließ sich nicht aus der Ruhe bringen. *Eigentlich war eine polizeiliche Vernehmung dasselbe wie das Abfragen von Unterrichtsstoff. Nur das Thema war ein etwas anderes.*

»Ich bereite mich auf meinen Ruhestand vor, dann werde ich nur noch Golf spielen.«

»Also letztens wolltest du noch dringend Clubmeister werden. Und weil das bisher nicht geklappt hat, wolltest du Präsident werden. Aber du hast dich ja von einer Frau ausbooten lassen«, giftete das No.1-Shirt. Wie aufs Wort trat Tanja Schäfer-Schlaffer an den Tisch.

»Hana, du bist die Nächste. Erzähl bloß keinen Quatsch und sei bitte höflich.« Sie setzte sich auf den frei werdenden Platz.

»Sie dürfen Hana nicht so ernst nehmen, eine sehr gute Spielerin, aber meckert gerne. Sie meint es nicht so. Geht's wieder, Manni?« Der winkte ab.

»Das ist alles nichts für mein Herz. Ich hab bestimmt 200 Blutdruck. Ich sollte mich am besten zu Hause hinlegen.«

»In meinem Büro steht auch eine Couch …«

»Wie lange sind Sie eigentlich schon die Präsidentin dieses Clubs?« Rosa nahm den Faden wieder auf, den Hana zurückgelassen hatte, bevor Manfred seine Krankengeschichte ausbreiten konnte.

»Seit zwei Jahren. Mein Mann hatte eine neue Stelle in Bonn angetreten, und da habe ich mir hier auch einen neuen Wirkungskreis gesucht. Ja, eine Zugezogene, was mir manch einer übel genommen hat. Aber ich denke, mittlerweile wissen alle, was sie an mir haben.« Ihr Blick duldete keine Widerrede.

»Um den Golfernachwuchs haben Sie sich, wie es aussieht, jedenfalls schon gekümmert«, Rosa deutete zum Nachbartisch, an dem ein gut aussehendes junges Pärchen im weißen Sportdress saß.

»Das ist unser Trainer Manuel und Fitnesstrainerin Babsi. Sollten Sie sich das mit dem Golfen überlegen, werden Sie mit den beiden zu tun haben. Vor allem Manuel ist sehr beliebt bei den Damen.« Tanja Schäfer-Schlaffer zwinkerte ihr zu. Rosa fühlte sich ertappt, konnte ihren Blick trotzdem nur schwer von dem gebräunten Mann mit den dichten, dunklen Haaren losreißen. *Was für muskulöse Arme der hatte!* Andy stupste sie belustigt mit dem Ellenbogen in die Seite. Er hatte ihr Interesse bemerkt, Rosa wurde rot.

»Und Sie, Herr, äh Fritz, wie lange spielen Sie schon in diesem Club?«, wandte sich Rosa mit lauter Stimme an den ältesten Spieler, der noch immer nicht viel sagte. Was an seiner

Schwerhörigkeit, am Alter oder an einem gesunden Desinteresse liegen konnte.

»Was? 1974 habe ich hier angefangen, ich feiere bald Jubiläum. Wehe, wenn's dann keine Geschenke gibt, Tanja! Ich habe vorher in Köln gespielt. Genau wie mein Vater.« Er schien in Erinnerungen zu versinken.

»Sie müssen wissen, dass unser Fritz Töpelmann aus einer alten Golferfamilie kommt«, erklärte die Clubchefin. »Sein Vater war sogar in St. Andrews erfolgreich. Der berühmte Golfclub in Schottland, die Wiege des Golfsports. Von seinem Vater stammt auch noch sein Bag, stimmt doch, Fritz?« Der Angesprochene schaute kurz irritiert hoch. »Vielleicht bekommst du zum 50. Jubiläum eine ganz neue, leichtere Golftasche von uns, das wäre doch was«, brüllte Tanja ihm entgegen.

»Finger weg von meinem Bag. Da stecken jede Menge Erinnerungen drin.«

»Da stecken wahrscheinlich Goldklumpen drin, so schwer wie das ist. Fritz, du bist dran.« Hana war aus dem Vernehmungsraum zurückgekommen. Sie klopfte ihrem Golfkollegen auf die Schulter und setzte sich auf seinen Platz.

»Und, war's schlimm?« Manfred schaute ängstlich zu Hana, die mit den Schultern zuckte.

»Na ja, von Handicap haben die jedenfalls noch nie was gehört. Haben gedacht, ich sei behindert. Na, denen habe ich was erzählt.«

»Hast du der Polizei gesagt, dass mein Ball den Neuen getroffen hat?«

»Meiner war es jedenfalls nicht. Du bist der Einzige, der eine so krumme Flugbahn hinkriegen würde. Ich schlage gerade und bringe keine Menschen um.«

»Dann glauben Sie also, der Schlag war Absicht?« Rosa schaute Hana in die Augen, die schnell aufstand.

Im Hinausgehen murmelte sie: »Es hat auf jeden Fall den Richtigen getroffen.«

. . .

»Da haben Sie ja ein interessantes neues Hobby gefunden, Frau Reich, Golfspielen ist sicherlich sehr zeitaufwendig, was?« Peter Klein empfing Rosa mit seinem Block auf der rot karierten Tischdecke. Seine Kollegen von der Kripo und er hatten die Tische im Nebenraum des Restaurants zu Verhörinseln umfunktioniert. »Seit wann spielen Sie denn schon?«

»Ach, so richtig habe ich damit noch gar nicht angefangen, Peter.« Rosa winkte ab. »Nein, ich habe hier im Golfclub die Blumenkästen neu bepflanzt. Hast du vielleicht schon gesehen, draußen, die Tagetes, Studentenblumen. Schade, dass du nie das Studentenleben kennengelernt hast ...«

»Ich ...« Peter beugte sich errötend über seinen Block und machte eine Notiz.

»Aber eine solide Ausbildung ist ja auch was Wunderbares. Und du hast dich bei der Polizei doch gut gemacht. Ich habe dir noch gar nicht zu deiner Beförderung gratuliert. Das war wirklich großartig, wie wir den Fall um den toten Löwen im Schlossgarten gelöst haben, nicht wahr?« Sie lächelte ihren ehemaligen Schüler an. »Du wirst sehen, das werden wir hier auch schaukeln.« Peters Blick deutete Rosa als erschrocken bis entsetzt.

»Frau Reich.« Peter stützte seine Arme auf dem Tisch auf und beugte sich zu ihr vor. »Sie werden in diesem Fall bitte gar nichts unternehmen. Dafür ist die Polizei hier. Und was den Fall in Kappeshoven betrifft – den hätte ich auch durchaus allein …«

»Ach, Schnickschnack. Vier Augen sehen doch viel mehr als zwei. Darum habe ich euch früher in Bio auch gerne zu zweit am Mikroskop arbeiten lassen. Weißt du noch, als ich Zwiebeln zum Untersuchen mitgebracht habe? Bevor die eingefärbt waren, hattest du schon reingebissen …«

»Frau Reich …«

»Ich schweife ab, du hast recht, Peter. Du musst schließlich deiner Arbeit nachgehen. Hast du den Toten eigentlich erkannt? Er war auf unserem Gymnasium.«

Peter sah sie so irritiert an, als sei er nie auf einer Schule gewesen. »David Behringer. Ich schätze, er war ein paar Stufen über dir. Damals war er sehr beliebt. Erinnerst du dich an ihn?«

Peter schüttelte stumm den Kopf, während er etwas notierte.

»Vermutlich nicht. Für die älteren Schüler haben sich ja höchstens die Mädchen interessiert.« Rosa lächelte. Und dachte daran, dass ihr Pittermännchen in der Schule alles andere als beliebt gewesen war. Mit seinen roten Haaren und Sommersprossen war er vielmehr gehänselt worden, was sie damals schon zu unterbinden versucht hatte und was ihr heute noch leidtat. Eigentlich war Peter Klein das genaue Gegenteil von David Behringer. Vor allem, weil er lebte. »Ich hatte ihn in Erdkunde und Biologie. Soweit ich mich entsinne, war er ganz gut, ist zumindest nie negativ im Unterricht aufgefallen, das hätte ich mir gemerkt.«

»Sie kannten den Toten, Frau Reich?«

»Ja, vor zwanzig Jahren vielleicht. Seitdem er die Schule verlassen hat, habe ich ihn nie mehr gesehen. Ich kann nicht die

Lebenswege aller ehemaligen Schüler verfolgen. Aber dafür sehe ich dich ja öfters.«

Peter schaute irritiert von seinen Notizen hoch.

»Eine Frage habe ich noch, Peter: Habt ihr das Auto des Toten gefunden? Wenn er auch wie ein Jogger aussah – zu Fuß wird er sicherlich nicht aus der Stadt gekommen sein, nicht wahr?«

Peter nickte. »Natürlich, Frau Reich, aber die Ermittlungen sind noch nicht …«

»Ich weiß, ich weiß, ihr fangt ja gerade erst an. Aber am Fundort habe ich kein Auto sehen können. Sicherlich kam er vom Golfplatz, oder nicht? Hier gibt's ja einen großen Parkplatz.«

Peter seufzte und nickte wieder ohne ein Wort.

»Ich nehme an, das ist ein Ja. Sehr gut, Peter. Ihr arbeitet schnell. Was ich dir noch erzählen wollte: Bevor ich hier mit den Blumen auf dem Golfplatz angefangen habe, war ich beim Pilzesammeln ganz in der Nähe und habe Interessantes …«

»Das können Sie mir ein andermal erzählen, Frau Reich. Wir müssen schnell fertig werden. Ich fasse zusammen: Sie waren beruflich als Gärtnerin hier, vermutlich zum ersten Mal auf diesem Golfplatz.« Rosa nickte bestätigend. »Und kannten den Toten persönlich.« Rosa schüttelte den Kopf.

»Nicht ganz korrekt, Peter. Ich habe ihn gekannt, vor rund zwanzig Jahren. Das hättest du dir merken können.«

»Haben Sie beobachtet, wie jemand dem Mann Gewalt antat?«

»Nein, ich …« Peter ließ sie nicht zu Wort kommen.

»Haben Sie den Mann umgebracht?«

»Was? Natürlich nicht!« *Was erlaubt der sich!* »Ich bugsiere doch keine Schüler durch die Klassenarbeiten, um sie anschließend zu … nein, Peter.«

»Dann denke ich, können wir die Sache hier abkürzen. Danke, Frau Reich. Schicken Sie doch bitte den Nächsten rein.« Rosa seufzte.

»Ach, Peter. Du solltest lernen zuzuhören. Ich weiß, das fiel dir in der Schule schon schwer. Ich hätte dir noch einiges zu erzählen.«

»Ein andermal sehr gerne, Frau Reich. Aber Sie sehen ja selbst – wir haben hier einen Tatort und eine Leiche und müssen herausfinden, was geschehen ist.«

Und wer den Mann umgebracht hat, dachte Rosa. *Schließlich ist der Mörder noch auf freiem Fuß. Aber das scheint außer mir ja niemanden sonderlich zu interessieren.*

Kapitel 5

»Watt denn, haste schon widder eenen um die Hecke jebracht? Da haste aber watt falsch verstanden mit dinge Ruhestand, Liebschen.«

Willy prostete ihr mit seiner Kölschflasche zu. Die neuesten Nachrichten hatte ihr ältester Mitarbeiter zu gern zum Anlass genommen, den frühzeitigen Feierabend einzuläuten – im gläsernen Café neben der Gärtnerei, das Rosa an die junge Konditorin Sarah verpachtet hatte. Heute servierte sie ihnen gefüllte Windbeutel, die Rosa entfernt an Golfbälle erinnerten und Archie eifrig mit dem Schwanz wedeln ließen. Ihre Mutter Roswitha machte ein erschrockenes Gesicht, als Rosa von dem Toten auf dem Golfplatz berichtete.

»Der lag da einfach so auf dem Spazierweg? Hat er auch Pilze gesammelt? Oder wurde er von einem Golfball getroffen? Da haben es die Sterne aber gar nicht gut mit dem jungen Mann gemeint.«

»Das ist noch nicht bestätigt, ich halte das auch für sehr unwahrscheinlich. Aber Andy …«

»Den Namen hör isch in letzter Zeit öfters …«

»… hat gemeint, dass das beim Golfsport durchaus vorkommen kann, dass jemand aus Versehen durch einen Ball getötet wird. Mit dieser Affengeschwindigkeit auf den Hinterkopf – zack, tot.«

»Soso, der Mann kennt sich also mit kleinen Bällschen aus.«

So gern sie ihren treuen Mitarbeiter auch hatte – heute überging Rosa den Einwurf von Willy Schmitz, der gefühlt schon immer in der Gärtnerei ihrer Eltern gearbeitet hatte.

»Aber wenn der junge Mann so gut Golf gespielt hat, wie du sagst«, meldete sich ihre Mutter, »dann weiß er doch, dass es in der Nähe eines Golfplatzes gefährlich werden kann.« Und Sarah ergänzte: »Was hat er dort überhaupt gemacht?« Sie sah heute wieder entzückend aus, dachte Rosa, in ihrer pinken Schürze und mit den langen dunklen Haaren, die sie zum Arbeiten hochgesteckt hatte.

»Das wollte ich eigentlich mit Peter Klein besprechen, aber er hat mich einfach nicht ausreden lassen.«

»Datt Pittermännschen! Den haste nach oben jemordet!«

»Willy, bitte. Es war ein langer Tag.« Wie aufs Stichwort gähnte Archie und trollte sich in sein Hundekörbchen aus dem Onlineshop des Königshauses, mit dem königlichen Wappen drauf. Er liebte es, seine Plauze standesgemäß zur Ruhe zu betten.

»Wenn ihr mir sein Geburtsdatum nennt, kann ich euch sagen, ob sein Sternzeichen gefährdet war, ob er zu Waghalsigkeit neigte.«

»Ach, Mama, jetzt sieh erst mal zu, dass dein Jahreshoroskop stimmt.« Roswithas Weihnachtsgeschenk hatte für Rosa ein glückliches Händchen im Beruf und stürmische Zeiten in der Liebe vorhergesagt. Bisher sah Rosa aber nur einen toten Mann im neuen Job und tote Hose in der Liebe. Andy hatte sich ja heute gewaltig von dieser Golfclubchefin um den Finger wickeln lassen. *Vielleicht sollte ich ihn doch endlich mal zu Hause besuchen*, grübelte Rosa. Seine Einladung stand hoffentlich noch. Aber im Moment reizte es sie ein kleines bisschen mehr, diesen Fall zu lösen.

»Ich muss euch noch etwas gestehen. Ich habe den Toten gesehen, als ich beim Pilzesammeln im Wald war. Also, da war er natürlich noch lebendig und lief auf dem Waldweg.«

»Dann hast du den Mord beobachtet?« Ihre Mutter schaute sie verängstigt an.

»Nein, ich stand hinter einem Baum und hatte gerade Morcheln gefunden, als ich ihn hörte. Erst hat er in sein Telefon geschimpft und dann mit einem Mann gestritten. Der andere war urplötzlich aufgetaucht.«

»Hast du das der Polizei erzählt?« Die Frage kam von Sarah. Rosa schüttelte den Kopf.

»Ich wollte ja, aber immer, wenn ich ansetzte, hat Peter mich abgewürgt, als wäre ich eine irre Alte mit Mordfantasien, die zu Karneval als Detektivin geht.«

»Wo er rescht hat, hat er rescht.«

Sarah lachte laut über Willys Einwurf. »Ich glaube, er will sich von seiner ehemaligen Lehrerin nichts sagen lassen. Reine Psychologie. Er hat bestimmt ein Schultrauma. Mach dir keine Vorwürfe.«

»Apropos Schule – jetzt kommt's: Ich kenne den Toten. Also, ich habe ihn gekannt. David Behringer war mal in meiner Klasse. Vor vielen Jahren. Damals war er sehr umgänglich.«

»Datt können privat die Schlimmsten sein.«

»Ja, ich weiß eigentlich gar nichts mehr über ihn, habe ihn aus den Augen verloren. Mir fällt auch überhaupt nicht mehr ein, was er nach der Schule gemacht hat. Darüber spreche ich doch immer ausführlich mit den Schulabgängern. Wie ausgelöscht.«

»Das Hirn sortiert im Alter einfach aus. Mach dir keine Sorgen, Rosalindchen.« Ihre Mutter tätschelte ihr den Arm.

»Peter hat recht, er wird den Fall sicherlich auch allein lösen. Nur wann? Was ich erfahren habe: David Behringer gehörte zum Golfclub, aber – er trug kein Poloshirt, als wir ihn fanden. Andy meinte, das sei beim Golfen Pflicht, immer mit Kragen auf dem Platz.«

»Watt soll dä Quatsch?«

»Etikette, kennst du nicht, Willy. Insofern könnte es sein, dass er auf dem Weg neben dem Platz joggen war, so war er zumindest gekleidet. Ich muss dazu noch mal die Clubchefin vernehmen, äh befragen«, murmelte Rosa mehr zu sich selbst. »Ich brauche nur einen Vorwand, um erneut im Club aufzutauchen. Meine Arbeit dort ist eigentlich erledigt, wobei ich mir nicht sicher bin, ob das Turnier am Wochenende überhaupt stattfindet – unter diesen Umständen.«

»Einer hat ja schon erfolgreisch einjeloch, sozusagen.«

»Ach, Willy!«

»Watt denn? Datt nennen die wahrscheinlich ›Konkurrenz beseitigen‹.« Mit seinen langen, dünnen Fingern malte er Anführungsstriche in die Luft.

»Du meinst, die bringen die besten Spieler um, weil sie selbst gewinnen wollen?« Ihre Mutter schien entsetzt, glaubte sie doch an das Gute im Menschen.

»Wenn du misch fragst: Wer freiwillisch karierte Buxen trägt, ist zu allem fähisch.«

»Da sind wir aber froh, Willy, dass nicht du die Ermittlungen leitest.« Rosa schob sich das letzte Stück Windbeutel in den Mund, aus dem die Sahnecreme nur so herausquoll.

»Nä, datt mäht ja schon unsere Expertin für kleine Bällschen.«

Rosa stand auf. »Ich glaube, ich werde Karl fragen, der hat selbst mal Golf gespielt.«

»Ah, der griechische Sprüchejott. Grüße!«

»Rosalinde!« Ihre Mutter nannte sie nur dann bei ihrem vollen Namen, wenn es ihr ernst war. »Rosalinde, versprich mir, dass du vorsichtig bist. Ich möchte nicht, dass dir etwas passiert. In deinem Horoskop heißt es heute: ›Nehmen Sie sich in Acht. Ein unvorhergesehenes Ereignis steht bevor‹.«

Und Willy übersetzte: »Nisch, dass du für de Mörder datt Loch zwei bist.«

Kapitel 6

»GRÜN. Sechzehn Punkte, kurz, aber erfolgreich würde ich sagen. Wobei ich ausnahmsweise nicht an die Farbe meiner geliebten Bäume und Blumen denke, sondern an den Fachbegriff für die Golfbahn, so weit ist es schon gekommen.«

»Die nennt der Golfer Fairway, liebe Rosa, wenn dein Ball auf dem Grün landet, dann hat er es nicht mehr weit. Sozusagen das kurz gemähte Gras rund um das Loch.«

Rosa stöhnte, griff ins Säckchen und zog neue Buchstaben. Sie brütete mit Karl über ihrem wöchentlichen Scrabble-Spiel, neben sich einen Waldmeister Secco. Nach ihrer Rückkehr hatte Rosa gleich ihre Mutter gebeten, Waldmeister zu besorgen – den vom Golfplatz konnte sie schlecht mitnehmen, wenn die Polizei dort ermittelte.

Rosa war froh, den aufregenden Tag nicht allein ausklingen zu lassen, zu viele Fragezeichen wimmelten in ihrem Kopf. Deshalb hatte sie Karl in Kurzform von dem Toten auf dem Golfplatz berichtet.

»Du wirst es nicht glauben. Der tote Mann ist David Behringer.« Karl schaute sie ratlos an. »Ich habe auch ein bisschen gebraucht, bis ich draufkam – er war Schüler auf unserer Schule, durchschnittlich gut, wenn ich mich richtig erinnere, zumindest in Erdkunde und Biologie. Gut aussehend, beliebt bei den Mädchen. Der schöne David! Aber auch nett und höflich, auf jeden Fall kein Problemschüler.«

»Jaaaa.« Karl nickte, während er sie nachdenklich anschaute. »Beim schönen David macht's bei mir Klick. Abitur hat er aber nicht bei uns gemacht, oder? Ist er nicht früher abgegangen? Moment.« Er sprang auf. »Du hast hier bestimmt noch irgendwo sämtliche Abizeitungen der letzten dreißig Jahre stehen, oder? Ich weiß doch, dass du dich von nichts trennen kannst, was mit der Schule zusammenhängt.« Im Bücherregal, ganz unten, hinter Agatha-Christie- und Ann-Granger-Krimis wurde er fündig. Er zog ein paar Jahrgänge heraus. Während Karl anfing zu blättern, berichtete Rosa ihrem Freund von den Clubmitgliedern, die sie kennengelernt hatte. Und von ihren Beobachtungen, als ihr Ex-Schüler noch lebte.

»Erst hatte er mit jemandem am Telefon Streit und dann mit einem Mann in natura, keine Ahnung, wo der plötzlich herkam. Richtig handgreiflich wurde er.«

»Golfer sind eigentlich friedliebende Menschen, die freundlich miteinander umgehen. Aggressionen treten nur zutage, wenn die Schläge nicht so erfolgreich sind oder der Ball im Gebüsch landet. Aber dafür ist man leider ganz allein verantwortlich.«

Rosa schüttelte den Kopf. »Ich glaube nicht, dass der andere ein Golfkollege war. Der sah eher aus wie ein Förster oder Wanderer, mit Hut. Vielleicht gehört dem das Grundstück, schließlich stand da ein Schild mit ›Privatweg‹ drauf.«

»Auf dem auch du unterwegs warst. Sieh dich vor bei Gesetzesübertretungen, werte Freundin. Bloß nicht erwischen lassen.«

»Mich hat niemand gesehen. Hoffe ich. Und sogar Archie hat die Klappe gehalten.« Wie aufs Stichwort stand ihr Mops schwanzwedelnd vor ihnen. Rosa knuddelte ihn.

»Vielleicht hat dein Toter dort nach seinem Ball gesucht. Ein anderer hat ihn gefunden und eingesteckt, das ist nicht lustig. Schließlich musst du von dort weiterspielen, wo dein Ball hingeflogen ist. Und wenn er im Aus landet, gibt es Strafpunkte. Du musst also wissen, wo dein Ball liegt. Außerdem – so ein Ball kann einige Euro kosten, da sollte man nicht zu viele verlieren.«

»Aber er trug keine Golfkleidung, kein Poloshirt. Nein, unser David lief dort lang wie ein Jogger, bevor sein Handy klingelte. Ich glaube, sportlich war er schon immer.«

»Wenn er ernsthaft Golfer war, dann wird er wohl nicht mitten durchs Rough gejoggt sein. Das sieht ein Golfclub nicht gerne.«

»Durchs Rough? Noch so ein Wort. Ich komme mir vor, als würde ich eine neue Sprache lernen. Handicap, Fore, Bag, Trolley, Flight, was ich alles gehört habe, ich werde noch ganz verrückt im Kopf.«

»In *lucem proferre*, ich werde dir demnächst Licht in alles bringen, was dir noch verborgen ist, liebe Rosa, aber ich warne dich – schon so mancher ist dem Golfsport verfallen. So.« Karl legte die letzte Abizeitung auf einen Stapel neben sich. »Wie es aussieht, hat er kein Abitur bei uns gemacht. Kein Foto von ihm, nirgendwo. Also ist er vorher abgegangen. Vielleicht reichte ihm die Mittlere Reife.«

»Also ich habe guten Schülern eigentlich immer zum Abitur geraten«, Rosa grübelte. »Wir müssen herausfinden, was aus ihm geworden ist.«

»Und bis dahin sieh dir an, was ich aus deinem R mache.« Karl legte ›Reife‹ auf das Scrabble-Feld. »Neun Punkte und ich habe dabei ebenfalls weniger den Schulabschluss oder den Rhabarber im Kopf, den ihr sicherlich bald erntet, damit deine

Konditorin wieder diese leckeren Törtchen zaubern kann, als des Golfers Platzreife.«

»Die was?« Rosa sah ihren Freund verzweifelt an.

»Wenn du die hast, darfst du auf deinem Heimatgolfplatz spielen. Und auf anderen Plätzen, die die Platzerlaubnis des Deutschen Golfverbandes anerkennen. Im Grunde heißt es – wenn der Trainer dir bescheinigt, dass du niemanden auf der Bahn aufhältst und das Fairway nicht unnötig zerstörst.«

»Ah, die Bahn, auf der man spielt. Was bedeutet eigentlich Handicap?«

»Jeder Spieler hat ein Handicap, das ist eine Zahl, die anzeigt, wie gut du spielst. Wobei eine niedrige Zahl heißt, dass du sehr gut bist, das geht hoch bis 54, die bekommt jeder Anfänger. Es geht also rückwärts, obwohl es eigentlich vorwärtsgeht.«

Rosa nickte und nippte an ihrem erfrischenden Secco.

»Verstehe, ist das irgendwo festgehalten, wie gut jemand ist?«

»Wir können mal nachschauen, mittlerweile hat jeder Golfplatz eine App fürs Handy, darüber kannst du dich anmelden, wenn du auf dem Platz spielen willst, an Turnieren teilnimmst oder auf der Driving Range üben musst.«

»Um Gottes willen, noch so ein Wort. Zeig mir deine App. Wie gut, dass du noch immer in diesem Club bist.«

»Seit meiner Zeit in der Studentenverbindung, damals gingen wir jede Woche golfen, da waren ein paar ganz ansehnliche Burschen dabei, wobei ich leider nie gut genug war, um irgendwem zu imponieren, weshalb ich …«

»Karl, bitte.« Rosa wurde ungeduldig, wusste sie doch, wenn ihr Freund mit seinen Geschichten von früher anfing, konnte es ausschweifend werden. »Schau doch als Erstes nach einer Frau namens Hana. Den Nachnamen weiß ich leider nicht.«

»Du sagst, heute Vormittag waren sie als Dreier-Flight unterwegs. Das heißt, drei Personen haben zusammengespielt. Moment, ich gehe mal die Anmeldeliste durch.«

»Ist das nicht unglaublich teuer, seit Jahrzehnten im Club angemeldet zu sein und nicht zu spielen?«

»Ach, Rosa, ein Mann wie ich hat doch sonst keine großen Ausgaben mehr, das kann ich mir schon leisten. Und ich nehme mir jedes Frühjahr vor, wieder loszulegen. Vielleicht wird's ja dieses Jahr endlich was. Aha, 11.30 Uhr drei Personen, das könnte doch was sein. Ich sehe als Erstes Krummeisen, Manfred. Sagt der dir was?«

»Manni, so hat ihn jedenfalls die Clubchefin genannt, sie waren recht vertraut miteinander, wobei diese Tanja Schäfer-Schlaffer verheiratet ist, zumindest trägt sie einen Ehering.«

»Was noch nie ein Hindernis war. Ist dir mal aufgefallen, dass Doppelnamen immer doppelt schlimm sind und die Namen irgendwie zueinander passen?«

»Dr. Karl Schäfer, darf ich Sie daran erinnern, dass Sie auch auf diesen schönen alten Namen hören?«

»Und Krummeisen erst …« Karl lachte lauthals. »*Nomen est omen*. Der arme Mann kann ja gar nicht gerade schlagen bei so einem Namen.«

»Welches Handicap hat er denn?« Rosa nahm einen Schluck von ihrem Secco.

»26. Das ist schon gut. Aber nicht außergewöhnlich. Vermutlich klebt er seit Jahren dort fest. Er hat gespielt mit Töpelmann, Fritz. Ach schau, der Fritz. Den kenne ich noch, der hat schon gespielt, als ich damals noch aktiv war. Wie alt muss der Gute sein?«

»Steinalt, war mein Eindruck. Wie war er früher so?«

»Lieber Kerl, aber eigen. War mehr in seiner eigenen kleinen Welt als bei den Turnierpartys. Angestellter bei der Stadt, ist quasi ein Bonner Urgestein. Lass mal schauen, wie sein Handicap mittlerweile ist … ah, 23, wer weiß, wie lange schon. Er hatte mal eine sehr engagierte Phase als jüngerer Mann.«

»Erinnerst du dich auch an sein schweres, altes Golfbag und die karierten Hosen?«

»Richtig! Echtes Leder, das Bag, irgendein Erbstück von seinem Vater, der hat früher auch gespielt, war ganz weit vorne, lange Zeit Clubmeister, der dürfte allerdings schon tot sein, wenn er nicht Methusalem hieß.« Er blickte verträumt aus dem Fenster. Noch war es draußen zu frisch, um auf Rosas kleinem grünen Balkon zu sitzen.

»Und was ist jetzt mit Hana? Die war auch dabei«, holte Rosa ihren Freund in die Gegenwart zurück. Der schaute wieder aufs Handy.

»Hier haben wir sie. Nakamura, Hana, mit einem n. Wenn mir das nicht nach japanischer Schönheit klingt.«

»Sie ist eher schlimm als schön. Teilt gegen jeden aus, immer einen messerscharfen Spruch parat.«

»Ganz wie euer Willy. Der es, natürlich, nie so meint.« Karl lächelte seine Freundin an. Wer so gerne Kuchen aß wie er, kam häufig ins Gärtnereicafé von Konditorin Sarah. Und Willy war weder zu überhören noch zu übersehen.

»Viel schlimmer. Das will was heißen. Aber vielleicht ist sie ja auch nur schlau und sehr, sehr sportlich.«

»Hm, da könntest du recht haben. Handicap 18,9. Das ist ziemlich gut. Damit ist sie zumindest die beste von den dreien. Ich kann mir aber vorstellen, dass sie noch besser werden will.«

»So gut wie unser toter David Behringer? Von ihm haben alle gesagt, er sei ein großes Talent. Der hätte bestimmt das Turnier gewonnen. Ihn siehst du aber nicht in deiner App?«

»Dazu müsste ich wissen, wann er gespielt hat. Weißt du was, ich werde in Ruhe die Anmeldungen durchforsten und mir auch ansehen, wer für das Turnier auf der Liste steht. Wenn er wirklich so gut war, unser schöner David, dann muss er ja oft geübt und gespielt haben, den finde ich schon. Aber jetzt …« Karl hob sein Seccoglas. »Jetzt muss ich zugeben, dass ich nicht nur mein geballtes Golferwissen, sondern auch Hunger mitgebracht habe. Und meine Nase verrät mir schon, Rosa, du hast da etwas vorbereitet, um es mit Fernsehkoch Alfred Biolek auszudrücken, *resquiescat in pace*, ruhe er in Frieden. Genau wie unser ehemaliger Schüler.«

»Mein Gulasch mit frischen Morcheln riechst du da, mein Lieber. Das gibt's aber nur, wenn du hinterher genauso schön wie Biolek hmmmmmm sagst.«

»Ich vertraue dir blind, was die Pilze angeht, und bin begeistert.« Karl rieb sich vorfreudig die Hände.

»Aber sag mir noch eins: Du als, ähm, passiver Golfer. Kannst du dir vorstellen, dass ein bis drei Golfspieler einen anderen aus dem Weg schaffen, um ein Turnier zu gewinnen? Ich traue es Mr. Steinzeit, der Neonreklame mit Bluthochdruck und Frau Meckerkopp einfach nicht zu. Streng genommen höchstens dieser Hana …«

»Also ich persönlich würde nicht so weit gehen wollen. Was gibt es denn schon zu gewinnen bei einem üblichen Turnier? Eine Glasschale, ein Zeitschriftenabo oder auch nur Ruhm und Ehre, das hängt von den Sponsoren ab. Da musst du schon Profi sein, um richtig abzusahnen. Und ob du jetzt Handicap 12 oder 13 hast, also ich wäre da entspannt.«

»Ich werde Moritz die Namen stecken, wenn er die nicht sowieso schon kennt. Er braucht doch sicher Futter für seinen nächsten Artikel bei seiner Zeitung. Ein bisschen Recherche könnte nicht schaden. Wie ist eigentlich dein Handicap, Karl?«

»Das erzähle ich dir ein anderes Mal, meine Liebe. Jetzt sehen wir erst mal zu, dass wir uns in Ruhe auf dem Platz umschauen. Es gibt doch bestimmt noch andere Verdächtige im Golfclub.«

»Ja, den Koch und seine Frau habe ich schon gesehen, und eine junge Bedienung gibt es auch noch, die schien mir sehr nervös zu sein …«

»Und vergiss nicht – jeder Club hat einen Greenkeeper, der den Rasen in Ordnung hält, der kennt sich auf dem Platz gut aus. Und einen Trainer natürlich.«

»O ja, den Trainer habe ich kurz bei der Vernehmung gesehen.« Rosa strahlte.

»Vielleicht sollten wir dich für Probestunden anmelden.«

»Was? Du willst mich zum Golfen schicken?« Rosa hätte sich fast an dem Rest ihres Waldmeister-Seccos verschluckt. »Ich dachte, ich begleite dich mal, trage höchstens deine Tasche, äh, dein Bag.«

»Warum denn nicht spielen? Gelegenheit macht neues Hobby, es wird Zeit, dass du einmal selbst den Schläger in die Hand nimmst. Wer weiß, vielleicht schlummert ja ein ungeahntes Golftalent in dir.« Selbstsicher legte Karl neue Buchstaben auf das Scrabble-Feld.

»PROFI«, las Rosa. »Na, du bist gut. Wie soll ich denn einen Mörder finden, wenn ich mich auf den Golfschwung konzentrieren muss?«

»Ich fürchte, meine Liebe, das ist die einzige Möglichkeit, wenn du nicht den Job des Greenkeepers übernehmen willst.

So ein Golfclub ist wie eine geschlossene Gesellschaft.« Er lächelte Rosa triumphierend an. »Ich habe dich auch lange nicht mehr in kurzen Hosen gesehen. Die Vertretungsstunden in Sport hast du damals doch sehr kompetent absolviert. Ich sehe noch klar vor mir, wie du fast den Sprung über den Kasten geschafft hast.«

»Erinnere mich nicht daran.« Rosa winkte ab. Dann setzte sie sich auf. »Aber du hast recht. Wir müssen noch mal auf den Platz. Denn erstens will ich sehen, ob du nicht nur Fachbegriffe kennst, sondern auch spielen kannst.« Sie nahm einige Steine von ihrer Scrabble-Schiene und legte sie aufs Spielfeld. »Und zweitens liegst du richtig, ein bisschen Bewegung kann mir nicht schaden.« PANIK stand jetzt am P von PROFI. »Dreifacher Wortwert, Halleluja. Und weißt du was? Ich glaube, so langsam freue ich mich drauf. Der Trainer sah echt gut aus.« Siegessicher lächelte Rosa über den Tisch hinweg. Aber Karl grinste nur verschwörerisch zurück.

»Vielleicht ist er ja ein hübscher Mörder.«

»Du willst mich doch nur ablenken, mein Lieber. Aber bevor wir die Partie nicht zu Ende gespielt haben, gibt es auch kein Gulasch.«

»Das schon verführerisch duftet!«

»Überleb du erst mal meine Meuchel-Morcheln.«

Kapitel 7

»Für minge Lieblingsscheffin!«

Willy stiefelte ins gläserne Büro und stellte ihr ein Töpfchen mit gelben Ranunkeln vor die Nase. Rosa schnupperte daran und roch Frühling. Archie unter ihrem Schreibtisch hingegen hob noch nicht einmal den Kopf und schnarchte einfach weiter.

»Danke, Willy, du hast aber doch nur eine Chefin.«

»Sach isch doch.«

Rosa schaute ihm hinterher. Ihr schlagfertiger Mitarbeiter brachte sie doch immer wieder zum Lächeln. Während Willy zusammen mit ihrer Mutter Roswitha Tulpen und Narzissen bündelte und im Verkaufsraum in Wassereimer stellte, kümmerte sich Rosa um neue Aufträge. Es gab Grund zur Freude – ihre Freundin Daniela aus Kappeshoven hatte in den vergangenen Wochen Rosas Entwurf studiert und war mit ihren Vorschlägen für einen Garten, der optisch irgendwo zwischen Florida und Eifel verortet war, einverstanden. Demnächst konnte Rosa mit den Arbeiten beginnen. Aber erst einmal würde sie heute ihren Neffen begleiten, der in seiner Funktion als Journalist für die Bonner Zeitung über den Toten auf dem Golfplatz schrieb.

»Ist Moritz eigentlich schon da?«, rief Rosa Willy hinterher.

»Bin isch beim Empfangskomitee, oder watt?« Willy schlurfte in seinen Gummistiefeln weiter. »Wenn er sisch nisch am Macarönschen verschluckt hat, is er noch drüben am Poussieren!«

Mit drüben meinte Willy das Gärtnereicafé, in dem ihr Neffe äußerst gerne saß – weil es immer etwas zu futtern gab, aber vor allem wegen der schönen Konditorin Sarah. Rosa wartete gespannt, wann sich Moritz endlich einen Schritt weiter wagen und Sarah zu einem Rendezvous einladen würde. Oder zum gemeinsamen Abhängen oder wie das ein Anfang Zwanzigjähriger heute so nannte. Sie packte ihre Handtasche. Jetzt ging sie erst mal mit Moritz auf Recherchetour. Oder, wie es eine Mitte Sechzigjährige nannte: zum Rumschnüffeln.

· · ·

»So gerne ich in der Gärtnerei sitze und plane und nebenbei meine Lieben mit den Pflanzen beobachte – endlich geht es wieder raus! Danke, dass du mich mitnimmst!« Rosa hatte ihren Neffen von Kleingebäck und Konditorin losgeeist, sich mit ihm und Mops Archie in ihren Mini geschwungen und düste jetzt Richtung Golfplatz. »Wie gut, dass die, nun ja, Unglücksstelle von der Polizei wieder freigegeben ist. Was erhoffst du dir von dem Besuch?«

»Futter für meine nächste Story«, antwortete Moritz und biss in ein Vollkornbrötchen, das Sarah mit viel Liebe, frischen Gurken und Roswithas selbst gemachter scharfer Avocadocreme belegt und bestrichen hatte. Schob ihr Neffe eigentlich immer Kohldampf? Im Wachstum konnte er doch nicht mehr sein. Das hoffte Rosa zumindest, wenn sie ihn sich mit seinen langen, eingeklappten Beinen auf dem Beifahrersitz so anschaute. »Die Polizei lässt sich Zeit mit ihrer Pressekonferenz, bis dahin muss ich noch irgendwas liefern. Ich dachte, wenn ich am Ort des Grauens bin, fällt mir schon was ein. Aber Tantchen, wenn wir ehrlich sind – es war deine Idee, dort hinzufahren. Ich habe eher das Gefühl, *du* nimmst *mich* mit.«

»Ach was, jeder braucht einen Mentor. Vielleicht können wir auch noch mal mit den wichtigsten Personen reden. Also du natürlich. Der Trainer und diese Fitnessfrau müssten ja eigentlich immer da sein. Und die Clubchefin sowieso. Hey, du Affe!«

Ein dunkler Kleinwagen überholte sie mit hoher Geschwindigkeit, um dann vor ihnen die Abfahrt zum Golfclub zu nehmen.

»Der hat's aber eilig, ich dachte, Golf sei so ein ruhiger Sport.«

»Vielleicht hat er seine Startzeit verpasst oder wie das heißt.«

Sie waren angekommen und Rosa stellte ihr Auto auf dem großen Parkplatz des Golfplatzes ab, auf dem zu dieser frühen Stunde schon einige dicke Karossen standen. Den schwarzen Kleinwagen sah Rosa allerdings nicht.

»Ach, übrigens, hier!« Moritz hielt ihr seine Zeitung vor die Nase, »da steht was über das Turnier am Wochenende drin.«

»Sehr gut, das lese ich mir nachher in Ruhe durch.« Rosa ließ Archie raus, der fröhlich mit dem Schwanz wedelte, soweit das mit seinem Ringelschwänzchen funktionierte.

»Wenn du mit ›Ort des Grauens‹ die Stelle meinst, an der der Tote lag – die kann ich dir zeigen. Ich möchte allerdings ungern wieder über den Platz laufen und vielleicht das nächste Opfer werden. Ich glaube, das dürfen wir auch gar nicht. Und an der Straße parken wie ich letztens beim Pilzesammeln, ist auch zu auffällig. Es muss noch einen anderen Weg geben. Einen, den der Tote zum Joggen genommen hat. Ich habe schließlich kein anderes Auto gesehen. Er muss vom Golfplatz gekommen sein, die Polizei hat dort sein Auto gefunden, das konnte ich Peter aus der Nase ziehen.«

Rosa nahm Archie an die Leine, und gemeinsam gingen sie die Zufahrt zurück Richtung Straße. Rosa blickte über das weite Grün.

»Ich finde Golfplätze erstaunlich. Diese Mischung aus peinlichst genau gepflegter Grünanlage und wilder Natur, die sich auch nicht von Spielern auf der Suche nach ihrem Ball niedertrampeln lässt, wie man sieht. Wusstest du, dass Golfplätze in Deutschland rund 48 000 Hektar Fläche einnehmen? Nur eine Hälfte wird zur gepflegten Golfbahn, die andere Hälfte bleibt naturbelassene Wiese, habe ich gelesen. Da fühlen sich Heuschrecken, Käfer, Falter und Vögel wohl. Wenn Umweltschützer auch keine Golfplätze mögen – das sollte man dabei nicht vergessen. Von den seltenen oder bedrohten Pflanzenarten, die es dort gibt, ganz zu schweigen. Schau dir da drüben die gelben Blumen an. Wenn das nicht der Gewöhnliche Gilbweiderich ist. Eine alte Heilpflanze!«

»Da lacht dein Paukerherz, was? Und guck, dahinten der Teich! Bestimmt gibt's da auch Enten und Fische, nur für dich.«

»Wenn die nicht auch von den Bällen erschlagen werden.«

»Oder zu Tode gefüttert von den Golfspielern.« Moritz lachte. »Wo will eigentlich Archie hin?«

Rosa blickte ins dichte Grün neben der Straße, in dem ihr Mops an der langen Leine verschwunden war. »Ach, schau mal, da geht's rein, sieht aus wie ein versteckter Trampelpfad. Vielleicht ist das ja der Weg um den Golfplatz herum, den wir suchen. Archie, warte.«

Moritz und Rosa folgten dem Mops, der sein Beinchen an einem dicken Stein hob und sich anschließend weitertrollte, die Nase auf dem Boden. Sie schlugen sich durch ein paar Büsche und standen plötzlich auf einem schmalen Pfad, der wie ein Geheimgang mitten durch die Natur wirkte. Links hörte Rosa den Verkehr der Straße vorbeirauschen. Rechts musste der Golfplatz liegen. Nach ein paar Minuten machte der Weg eine Kurve, die Vegetation wurde größer, aber auch lichter, wirkte mehr wie ein Wald. Rosa schaute sich um und sah die Straße und die Stelle, an der sie geparkt hatte. Und das Schild.

»Privatweg, Zutritt verboten«, las Moritz. »Komisch, sieht aus wie ein normaler Spazierweg, warum darf hier niemand rein?«

»Wie gut, dass wir nicht niemand sind! Na komm, das hat mich letztens auch nicht gestört.« Rosa machte keine Anstalten, stehen zu bleiben, während Moritz ihr die Leine abnahm und Archie losmachte.

»Wenn uns jemand anmacht, weil wir hier rumrennen«, erklärte er, »haben wir nur unseren Hund gesucht.«

»Könnte von mir sein!« Rosa lächelte ihren Neffen stolz an.

Langsam liefen sie den Weg entlang. Rosa zeigte Moritz die Stelle, an der sie im Wald die Pilze gesucht hatte, während sich die Männer auf dem Weg gestritten hatten. Sie wies auf die Reifenspuren auf dem Boden. Sicherlich stammten die von der Polizei. Durch die Bäume sah sie den Golfplatz und weiter hinten das Clubrestaurant liegen, wo jetzt hoffentlich ihre Studentenblumen ordentlich blühten.

»Hier muss es irgendwo gewesen sein. Ich erinnere mich nicht an jeden Busch, aber an den Toten. Der junge Mann lag mitten auf dem Weg, auf dem Bauch mit verdrehtem Kopf«, dozierte Rosa. »Die Spieler waren dort auf der Bahn unterwegs und hatten hier ihren Ball gesucht.« Neue Themengebiete zu erklären, war auch als Lehrerin ihre Lieblingsbeschäftigung gewesen. Moritz schüttelte den Kopf.

»Das ist ja echt krass gefährlich. Wieso gibt's denn keinen Zaun?« Sie liefen ein paar Meter weiter. Dass hier vor Kurzem noch die Polizei ermittelt hatte, war nicht mehr zu sehen. Die Spurensicherung hatte keine Spuren hinterlassen. Archies Kläffen riss Rosa aus ihren Gedanken. Ihr Mops bellte in den Wald hinein und verschwand.

»Archie!« Gemeinsam mit ihrem Neffen folgte sie ihrem Hund ins Gehölz, bis sie es sahen: ein Haus.

»Hier wohnt jemand?«, Moritz trat hinter sie. »So nah am Golfplatz und doch kaum zu sehen. Sieht romantisch aus.«

»Renovierungsbedürftig würde ich es nennen. Moritz«, Rosa packte ihren Neffen am Arm. »Ich habe dir doch von dem zweiten Kerl erzählt, der auf dem Weg mit dem Toten gestritten hat …« Weiter kam sie nicht, denn ein Mann lief durch den Vorgarten direkt auf sie zu.

»Was wollen Sie hier?« Sein Gesicht war von einem Hut verdeckt. In der Hand hielt der Mann ein langes Gerät. *Das wird doch wohl kein Gewehr sein?*

»Oh oh, wir sollten verschwinden.«

»Wenn das der zweite Mann ist, den ich gesehen habe«, Rosa flüsterte jetzt, »dann könnte es sich sehr gut um den Mörder handeln. Schließlich wohnt er direkt am Tatort. Und siehst du, was er da in der Hand hält?«

»Tantchen, relax, der Typ ist schließlich nicht verhaftet worden, und den Obduktionsbericht kennen wir auch noch nicht.«

»Hast du den Mann mit eingeschlagenem Schädel gesehen oder ich?«

»Haben Sie mich verstanden?« Der Mann mit Hut kam näher. Das Gerät in seiner Hand identifizierte Rosa erleichtert als einen Vertikutierer.

»Meinen Sie nicht, dass es heute viel zu feucht fürs Vertikutieren ist? Nach dem Regen heute Nacht?« Es hatte sich immer als Erfolg erwiesen, streitsüchtigen Schülern ebenfalls im Angriffsmodus gegenüberzutreten. Und niemals jede dumme Frage zu beantworten.

»Was?« Der Mann schnaufte, als er vor ihr stand. Rosa schätzte ihn auf Mitte fünfzig, in seinem karierten Hemd und der Jeanslatzhose sah er aus wie jemand, der häufiger in seinem Garten arbeitete. Rosa ließ ihren Blick durch den Vorgarten schweifen. Rasen und Rabatten wirkten gepflegt. Die Kamelienbüsche am Haus blühten dunkelrot. Am besten gefiel ihr der alte, große Walnussbaum. *Wenn es ein ertragreicher Herbst wird, kann Sarah wieder ihren leckeren, gedeckten Walnusskuchen machen.*

Aber jetzt war erst mal Frühling und ihr Problem war nicht das Teegebäck, sondern ein wütender Mann mit einem potenziellen Mordinstrument in der Hand. Auf dessen Grund und Boden sie standen. Unbefugt, wie Rosa zugeben musste.

»Sind Sie von der Polizei? Was wollen Sie denn noch?«

»Aber nein!« Rosa streckte dem Mann spontan die Hand entgegen. »Entschuldigen Sie den Überfall, mein Name ist Rosalinde Reich, ich bin Gärtnerin und bewundere gerade Ihre grüne Oase. Das ist mein Neffe Moritz, und meinen Hund Archie haben Sie ja schon kennengelernt.« Archie schnüffelte an den ausgelatschten Boots des Mannes. »Er tut Ihnen nichts«, schob sie überflüssigerweise hinterher. »Hier meine Karte«, sie zog ihre pink leuchtende Visitenkarte aus ihrer Handtasche und drückte sie dem Mann in die Hand, bevor der etwas erwidern konnte. »Aber wie ich sehe, brauchen Sie unsere Hilfe nicht, Ihr Garten ist bezaubernd.« Sie setzte das charmanteste Lächeln auf, das sie zustande brachte. »Ich fürchte, wir haben uns ein wenig verlaufen, aber als mir Ihre Walnuss ins Auge stach, musste ich einfach näher kommen. Die ist doch bestimmt hundert Jahre alt.«

»Kann gut sein«, murmelte der Mann.

»Wir haben etwas gemeinsam, wir beide lieben Gärten, Herr, äh …« Rosa sah ihn fragend an.

»Van der Loh«, brummte der Angesprochene. »Wenn Sie den Golfplatz suchen, der ist hier nicht. Das ist Privatgelände.«

»Dann spielen Sie selbst nicht? Das wäre aber doch sehr praktisch, so nah wie Sie am Platz wohnen.«

»Wer braucht schon Golfplätze?«, fuhr Herr van der Loh sie an. »Ich hatte meine Ruhe, bis diese Spinner kamen. Aber ich gehe hier nicht weg. Das ist doch ein abgekartetes Spiel. Erst bieten sie mir Geld, dann wollen sie mir was anhängen.« Er spuckte beim Sprechen.

»Dann wollte man Ihnen Ihr Land abkaufen?« Moritz hatte seine Stimme wiedergefunden.

»Pah, ich lasse mich nicht vertreiben.«

»Sehr richtig«, mischte sich Rosa ein. »Aber sagen Sie, ist es hier nicht recht gefährlich für Sie? Hat sich noch kein Golfball in Ihren Garten verirrt?«

»Ha«, lachte der Mann wütend auf. »Mein Auto haben sie schon zerbeult. Und natürlich will es niemand gewesen sein. Hören Sie mir auf mit diesem Golferpack!«

»Warum bauen Sie keinen hohen Zaun um Ihr Grundstück?« Im Geiste hatte Moritz Stift und Papier rausgeholt, bemerkte Rosa. Jetzt nur nicht zu neugierig erscheinen und den Informanten vertreiben.

»Wollen Sie mir einen verkaufen, oder was? Ich habe keine Zeit für so was.« Der Mann wollte Sie stehen lassen.

»Herr van der Loh, warten Sie!« Rosa beschloss, die Alterskarte zu ziehen. Immerhin war sie Frühpensionärin. »Hätten Sie freundlicherweise wohl ein Glas Wasser für mich? Ich fühle mich ein wenig flau. Mein Hund hat mich ganz schön durch die Gegend gejagt. Ich fürchte, ich habe es etwas übertrieben.« Sie hielt sich an Moritz fest.

»Hmpf.« Herr van der Loh rückte seinen Hut zurecht und stapfte davon. Jetzt hatten sie ihn doch vergrault, dachte Rosa, als der Mann im Haus verschwand. Sie sah ihren Neffen verzweifelt an. Aber als der Hausbesitzer kurz darauf wieder heraustrat, hatte er ein Glas Wasser in der einen Hand. Und eine Plastikschüssel voll Wasser in der anderen. Die stellte er Archie vor die Schnauze. »Du kannst ja nix dafür, dass alle hier plemplem sind.«

Archie schaute erst kritisch, schlabberte dann aber los. Und auch Rosa leerte ihr Glas dankbar in einem Zug. »Kommen Sie aus Bonn?«

»Aus Holland. Aber ich wohne seit dreißig Jahren hier. Ihr Rheinländer nennt das Immi. Aber ob ihr mich akzeptiert oder nicht – meine Tochter und ich, wir gehen hier nicht weg, basta. Das können Sie Ihren Golffreunden sagen. Mein Grund und Boden wird nicht verkauft. Nur über meine Leiche!«

»Apropos – ich habe gehört, dass es nicht weit von Ihrem Haus einen Todesfall gab. Ein Golfer. Schlimme Geschichte!« Rosa machte ein mitfühlendes Gesicht.

»Damit habe ich nichts zu tun. Das habe ich auch der Polizei gesagt. Ich bin hier das Opfer, nicht der Täter.«

»Dann haben Sie nichts bemerkt? Der Mann war wohl joggen gewesen. Kannten Sie den?«

»Sind Sie von der Presse, oder was? Ich habe nichts zu sagen. Fragen Sie doch diese aufgeblasenen Heinis von da drüben. Die glauben doch jetzt schon, ihnen gehört hier alles. Rennen ständig über mein Grundstück. Fehlt nicht mehr viel und sie stehen in meinem Garten. Oder im Schlafzimmer. Aber ich verteidige meinen Besitz.« Der Holländer machte Anstalten, zurück zum Haus zu gehen.

»Indem Sie Joggern eins über die Rübe geben?«, warf Moritz ihm hinterher.

»Was erlauben Sie sich ...«

»Mein Neffe hat nur einen Scherz gemacht, Herr van der Loh. Wir wollen Sie auch nicht länger aufhalten. Vielen Dank für das Wasser. Komm, Moritz.«

»Ja, verschwinden Sie! Bevor es Ihnen so ergeht wie dem toten Golfer.«

Kapitel 8

»Was hältst du von ihm?« Rosa durchbrach die Stille. Nachdem für Herrn van der Loh das Gespräch beendet war, hatte sie Moritz noch den Tatort gezeigt, bevor sie in Gedanken versunken den Weg zurückgegangen waren.

»Typ Einsiedler würde ich sagen. Dem die Golfer auf die Pelle rücken. Klar, dass der das nicht mag.«

Rosa nickte. »Er kommt mir vor wie eine Hornisse – eigentlich ganz friedfertig, aber wenn man sie in ihrem Nest stört, greift sie an.«

»Traust du ihm denn zu, einen Mann zu erschlagen, nur weil der an seinem Haus vorbeijoggt? Kommt mir irgendwie übertrieben vor.« Moritz sah seine Tante von der Seite an.

»Es wurden schon Menschen wegen weniger ermordet. Typischer Nachbarschaftsstreit, mein Boden, dein Boden, so was schaukelt sich hoch. Dann reicht ein falsches Wort und zack, brennt die Sicherung durch.«

»Wie gut, dass ich im Studentenwohnheim zur Miete lebe. Besitz stresst doch nur.«

»Du klingst ja fast wie Willy.« Rosa grinste ihren Neffen an. »Fakt ist, dass dieser Herr van der Loh auf Platz eins auf der Liste der Verdächtigen steht. Ich bin mir mittlerweile ziemlich sicher, dass er der zweite Mann war, der mit dem Toten gestritten hat. Und sei es nur, weil der regelmäßig über seinen Grund und Boden gelaufen ist. Wenn ich andererseits auch glaube, dass ein Mann mit viele Liebe für Pflanzen und Tiere kein schlechter Mensch sein kann. Aber das ist nur meine persönliche Meinung.«

»So romantisch, Tantchen. Der hat dir wohl gefallen, der Holländer mit dem grünen Daumen, was?«

»Unsinn! Erzähl mir lieber, was du über die drei Golfspieler herausgefunden hast.« Sie bogen in den schmaler werdenden Pfad ein. In der Ferne waren knallende Geräusche zu hören. Das mussten Golfschläger sein, die auf Bälle trafen und sie weit fliegen ließen. *Hoffentlich nicht in den Garten von Herrn van der Loh.*

»Ja, richtig. Ich habe recherchiert, im Netz und in unserem Zeitungsarchiv. Am einfachsten war es, diesen Manfred Krummeisen zu finden. Der hat in Bonn eine Baufirma. Platzhirsch, sagte mein Kollege. Ist an vielen Bauprojekten beteiligt. War aber auch schon mal im Gerede, weil vielleicht doch nicht alles so astrein lief mit seinen Geschäften.«

»Ach, du meinst, illegale Machenschaften? Schmiert er Leute, um an Aufträge zu kommen?«

Moritz zuckte mit den Schultern. »Nachweisen konnte man ihm nie was. Also ist er entweder sauber – oder sehr geschickt.«

»Mir kam er ein wenig wehleidig vor. Jammerte ständig vor sich hin. Aber gut, auch die erfolgreichsten Männer haben Gefühle. Und schließlich hatten sie ja gerade den Toten entdeckt. Da wird auch ein Mann wie ein Baum schon mal zur Ministieleiche.«

»Soll es nicht sein Ball gewesen sein, der den Jogger getroffen hat? Das habe ich in meinem Artikel natürlich nicht geschrieben. Wir wollen schließlich niemanden vorverurteilen. Aber du hattest so was erwähnt.«

»Zumindest war es dieser Manni, der seinen Golfball gesucht hat. Er bringt wohl häufig sein Bällchen auf die schiefe Bahn. Das habe ich herausgehört. Dann wäre es eher Zufall, wenn er dabei einen Menschen trifft.«

»Oder er tut nur so, als sei er der Loser.«

Rosa warf ihrem Neffen einen anerkennenden Blick zu.

»Auch möglich. Aber es gibt ja noch zwei andere Spieler. Fritz Töpelmann war Karl noch ein Begriff. Der spielt wohl schon sehr lange in diesem Club.«

»Den scheint jeder in Bonn zu kennen. Hat mal bei der Stadt gearbeitet, im Archiv. Der kennt alles und jeden.«

»Er muss schon sehr alt sein. Aber das heißt ja nichts. Er spielt von allen am längsten Golf. Da hat man den Schwung drauf. Und so ein Ball kann sehr schnell fliegen, habe ich gelernt.«

»Und wenn er dann einen Menschen trifft, kann das übel ausgehen. Voll gefährlich. Eigentlich müssten Golfspieler Schutzanzug und Helm tragen, so wie die die Bälle in der Gegend rumschlagen.«

»Und diese Hana? Ihr Name klingt asiatisch. Sie hat das beste Handicap der drei.«

Moritz schüttelte den Kopf. »Von ihr ist kaum was zu finden. Weder in den sozialen Netzwerken ...«

»So sozial kam sie mir auch nicht vor.«

»... noch in der Presse. Ich habe sogar bei deutsch-japanischen Vereinen gesucht, auch über Bonn hinaus. Du meintest doch, dass sie wahrscheinlich Japanerin ist.«

»Das hat Karl behauptet, und der kennt sich aus, wie du weißt.«

»Aber dann hat mein Kollege aus der Wirtschaftsredaktion das Foto von ihr gesehen, als sie am Wochenende das Turnier gewonnen hat, darüber hat wiederum der Kollege vom Sport berichtet.«

»Sie hat also gewonnen, dann kann ich mir deinen Artikel ja sparen. Hätte sie vielleicht nicht, wenn der Tote mitgespielt hätte. Also wenn er noch lebendig gewesen wäre. Was hast du sonst über Hana herausgefunden? Spann mich nicht so auf die Folter!«

Moritz pfiff Archie zurück und holte tief Luft. »Dann lass mich doch einfach ausreden, Tantchen. Also, der Kollege hat über eine IT-Firma in Bonn berichtet, die vor Kurzem sehr viele Angestellte entlassen musste. Darunter auch deine Hana.«

»Vermutlich, weil sie nicht weit von der Rente entfernt ist. Gute Arbeit, Moritz.« Rosa wollte nicht allzu enttäuscht klingen. »Aber hat das etwas mit unserem Fall zu tun?«

»Das wirst du schon noch herausfinden, Kommissarin Butterblume.«

Rosa boxte ihren Neffen freundschaftlich in den Arm. »Ich gebe dir gleich was auf die Blume, Freundchen. Aber du hast recht. Zuerst mal erklärt das ihre gereizte Stimmung. Und wer weiß, wozu eine schlecht gelaunte Topspielerin fähig ist. Na komm, vielleicht treffen wir unsere potenzielle Mörderin im Golfclub an.«

· · ·

»Betreten verboten!« Die Stimme kam von dem Mann, der sich ihnen in den Weg stellte. Er trug Stiefel über der grünen Hose, ein ausgeblichenes T-Shirt und einen Hut, der mit seinem Kopf eins geworden zu sein schien. Einen sehr speckigen, alten Hut, urteilte Rosa und bemerkte trotzdem, dass der Mann sie mit zusammengekniffenen Augen fixierte.

Er war von seinem Aufsitzrasenmäher abgestiegen, der mit laufendem Motor hinter ihm stand. Auf dem Schild in seiner Hand las Rosa das, was er jetzt wiederholte: »Betreten verboten!«

Damit meinte er, wie es aussah, den versteckten Weg durch die Büsche rund um den Golfplatz, aus dem Rosa und Moritz gerade wieder herausgekommen waren. *Ertappt!* So mussten sich ihre Schüler gefühlt haben, wenn sie ihnen während der Klassenarbeit den Spickzettel abgenommen hatte. Sie deutete auf Archie.

»Mein Hund«, erklärte Rosa, »der ist uns abgehauen, wir mussten ihn suchen.« Archie hechelte zustimmend und sah den Mann mit Hut erwartungsvoll an, als gäbe es von jedem Menschen, dem sie heute begegneten, eine Schale Wasser oder ein anderes Leckerchen.

»Jedenfalls ist der Zutritt jetzt verboten.« Der Mann griff nach Handschuhen und seinem Gummihammer auf dem Rasenmäher und machte sich daran, das Schild in die Erde zu schlagen.

»Wegen des, äh, Unglücksfalls letztens? Wir haben davon gehört.«

»Das war schon vorher verboten. Hat sich nur nicht jeder dran gehalten.«

»War bestimmt ganz schön was los hier in den letzten Tagen, oder? Viel zu tun für Sie. Und die Mäharbeit muss ja weitergehen.«

»Hmmm.« Der Mann verstaute nach getaner Arbeit Hammer und Handschuhe auf seinem Rasenmäher. Rosa hatte nicht vor, ihn so einfach davonbrausen zu lassen.

»Rosa Reich«, sie streckte ihm die Hand hin und lachte innerlich, wie viele Männer sie an einem Vormittag hier traf.

Vielleicht sollte sie wirklich mit Golf anfangen. »Ich mache demnächst auch eine Schnupperstunde. Schön, dass wir uns schon kennenlernen.« Der Mann mit Hut schaute entsetzt ihre Hand an, die er widerwillig nahm, um sie sofort wieder loszulassen. »Und Sie sind?«, setzte Rosa nach, als sie keine Antwort erhielt.

»Kastner. Greenkeeper. Schönes Spiel.« Er schwang sich auf seinen Rasenmäher. Rosa stellte sich ihm in den Weg.

»Ach, warten Sie, eine Frage noch – wann mähen Sie denn hier immer den Rasen und fahren über die, äh, über die Bahnen? Also normalerweise. Ich frage nur, damit ich Ihnen nicht in die Quere komme, wenn ich demnächst auch hier spiele.« Sie lächelte ihn so unschuldig an, wie es nur eine Golfanfängerin tun konnte.

»Montags von sechs bis acht, im Sommer auch mal früher. Sie werden mich gar nicht sehen.«

»Ach, als ehemalige Lehrerin ist man ja auch gerne vor Sonnenaufgang auf den Beinen. Aber keine Sorge, ich störe Sie schon nicht. Dann haben Sie sicherlich auch den toten Golfer gekannt?«

Kastner grummelte. »Nicht persönlich.«

»Man hört ja, dass der richtig gut gewesen sein soll. Hätte vielleicht das Turnier gewonnen. Zu traurig das Ganze. Was meinen Sie – ob es jemand aus dem Club war?«

»Das überlasse ich der Polizei.« Er machte Anstalten, loszufahren, aber Rosa trat nicht zur Seite.

»Die hat doch sicherlich Ihr gesamtes Werkzeug mitgenommen, um es zu untersuchen, oder? Könnte schließlich die Mordwaffe darunter sein.«

»Was wollen Sie damit sagen?«, grummelte er.

»Spielen Sie eigentlich auch Golf?«

In Kastners Augen blitzte etwas auf, bemerkte Rosa. Aber der Mann schüttelte nur kurz den Kopf. »Nicht mein Ding. Ich bin hier, um zu arbeiten. Muss jetzt auch wieder los.« Resolut riss er das Lenkrad herum und fuhr haarscharf an Rosa vorbei, die erschrocken zur Seite sprang. Auch Archie kläffte alarmiert.

»Wir sehen uns!«, rief sie ihm hinterher.

»Alles in Ordnung?« Moritz trat neben sie. »Der ist aber auch nicht ganz frisch, oder?«

»Er hat ja recht.« Rosa hatte sich wieder gefangen. »Da quatscht ihn eine Verrückte von der Seite an und stört ihn bei der Arbeit. Würde mir auch nicht gefallen. Aber weißt du was? Auf diesen Schrecken sollten wir dringend etwas essen. Ich lade dich ins Clubrestaurant ein. Vielleicht bekommen wir da ein frühes Mittagessen. Pommes mit Trüffelmayonnaise für dich. Und noch den ein oder anderen brauchbaren Hinweis für mich.«

Kapitel 9

»Sie können sisch nisch von mir trennen, was? Hat Ihnen datt Julaschsüppschen letztens so jut jeschmeckt, oder haben Se ein Auge auf misch jeworfen? Hohoho. Isch könnts ja verstehen, bei meinem Liebreiz, hahaha.«

Koch Winfried Görgen, von allen nur Winnie genannt, stand im Eingang seines Restaurants und klopfte sich zufrieden auf den Bauch, der sich auch nicht hinter seiner weißen Kochjacke verstecken ließ. Das altmodische Wort Wanst kam Rosa in den Sinn, während sie sich lieber nach ihren Studentenblumen umschaute, die gut zu gedeihen schienen und mit ihren gelb-orangefarbenen Blüten vor dem Grün des Golfplatzes richtig leuchteten. *Gut, dass Willy sie in der Gärtnerei vorgezogen hatte!*

»Ich bringe heute meinen Neffen und einen ordentlichen Hunger mit, ich hoffe, Sie haben schon geöffnet?«

»Wenn Se auf Leber stehen, können Se schon watt kriejen. Keine Angst, is ja nisch meine, hahaha.« Archie an der Leine machte einen erschrockenen Satz zurück.

»Ihnen kann wohl nicht mal ein toter Mann die Laune verderben, scheint mir.«

»Isch trainiere bloß für die nächste Session. Darf ich vorstellen – Bonns beliebtester Büttenredner.« Der Koch machte eine leichte Verbeugung. »Sollten Sie sich dringend ansehen. Wenn Se noch ene Karte bekommen.«

»Na, Sie haben ja viele Talente.« Rosa ließ unerwähnt, dass sie noch nie vom lustigen Koch im Karneval gehört hatte. Aber vielleicht trat er ja unter einem Künstlernamen auf und sicherlich mit Verkleidung.

»Ich kann Ihnen noch ganz andere Talente zeigen. Sie sind ja auch noch jut in Schuss.« Er grinste anzüglich.

»Ich glaube, wir schauen erst mal in die Speisekarte.« Rosa setzte sich draußen an den nächstbesten Tisch und machte Archies Leine am Stuhl fest, während Winnie lautstark nach seiner Frau Silvia rief und im Restaurant verschwand.

»Hat der dich gerade angemacht?« Moritz beugte sich zu ihr herüber und flüsterte: »Fieser Fettklops, hoffentlich kocht er wenigstens gut.«

»Ach was, der übt nur für seinen nächsten Auftritt. Schade, dass der erst im November sein wird. Bis dahin muss er sich, wie es aussieht, an seinen Gästen ausprobieren.«

Eine Frau mit Block in der Hand erschien. Rosa sah einen grauen Haaransatz in der unordentlichen Hochsteckfrisur.

»Ja, bitte?«, fragte die Frau mit leiser Stimme, die genauso desorientiert klang, wie ihre äußere Erscheinung wirkte. Rosa erkannte sie als die Frau vom Telefon, mit der sie den Termin fürs Blumenpflanzen ausgemacht hatte. Frau Görgen, die Ehefrau des lustigen Kochs.

»Hm, Burger oder Pommes, schwere Entscheidung.«

»Ich denke, mein Neffe nimmt den Burger *und* die Pommes, und ich lasse mich zum Fitnesssalat mit der gebratenen Hühnerleber überreden, Karl will mich demnächst auf den Golfplatz schleppen, da muss ich fit sein.« Sie lächelte Moritz und die Bedienung an. »Und zwei große Rhabarberschorlen. Machen Sie den Rhabarbersaft eigentlich selbst, Frau Görgen?« Die Frau schaute sie erschrocken an.

»Ich, äh, nein …«

»Kein Problem.« Rosa winkte ab. »Ist zwar ganz einfach, aber Sie haben ja gerade anderes zu tun nach dem, nun ja, Unglücksfall und dem Polizeieinsatz hier. Kannten Sie das Opfer?« Sie blickte der Bedienung in die Augen.

Die stotterte. »Ähm, ei… eigentlich nicht. Wenn sie keinen Wunsch mehr haben?« Sie stolperte über den Kies zurück zum Restaurant.

»Gesprächig sieht anders aus, was?«

»Verhuschtes Ding. Merkwürdig, als ich in ihrem Alter war, habe ich ein ganz neues Selbstbewusstsein gespürt. Na, was sie für ein Problem hat, finde ich auch noch raus. Schau mal, da kommt schon die Nächste mit unseren Schorlen. Ein Personalproblem scheinen die jedenfalls nicht zu haben.«

Eine junge Frau balancierte zwei volle Gläser auf einem Tablett. Der blonde Pferdeschwanz wippte munter und stand im Kontrast zu ihrem schwarzen Outfit. Rosa bemerkte, dass Moritz sie interessiert anschaute, während sie die Gläser auf den Tisch stellte.

»Haben Sie denn die Befragung noch gut überstanden? Ich habe Sie doch letztens gesehen, als die Polizei hier war, nachdem der Tote, also der junge Mann gefunden wurde, da hinten am Golfplatz.« Rosa versuchte weniger neugierig als einfühlsam zu klingen. »Was für eine schlimme Geschichte, kannten Sie ihn?«

Die Augen der jungen Frau füllten sich mit Tränen. Sie schüttelte stumm den Kopf und lief schleunigst zurück ins Restaurant.

»Hast du ihre Augen gesehen?«

»Hmm, schön blau.«

»Nein, ich meine ihre tiefen Augenringe. Und sie hat fast geweint, als ich den Toten erwähnt habe.« Rosa lehnte sich zurück. »Die scheinen ja allesamt sehr betroffen zu sein. Dann war der Tote doch kein Unbekannter.«

»Dasselbe Problem wie an der Uni: Nüchtern kann ich nicht denken. Hoffentlich kommt bald der Burger. Dann kann ich wieder mitreden.«

»Sagt sich vermutlich auch der Koch. Schau mal, der steht doch mit einem Bier in der Hand vor der Tür, oder brauche ich neue Kontaktlinsen?« Rosa kniff ihre kurzsichtigen Augen zusammen. Winfried Görgen schien zu beobachten, wie seine Frau und die junge Bedienung ihnen die Teller an den Tisch brachten. Dann leerte er sein Glas in einem Zug und verschwand im Restaurant.

»Wohl bekomms!« Das leise Stimmchen und die junge Blonde servierten die bestellten Gerichte und waren schneller wieder weg, als Rosa Luft holen konnte. Sie stach ihre Gabel in eine Hühnerleber, nicht ohne die Terrasse im Blick zu behalten.

»Bei der heiligen Dorothea! Wenn das nicht der gut aussehende Golftrainer ist. Vermutlich mit seiner Schülerin. Für seine Freundin sieht sie mir zu alt aus.« Rosa schob sich Salat in den Mund und linste unauffällig zu einem der hinteren Tische, an dem ein Paar im Golfoutfit saß. »Könnte ja meine Mutter sein, wobei ich mir Roswitha nicht wirklich mit dem Golfschläger in der Hand vorstellen kann.« Sie kicherte. »So langsam bekomme ich doch Lust aufs Golfen.«

»Was natürlich gar nichts mit diesem Schönling zu tun hat.« Moritz grinste hinter seinem Burger. »Golftrainer müsste man sein, du verdienst Geld mit deinem Hobby und hast jede Stunde 'ne andere Frau am Start.«

»Und bekommst schnell mal den Schläger gegen die Birne. Jetzt hau mal lieber rein, dann sagen wir unauffällig diesem schönen jungen Mann Hallo. Ich glaube, der heißt Manuel, wenn ich mich richtig erinnere, die Clubchefin erwähnte so was bei der Polizeibefragung.«

»Moooment.« Moritz verschlang den Burger, griff sein Smartphone und tippte darauf herum. »Auf der Seite des Golfclubs steht: ›Wir freuen uns, dass Manuel Bonasera wieder unser Head Professional ist.‹ Das heißt wohl Cheftrainer. Manuel Bonasera. Klingt spanisch. Der war eine Zeit lang nicht da. Vielleicht hat er Elternzeit genommen, machen ja viele Männer, wenn sie Vater werden.«

»Der sieht mir nicht nach jungem Vater, eher nach jungem Lover aus. Guck mal unauffällig rüber, hat der seiner Begleitung gerade die Hand getätschelt? Scheinen ja ein inniges Verhältnis zu haben.«

»Für mich wäre eine ältere Frau ja nichts. Ein, zwei Jahre älter, okay, aber so ein großer Altersunterschied?« Moritz schüttelte sich.

»Pass auf, wenn du mein Lieblingsneffe bleiben willst.«

»Du hast nur einen, Tantchen.«

»Und nenn mich nicht Tantchen. Signalisiere mal lieber der blonden Bedienung, dass wir zahlen wollen, vorausgesetzt, sie ist dir nicht zu alt.« Rosa lächelte ihren Neffen nachsichtig an. »Ehe unsere Turteltäubchen da hinten verschwinden. Also iss mal ein bisschen schneller, hast doch sonst immer so einen Kohldampf. Wir sind ja nicht zum Spaß hier.« Rosa klaute ihrem Neffen eine Pommes und schob sie sich in den Mund. »Ach, schau mal, eine weitere weibliche Person nähert sich unserem Zielobjekt auf vier Uhr.«

Moritz schaute sie fragend an und wandte den Kopf – eine schlanke Frau in pinken Shorts bewegte sich in sein Blickfeld.

»Schon besser. Heißer Body.«

»Das müsste die Fitnesstrainerin sein. Habe ich auch kurz bei der Vernehmung gesehen. Steht die auch im Internet?«

»Hmmm, da schreibt sie: ›Eingerostet? Kein Schwung? Sie haben Rücken, Knie oder Hüfte? Dann buchen Sie mein Personal Training für Golfer. Ihr Körper ist Ihr Kapital. Profis und Amateure welcome!‹ Barbara Rasmuth heißt sie. Schau, wie die sich auf dem Foto verbiegt.« Moritz hielt Rosa sein Smartphone entgegen.

»Vielleicht möchtest DU lieber ein Training bei ihr buchen? Nicht umdrehen! Sie wackelt gerade ganz schön aufreizend auf unseren Manuel zu.« Moritz hielt sich das Smartphone vor die Nase. »Und geht vorbei. Sieht auch von hinten knackig aus. Beste Werbung für ihr Training. Selfiemodus«, fügte er erklärend hinzu und drehte sein Handy, bis er alles, was sich hinter ihm tat, im Blick hatte, während Rosa weiter an ihm vorbeistarrte.

»Wie enttäuschend. Manuel hatte schon die Hand gehoben, um die flotte Babsi zu begrüßen, und sie beachtet ihn nicht. Jetzt setzt er sich schnell die Sonnenbrille auf. Seine, äh, Trainingspartnerin hat nichts gemerkt. Die redet und redet auf ihn ein. Was für eine schlimm glitzernde Trainingsjacke, hoffentlich muss ich so was nicht tragen.«

»Und Babsi trollt sich einfach weiter. Voll fies so was, die kennen sich doch.«

»Weibliche Taktik, mein Lieber, davon erzähle ich dir mal in Ruhe. Guck, unsere trainierte Barbara hat ein anderes Ziel.« Sie wies mit dem Kinn zu der jungen Frau, die einen älteren Mann mit Wangenküssen begrüßte. »Die grellgrünen Hosen kenne ich doch. Wenn das nicht Manfred ist. Was hat er denn mit der Fitnesstrainerin zu schaffen?«

»Rücken, Knie oder Hüfte, nehme ich an.«

»Du meinst, der möchte sich mal von ihr verbiegen lassen?« Rosa schaute kritisch. »Könnte auch seine Enkelin sein. Na komm, wir zahlen und angeln uns den Trainer. Rein professionell natürlich.«

$$\cdots$$

»Señora wollen also schnuppern in die Golfwelt? Das ist fantástico!« Eine braun gebrannte Hand berührte sie am Oberarm. Manuel Bonasera strahlte sie an, und Rosa stellte fest, dass der Trainer des Bonner Golfclubs auch aus der Nähe ein Schnuckelchen war. Während seine braunen Augen unter dichten Brauen unaufhörlich verschmitzt lächelten, strich er sein kräftiges dunkles Haar zurück, das im leuchtenden Kontrast zu seinem sportlichen Outfit ganz in Weiß stand. Keiner ihrer Schüler hatte jemals so gut ausgesehen. Und die Lehrerkollegen schon gar nicht.

Sie hatten Manuel erfolgreich von der älteren Frau, die tatsächlich seine Golfschülerin war, losgeeist, damit der junge, hübsche Trainer ihnen die Übungsanlage zeigen konnte, die Driving Range, wie er erklärte. Rosa drückte Moritz die Leine mit Archie in die Hand. Ausnahmsweise durfte ihr Hund dabei sein, eigentlich waren Tiere auf der Anlage nicht erlaubt.

»Dann läuft wieder alles normal auf dem Golfplatz, nach diesem schrecklichen Todesfall?« Rosa hielt der Versuchung stand, ihrerseits den Trainer anzufassen.

»Si, si, am Wochenende wir hatten schon ein Turnier, die Polizei hat schnell gearbeitet, kann man kaum glauben.« Manuel lächelte und entblößte eine perfekte weiße Zahnreihe.

»Wer hat eigentlich gewonnen?«, fragte Rosa mit unschuldigem Gesichtsausdruck und hoffte, Moritz würde den Mund halten.

»Unsere Hana Nakamura, sie hat sogar ihr Handicap ver-
bessert. Sie sehen, beim Golfen alles ist möglich. Nicht mehr
lange, dann du bist auch so weit.« *In diesen Augen könnte ich
versinken.*

»Ah ja? Sie ist, ähm, eine sehr gute Spielerin, habe ich gehört. Mögen Sie sie?«

Der Trainer zuckte mit den Schultern. »Isch kenne sie nicht
sehr gut, nimmt keine Trainerstunden bei mir.«

»Welches Handicap haben Sie eigentlich, Herr Bonasera?«

»Ich habe gar kein Handicap mehr, ich bin ja Profi. Für dich
ich bin Manuel. Erste Regel: Alle duzen sich auf Golfplatz.«

»Oh ja, haha. Okay.« Rosa konnte eine leichte Hitzewallung
nicht unterdrücken. Sie spürte Moritz verwunderten Blick, als
der sich an den Trainer wandte.

»Was ich mich frage – ist es überhaupt möglich, mit einem
Golfball einen Menschen zu töten? Solche Fälle gab es schon,
habe ich recher… also gelesen. Aber absichtlich? Das dürften
höchstens Könner hinbekommen. Ich frage nur, schließlich
will ich mein Tantchen nicht verlieren, sie will ja jetzt mit dem
Golfen anfangen.«

»Du meinst, Profis? Ich ziele niemals auf einen Menschen.
Das ist ohne, wie sagen in Deutschland? Verantwortung. Das
ist böse. So wir sind nicht auf Golfplatz. Wir Golfer sind friedliche Menschen. Nur manchmal einer flippt aus, wenn er spielt
schlecht, claro.«

Rosa lächelte. Sie kam gar nicht auf den Gedanken, ihren
spanischen Trainer auf die richtige Wortstellung aufmerksam
zu machen, wenn auch die Lehrerin in ihr schon den Finger
gehoben hatte.

»Was für ein Mensch war der Tote? Er war sicherlich oft bei
dir im Training.«

»Oh, Señora, schau, da kommt hermosa Petra und will mich für una hora, ich musse arbeiten und du kannst machen die Anmeldung in die Sekretariat bei Tanja. Wir sehen uns bald wieder. Adios, amigos!«

Bevor Rosa noch etwas erwidern konnte, hatte ihr Trainer in spe sich mit einem Luftkuss verabschiedet. Sie war sich sicher: Mit diesem Mann würde ihr das Golftraining Spaß machen. Und: Manuel war niemals ein Mörder. Höchstwahrscheinlich.

• • •

»Das freut mich wirklich sehr, Sie bald als neues Probemitglied begrüßen zu dürfen!« Tanja Schäfer-Schlaffer war aus ihrem Büro gekommen und hatte persönlich den Anmeldebogen für eine Schnupperstunde ausgefüllt. Wenn die Chefin hier schon selbst antanzte, um ihre Anmeldung vorzunehmen, scheint der Club neue Mitglieder ja dringend nötig zu haben, dachte Rosa.

»Nur die Ruhe, erst einmal wird mir mein alter Freund Karl die Geheimnisse des Golfsports demonstrieren, diese Freude wollte ich ihm nicht nehmen. Es ist doch in Ordnung, wenn ich ihn auf den Übungsplatz begleite?« *Jetzt wird die Sache mit den Schlägern also ernst, aber was tut man nicht alles, um am Ort des Geschehens zu ermitteln.*

»Als Mitglied unseres Clubs hat er selbstverständlich das Recht, Besuch mitzubringen. Und ich konnte mich ja schon davon überzeugen, dass Sie sich zu benehmen wissen.« Tanja zwinkerte ihr zu. »Vielleicht kann sich der junge Mann ja auch noch für die schönste Sportart der Welt begeistern.«

Moritz grinste unsicher. »So mutig bin ich nicht. Und so richtig sportlich auch nicht. Da müsste ich vermutlich erst mal trainieren, Muskelaufbau, Ausdauer und so.«

»Dafür haben wir hier unsere Babsi, Barbara Rasmuth, sie hat auf dem Gelände ein kleines Fitnessstudio, da macht sie Personal Training für Golfer. Kostet nicht die Welt und ist sehr effektiv.«

»Ich bin ja eher der Typ Jogger. Schade, dass man nicht über den Golfplatz joggen darf, Platz genug wäre ja.«

»Ganz schlechte Idee.« Tanja Schäfer-Schlaffer wurde ernst. »Und drumherum leider auch nicht. Das muss ich jetzt jedem neuen Mitglied ausdrücklich sagen – das ist ein Privatweg, betreten verboten.«

Hatte der Greenkeeper sie angeschwärzt?

»Schon klar, wir wollen ja auch die Anwohner nicht stören. Das stelle ich mir großartig vor, so nah am Golfplatz zu wohnen. Dann hätte ich bestimmt viel eher mit Golf angefangen.« Im Geiste sah sich Rosa schon in der typischen Golferposition stehen – nach einem erfolgreichen Schlag mit angewinkelten Armen und hochgestelltem Fuß ihrem Ball hinterherblickend. Archie zu ihren Füßen sah sie verwundert an.

»Sollte man meinen. Aber unser Nachbar hält leider nicht viel von unserem Golfplatz. Deshalb – um des lieben Friedens willen – bitte Abstand wahren.«

»Bestimmt hat er ständig Bälle im Garten.«

Die Golfclubchefin winkte ab. »So weit fliegen die doch gar nicht. Unter uns: Wir haben ihm angeboten, einen besonders hohen Zaun zu bauen. Er könnte auch zum Vorzugspreis hier golfen. Hat alles nichts genützt. Es gibt Menschen, die sind darauf aus, zu streiten.« Sie seufzte.

»War der junge Mann, den wir bedauerlicherweise gefunden haben, auch so ein Mensch?«

»David Behringer? Ganz und gar nicht. Sehr freundlich und ein guter Golfer. Man soll bekanntlich nicht schlecht über Tote sprechen, aber über ihn könnte ich auch gar nichts Negatives sagen. Soweit ich ihn kannte.«

»Seine Joggingstrecke wollte er aber nicht ändern?«, meldete sich Moritz zu Wort.

»Da war er stur. Ich hatte ihn ausdrücklich gebeten, den Weg nicht zu betreten. Er wusste von dem Streit. Ich fürchte, er war zu bequem, weiter weg zu fahren, um sich vor dem Golfen warmzulaufen.« Tanja Schäfer-Schlaffer hob ratlos die Schultern.

»Glauben Sie, dass der streitsüchtige Nachbar, sagen wir, sich selbst Recht verschafft hat? Quasi seinen Grund und Boden verteidigen wollte?« Rosa blickte der Chefin in die Augen.

»Das wird hoffentlich die Polizei herausfinden. Ich habe ihr jedenfalls das Problem nicht verschwiegen. Mehr kann ich nicht machen.«

»Na gut«, Rosa packte die Kopie des Anmeldebogens in ihre Handtasche. Das kannte sie noch von der Schulleitung ihres Bad Godesberger Gymnasiums – nach außen hin immer korrekt, aber intern wird getuschelt und gemeckert. Und wenn man eine Entscheidung oder in diesem Fall eine Einschätzung brauchte, dann wurde an die nächsthöhere Stelle verwiesen.

»Sagen Sie, wurden Sie eigentlich einstimmig zur neuen Chefin gewählt?« Die Clubchefin zu duzen, brachte Rosa noch nicht über die Lippen. Tanja Schäfer-Schlaffer blickte sie überrascht an. »Ich meine nur, es gibt ja ziemlich viele Männer im Verein, die sich vermutlich für bedeutend halten. Da hat man es als Frau bestimmt nicht so leicht.«

Die Clubchefin griff in ein großes Glas auf dem Tisch, fischte zwei Tütchen Gummibärchen heraus und reichte sie

Rosa und Moritz. »Jedenfalls hat es gereicht«, meinte sie lächelnd und setzte hinzu: »Wir Frauen haben schließlich auch unsere Waffen.«

Kapitel 10

Am Wochenende probierte Rosa ein neues Rezept aus: eine Quiche mit weißem und grünem Spargel. Die langen Stangen in ihren Händen sahen aus wie kleine Golfschläger. *So weit ist es schon gekommen!* Aber das lag mehr an den Gedanken, die sie wälzte. Rosa bekam einfach das Bild des toten Spielers nicht aus ihrem Kopf. Es war nicht richtig, wenn Schüler vor ihrer Lehrerin umkamen. *Mit wem war David Behringer so aneinandergeraten, dass ihm jemand den Schädel eingeschlagen hat? Wer hatte einen derart großen Hass auf jemanden, der doch nichts anderes tat, als sehr gut Golf zu spielen?* Oder steckte etwas ganz anderes hinter dem Mord? Rosa boxte in den Teig, bevor sie ihn ausrollte und in ihre Auflaufform drückte. Sie rief sich die Begegnung an jenem Morgen noch einmal in Erinnerung, als sie ihren ehemaligen Schüler zum ersten Mal nach langer Zeit wiedergesehen hatte – und zum letzten Mal lebend. Er war aufgebracht, wütend und aggressiv gewesen wie ein verhaltensgestörter Schüler, der auf dem Zeugnis las, dass er sein Klassenziel nicht erreicht hatte. Den höflichen Mann, wie sie ihn als Schüler kennengelernt und von dem alle im Golfclub geschwärmt hatten, konnte Rosa in diesem Rumpelstilzchen nicht erkennen.

Sie schob die Form mit dem Teig zum Vorbacken in den Ofen und rührte anschließend gedankenverloren Eier, Sahne, Milch und Parmesan zu einem cremigen Guss. Derselbe Ort, wenige Stunden später hatte sich ihr ein vollkommen anderes Bild gezeigt: David Behringer war tot. Erschlagen, vermutlich, aber tatsächlich von einem Golfball? Das würde die Obduktion zeigen. Rosa rief sich ein anderes Detail in Erinnerung: Der schöne David hatte einen roten Striemen am Hals gehabt, als ob jemand versucht hätte, ihn zu strangulieren. Mit einer Drahtschlaufe? Hatte das nicht funktioniert, woraufhin der Täter oder die Täterin zu einem Stein oder Golfschläger greifen musste? Und stand der Streit kurz davor überhaupt im Zusammenhang mit der Tat?

Es gab viele Arten, neben einem Golfplatz zu Tode zu kommen, grübelte Rosa, während sie den goldgelben Quicheboden aus dem Ofen holte. Sie belegte ihn mit dem Spargel, goss ihre Sahnemischung darüber und schob die Form vorsichtig zurück in den Backofen. Ihr Stundenplan für morgen sah vor, dass sie einen anderen ehemaligen Schüler, ihr Pittermännchen, auf seiner neuen Wache besuchte. Sie musste endlich wissen, was auf dem Kopf des Toten gelandet war und ihm das Lebenslicht ausgeknipst hatte. Dann hätte sie eine konkrete Spur, die sie weiterverfolgen konnte. Außerdem musste die Kripo inzwischen sein Mobiltelefon überprüft haben. *David, David, wer hat dich derart aufgebracht? Was war in deinem Leben los, bevor du es so plötzlich verloren hast?* Rosa nahm sich vor, es herauszufinden.

Ein würziger Duft breitete sich in ihrer Küche aus. Sie sah in den Ofen. Die Eier brachten die Masse zum Stocken, langsam färbte sich die Oberfläche goldgelb. Archie trabte an, der Sabber lief ihm aus dem Mund, während er sie winselnd ansah. Sie streichelte ihn mit den Ofenhandschuhen an den Händen.

»Tut mir leid, mein Moppelmops, diesmal gehst du leer aus. Aber du kannst mir die Pfote drücken, dass mein Bestechungsversuch aufgeht. Hoffen wir, dass Peter Klein auf Spargelquiche steht!«

· · ·

»Einen wunderschönen guten Morgen! Hier kommt Ihr gesunder Mittagssnack! Wo finde ich meinen ehemaligen Schüler Peter Klein?« Rosas Stimme, die sie über Jahrzehnte an Hunderten von Schülern trainiert hatte, ließ keine Widerworte zu und verlangte nach einer schnellen Antwort. Die bekam sie von der großen Dunkelhaarigen, die sie als Kollegin von Peter am Tatort wiedererkannte, während die übrigen Polizisten hinter dem Empfangstresen sie nur überrascht bis erschrocken anstarrten.

»Ach, hallo, Frau Reich, richtig? Ich erinnere mich an Sie. Kommen Sie mit! Sicherlich wollen Sie sehen, wie Peter hier in Bonn arbeitet! Ich bin Marie.« Die hübsche, große Polizistin führte Rosa einen Gang entlang und klopfte an eine der hinteren Türen.

»Besuch für dich!«

Das Gesicht, das Peter machte, erinnerte Rosa an die Affen-Orchidee aus Peru und Ecuador, die im Inneren der Blüte aussah wie ein stumm schreiendes Gesicht.

»Hallo, Peter, ich hoffe, deine Kollegin und du, ihr mögt Spargelquiche?« Marie nickte eifrig, bevor sie die Tür schloss, während Rosa Peter die runde Form vor die Nase stellte. »Ich habe mir gedacht, du hast dir ein kleines Geschenk für deine Beförderung verdient. Sehr gut gemacht, Peter.« Fast hätte sie ihm noch ein Sternchen auf die Aktenordner geklebt, die sich auf seinem Schreibtisch stapelten. »Wie ich sehe, hast du dich eingelebt und schon viel zu tun.«

»Ganz genau, Frau Reich. Und deshalb …«

»Warst du eigentlich noch mal in Kappeshoven? Ich hoffe, die Wogen haben sich geglättet, nachdem wir zwei Hübschen dort einen Mörder und einen Strippenzieher dingfest gemacht haben. Wie geht es Daniela?« Rosa lächelte ihren ehemaligen Schüler an.

»Ähm, ja, danke, dort ist alles in Ordnung. Sobald es wärmer wird, will Daniela, also Frau Breuer, mit dem Buchclub einen Literaturabend organisieren. Es geht um Krimis, vielleicht wäre das ja eine schöne Beschäftigung für Sie.«

»Wunderbar, dann hast du also noch, nun ja, Kontakt zu der netten Daniela, das freut mich.«

Peter nickte. Seine Wangen leuchteten wie Radieschen kurz nach der Ernte.

»Jaja, sie hat mir bereits hier in Bonn die Uni gezeigt, und demnächst wollen wir ins Beethovenhaus.« Peter hatte die Folie von Rosas Quiche gelüftet, aus der ein herzhafter Duft entströmte, und schien für einen Moment besänftigt.

»Da wird aus dir ja noch ein richtiger Kulturkenner! Finde ich gut, mit Kunst hast du es in der Schule ja nie so gehabt, aber da sieht man mal wieder, dass man nur den richtigen Zugang braucht. Aber nicht, dass du mir jetzt jede Witwe aus deinen Fällen datest.« Sie grinste verschwörerisch. »Apropos – war der tote Golfspieler eigentlich verheiratet?«

Peter Klein schaute irritiert, als könne er seiner ehemaligen Lehrerin nicht wirklich folgen. Ein langgezogenes »Neiiiiin« war seine unsichere Antwort, als hätte er vergessen, was der Öffentlichkeit schon bekannt war und welche Informationen diese Polizeistation nicht verlassen durften.

»Keine Frau in seinem Leben? Er sah ja nicht schlecht aus. Also, was ich von seinem Kopf noch erkennen konnte.«

Peter setzte sich auf. »Frau Reich, Sie wissen doch, dass ich über die laufende Ermittlung nichts sagen darf.«

Was Rosa mit einem »Weiß ich doch« beiseitewischte. »Ich habe dir ja erzählt, dass ich das Opfer von früher kenne. Wenn ein ehemaliger Schüler so früh auf diese Art und Weise sein Leben lässt, geht mir das schon sehr nahe.« Rosa machte eine bedeutungsvolle Pause. »Auch keine Freundin?« Sie warf ihm ihren strengsten Lehrerinnenblick über den Tisch hinweg zu. Peter schüttelte stumm den Kopf.

»Also eher keine Beziehungstat.« Rosa dachte laut nach.

»Und wer Golf spielt, hat vermutlich auch keine Geldsorgen, nicht wahr?«

»Das wissen Sie besser als ich, Frau Reich. Haben Sie denn schon angefangen?«

»Bleib beim Thema, Peter. Ich weiß, gegen Mittag fehlt oft die Konzentration. Wir schneiden auch gleich die Quiche an, die mir sehr gut gelungen scheint. Da muss man sich auch mal selbst loben. Aber sag vorher noch eins, dann entlasse ich dich in die Pause: Wurde der arme David erschlagen oder erdrosselt, das müsstet ihr doch mittlerweile herausgefunden haben?«

Das Pittermännchen schaute sie fragend an, als habe sie wissen wollen, ob grüner Spargel ein Selbstbefruchter sei. Sie stützte die Hände auf seinem Schreibtisch auf und sah dem Hauptkommissar drohend ins Gesicht. »Nun?«

Peter seufzte tief und ließ die Schultern hängen. »Sie erfahren es ja doch, wenn wir bald unsere Pressekonferenz haben. Aber behalten Sie es bitte so lange für sich. Also, der Mann ist an seinen Schädelverletzungen gestorben. Es war ja nicht zu übersehen, dass er erschlagen wurde.«

»Golfball? Schläger? Stein?«

»Die Feinanalyse steht noch aus.«

»Aha. Also könnten die drei Golfspieler ihn mit ihrem Golf-ball getroffen und getötet haben. Oder jemand anders kam des Weges und hat ihn mit einem Stein erschlagen.«

»Bis zum endgültigen Beweis bleibt jeder verdächtig, der sich in der Nähe des Tatorts aufgehalten hat.« Peter sah sie an, als habe er seine Täterin bereits im Blick.

»Bestimmt habt ihr schon sein Mobiltelefon ausgewertet. Ich habe das mal im *Tatort* gesehen, um das zu entsperren, nimmt man einfach den Finger des Toten. Irgendwie unheimlich, aber auch praktisch. Vielleicht hat er zuletzt mit seinem Mörder telefoniert!« Peter schüttelte den Kopf.

»Ihr habt es nicht entsperrt bekommen?«

»Nein, es gab gar kein Handy, das wir hätten analysieren können.«

»Der Tote hatte kein Telefon bei sich? Bist du sicher?«

»Frau Reich, unsere Spurensicherung arbeitet präzise.«

Rosa grübelte. Wenn sie Peter jetzt erzählte, dass sie das Opfer kurz vor der Ermordung noch lebendig mit einem Tele-fon in der Hand gesehen hatte, würde ihr Pittermännchen sehr, sehr wütend sein und das sogar zu Recht. Und würde ihr fortan nichts mehr erzählen. Gar nichts. Lieber ließ sie das Thema Mobiltelefon auf sich beruhen.

»Wem gehört eigentlich der Weg, auf dem das Opfer ge-funden wurde? Ich meine mich zu erinnern, dass da was von Privatweg stand. Wohnt da etwa ein Mörder direkt neben dem Golfplatz? Dann hätte ich ja direkt in seiner Nähe Blumen ge-pflanzt.« Zum wiederholten Mal beglückwünschte Rosa sich selbst dazu, die Theater- und Musical-AG an ihrer ehemali-gen Schule geleitet zu haben. Es fiel ihr leicht, in fremde Rol-len zu schlüpfen. Und sei es die der ahnungslosen, ängstlichen Neugärtnerin.

»Den können wir ausschließen, Frau Reich. Der Nachbar ist zwar nicht gut auf die Golfer zu sprechen, aber er hat ein Alibi.«

»Ach ja? Und welches?«

»Versprechen Sie, dass Sie mich dann weiterarbeiten lassen?« Er seufzte und stand auf, um Rosa zu verabschieden.

»Hoch und heilig, lieber Peter.« Rosa hob zwei Finger zum Schwur. »Ich muss eh so langsam wieder in meine Gärtnerei.«

»Seine Tochter hat bestätigt, dass er den ganzen Morgen zu Hause war.«

»Na, dann ist es ja gut.« Rosa griff ihre Handtasche und befahl sich selbst, einmal die Klappe zu halten. Obwohl sie noch Fragen hatte. Wenn Vater und Tochter sich gegenseitig ein Alibi gaben – war das wasserdicht? Warum wurde David stranguliert, wenn man ihn am Ende doch erschlug? Und wer beim Satanspilz hatte dem Opfer sein Telefon gemopst? Das konnte doch eigentlich nur der Mörder gewesen sein, oder?

»Was ist eigentlich deine Vermutung?« Rosa drehte sich noch einmal zu Hauptkommissar Peter Klein um. »Wer hat meinen armen Ex-Schüler umgebracht? Ich meine, wenn ich demnächst mit dem Golfen anfange, möchte ich wirklich nicht in der Nähe eines Mörders spielen. Das verstehst du doch.«

»Keine Sorge, Frau Reich. Mit großer Wahrscheinlichkeit handelt es sich um einen Raubmord. Ein einsamer Weg. Eine günstige Gelegenheit. Seine Brieftasche ist verschwunden, genau wie sein Handy. Die Wirklichkeit ist leider meistens ganz schlicht. Schlicht und schlecht.« Peter hielt ihr die Hand hin, für ihn waren das Thema und der Besuch beendet. »Und danke noch mal für die Quiche.«

»Guten Appetit, mein Lieber, und vergiss das hier nicht.« Rosa tippte sich an die Stirn. »Schließlich habe ich euch doch zu selbstständig denkenden Menschen erzogen.« Sie öffnete die Tür, vor der Peters Kollegin Marie mit einem langen Messer stand.

»Die Form nehme ich das nächste Mal mit.« *Zusammen mit neuen Informationen,* fügte sie in Gedanken hinzu. »Und Peter? Das Usambaraveilchen«, sie deutete auf die Fensterbank, »braucht dringend Wasser.«

Kapitel 11

»Wie findet ihr mich?« Rosa kam sich jung, sportlich und ungemein abenteuerlustig vor, als sie in einer weißen Dreiviertelhose, Turnschuhen und einem leuchtend lachsfarbenen Poloshirt ihre Gärtnerei betrat. Sie drehte sich einmal im Kreis und stolzierte zwischen Kasse und Kräutertöpfen entlang, als wäre sie auf dem Laufsteg in Paris oder New York und nicht in Bonn-Beuel. Sie spürte es: Jetzt war die Zeit gekommen, Neues zu versuchen. Ihr Gartenplanungsbüro war nur der Anfang gewesen. Hier kam Rosalinde Reich, die Undercoveragentin und nebenbei auch noch Topgolferin von morgen. Wer hatte jemals behauptet, sie sei unsportlich? Es war nie zu spät, seinem Leben neue Nuancen hinzuzufügen.

»Ja, is denn immer noch Karneval?« Willy kam in seiner dreckigen grünen Latzhose angestiefelt, im Arm eine Palette mit bunten Primeltöpfchen. Roswitha neben ihm lächelte.

»Ich habe dir schon oft gesagt, dass du Sport treiben sollst. Schön, dass du nach über fünfzig Jahren endlich auf deine Mutter hörst!«

»Soll ich den Kragen lieber hochstellen? Ich habe auch gleich noch eine Kappe und eine Sportlerbrille gekauft. Der Verkäufer im Geschäft sagte, Golfschuhe soll ich mir erst anschaffen, wenn ich wirklich dranbleibe.« Rosa setzte sich eine stahlblaue Baseballcap und eine Sonnenbrille auf, die sie fremd und entschlossen aussehen ließ. Sie hatte vorsichtshalber gleich alles in den Clubfarben gekauft. Sie fand, damit stand ihrem Weg zur Clubmeisterin nichts mehr im Wege.

»Ist das nicht alles sehr teuer?«

»Jetzt haben wir 'se an den Reischensport verloren.«

»Unsinn. Ich mache doch erst mal einen Schnupperkursus, dann sehen wir, was mein Trainer sagt und ob sich weitere Investitionen lohnen. Wer weiß, welche Talente noch in mir schlummern. Aber zuerst einmal zeigt mir heute Karl die Anlage und wie alles funktioniert. Gleich geht's los!«

Das letzte Mal war Rosa so aufgeregt gewesen, als sie ihre Referendariatsprüfung ablegen sollte und die Schüler das Klassenzimmer von innen abgeschlossen hatten.

»Die Farbe schmeichelt dir. Du siehst aus wie die Lady Margaret-Rose.« Roswitha strahlte sie an.

»Wie ene verliebte Järtnerin. Kommt der Bäumschen-Kletterer auch mit?«

»Andy? Ich weiß noch gar nicht, ob er überhaupt spielen kann. Theoretisch weiß er allerdings schon viel übers Golfen.«

»Vielleischt isser ja so jut wie datt Tiger Wutz.« Willy grunzte wie ein Schweinchen, bis alle Tränen lachten.

In diesem Moment ging die Tür auf. Ein Traum in Karo zog die Blicke aller auf sich. Karl trug eine pludrige Hose, über die er karierte Kniestrümpfe gezogen hatte, eine karierte Schiebermütze auf dem Kopf, Hemd und Pullunder und als i-Tüpfelchen die für ihn typische Fliege – ebenfalls kariert. Er sah weniger wie ein Sportler aus, dafür gab er einen erstklassigen englischen Lord ab, der sich im Jahrhundert geirrt hatte.

Alle starrten ihn an, nur Willy murmelte: »Herr, lass et Aschermittwoch werden!« Archie zog sein Schwänzchen ein und trollte sich in sein royales Hundekörbchen.

»Seid gegrüßt! Was für ein Tag zum Bälleschlagen!«

»Warum bist du so nie zum Lateinunterricht erschienen, Karl? Du wärst der König der Schule gewesen!« Rosa grinste ihren ehemaligen Lehrerkollegen an. Was für eine Bereicherung, dass sie auch nach ihrer beider Pensionierung noch die besten Freunde waren!

»Lass uns losziehen, ich habe uns Zeit auf der Driving Range gebucht. Lektion 1: Sei immer pünktlich. Wer zu spät kommt, der verpasst noch seinen Turniersieg.«

»Oder den nächsten toten Spieler. Na dann, fröhliche Schlägerei und ene Mordsspaß!«

»Das heißt: Schönes Spiel!«

»Du misch auch.«

. . .

»Was hast du in deiner App noch über unseren toten Schüler herausgefunden?« Rosa in den leuchtenden Turnierfarben brauste mit einem Golfbag im Kofferraum, das ähnlich historisch aussah wie ihr bester Freund Karl in seinem Outfit neben ihr, Richtung Golfplatz.

»Handicap 13,1, das ist sehr gut. Ich habe unter den Anmeldungen für das Turnier niemanden gefunden, der besser war als er. Damit wäre er der klare Favorit gewesen. Ich kann mich gar nicht erinnern, dass er schon in der Schulzeit Golf gespielt hätte.« Karl nahm auch im Auto seine Kappe nicht ab. Rosa war gespannt, wie er ausgerechnet im Hemd Golf spielen wollte.

»Dann hätten wir ein Motiv – Konkurrenz ausschalten. Dafür kommen aber vermutlich viele der anderen Spieler in Frage, oder? Davon abgesehen, dass es ziemlich übertrieben wäre. Ich meine, wenn das jeder so machen würde …«

»Sag das nicht, meine Liebe. Was ich jetzt erst gesehen habe – es war der Bären-Cup! Der Auftakt der Turniersaison. Dem Sieger oder der Siegerin winkte ein E-Roller in Knallrot!«

»Was haben Bären mit Golf zu tun?« Rosa sah ihren Freund fragend von der Seite an. Die Golferwelt wurde ihr immer suspekter.

»Na, Gummibären. Eine Bonner Firma hat den Gewinn gesponsert. Das ist nicht ungewöhnlich, aber in diesem Fall sehr großzügig. Ich mag am liebsten die weißen.« Karl strahlte.

»Ach, darum hat uns die Clubchefin letztens ein Tütchen in die Hand gedrückt.« Sie fuhren an der Abzweigung zum Privatweg vorbei und nahmen die Abbiegespur zum Golfplatz.

»Mehr dürfte ein Amateurspieler auch gar nicht annehmen. Also reich wirst du als Freizeitgolfer nicht. Dann müsstest du schon Profi werden.« Karl sah Rosa zweifelnd an. »Ich bin mir nicht sicher, ob wir zwei Hübschen das in diesem Leben noch hinbekommen.«

»Mein Gartenplanungsbüro gebe ich auf jeden Fall nicht so schnell wieder auf. Da fällt mir ein …« Rosa bog auf einen freien Parkplatz vor dem Golfclub ein, machte den Motor aus und griff nach ihrem Handy. »Was für einen Beruf hatte eigentlich David? Darüber habe ich leider nicht mit Peter gesprochen. Deshalb sollte das Moritz für mich bei seiner Zeitung recherchieren. Wir haben doch noch ein paar Minuten?«

Sie tippte herum. Karl winkte ab. »Jaja, richtige Startzeiten gibt's nur auf dem Platz. Beim Üben sind die Golfer nicht so streng. Ich wollte dir nur ein wenig Dampf machen, damit du dich gleich daran gewöhnst, wobei – zur ersten Schulstunde waren wir ja auch immer pünktlich, oder nicht?«

Aber Rosa hörte schon gar nicht mehr zu, sondern hielt sich ihr Mobiltelefon ans Ohr. Ihr Handy wie ein Butterbrot zu hal-

ten und vorne reinzusprechen, wie ihre ehemaligen Schüler in
jeder Pause auf dem Schulhof – daran konnte und wollte sie
sich einfach nicht gewöhnen.

»Moritz! Deine Lieblingstante hier. Ich hoffe, du hast her-
ausgefunden, was unser toter Mann beruflich gemacht hat?«
Karl bugsierte in der Zwischenzeit sein altes Golfbag aus dem
Kofferraum.

»Aha. Aha? Hmhm. Sicher? Interessant. Danke!«

Rosa sprang aus dem Mini und lief Karl mit seinem altmodischen Golfbag auf dem Rücken hinterher. Er steuerte ein
Gebäude hinter Bäumen an, das Rosa bei ihren früheren Besuchen noch gar nicht wahrgenommen hatte, und zog einen
Schlüssel aus seiner Hosentasche.

»Wollen doch mal sehen, ob wir für dich nicht noch ein
paar Schläger in meinem Schließfach finden. Hoffentlich ist
es nicht eingerostet.«

Rosa folgte ihrem Freund einen engen, von knospendem
Rhododendron gesäumten Weg entlang bis vor eine Metalltür. Beim Eintreten umfing Rosa ein Geruch, der sie an die
ungelüftete Turnhalle in den Sommerferien erinnerte, wenn
sie mit ihrer Musicaltruppe einen ruhigen Ort zum Üben gesucht hatte. Nur viel kälter. Fünf Reihen Spinde zählte sie, jeder groß genug, um drei Erstklässler oder zwei Golfbags unter-
zubringen. Karl steuerte den letzten in der zweiten Reihe an.
Schäfer stand auf dem kleinen Schild neben dem Schloss. Der
Anblick, der sich Rosa bot, als Karl seinen Spind öffnete, überraschte sie. Ihr sonst so ordentlicher Ex-Kollege, der es liebte,
sämtliche Latein- und Geschichtsbücher in seinem Bücherregal penibel nach Erscheinungsjahr zu sortieren, zeigte hier
eine völlig neue Seite von sich. Verteilt im ganzen Spind lagen Dutzende Golfschläger, Handschuhe, Kappen und Bälle

in einem einzigen Durcheinander. Entzückt stellte Rosa fest, dass die Farbe Pink es ihm angetan hatte, zumindest, was die Golfbälle betraf.

»Lange nicht mehr aufgeräumt, was?«

»Ein Abbild meiner wilden, kreativen Jahre. An jedem Schläger hängen Erinnerungen, weißt du.« Er zog einen heraus. »Hier, du bekommst das Sand Wedge, mit dem ich den Ball bei einem Turnier formidabel aus dem Bunker direkt ins Loch befördert habe. 1979 muss das gewesen sein. Oder 1980?« Er drückte seiner Freundin einen recht kurzen Schläger in die Hand. Rosa konnte gar nicht nachfragen, was der Name bedeutete, schon zog Karl zwei weitere Golfschläger aus dem Spind raus. Einen mit besonders dickem Kopf, den er als Driver bezeichnete und einen, der in Rosas Augen dem Sand-Dingensbumens sehr ähnlich sah, aber etwas größer war.

»Ein 7er-Eisen für alle Fälle.«

»Klingt nach Mord- und Totschlag, wenn du mich fragst.« Mit spitzen Fingern nahm Rosa den Allrounder unter den Golfschlägern entgegen. »Bekomme ich keine Tasche?«

»Moooment.« Karl zerrte ein kleineres Golfbag hinter den restlichen Schlägern hervor, die klappernd umfielen, genau wie ein Korb voller Bälle. »Das hier müsste reichen. Das hatte ich als Student bei meiner Golftour in der Toskana dabei. Ach, Herrgott, ich sollte wirklich mal ausmisten.«

Rosa lief den kullernden Bällen hinterher, während ihre Augen die Namensschilder auf den anderen Schließfächern lasen.

»Wo ist eigentlich der Schrank von Fritz?«

»Töpelmann? Müsste ganz hinten sein, er war ja einer der Ersten hier im Club.« Während Karl stöhnend versuchte, sein Golfchaos wieder einzuschließen, lief Rosa die Reihen der

Spinde entlang. Karl hatte recht – in der letzten hinteren Ecke entdeckte sie den Namen *Töpelmann* am Schrank, leider verschlossen.

»Wirf mal deinen Schlüssel rüber, ich muss was ausprobieren!« Rosa fing ihn mit einer Hand und versuchte, ihn ins Schloss von Töpelmanns Fach zu stecken. Keine Chance. Auch ihre eigenen Schlüssel passten nicht, nicht mal ihr kleiner Fahrradschlüssel. *Verdammt. Also weitersuchen.* Eine Reihe davor fand Rosa *Nakamura* – der Schrank der zynischen Hana mit den japanischen Gesichtszügen, der Gewinnerin des letzten Turniers. Und auch in der ersten Reihe erblickte Rosa einen bekannten Namen: der Spind von Manfred Krummeisen. Darüber, auf dem Schrank, lag etwas, das wie ein zusammengeklappter Wagen aussah.

»Elektrischer Trolley, nicht ganz billig. Wir fangen kleiner an.« Karl drückte ihr sein altes Bag in den Arm – mit Gurten, um es auf dem Rücken zu tragen. »Und jetzt wollen wir doch mal sehen, wie sportlich wir auf unsere alten Tage noch sind.«

»Warte! Ein Spind fehlt uns noch – der von David Behringer, dem Toten. Ich kann seinen Namen hier nirgendwo entdecken, komisch.«

Karl zuckte mit den Schultern. »Vielleicht schon ausgeräumt. Die Schließfächer sind begehrt.«

»Ich wüsste zu gerne, was drin gewesen ist.«

»Das weiß wohl nur die Clubchefin. Bei der holen wir uns jetzt die Münzen für die Rangebälle.«

· · ·

Rosa war positiv überrascht, um nicht zu sagen, begeistert. Dass ein Golfplatz einen gepflegten, grünen Rasen hatte, war ihr schon immer klar gewesen, aber diese Vielzahl an unterschiedlichen Pflanzen und Bäumen hatte sie nicht erwartet und bei ihrem ersten Besuch auch gar nicht richtig wahrgenommen. Auf dem Schleichweg zum Büro der Clubchefin sah sie wunderschöne Birken, deren frische Blatt- und Kätzchentriebe laut »Frühling« riefen. Eine Handvoll Apfelbäume im tieferen Gras wirkte mit ihren weiß-rosa Blüten fast wie eingeschneit. Rosa entdeckte Insektenhotels und sogar einen Bienenstock. Ob der Golfclub auch seinen eigenen Honig machte? Wie es aussah, hatte sie als Gartenplanerin, formerly known as Biologie- und Erdkundelehrerin, genau den richtigen Sport für sich entdeckt. Wenn der auch erst mal nur Mittel zum Zweck war.

Neugierig betrat sie mit Karl das Büro der Clubchefin. Ein großer Gummibär winkte ihr auf dem Tresen entgegen. Solarbetrieben, schätzte Rosa. Das Glas mit den kleinen Süßigkeitentütchen war neu aufgefüllt. Wer diesen Club sponserte, war nicht zu übersehen.

»Frau Reich, wie schön! Wie ich sehe, begleiten Sie heute eins unserer Mitglieder. Haben Sie den Antrag für den Schnupperkursus unterschrieben? Dann könnten wir heute schon Termine ausmachen.« *Na, die hat es aber eilig.*

»Habe ich doch glatt vergessen. Das nächste Mal.« Die Rolle der verwirrten Alten machte Rosa Spaß. »Vorausgesetzt, Sie haben noch so ein Schränkchen für mich. Eins müsste doch gerade frei geworden sein. Falls Sie das überhaupt schon weitergeben dürfen. Sicherlich müssen Sie den Spind des Opfers noch ausräumen.«

»Schon erledigt. Ja, den können Sie haben. Zahlen Sie bar oder mit Karte?«

Rosa überging die Zahlungsaufforderung souverän.

»Da war die Polizei aber schnell. Dann hat sie schon alles, was drin war, wieder freigegeben?«

»War gar nicht nötig.« Tanja Schäfer-Schlaffer lächelte wie eine Chefin, die ihren Club im Griff hat. »Der Spind war leer.«

Kapitel 12

Rosa schulterte ihre Golftasche und kam sich vor wie bei ihrem letzten Wandertag in der Eifel, als drei Schüler von giftigen Vogelbeeren genascht hatten und einer mit einem Zeckenbiss nach Hause gekommen war. Nach dem vielen Zeug in Karls Spind konnte sie die letzten Sätze der Clubchefin so gar nicht glauben.

»Karl, nun mal ehrlich: Warum sollte jemand ein Schränkchen bezahlen, wenn er es gar nicht nutzt? Der fährt doch nicht ständig seine Golfschläger im Auto spazieren, wenn er sein Bag direkt im Golfclub lassen kann, oder?«

»Vielleicht waren sie besonders teuer, und er traute dem Verein nicht.«

»Ich dachte, wer Golf spielt, hat Geld. Da hat es doch keiner nötig zu stehlen. Natürlich gibt es auch Reiche mit krimineller Energie, eigentlich alle, wenn du Willy fragst. Aber trotzdem, ich find's merkwürdig.«

Karl schnaufte mit seinem alten Golfbag auf dem Rücken.

»Oder er hat alle Schläger mit nach Hause genommen, um sie mal richtig zu säubern. Manche können sich von ihren guten Stücken nicht trennen. Es soll Menschen geben, die ihre Golfschläger mit ins Bett nehmen.«

Darauf wusste selbst Rosa nichts zu erwidern. Ihrer Meinung nach gab es bei genauerer Überlegung nur zwei logische Erklärungen. David Behringer hatte seinen Spind ausgeräumt, bevor er getötet worden war. Weil er aufhören wollte mit Golf? Andernfalls hätte er doch wenigstens ein paar Bälle, Handschuhe oder anderes drin gelassen. Oder die Clubchefin lügt. Dann hatte sie das Fach vielleicht selbst ausgeräumt – einen zweiten Schlüssel hatte sie sicherlich. Aber das müsste vor seinem Tod passiert sein. Denn danach hätte die Polizei alles an privatem Eigentum aus dem Spind mitgenommen und untersucht. War es möglich, dass Tanja Schäfer-Schlaffer davon nichts wusste? Welche Gründe sollte sie andernfalls haben, Unsinn zu erzählen? Rosa nahm sich vor, bei nächster Gelegenheit Peter Klein mal wieder zu löchern, und befahl ihren Gedanken, eine Freistunde zu nehmen, denn sie waren auf dem Übungsplatz angekommen: eine weite Rasenfläche, übersät mit Bällen, die aus der Ferne an Narzissen erinnerten.

»Wer sammelt denn die ganzen Bälle wieder ein? Was für eine Arbeit!«

»Ach, dafür haben die Greenkeeper Geräte.« Karl stellte stöhnend sein Bag ab. »Bevor du auf Ideen kommst – es wird nicht gerne gesehen, die Bälle aufzusammeln, um sich die Ausgabe zu sparen. Und schau mal da hinten – wenn das nicht der Greenkeeper mit seinem Rasenmäher ist. Der hat seine Augen überall, ich wäre vorsichtig. Komm, wir holen uns Bälle aus der Maschine.«

Karl zeigte ihr den Ballautomaten, der gegen eine der gekauften Münzen aus dem Büro ein gutes Dutzend Bälle ausspuckte, die einen halben Korb füllten.

»Und jetzt suchen wir uns ein Plätzchen.«

Die Driving Range war gut besucht. An den Abschlagsstellen stand eine Handvoll Spieler nebeneinander und drosch auf ihre Bälle ein, die im weiten Bogen über das Feld flogen. Manchmal. Einige Male segelte auch nur ein Stück rausgehauene Wiese davon, was Rosas grünes Herz bluten ließ. Aber erfreut stellte sie fest, dass Manfred, Hana und Fritz unter den trainierenden Spielern waren. Sie standen nebeneinander und schlugen harmonisch ihre Bälle in die Ferne, als sei nie etwas geschehen. Rosa stellte ihr Bag neben Manfreds. Zum weißen Shirt trug er heute pink leuchtende Hosen. Er kam ihr vor wie einer dieser Strebertypen, die in den Achtzigern wie der eigene Vater mit Aktenkoffer statt Ranzen in die Schule gekommen waren, dann aber doch nur eine Drei minus geschrieben hatten.

»Ah, die Gärtnerin. Jetzt hat es sie auch erwischt, was? Sie werden sehen, das Golfvirus wird man so schnell nicht wieder los. Hochansteckend. Erste Stunde?« Rosa nickte.

»Und Sie? Dass Sie überhaupt noch üben müssen, erstaunt mich aber.« Sie sah ihren neuen Golf-Bekannten interessiert an.

»Einmal die Woche treffen wir uns zum Üben, einmal zum Spielen. Kennen Sie den kürzesten Golferwitz? Ich kann's! Wenn es einer von uns kann, dann höchstens Hana.«

»Wie ich gehört habe, hat sie das Turnier gewonnen. Meinen Sie, sie hätte gegen den Favoriten eine Chance gehabt, der ja leider vorher umgekommen ist?«

Manfred sah sie nachdenklich an.

»Wenn Sie damit sagen wollen, dass unsere Clubbeste ihre Konkurrenz ausschaltet – Hana spielt zwar sehr gut. Aber nicht so gut, dass sie auf diese Entfernung einen Ball auf dem Hinterkopf eines Joggers platzieren könnte, glauben Sie mir.«

»Aber sie mochte ihn doch nicht.«

»Ach, das würde ich so nicht sagen.« Er schaute zu Hana hinüber, die einige Meter neben ihm einen besonders weiten Schlag hinbekommen hatte. Er senkte die Stimme. »Wenn Sie mich fragen – sie mochte ihn. Zumindest hat sie sich mit ihm getroffen. Ich habe die beiden zusammen im Restaurant sitzen sehen. Aber von mir haben Sie das nicht. Sonst verhaut mich Hana mit ihrem Sand Wedge.« Er grinste.

»Ach, glauben Sie?« Rosa konnte sich die grimmige Hana nur schwer mit dem in ihren Augen noch jungen David Behringer vorstellen. »Noch mal zurück zum Turnier – da gab es doch diesen tollen Preis zu gewinnen.«

»Ja, den roten Roller, den will sie allerdings verkaufen. Also wenn Sie Interesse haben …« Manfred vollführte einige Luftschwünge mit seinem Schläger.

»Kann sie ihn denn gar nicht gebrauchen? Vielleicht damit zur Arbeit rollern?«

»Ach, da gibt's nicht mehr viel zu rollern. Aber fragen Sie sie doch selbst. Ich würde Ihnen ja gerne die richtige Haltung am Schläger zeigen, aber ich glaube, das würde mir Ihr Freund übel nehmen.« Manfred deutete auf Karl, der mit einer Handvoll gewaschener Schläger ankam.

»So, meine Liebe, jetzt wollen wir mal sehen, was du kannst.« Karl zeigte ihr, wie sie den Schläger richtig zu halten und zu schwingen hatte. »Und jetzt mit Ball.«

Rosa konzentrierte sich, holte aus und mit einem »Klack« traf sie den Ball, der in einem ordentlichen Bogen in die Luft flog. Ein Glücksgefühl durchströmte sie.

»Ha, hast du das gesehen? Es klappt!« Rosa konnte sich gerade noch bremsen, ein Freudentänzchen hinzulegen. So langsam verstand sie die Faszination dieses Sports.

»Ganz ruhig. Wir Golfer freuen uns eher so, na ja, mehr innerlich. Verstehst du?«

Rosa nickte eifrig und stellte sich wieder in Position. *Wenn das so weitergeht, erleben hier alle die Geburt eines neuen Golf-*

genies. Der nächste Schlag endete allerdings vor dem Ball im Gras. Und der übernächste traf nichts außer Luft.

»Verdammt. Oh, entschuldige! Warum funktioniert das jetzt nicht mehr? Das gibt es doch gar nicht!« Rosa war kurz davor, ihren Schläger auf den Boden zu werfen, aber das kam ihr dann doch arg kindisch vor. *Wie sich Glück und Wut in diesem Spiel abwechseln. Unglaublich.*

»Es könnte an deiner Hüfte liegen, etwas zu steif.« Karl wischte sich den Schweiß von der Stirn und lockerte die karierte Fliege.

»Das sagt mein Orthopäde auch immer.«

»Gegen Frust hilft ein Gläschen im Golfrestaurant«, meldete sich Manfred Krummeisen. »Ich wollte auch gerade eine Pause machen, kommen Sie doch mit.«

»Danke, aber so kann ich diese Range noch nicht verlassen. Sagen Sie, wie ich gehört habe, sind Sie im Baugewerbe. Was ich mich frage: Wie läuft Ihr Geschäft eigentlich in Zeiten von Energiekrise und Materialknappheit? Das scheint Ihnen gar keine schlaflosen Nächte zu bereiten, wenn Sie hier zweimal die Woche in aller Ruhe golfen, oder?«

Manfred hielt inne, sein Gesicht verdunkelte sich. »Ich habe meinen Laden halt im Griff. Machen Sie sich mal keine Sorgen.«

»Ist die Auftragslage nicht gerade schwierig? Sicherlich ist die Konkurrenz groß. Wie schaffen Sie es, immer wieder an Aufträge zu kommen?«

»Die Kunden schätzen meine Qualität. ›Hoch hinaus mit Krummeisen‹ ist seit Jahrzehnten unser bewährter Slogan.«

»Sie wollten doch Präsident von diesem Club werden«, wechselte Rosa das Thema. »Warum sind Sie es nicht geworden?« Manfred schaute sie säuerlich an, als habe sie einen wunden Punkt getroffen.

»Das müssen Sie die Mitglieder fragen. Sie sollten sich übrigens besser auf Ihre Schulterhaltung konzentrieren, sonst wird das nichts mit dem Golf. Schönen Tag noch.«

Als Manfred weg war, rückte Rosa unauffällig mit ihren Bällen näher an Hana heran, deren schwarze Haare wieder aus ihrer kopflosen Kappe ragten, während sie einen Ball nach dem anderen ans Ende der Bahn schlug. *Klack! Klack! Klack!*

»Wie machen Sie das nur? Beneidenswert!« Rosa versuchte das Geheimnis des perfekten Golfschwungs aus den Schlägen der frischgebackenen Clubmeisterin zu lesen. Aussichtslos.

»Konzentration. Und nicht so viel quatschen«, kam es kurz angebunden von nebenan.

»Dann fehlt Manfred die Konzentration, wenn er lieber einen trinken geht, als zu üben?« *Klack!*

»Dem fehlt der Biss. Wenn man etwas will, dann bekommt man das auch. Man muss halt dranbleiben.« *Klack!* Hanas Ball flog so weit, dass Rosa ihn am Schluss gar nicht mehr sah.

»Hätten Sie lieber Manfred als Clubchef gesehen?«

»Ich habe ihn jedenfalls gewählt.«

»Er scheint mir sehr beliebt im Club zu sein, aber zum Präsidenten hat's trotzdem nicht gereicht, merkwürdig.«

Hana beendete ihre Schläge, stützte sich auf ihren Driver und sah Rosa scharf an.

»Der Mann ist zu weich. Bevor es zur Stichwahl kam, hat er der Gummibärenfrau den Platz überlassen. Er steht auf resolute Frauen. Wahrscheinlich hat er zu Hause auch nichts zu melden. Warum interessiert Sie das so?«

Rosa zuckte mit den Achseln und stellte sich vor ihrem nächsten Ball auf. »Na ja, wenn ich demnächst hier im Club spiele, muss ich doch wissen, was läuft.« Sie holte aus und traf den Ball mit einem wunderbaren *Klack*. Stolz drehte sie sich zu Hana um. Die steckte ihren Schläger zurück ins Bag, zog einen Stift aus ihrer Tasche und begann einige ihrer weißen Bälle anzumalen, bevor sie sie zurücklegte.

»Was tun Sie da?«

»Ich mache jedem klar, dass das meine Bälle sind.«

»Indem Sie sie anmalen?« Rosa schaute verwundert. Im Kunstunterricht hatten ihre Schüler anspruchsvollere Zeichnungen fabriziert.

Hana verdrehte die Augen. »Sie sollten dringend die Theorieprüfung machen, Sie wissen ja gar nichts. Damit die schlechteren Spieler unter uns nicht einfach mit einem fremden Ball weiterschlagen, markiert jeder seine Bälle ganz individuell. Schauen Sie genau hin: Finger weg, wenn Sie dieses Zeichen sehen.«

Fast hätte Rosa laut aufgelacht, als sie das krakelige rote Herz auf dem Ball sah.

»Warum wollen Sie eigentlich ihren Elektroroller verkaufen? Den haben Sie doch gerade erst gewonnen.«

»Haben Sie Interesse?« Hana schaute sie abschätzig von der Seite an.

»Ich, äh … ich glaube nicht …«

»Sehen Sie, mir geht es ähnlich.«

»Was halten Sie eigentlich vom Trainer, diesem Manuel? Ich habe bei ihm demnächst eine Schnupperstunde.«

»Nur zu. Wenn's Sie glücklich macht. Ich brauch keine Trainingsstunden.« Hana warf den letzten herzigen Ball in ihre Tasche.

»Sie erreichen vermutlich immer alles, was Sie sich vornehmen. Bestimmt sind Sie sehr gut in Ihrem Job.«

Statt einer Antwort packte Hana ihr Golfbag und verließ mit einem »Schönes Spiel!« die Driving Range.

Rosa schaute zu Karl, der mehr mit Gymnastikübungen beschäftigt schien als mit Schlägen. Auf ihrer anderen Seite war jetzt nur noch Fritz Töpelmann übrig geblieben. So alt er Rosa vorkam, so gelenkig wirkte er beim Golfen. Vor jedem Schlag machte er einen kleinen Hüpfer, bemerkte Rosa, den konnte er nicht aus dem Lehrbuch haben. Trotzdem traf er fast jeden Ball. Rosa war beeindruckt und nahm sich einmal mehr vor, vom Äußeren eines Menschen niemals auf seine inneren Werte und Fähigkeiten zu schließen. Das hatte sie auch ihren Schülern immer gepredigt.

»Interessante Schwungtechnik«, rief Rosa etwas lauter zu ihm hinüber. Fritz strahlte sie an.

»Machen Sie das bloß nicht nach. Ganz falsche Haltung. Ich glaube, mein Körper kompensiert so die fehlende Größe. Oder ich habe einfach zu viel Rhythmus im Blut.« Er lächelte schelmisch. Vermutlich war Fritz ein wilder Feger gewesen, überlegte Rosa, vor zwanzig, dreißig, fünfzig Jahren. »Trügen mich meine Augen, oder ist das mein alter Freund Karl?«

Fritz stellte seinen Golfschläger ab und kam rüber, um Karl in den Arm zu nehmen. Die nächsten Minuten konnte sich Rosa in aller Ruhe ihrem noch nicht ganz perfekten Abschlag widmen, während ihr Freund mit Fritz fachsimpelte und in Erinnerungen schwelgte. Sie hörte »1989 beim Auswärtsspiel«, »Clubmeisterin Gerda war 'ne Granate« und »Die Bälle waren früher auch viel billiger«. Als die Männer so langsam wieder in der Gegenwart angekommen waren, mischte sie sich ein.

»Sag mal, Fritz, magst du eigentlich die Präsidentin?«

Er hob die knochigen Schultern und ließ sie wieder fallen. »Sie hat die Finanzen gut im Griff. Das ist die Hauptsache. Und bei den Turnieren gibt es jetzt immer schöne Gewinne, das gab's vorher nicht.«

»Sie meinen die Gummibären und der rote Elektroroller.«

»Kriegt sie alles von ihrem Mann, der arbeitet da.«

»Oha, wenn das nicht Geklüngel ist.«

Aber Fritz winkte ab. »Interessiert keinen. Einfach nicht nachfragen, außerdem haben alle Golfclubs Sponsoren. Die guten zumindest.«

»Sind deine Mitspieler denn fair?«, mischte Karl sich ein.

»Manfred schummelt schon mal, aber damit kann ich leben.«

»Und Hana? Warum ist sie nur immer so schlecht gelaunt, wenn sie so gut spielt? Ich verstehe das nicht.« Rosa räumte ihre Schläger ins Bag. Sich auf gutes Golfspiel konzentrieren und Verdächtige vernehmen ging ganz schlecht zusammen.

»Seht es ihr nach. Sie liebt Golf über alles. Aber sie hat gerade ihre Arbeit verloren. Ich vermute, sie hat Angst, dass sie sich das alles hier nicht mehr leisten kann.«

»Du meinst, sie muss besser sein als alle anderen, um die Gewinne abzustauben.«

»Na ja, so viel gibt es ja meistens nicht zu gewinnen. Ich glaube, sie braucht einfach die Anerkennung.«

»Ist sie eigentlich verheiratet, oder hat sie einen Freund?«

»Rosa, wir sind hier nicht so neugierig im Club.« Karl schaute sie mit seinem strengsten Lehrerblick an.

»Neenee, da gibt's keinen. Soweit ich weiß.«

»Na, komm, gehen wir was essen.« Karl wollte sie von der Driving Range lotsen. Aber Rosa hatte noch ein Fragezeichen in ihrem Kopf.

»Komm doch mit, Fritz«, rief sie und griff sein altes Bag, um es hochzuheben. »Ich helfe dir auch tragen.«

»Finger weg von meinem Golfbag!«, rief Fritz und sprang mit überraschender Behändigkeit zu seiner Tasche. Aber Rosa hatte sie schon angehoben und schnell wieder fallen gelassen. Diese Tasche war verdammt schwer. Was versteckte Fritz darin? Bevor sie diese Frage laut stellen konnte, zog Karl sie beiseite.

»Komm, wir wollten doch essen. Fritz hat sicherlich noch eine Startzeit auf der Bahn. Da will er gewinnen.«

Fritz warf ihnen einen stechenden Blick zu und murmelte: »Darauf kannst du Gift nehmen.«

• • •

»Ah, da ist ja unser Mauerblümchen wieder. Würdigt uns keines Blickes, die will uns wohl nicht bedienen?« Sie hatten einen schattigen Platz auf der Terrasse des Clubrestaurants gefunden, direkt unter Andys frisch gepflanzten Kugelahornen, die sich prächtig zu entwickeln schienen. »Nein, sie läuft ganz woanders hin.« Rosas Blick verfolgte die Frau des Kochs, die ihr letztens schon sehr wortkarg vorgekommen war und die heute wie eine dieser traurigen Knospen aussah, die vertrocknet vom Hibiskus fielen, bevor sie überhaupt auch nur einmal geblüht hatten. »Die will uns nicht mehr bedienen.«

»Liebe Freundin, ich muss dir wirklich sagen, dass die Golfetikette vorsieht …«

»Karl, ich weiß, was du sagen willst«, Rosa legte ihre Hand auf die ihres alten Freundes, »ich sollte mich mehr auf das Spiel als auf Befragungen konzentrieren, aber findest du nicht auch, dass Fritz Töpelmann ein wenig merkwürdig reagiert hat, als ich seinem Golfbag zu nahe gekommen bin?«

»Du solltest auch nicht …«

»Schon klar, aber was kann denn da Wichtiges drin sein? Und wieso ist das Teil so schwer? Außerdem ist mir aufgefallen, dass Fritz heute gar nicht so schwerhörig war wie neulich.«

»Willst du behaupten, mein alter Freund tut nur so, als habe er es an den Ohren? Bei aller Liebe, das ist absurd, Rosa.«

»Fritz erzählte, Hana sei entlassen worden. Das ist natürlich bitter für ihre Rente. Wer stellt eine Frau in ihrem Alter denn noch ein? Vermutlich braucht sie jetzt Geld, um sich ihren geliebten Golfsport weiterhin leisten zu können.«

»Manchmal bist du wirklich gehässig, Rosa.«

Die junge blonde Bedienung brachte die Speisekarten, *Luise* las Rosa auf ihrem Namensschild.

»Oh schau, es gibt Fischfilet auf Mangold, das nehmen wir!«

»Wenn du das sagst, Rosa.« Karl klang resigniert.

»Wir sollten heimlich Fritz' Tasche filzen. Wer weiß, was wir da drin finden. Vielleicht lenkst du ihn ab und ich …«

»*Praevalent inlicita*, das Verbotene hat seinen besonderen Reiz, das scheint seit unserer Pensionierung dein Wahlspruch zu sein. Manchmal erkenne ich dich nicht wieder.«

»Ach komm schon, Karl, wir haben hier einen ungeklärten Mordfall.«

»Der vermutlich rein gar nichts mit diesem Golfclub zu tun hat und auf jeden Fall absolut nicht in deinen Aufgabenbereich fällt.«

»Aber sieh dir doch nur die Verdächtigen an. Manfred wäre gerne Clubmeister oder Clubpräsident. Aus beidem ist bisher nichts geworden, weil er nicht gut genug und vor einer tatkräftigen Frau eingeknickt ist.«

»Dann könntest du auch mich verdächtigen.«

»Behalte diesen äußerst interessanten Gedanken kurz im Kopf, ich komme gleich wieder.« Rosa sprang auf und lief durch eine Seitentür ins Restaurantgebäude, durch die vor wenigen Minuten Silvia Görgen, die Frau des Kochs, verschwunden war.

Es sah aus, als habe sie die Umkleide des Clubs gefunden. Rosa schaute auf Bänke wie beim Schulsport, und sogar Duschen gab es. Sie hörte ein gleichmäßiges Schrubben. Weiter hinten, in einer der offenen Toilettentüren sah sie eine gebeugte Frau von hinten beim Putzen. »Frau Görgen?«

Die Frau des Kochs fuhr herum und zeigte Rosa ihr müdes Gesicht. In den gelben Putzhandschuhen hielt sie eine Klobürste. »Das Restaurant ist eine Tür weiter.«

»Oh ja, vielen Dank, ich habe nur die Toilette gesucht. Der Personalmangel ist wirklich schlimm. Sie müssen ja ganz schön viel selbst machen.«

»Das war schon immer so.«

»Wie ich sehe, haben Sie immer noch gut Betrieb in Ihrem Restaurant, da sind Sie sicherlich beruhigt, trotz des Todesfalls am Golfplatz. Wirklich eine schreckliche Sache. Kannten Sie den Mann gut?« Rosa versuchte, nicht so neugierig auszusehen wie sie war.

»War schon mal auf ein Bier da, aber sonst …«

»Allein?«

»Öfters mal mit der Rasmuth oder mit den Männern.«

»Spielen Sie eigentlich auch Golf?« Frau Görgen sah sie an, als habe Rosa ihr angeboten, gemeinsam auf einem Elefanten über die Restaurantterrasse zu reiten. Sie schüttelte den Kopf.

»Sie stellen Fragen. Das kann sich unsereins doch gar nicht leisten.«

»Sie bekämen sicherlich Ermäßigung.«

Silvia drehte sich um und putzte weiter. »Trotzdem. Viel zu teuer.« Rosa notierte auf ihrer To-do-Liste im Kopf zu überprüfen, ob der SUV, aus dem Silvia Görgen die Einkaufskisten gewuchtet hatte, ihrem Mann, dem Koch, gehörte. So arm konnte er nicht sein, auch wenn der Wagen nur geleast sein sollte. Ob seine Frau allerdings etwas von seinem Geld abbekam, war eine andere Frage.

»Ihre junge Bedienung, kommt die eigentlich von weiter her? Ich frage nur, weil ich in meiner Gärtnerei auch immer wieder Aushilfen suche und niemanden aus Bonn finde.«

»Nee, ganz aus der Nähe. Aber ich glaube, sie ist ausgebucht, sie studiert noch.«

»Verstehe. Na, ich kann sie ja mal fragen. Oder Ihren Mann.«

»Nein, das lassen Sie mal lieber.« Silvia Görgen drehte sich erschrocken um. »Mein Mann hat es nicht so gerne, wenn man seine Ordnung durcheinanderbringt.«

»Okay, alles klar. Dann will ich mal wieder.« Rosa verließ die Umkleide. Sie wusste, wann sie einen hoffnungslosen Fall vor sich hatte. Diese Frau hatte Angst. Vor ihrem Mann. Traurig, dass es so etwas immer noch gab.

Als sie zum Tisch zurückkam, hatte Karl seinen Teller zur Hälfte leer gefuttert und sah gar nicht glücklich aus.

»Erst verschwindest du urplötzlich, dann kommst du ewig nicht wieder. Es wird doch alles kalt. Ich musste schon mal anfangen.«

»Ist doch nicht schlimm, Karl. Ich hoffe, es schmeckt.«

»Doch, das ist schlimm.« Karl haute sein Besteck auf den Tisch. So ungestüm kannte Rosa ihren sonst so ausgeglichenen Freund nicht. »Ich nehme dich mit in meinen Club, und du machst nichts anderes, als alle und jeden zu beschuldigen. Meine Teamkollegen. Unsere Clubmitglieder. Das fällt auch auf mich zurück. Ich habe lange nicht mehr hier gespielt und dachte, es wäre eine gute Gelegenheit, wieder mit dem Golfen anzufangen. Aber so kann ich mich doch nicht mehr hier blicken lassen. Du machst alles kaputt!« Es fehlte nicht viel und Karl wäre in Tränen ausgebrochen.

Rosa erkannte ihren alten Freund und ehemaligen Kollegen nicht wieder. Erst letztens hatten sie doch gemeinsam über diesen Fall gerätselt, und Karl hatte ihr mit seinem Insider-Wissen geholfen. Und jetzt war sie ihm peinlich, weil sie die Mitglieder dieses Golfclubs ein wenig aushorchte? Hier stimmte doch etwas ganz und gar nicht. Oder war es so, wie alle sagten – beim Golfen traten die schlechtesten Eigenschaften eines Menschen zutage? Aber so furchtbar kam sich Rosa gar nicht vor. Neugierig – gebongt. Resolut – als ehemalige Lehrerin nicht zu vermeiden. Aber unverschämt? Das konnte Karl doch nicht ernst meinen, nach einem halben Leben in einer öffentlichen Lehranstalt und angesichts der vielen Jahre ihrer Freundschaft.

»Karl, es tut mir leid, ich …« Rosa wollte ihre Hand beschwichtigend auf seine legen, aber ihr Freund zog sie weg und sprang auf.

Mit einem »Du hast ja keine Ahnung«, lief er Richtung Restaurant, vermutlich um die Waschräume aufzusuchen und sich etwas zu beruhigen. Rosa griff ihre Gabel und stach in ihr Fischfilet. Sie würde herausfinden, welches Problem dieser Club und ihr Freund Karl wirklich hatten. Und wie es aussah – leider wohl allein.

Kapitel 13

Ihre Mutter war gerade dabei, Töpfchen mit lila Hornveilchen auf den Tischen in Sarahs Gärtnereicafé zu verteilen, als sich Rosa stöhnend auf einen Stuhl fallen ließ. Nach einer sehr schweigsamen Heimfahrt und einer wortkargen, fast schon eisigen Verabschiedung von Karl, lechzte Rosas Herz nach Sahnetörtchen und einem heißen Cappuccino und vor allem nach tröstenden Worten ihrer Lieben. Außerdem musste sie dringend die Pflanzen für Danielas Garten zusammenstellen. Sie durfte ihre Arbeit nicht vernachlässigen bei der ganzen Mordrecherche, weshalb sie gleich in ihre Gärtnerei mit angeschlossenem Gartenplanungsbüro und Café gefahren war, wo Archie sie stürmisch begrüßte und sich ausgiebig von ihr knuddeln ließ.

»Na, verausgabt beim Golfen?« Roswitha tätschelte ihr die Wange wie früher, wenn sie als Kind nach den Bundesjugendspielen nur mit einer Sieger- statt der angepeilten Ehrenurkunde nach Hause gekommen war.

»Hm, geht so. Ich brauche erst mal einen Kaffee und was Süßes.«

»Ich habe einen französischen Käsekuchen gebacken, mit Ziegenfrischkäse, ganz was Feines!« Sarah stellte Rosa unaufgefordert den von ihr so geliebten Cappuccino vor die Nase.

»Oh Sarah, du bist meine Rettung, ja bitte, ein großes Stück mit extra Sahne.«

»Bring zwei!« Roswitha ließ sich am Tisch neben Rosa nieder. »Was ist passiert, Liebelein?«

Natürlich konnte sie ihrer Mutter nicht verheimlichen, dass ihr etwas auf der Seele lag. Also berichtete Rosa ihr von Karls Reaktion auf ihre Recherche.

»Wenn ich eines nicht ertragen kann, dann Streit mit Menschen, die mir am Herzen liegen. Wobei ich gar nicht das Gefühl habe, dass wir uns gestritten hätten. Ihm gefiel meine forsche Art nicht, aber so war ich doch schon immer – oder etwa nicht? Meinst du, ich habe mich verändert? Karl nannte mich gehässig.«

Roswitha schüttelte energisch den Kopf. »Manchmal bist du ein bisschen besserwisserisch, ganz die Jungfrau, aber gehässig doch nicht, da steckt bestimmt was anderes dahinter.«

»Is der Sprüschejott in Ungnade jefallen?« Willy stiefelte ins Café, in der Hand ein Töpfchen mit einer rosa Hyazinthe. »Nisch für disch, Scheffin. Datt is ene Erpressungsversuch für et lecker Mädsche. Blömsche gegen Kölsch.«

»Vielleicht hat dein Freund Angst, dass du ihn in seinem Club unbeliebt machst. So ein Verein ist doch schnell mal eine Ersatzfamilie für einen alleinstehenden Pensionär.« Sarah servierte den goldgelb leuchtenden Käsekuchen und brachte dem strahlenden Willy auch gleich sein frühes Feierabendbier.

»Glaube ich nicht, er war doch schon ewig nicht mehr dort«, mutmaßte Rosa und schob sich ein großes Stück Kuchen in den Mund. »Hmmmm! Himmlisch. Und jetzt lass uns über was anderes reden. Ich habe beschlossen, dass ich noch einmal auf den Golfplatz gehe, und wenn ich nichts finde, höre ich auf mit meinen Ermittlungen. Vielleicht ist Karl dann wieder netter zu mir.«

»Die Schnupperstunde mit dem gut aussehenden Trainer? Der ist bestimmt Sternzeichen Löwe.«

»Da wird wohl mehr jeschnuppert als trainiert.«

Rosa schüttelte den Kopf. »Die Schnupperstunde muss warten. Ich werde zum Golfclub gehen, wenn er leer ist, und mich in aller Ruhe umschauen. Am besten nach Sonnenuntergang.«

»Nachts? Aber dann siehst du ja den Ball gar nicht.«

»Für datt Bällschenspiel braucht uns Rosa doch kein Flutlischt, ne?« Willy kniff verschwörerisch sein Auge zusammen. »Aber der Sprüschejott is dafür leider der Falsche. Isch tröste disch nischt.«

»Nein, Karl werde ich sicherlich nicht mehr behelligen.«

»Du willst aber doch nicht allein dorthin?« Roswitha sah bei dem Gedanken, ihre Tochter treibe sich im Dunkeln auf unbekannten Plätzen herum – möglicherweise in unmittelbarer Nähe eines Mörders – entsetzt aus.

»Ich nehme Archie mit, der wird mich schon beschützen.«

»Rosalinde, das wirst du nicht tun.« Ihre Mutter sprang auf. »Ich verbiete es dir!«

»Du willst mir verbieten, nach zweiundzwanzig Uhr das Haus zu verlassen, so wie früher?« Rosa blickte genervt. »Mama, ich bin keine sechzehn mehr.«

»Ming Knubbelfutz, datt is wirklisch keine jute Idee. Lass et dir sagen von einem Mann mit der größten Lebenserfahrung hier am Tisch.« Willy schaute sie ernst an und legte ihr seine knochige Hand auf den Arm. »Da läuft ene Mörder frei rum und du willst ihm ene Besuch abstatten. Datt is janz schön bekloppt.«

»Ihr glaubt alle, ich weiß nicht, was ich tue. Vielen Dank auch.« Rosa stand auf. »Komm, Archie, wenn wir nachts auf den Golfplatz wollen, heißt das nicht, dass wir tagsüber keinen

Garten anlegen müssen. Wir haben noch viel zu tun. Eine von uns muss hier schließlich das Geld verdienen.«

• • •

Eigentlich hatte Rosa nur schnell ihren anstehenden gemeinsamen Garteneinsatz bei Daniela Breuer in Kappeshoven besprechen wollen. Aber dann hatte Andy »Komm doch vorbei, ich habe Pizza im Ofen«, gesagt, als sie ihren Kollegen von der Baumschule angerufen hatte. Was ihr nach dem mental so anstrengenden Tag als sehr gute Idee erschienen war.

Und so saß sie jetzt zum ersten Mal in seiner modernen offenen Küche auf einem der Barhocker bei einem kühlen Glas Weißwein, während Andy das Blech aus dem Ofen holte, noch eine Handvoll Basilikum darauf warf und die Pizza mühelos mit einem großen Messer in Stücke schnitt. Rosa roch Oregano über geschmolzenem Käse und frischen Tomaten, nahm einen Schluck Wein und fühlte sich zum ersten Mal an diesem Tag ruhig und angekommen. Sie blickte sich um – die Küche ging in einen großen, gemütlichen Wohnbereich über. Ihr Blick wanderte von einer Ledercouch über einige Gitarren durch die Glasfront in den großen Garten hinter dem Haus, wo Archie aufgeregt schnuppernd zwischen einem jungen Pfirsichbäumchen und einer alten Kirsche herumsprang.

»Ich bin echt gespannt, wie Bananenstauden und Korkenzieherweide nebeneinander in einem Garten wirken, aber ich sehe dir an – du willst über was anderes sprechen.« *So gut kennt er mich also schon,* freute sich Rosa. Kurz und knapp berichtete sie von ihrem Tag mit Karl und ihrer Familie.

»Ich bin ein schlechter Mensch, der alle vergrault. Du wirst es bereuen, dass du mich eingeladen hast.«

»Unsinn. Wenn ich eins aus unserem ersten gemeinsamen Garteneinsatz gelernt habe, damals im Schlosspark von Kappeshoven, dann das: Wenn eine Sache stinkt, dann riechst du das. Und du gibst nicht eher Ruhe, bis du weißt, was da faul ist. Also schieß los: Was hast du bisher herausgefunden über unseren toten Golfspieler und den ganzen seltsamen Verein dort?«

Sie setzten sich an den großen Esstisch, der aussah, als habe Andy ihn eigenhändig aus einer alten Eiche gehauen. Er verteilte die Pizza auf zwei Keramikteller in männlich-modernem hellem Grünton und goss Wein nach.

»Also das Wichtigste: David Behringer war mal mein Schüler.«

»Du kanntest ihn?« Andy sah sie über ihrer Pizza erstaunt an. Rosa zuckte mit den Schultern.

»Früher, ja, wie man Schüler so kennt. Er war nett und unauffällig. Aber ich habe ihn aus den Augen verloren, er muss früher abgegangen sein, das müssen wir noch herausfinden. Vielleicht habe ich ihn deshalb nicht gleich erkannt. Immerhin hat mein Neffe recherchiert, dass unser Toter Unternehmensberater war. Die Firma hat eine Traueranzeige bei seiner Zeitung geschaltet.«

»Unternehmensberater! Kriegen die nicht jede Menge Kohle dafür, dass sie Firmenchefs sagen, wie viele Leute sie rauswerfen sollen? Arm war dein Schüler dann jedenfalls nicht.«

»Ja, deshalb glaubt die Polizei auch an einen Raubmord. Weil seine Brieftasche und sein Handy weg waren.« Rosa biss in ihr Stück Pizza. Eine wohlige Wärme breitete sich in ihr aus. Sie lehnte sich kauend zurück.

»Wenn ich joggen gehe, dann schleppe ich auch nicht so viel Zeug mit rum. Vielleicht hat er einfach nichts dabeigehabt.«

»Doch, er hat kurz vorher noch telefoniert. Und dabei furchtbar geschimpft. Als ob er mit etwas gar nicht einverstanden war.«

»Und das weißt du woher?« Andy sah sie scharf an.

»Weil ich ihn gesehen habe. Ich stand hinter einem Baum und habe Pilze gesucht. Rein zufällig, wirklich. Ich wusste erst, dass er es war, als wir ihn dann tot auf dem Weg gefunden haben, gemeinsam mit den Golfern.« Rosa holte tief Luft. Es tat gut, dieses Wissen endlich mit jemandem zu teilen.

»Hast du das der Polizei erzählt?«

Rosa schüttelte den Kopf. »Du kannst jetzt gerne mit mir schimpfen, dann habe ich an einem einzigen Tag alle meine Freunde verloren.«

»Du hältst nicht allzu viel von diesem Polizisten …«

»Peter Klein, mein ehemaliger Schüler. Ach ja, der wird sich schon noch machen.« Rosa sah Andy ratlos an. »Aber er ist noch nicht so weit. Ihm fehlt die Weitsicht. Verstehst du, was ich meine?«

Andy nickte. »Wir beide müssen wissen, wie der fertige Garten aussehen soll, bevor wir Stecklinge setzen oder aussäen. Wir müssen alle Eventualitäten bedenken, Sonne, Regen, das Wachstum, den Boden. Dafür braucht man Erfahrung und das richtige Gespür.« Rosa starrte ihren Freund an. Er fasste genau in Worte, was sie fühlte.

»Danke, Andy.«

»Nicht dafür. Was weißt du noch über den Toten? Irgendwas Privates? Morde haben doch meist einen privaten Hintergrund. Habe ich gelesen«, schob Andy hinterher.

»Verheiratet war er nicht, von einer Freundin ist auch nichts bekannt. Aber Moritz hat David Behringer bei Facebook gefunden, da hat er nicht mehr viel gepostet, aber unter Beziehungsstatus stand: ›Es ist kompliziert‹. Kann irgendwie alles heißen.«

»Dann hatte er wohl was am Laufen, aber nix Festes.«

»Und das weißt du jetzt woher?« Rosa lächelte Andy über den Tisch hinweg an. Noch bis vor Kurzem hätte sie nie im Leben gedacht, dass sie Männer mit längeren Haaren ansprechend fände. Aber die Länge passte zu Andy. Es gab ihm etwas Wildes, Typ Naturbursche.

»Ich war auch mal jung. Nein, Quatsch. Ich bin ein Mann der klaren Worte und Beziehungen.«

»Und was steht bei dir auf Facebook?« Es musste am Wein liegen, dass Rosa sich ungewohnt mutig fühlte, in anderer Leute Herzensangelegenheiten herumzustochern. Jenseits von Mord und Totschlag.

»Wenn ich bei Facebook wäre, stünde dort ›Noch nicht vergeben, aber verliebt‹.« Andy schaute ihr in die Augen. Die eben noch wohlige Wärme schoss Rosa in den Kopf, was sicherlich nur am Alkohol lag.

»Ich glaube, diese Kategorie gibt es bei Facebook gar nicht«, stotterte sie und schob sich hastig ein neues Stück Pizza in den Mund. Archie winselte vor der Terrassentür. Andy erhob sich, um ihn hereinzulassen.

»Erzähl mir von den drei Spielern, die die Leiche gefunden haben. Irgendein potenzieller Mörder unter ihnen?«, wechselte Andy lächelnd das Thema.

»Hana ist auf den ersten Blick am verdächtigsten. Sie macht kein Geheimnis daraus, dass sie den Toten nicht gemocht hat. Und sie spielt am besten Golf, also wenn wirklich der Golfball diesen David Behringer getötet haben sollte, dann hat am ehesten sie ihn geschlagen. Wobei – sie markiert ihre Golfbälle ironischerweise mit einem roten Herz. Ich weiß nicht, ob er dir auch aufgefallen ist, aber der Ball, den ich neben dem Toten im Gras gesehen habe, hatte ein aufgemaltes blaues Kreuz. Falls das überhaupt der Ball des Todes war.«

»Das müsste man ja an der Kopfwunde sehen können, oder?«

»Ob es genau dieser Ball war, vermutlich nicht. Schließlich sehen alle Bälle gleich aus. Aber ob es überhaupt ein Golfball war? Ich muss Peter dringend nach den Obduktionsergebnissen fragen. Oder Daniela Breuer. Du kennst sie ja, die Frau des ermordeten Bürgermeisters. Sieht so aus, als habe ich sie und Peter nach dem Fall zusammengebracht. Wenigstens im Verkuppeln bin ich gut.«

»Auch bei dir selbst?« Andy schenkte schon wieder Wein nach. *Will er mich abfüllen?*

»Ach was, ich bin eine alte Frau. Seit dem Tod meines Mannes …« Andys kräftige Hand schoss über den Tisch und legte sich auf ihren Arm.

»Sag nie wieder, dass du alt bist, Rosa. Unser Herz bestimmt unser wirkliches Alter. Und wie ich das sehe, bist du noch sehr, sehr jung im Herzen und äußerst lebendig im Körper einer, sagen wir, Achtunddreißigjährigen.«

Rosa nickte lächelnd und spürte Andys Wärme überdeutlich, bis er sie ein paar Sekunden später schon wieder losließ.

»Also zurück zu Hana«, Rosa räusperte sich und nahm ihren Ermittlungsfaden wieder auf. »Der alte Fritz hat bestätigt, was schon Moritz rausgefunden hatte – dass Hana gerade entlassen wurde. Vielleicht will sie deshalb ihren elektrischen Roller verkaufen, den sie letztens beim Turnier gewonnen hat.«

»Du meinst, sie braucht jetzt jeden Cent. Dann wird sie sich wohl nicht mehr lange so einen teuren Sport leisten können. Aber Moment, du sagtest gerade, Hana wurde entlassen.«

»Richtig.«

»Und der Tote war Unternehmensberater.«

»Du meinst ...«

Andy zuckte mit den Schultern. Aber Rosa sah plötzlich Licht im Dunkeln ihres Ermittlungsmorastes.

»Na klar, so wird es sein. Dass ich den Zusammenhang noch gar nicht gesehen habe.« Entgeistert ließ Rosa die Gabel sinken. »Nehmen wir an, David Behringer ist wirklich schuld daran, dass Hana entlassen wurde. Dann hätten die beiden eine weitere persönliche Verbindung außerhalb des Golfplatzes. Und Hana hätte ein Motiv.«

»Hass? Rache? Hätte sie ihn dann nicht früher um die Ecke bringen müssen? Jetzt war's irgendwie zu spät, oder nicht?«

»Hm, ja, da hast du auch wieder recht. Aber lass uns diese vage Theorie im Hinterkopf behalten. Karl würde jetzt wieder sagen, ich sei gehässig.«

»Ist dein Karl eigentlich ein guter Golfer?« Andy räumte die leeren Teller zusammen.

»Gute Frage. Eigentlich habe ich ihn gar nicht richtig spielen sehen. Er hat ständig solche Gymnastikübungen zum Aufwärmen gemacht.«

»Vielleicht ist er aus dem Tritt, und das ist ihm peinlich. Gib ihm Zeit.«

»Das muss ich wohl«, seufzte Rosa. »Wie es aussieht, fahre ich demnächst allein zum Golfplatz, um herauszufinden, was Fritz in seinem Golfbag versteckt und ob ein Mordinstrument in den Spinden von Hana oder Manfred liegt. Wenn ich nur einen Dietrich hätte.«

»Du willst zur Einbrecherin werden?« Andy schaute sie schon wieder so ernst an.

»Ungern ...«

»Dann könnte ich dir eventuell zeigen, wie man ganz schnell ein Schloss mit einem Draht öffnet. Vorausgesetzt, es ist ein einfaches Schloss.« Der Baumschulbesitzer blickte sie verschwörerisch über den Rest Pizza auf dem Tisch hinweg an. »Unter einer Bedingung.«

»Und die wäre?«

»Du fährst da nicht allein hin, ich komme mit.«

Ohne auf eine Antwort zu warten, griff Andy ihre Hand und zog sie vom Stuhl. »Komm mit in den Garten, da habe ich so einen Metallschrank für mein Gartenwerkzeug. Daran können wir üben. Irgendwo müsste ich noch eine Büroklammer haben.«

»Woher weißt du, wie man Türen knackt?«

»Ach, hat mir mal jemand in einem früheren Leben gezeigt, ist schon lange her. Kann man gut gebrauchen, wenn man alte Autos fährt und den Schlüssel stecken gelassen hat.«

Während die Sonne über den Feldern von Königswinter unterging, lernte Rosa das Einmaleins der Einbrecher. Und fühlte sich so gut wie noch überhaupt nicht an diesem ansonsten vermurksten Tag.

Kapitel 14

»Als du sagtest: ›Hol mich um 20 Uhr ab und zieh dir was Dunkles an‹, habe ich ehrlich gesagt an was anderes gedacht.« Andy klang noch nicht ganz so begeistert wie sie selbst. Rosa beobachtete ihn von der Seite und verkniff sich ein Lachen. Andy trug ungewohnterweise ein schwarzes Jackett zur schwarzen Jeans, hatte seine langen Haare zum Zopf gebändigt, und sein Aftershave ordnete sie irgendwo zwischen Erdbeerjasmin und Mohnbrötchenblume ein. Klang nach Frühstück, ließ in Rosas Hirn aber eher das Bild von Andys sicherlich muskulösem Oberkörper aufploppen. »Manierlich« hätte ihre Mutter Roswitha sein Outfit genannt.

Aber weder ihre Familie noch Karl hatten Andy zu sehen bekommen, noch wussten sie überhaupt, dass sie sich tatsächlich nachts auf die Pirsch begab. So hatte es Rosa beschlossen. Sie würden sich nur alle wieder unnötige Sorgen machen. Dabei war sie doch die Vorsicht in Person. Fast hätte sich Rosa zu Hause das Gesicht noch schwarz angemalt. Aber leider war ihre Karnevalsschminke eingetrocknet gewesen. Sie konnte sich auch gar nicht mehr daran erinnern, in welchem Schuljahr sie bei der alljährlichen Karnevalsparty als Schornsteinfegerin gegangen war. Als was hatte sich David damals verkleidet? Auch das fiel ihr nicht mehr ein. Wurde sie alt und vergesslich? David Behringer ging in ihrem Hirn einfach in der Masse ehemaliger Schüler unter. Trotzdem – mochte es auch nicht jeder verstehen – fühlte Rosa sich noch immer verantwortlich für ihre Schützlinge. Auch wenn sie schon längst erwachsen waren und ihr eigenes Leben lebten. Das galt besonders, wenn sie wie David tot neben einem Golfplatz lagen. Wer also, wenn nicht sie, sollte seinen Tod aufklären? Daher war Rosa in dunkle Hose, Jacke und Mütze geschlüpft – genug, um optisch eins mit der heranbrechenden Nacht zu werden. Und Archie, der erwartungsvoll auf ihrem Schoß saß, war hoffentlich zu klein, um aufzufallen.

»Du hast nicht erwähnt, dass du ausgerechnet im Dunkeln auf den Golfplatz willst.« Andy lenkte seinen Geländewagen ruhig über die Landstraße, raus aus Bonn.

»Hast du etwa Angst?« Rosa sah Andy herausfordernd an.

»Nur um dein Wohlergehen, meine Schöne. Eigentlich müsste ich schon daran gewöhnt sein, dass ein Treffen mit dir schnell zum Detektiveinsatz wird. Wie lautet dein Plan? Wo genau möchtest du einbrechen?«

»Ich zeige dir gleich, wo wir parken, nicht direkt auf dem Golfplatz, sondern davor. Dann geht's zu Fuß weiter. Du wartest am besten im Auto, während ich mich mit Archie umschaue.«

»Auf gar keinen Fall.«

»Hm. Widerworte kann ich zwar gar nicht ausstehen, aber ich mag Männer mit einer klaren Meinung.«

»Wie lange warst du eigentlich verheiratet?« Andy warf ihr einen intensiven Blick von der Seite zu.

Rosa sah ihn an. »Mein halbes Leben lang, bis mein Mann Erich vor vier Jahren starb. Bei so einer langen Beziehung sind klare Worte wichtig.«

»Das tut mir leid mit deinem Mann. Sicherlich hattet ihr euch auf den gemeinsamen Ruhestand gefreut.«

»Wir wollten durch die Welt reisen, nach meiner Pensionierung. Aber so …« Rosa seufzte tief. »Ich wollte nicht allein sein, verstehst du? Ich musste umdenken. Ohne diesen Schicksalsschlag würde es mein Gartenplanungsbüro vermutlich nicht geben. Das Gute daran ist: Ich genieße die Selbstständigkeit.« Sie wies durch die Windschutzscheibe. »Da vorne, da am Straßenrand kannst du parken. Da fällt das Auto nicht so auf.«

Rosa nahm ihre Handtasche, in der Taschenlampe, Draht und das Abschiedsgeschenk ihrer Schüler auf ihren Einsatz warteten: die Handschuhe aus dem Geschenkegeschäft, die für die Gartenarbeit nicht zu gebrauchen waren, aber sich als genau richtig erwiesen hatten, um bei Einsätzen wie diesen Fingerabdrücke zu vermeiden. Sie griff nach dem Türöffner, als sie Andys Hand auf ihrem Arm spürte.

»Rosa?« Seine Stimme klang rau und ernst. Sie blickte ihn an. »Ich denke, deine Mitarbeiter sind sehr froh, dass es dein Gartenplanungsbüro gibt.« Er holte Luft. »Und ich bin froh …« Archies Zunge unterbrach ihn, als die ihm plötzlich das Gesicht ableckte.

»Ich glaube, der Mops muss an die frische Luft.« Rosa öffnete die Autotür und konnte sich ein Kichern nicht verkneifen. Was auch immer Andy ihr hatte sagen wollen, das war der denkbar ungünstigste Moment dafür. Rosa seufzte. »Tut mir leid, Andy, aber das macht Archie nur bei Menschen, die er sehr gerne hat. Merk dir einfach, was du sagen wolltest. Ab sofort wird nur noch geflüstert.«

· · ·

Im Schutz von Hainbuchenbüschen schlichen sie unter Feldahornen die Einfahrt zum Golfplatz entlang, Archie an der

Leine mit der Nase über den Boden schnuppernd vorneweg. Der Parkplatz wirkte leer, aber weiter vorne, in der Nähe des Clubhauses, machte Rosa einen kleinen Lichtschein aus. War so spät noch jemand hier? Offiziell sollte der Golfclub seit einer Stunde geschlossen sein. Und in der Dunkelheit waren auch keine Golferinnen und Golfer mehr auf dem Platz, die ihre Bahnen beendeten, es sei denn, sie hatten Leuchtbälle. *Ob Karl so etwas besitzt?* Rosa hatte mehrfach versucht ihn anzurufen, ohne Erfolg. Der Streit lag ihr auf der Seele und ja, sie musste oft an ihren Freund denken, wenn sie auch noch immer nicht verstand, warum Karl so harsch reagiert hatte.

Sie waren fast am Clubhaus angekommen, als Archie mit dem Schwanz zu wedeln begann und ein Knurren von sich gab.

»Archie!«, rief Rosa flüsternd und lenkte ihren Mops mit einem Hundekeks ab. Sie gab Andy ein Zeichen, sich mit ihr hinters Gebüsch zu verziehen. Da war das Licht wieder. Es kam aus einem Auto, das einsam auf dem Parkplatz stand. Zwei Menschen konnte sie darin erkennen.

»Du hast ein Fernglas dabei?« Andy stand so dicht hinter ihr, dass Rosa seinen Atem spürte.

»Neuerdings immer in der Tasche. Eigentlich für Vögel, meine neueste Leidenschaft. Aber in diesem Fall ...« Sie richtete ihr kleines Fernglas auf das Auto. »Na guck, wer hat denn da ein Stelldichein?«

»Sag schon.«

»Wenn das nicht Tanja Schäfer-Schlaffer ist, und was da so orangerot leuchtet, sieht mir aus wie Manfred Krummeisen. Sie unterhalten sich recht aufgeregt, scheint mir. Wusste ich doch, dass zwischen den beiden was läuft.«

»Dann würden sie aber bestimmt nicht nur reden«, wisperte Andy. Archie zog an der Leine.

»Wer weiß, wie lange das noch dauert. Wie gut, dass wir zu zweit sind. Andy, du bleibst hier und behältst die zwei im Blick, und Archie und ich versuchen uns an den Schränkchen.«

»Nur über meine Leiche!« Andy schaute sie streng an, soweit Rosa das im Dunkeln sehen konnte.

»Es ist viel besser, wenn du hier aufpasst, dass mir keiner folgt. So weit weg bin ich schließlich nicht. Schau, da drüben das angestrahlte Clubhaus, dahinter geht's den kleinen Weg rein zum Raum mit den Spinden, okay? Wenn jemand kommt, machst du die Eule.«

»Die was?«

»Na, so uhuuu, du weißt schon.«

»Rosa, was tue ich hier nur?« Andy schüttelte den Kopf.

»Na, den besten Freundschaftsdienst, den ich mir vorstellen kann. Mir passiert schon nichts, ich habe ja Archie dabei. Und dich!« Es war, als ob die Dunkelheit sie mutiger machte als sie eigentlich war. Schnell hauchte Rosa einen Kuss auf Andys stoppelige Wange und lief dann zügig los. Einmal drehte sie sich noch um, aber es war gar nicht nötig – Andy stand mit verschränkten Armen dort, wo sie ihn zurückgelassen hatte, wie ein Baum unter Bäumen. Rosa starrte in die Dunkelheit, um sich zu vergewissern, dass niemand sonst auf dem Gelände des Golfclubs unterwegs war, und lief dann zu dem Raum, in dem sie zuletzt mit Karl gewesen war.

Sie streifte die Gartenhandschuhe über und fischte Taschenlampe und Draht aus ihrer Handtasche. Die Eingangstür war wie beim letzten Mal nicht verschlossen, drinnen umfing sie wieder der kühle Geruch nach ungewaschenen Socken, Dreck und Gras. Archie bekam ein Leckerchen, während Rosa die Taschenlampe anmachte und zielsicher zu Hanas Spind ging. Es musste jetzt schnell gehen. Wenn sie hier jemand überraschte, konnte sie sich weder als Gärtnerin in Aktion noch als verwirrte Alte rausreden. Das hier war Hausfriedensbruch, und das wusste sie. Und hatte es schon verdrängt.

So wie Andy es ihr gezeigt hatte, steckte Rosa den Draht ins Schloss und ruckelte herum. Es kam ihr vor, als würden endlose Minuten vergehen, bis sich endlich etwas im Inneren des Schlosses löste. Es klickte befriedigend, die Tür sprang auf. Rosa atmete tief aus und leuchtete hinein. Hanas Spind wirkte aufgeräumt. Links stand ihr Golfbag mit den Schlägern, rechts der zusammengeklappte Trolley. Rosa griff in die Fächer der Golftasche. Angeekelt zog sie ein vor Dreck starres kleines Handtuch heraus und steckte es schnell zurück. Ihr Blick fiel auf den Spindboden. Zwischen Tasche und Wagen stand eine Dose. *Earl Grey Tea* las Rosa. *Tee zum Sport?* Sie öffnete die Teedose und blickte auf ein weißes Pulver. Nur schwer widerstand sie der Versuchung, ihren Finger anzulecken und reinzustecken, um zu probieren. Stattdessen fischte sie die Rolle mit Gefrierbeuteln aus ihrer Tasche. »1 Liter mit Aromaschutz«, gut, dass sie die zu Hause noch eingepackt hatte. Rosa riss einen Beutel ab, schüttete ein wenig von dem weißen Pulver in die Tüte, verschloss sie mit einem roten Haushaltsclip und steckte sie in ihre Handtasche. Archie stand hechelnd neben ihr.

»Nix für dich, mein Lieber, weiter geht's.« So leise es ging, drückte Rosa die Metalltür zurück ins Schloss und ging eine Reihe weiter zum mit *Krummeisen* betitelten Spind. Große Überraschung – sein Schrank war gar nicht verschlossen. Rosa linste hinein. Ein großer Stapel bunter Poloshirts und Hosen lag neben seiner Golftasche und erinnerte sie an ihre Textmarker zu Hause auf dem Schreibtisch, mit denen sie jahrzehntelang auf besonders dumme Fehler in Klassenarbeiten aufmerksam gemacht hatte. Ein Korb mit Bällen stand daneben. Hatte Manfred die verbotenerweise vom Übungsfeld aufgesammelt, um sich ein paar Euro zu sparen?

Ein schwarzes Säckchen lag auf den Bällen, Rosa öffnete es und leuchtete mit der Taschenlampe rein – lauter Tees, wie Karl sie genannt hatte, diese spitzen Holzteile, die aussahen wie Nägel, die die Golfer in die Erde steckten, um ihren Ball obendrauf zu legen, bevor sie sie in die Ferne schlugen. Einige Münzen für den Ballautomaten und ein Pillendöschen waren auch darunter. Rosa erwartete Tabletten gegen Bluthochdruck oder Ähnliches, aber die Tabletten waren blau und eckig. Rosa kicherte unwillkürlich. Da wollte es aber einer wissen. Leise schloss sie Manfreds Spind und lotste Archie in die letzte Reihe, um auch noch Fritz Töpelmanns Geheimnissen auf die Spur zu kommen. Gerade hatte sie seine Tür mit dem Draht erfolgreich geöffnet, als Archie zu winseln begann.

»Uhuuuu«, klang es von draußen. *Ist das jetzt Andy oder eine echte Eule?* Hektisch riss sie Fritz' Schranktür auf und schaute hinein. Da war es, sein schweres Golfbag. Sonst nichts weiter.

»Uhuuuu«, ertönte es wieder, und jetzt hörte Rosa auch Schritte, die sich von draußen näherten. Sie schaute sich um. Einen zweiten Ausgang gab es hier nicht. Kurz entschlossen schaltete sie die Taschenlampe aus, nahm Archie auf den Arm und kletterte in Fritz' Schrank, wo sie sich neben das Golfbag hockte. *Gut, dass ich mir die französische Buttercremetorte bei Sarah letztens verkniffen habe.* Gerade als Rosa die Tür zuzog, ging das Licht an.

»Hallo?« Eine männliche Stimme, die Rosa spontan nicht zuordnen konnte, hallte durch den Raum. Sie hielt die Luft an, streichelte Archie und betete, dass sein Atmen nicht zu hören war. Die Schritte kamen näher, stoppten kurz und entfernten sich dann wieder. Rosa hörte, wie die Tür ins Schloss fiel. *Puh! Das war knapp!* Sie linste auf die Uhr. 21.26 war es mittlerweile. Vorsichtig öffnete sie den Spind und setzte Archie auf den Boden. *Kurz warten und dann nix wie weg hier.*

Obwohl … sie musste wissen, warum Fritz' Tasche so schwer war. Kleinere Fächer außen, um Dinge zu verstauen, hatte dieses alte Modell nicht. Es half nichts. Rosa zerrte das Bag aus dem Schrank und holte so leise wie möglich einen Schläger nach dem anderen heraus. Vorsichtig drehte sie die Golftasche um. Nichts passierte. Sie leuchtete mit ihrer Taschenlampe ins tiefe Dunkel. Was war das? Vorsichtig streckte Rosa ihren Arm ins Bag. Ganz unten berührten ihre Finger eine raue Oberfläche. Sie tastete weiter. Was bei der gemeinen Schildblattlaus war das für ein Klotz? Rosa bekam das Teil zu fassen. War das dick! Es steckte fest. Ihre Finger krallten sich darum und zerrten daran, bis es sich löste. Langsam zog sie ihren Arm heraus. Da war es, was Fritz' Tasche gefühlt schwerer als einen Zehnlitersack Blumenerde machte: ein Buch. *Die Heilige Schrift* las Rosa in goldenen Buchstaben auf dem dunkelroten Einband. Eine Bibel? Eine sehr alte und sehr dicke Bibel, wie es aussah. Aber Rosa blieb keine Zeit, sich weitere Gedanken zu machen, sie musste raus hier, bevor der Unbekannte zurückkam und sie entdeckte. So zügig wie möglich steckte Rosa erst die Bibel und dann Schläger für Schläger zurück in die Tasche und hievte sie in den Spind. Die Tür lehnte sie an. Sollten sich Hana und Fritz nur wundern, dass die Türen zu ihren Schränken offen standen, immerhin konnten sie sich nicht beschweren, dass etwas gestohlen worden war.

Rosa schnappte sich Archie und verließ zügig den Raum. Nachdem sie die Eingangstür hinter sich geschlossen hatte, atmete sie auf. Dieses nächtliche Abenteuer hatte sie überstanden. Aber noch war ihre Mission nicht zu Ende. So leid es ihr tat, aber Andy würde sich noch etwas gedulden müssen. Denn es gab noch etwas, das Rosa herausfinden musste, jetzt, da sie schon mal hier war, auf dem Golfplatz, auf dem ein Mörder sein Unwesen trieb.

Kapitel 15

Rosa spinkste um die Ecke, sah aber niemanden. Rund um das Clubhaus war alles dunkel. Nur am Restaurant bemerkte sie einen Lichtschein. Eigentlich war dort heute Ruhetag, das hatte sie vorab gecheckt. Denn sonst hätte sie womöglich bis in den frühen Morgen ausharren müssen, bis der Golfclub endlich menschenleer war. Denn wenn sie schon mal hier war, könnte sie auch gleich noch schnell die Görgens checken. Ob sie durch die Umkleide neben dem Restaurant irgendwie ins Haus kam? Aber jetzt brannte dort Licht, warum nur? Rosa schlich näher. Im ersten Stock war ein Fester erleuchtet. Zum ersten Mal wurde ihr bewusst, dass das Restaurant noch eine obere Etage hatte. Waren dort weitere Gasträume? Oder wohnten dort Winfried Görgen und seine Frau?

In diesem Moment hörte sie entfernte Stimmen. Sie kamen von der Rückseite des Gebäudes. Rosa schlich seitlich des Restaurants an einer Reihe von Buchsbäumen entlang, die dringend einen Rückschnitt gebrauchen konnten – das erkannte die Gärtnerin in ihr sogar im Halbdunkel. Sie ging weiter und blieb dann überrascht stehen. Rosa kramte die Taschenlampe aus ihrer Handtasche und leuchtete durch die Büsche. Tatsache, dort stand der SUV, aus dem Silvia Görgen letztens die Einkäufe ihres Mannes ausgeladen hatte. Sie hatte sich nicht getäuscht, der Koch fuhr dieses große Auto. Daneben stand ein Kleinwagen. Der Rest war schlecht gepflegter Rasen. Das, was vermutlich einmal so etwas wie ein Gärtchen des Restaurants gewesen war, sah eher nach Hinterhof aus. Einen alten Grill erkannte sie, verdorrte Pflanzen in kaputten Töpfen. Stöcke steckten in der Erde, als ob hier einmal Tomaten gezogen worden waren. Schade, wie manche Menschen ihre grünen Oasen verkommen ließen! Aber heute war sie nicht als Gärtnerin hier. Rosa, die Detektivin, lugte vorsichtig um die Ecke. Die Stimmen wurden lauter.

»Dir hat wohl einer ins Jehirn jeschissen. Isch fasset nisch.«

»Winnie, geh einfach.« Das war die Stimme von Babsi, der Fitnesstrainerin. Sie funkelte den Koch an, der bräsig im Lichtschein der offenen Tür stand, als weigere er sich, das Feld zu räumen.

»Ja, watt denn? Bei dir gehen doch alle ein und aus. Und ausjereschnet misch schmeißte raus? Liegts am Geld? Isch kann dir auch mehr geben für deine ›Trainingsstunde‹. Hehehe. Kannste von der Steuer absetzen. Kriegst auch Superkarten für dä nächste Karnevalssitzung gratis dazu, erster Tisch an der Bühne, watt sachste?« Winfried Görgen verschränkte gönnerhaft die Arme vor der Brust.

»Ich will dein Geld nicht, ich will, dass du jetzt verschwindest. Und fass mich nie wieder an, du Fettklops.« Der Kies knirschte. Rosa drückte sich tiefer ins Gebüsch und betete, dass Archie zu ihren Füßen stillhielt. Aber der hob gerade sein Bein und schien sich nicht um das streitende Paar zu kümmern. Die Stimmen wurden leiser.

»Jetzt pass mal auf, Frolleinschen. Datt jefällt mir nisch, dass du dir von jedem Sugardaddy datt Garnelenpfännchen bezahlen lässt und wenn isch einmal deine Hilfe brauche, machste auf ›Madämschen Fassmischnischan‹. Watt isch über disch hier rumerzählen könnte – dann kannste einpacken mit deinem Golf-Fitness-Quatsch. Datt isch nisch lache, du hattest doch alle reischen Säcke auf deiner Matte. Isch bin auch vermögend. Also …«

»Winnie, ich lasse mich nicht erpressen, und käuflich bin ich schon gar nicht. Gar nix kannst du mir. Ich zeig dich an, wenn du nicht aufhörst. Und deine Karten für die nächste Sitzung, die kannst du dir in den fetten Hintern schieben. Ich trete da eh auf, weißte doch. Und jetzt Abmarsch, ich will auch mal Feierabend haben.«

Die Tür knallte. Eine Faust schlug auf Holz.

»Dumme Funz. Wirst disch noch wundern.« Winfried Görgen lief an ihr vorbei, Rosa spürte seine Aggression durchs Grün. Er hatte sie nicht bemerkt, stapfte weiter. Kurz darauf schlug auf der Vorderseite des Gebäudes eine weitere Tür zu. Archie schüttelte sich, kläffte einmal und trollte sich in die Dunkelheit.

»Wo willst du hin?« Ihr Mops zog Rosa Richtung Übungsplatz. Sie sollten hier so schnell wie möglich verschwinden, aber sie wusste, wenn Archie sich etwas in sein Hundeköpfchen gesetzt hatte, war es schwierig, ihn abzulenken. Und jetzt, da er sich so lange still verhalten hatte … okay, noch eine Minihunderunde und dann ab nach Hause. Schließlich stand auch Andy noch am Parkplatz und wartete auf sie. Zügig lief Rosa ihrem Mops hinterher. Hoffentlich kackte er nicht ausgerechnet auf die Abschlagmatten. Das würde die Golfspieler morgen früh nicht erfreuen.

Für einen Moment blieb sie stehen und spitzte die Ohren. Sie meinte ein Geräusch vernommen zu haben, das wie das Klacken der Golfschläger klang, wenn sie perfekt auf den Ball trafen. Rosa fröstelte. War mitten in der Nacht noch ein Spieler unterwegs, oder spukte es hier? Archie an der langen Leine war in der Dunkelheit verschwunden, sie hörte ihn zufrieden grunzen, wie er es sonst nur machte, wenn er zu Hause mit seiner Gummiqueen spielte. Archie stand in einer Sandkuhle und buddelte angestrengt. Vermutlich wollte er sein Häufchen vergraben. Rosa hatte zwar nicht vorgehabt, Spuren zu hinterlassen, aber wenn er es schon verbuddelte … Der Mops gab keine Ruhe. Seine Schnauze wühlte im Sand, er schien etwas gefunden zu haben, das er hervorzerrte.

»Was machst du denn da? Gib her, Archie!« Rosa stieg in die Kuhle und nahm ihrem Hund ein Tütchen aus dem Maul.

»Was ist denn das?« Verwundert betrachtete Rosa das verschweißte Päckchen, das sich weich anfühlte, strich den Sand ab und steckte es kurz entschlossen in ihre Handtasche.

Gerade als ihr auffiel, dass das Klacken in der Ferne aufgehört hatte, fing Archie an zu knurren. Rosa drehte sich um, etwas blitzte vor ihren Augen auf, aber bevor sie begreifen konnte, was passierte, wurde es ihr auch schon schwarz vor Augen, schwärzer, als es mitten in der Nacht auf diesem Golfplatz eh schon war.

• • •

»Rosa! Rosa, wach auf!« Eine tiefe Stimme drang an ihr Ohr. Sie schlug die Augen auf.

»Was …? Wo …?« Rosa schaute in Andys besorgtes Gesicht, während sie eine feuchte Schnauze an ihrer Wange spürte.

»Du liegst hier mitten im Bunker. Kannst du dich aufsetzen?«

»Bunker? Geht schon.« Rosa ließ sich von Andy aufhelfen. »Au!« Sie griff sich an den Kopf. Ein brummender Schmerz ließ sie innehalten.

»Ich rufe einen Krankenwagen. Und am besten auch die Polizei.« Er griff in seine Jackentasche.

»Nein.« Rosa hielt seinen Arm fest. »Mir geht es gut. Wirklich.«

Archie saß hechelnd und schwanzwedelnd vor ihr und schaute sie erwartungsvoll an. Andy wirkte besorgt. Aber bevor Rosa zu einer Erklärung ansetzen konnte, zog er sie schon hoch.

»Wie du willst. Aber wir verschwinden von hier, und zwar sofort.« Seine Stimme duldete keine Widerrede. »Ich nehme Archie und deine Tasche.« Schweigend liefen sie den Weg zurück, vorbei an Clubhaus und Restaurant, die eins mit der nächtlichen Dunkelheit geworden waren. Das Licht im Fenster war verschwunden, auch von Barbara Rasmuth und dem Kleinwagen war nichts mehr zu sehen. Vorsichtig blickte sich Rosa um. Ob sie jemand beobachtete? Sie fröstelte. Was war passiert? Eine Szene nach der anderen ploppte in ihrem Hirn auf. Als sie Andys Geländewagen erreichten, hatte Rosa ein halbwegs klares Bild der heutigen Nacht vor Augen – bis zu ihrem Blackout. Erleichtert ließ sie sich auf den Beifahrersitz fallen und nahm ihren Mops auf den Schoß. Ihr Gedächtnis schien wenigstens nicht gelitten zu haben. 22.57 Uhr zeigte die Uhr im Auto an. Wie lang hatte sie dort im Sand gelegen? Rosa zog die Mütze aus und betastete ihren Kopf. Sie schaute auf ihre Finger – kein Blut.

»Lass mal sehen.« Andy war eingestiegen und machte das Dauerlicht im Auto an. Er strich sanft über Rosas Kopf.

»Fühlt sich an wie eine Beule, tut das weh?«

»Ja, schon. Na ja, ein bisschen.«

»Ist dir schlecht?« Er sah ihr in die Augen. Sorgenvoll. Rosa schüttelte den Kopf. »Dann bringe ich dich jetzt nach Hause.«

Andy machte das Licht aus und startete den Wagen. »Hast du eins auf den Schädel bekommen, oder bist du hingefallen? Kannst du dich erinnern?« Er wendete den Wagen und fuhr zurück auf die Landstraße.

»Hmmm. Also, Archie war losgedüst zu diesem Übungsplatz, ich habe ihn dort in dieser komischen Sandgrube gefunden, da wühlte er herum und … da fällt mir ein …« Rosa öffnete ihre Handtasche. Da lag es noch, das verschweißte Tütchen. Sie zog es heraus.

»Das hat Archie ausgegraben.«

»Das sieht nicht gerade aus wie ein Golfball. Drogen? Falschgeld?«

Rosa zuckte mit den Schultern. »Ich kam noch nicht dazu, reinzuschauen. Am besten mache ich das zu Hause. Und in Hanas Spind habe ich was Ähnliches gefunden.« Sie holte ihren Gefrierbeutel mit dem weißen Pulver aus der Tasche.

»Ist das Kokain?«

»Hana hat ihre Arbeit verloren. Vielleicht ist sie verzweifelt. Ich werde es analysieren lassen. Karl kennt bestimmt jemanden, der … ach Mist, er spricht ja nicht mehr mit mir.« Rosa seufzte. »Wie lange saßen eigentlich Tanja und Manfred noch zusammen in diesem Auto?«

»Rosa, du bist verletzt, du wurdest vielleicht niedergeschlagen. Jetzt hör endlich auf, dir über diesen verfluchten Golfplatz das Hirn zu zermartern. Ausgeknockt bist du ja schon.«

»Ich weiß, es tut mir leid, dass es so geendet hat«, Rosa warf Andy einen flehenden Blick zu. »Aber passiert ist passiert. Wir sollten jetzt unsere teuer erstandenen Erkenntnisse nutzen. Also, wenn du etwas beobachtet hast, wäre das hilfreich, Andy.«

Er schaute Rosa kritisch an. Eine tiefe Sorgenfalte auf seiner Stirn. Zögerlich antwortete er.

»Nicht so lange. Irgendwann sind beide ausgestiegen und Richtung Clubhaus verschwunden. Da habe ich dich mal lieber gewarnt.«

»Dann könnte es Manfred gewesen sein.«

»Der dir eins auf den Kopf gegeben hat?«

»Irgendjemand hat mich bemerkt und ist mir nachgeschlichen, da bin ich mir ziemlich sicher.«

»Dann bist du in Gefahr, Rosa. Du wirst bitte nicht mehr auf diesen Golfplatz gehen.«

»Ach was, mich hat doch niemand erkannt mit meiner Mütze und überhaupt. Vielleicht hat mich jemand für einen Einbrecher gehalten.«

»Es stinkt jedenfalls irgendwem gewaltig, dass du da rumschnüffelst. Warum sonst sollte jemand was gegen eine so wunderbare Frau wie dich haben?«

Rosa lächelte über das Kompliment.

»Na ja, jeder mit Dreck am Stecken. Wie es aussieht, haben wir heute Nacht jemanden aufgeschreckt und verärgert. Du kennst doch Mimosen? Die mit dieser knubbeligen lila Blüte. Sobald man die berührt, klappt sie ihre Blätter ein. Und gehst du ihr an die Wurzeln, dann riechts nach verfaulten Eiern.«

»Du wurdest heute Nacht aber nicht nur von einer Blume angepupst, Rosa, sondern von einem potenziellen Mörder niedergeschlagen.« Sie hatten das Bonner Stadtgebiet erreicht. »Das ist kein Spiel, es ist gefährlich. Wir wissen doch gar nicht, ob er oder sie dich nicht auch aus dem Weg schaffen wollte. Ich mache mir Sorgen um dich, Rosa. Irgendjemand dort im Golfclub hat was dagegen, dass du diesen Mord aufklärst.«

»Ja, nur wer? Sind Manfred und Tanja wieder zurückgekommen? Ich habe ihr Auto gar nicht mehr gesehen.«

»Nicht, solange ich dort Schmiere stand. Vielleicht sind sie weg, als ich dich gesucht habe. Als Archie allein angemopst kam, wusste ich: Da stimmt was nicht.«

»Angemopst … hast du gehört, Archie? Andy erfindet schon Wörter für dich. Du hast ihm nicht umsonst übers Gesicht geleckt. Danke übrigens für alles, Andy.« Rosa legte ihre Hand auf den Arm ihres Freundes. »Vielleicht habt ihr alle recht. Ich sollte vorsichtiger sein.«

Andy nickte. »Sehr richtig. Jetzt konzentrieren wir uns wieder auf etwas Ungefährliches. Wie du weißt, wartet noch ein Garten in Kappeshoven auf uns, der herausgeputzt werden will. Wir sehen uns morgen. Vorausgesetzt, dir geht es weiterhin gut.«

Rosa winkte ab. »Mach dir keine Sorgen, du kennst doch den Spruch mit dem Unkraut.«

Andy hielt vor ihrem Haus, stellte den Motor ab und sah sie eindringlich an. »Für mich bist und bleibst du eine Rose. Ganz im Ernst, setz dein Leben bitte nicht noch mal so aufs Spiel. Ich könnte es nicht ertragen, wenn dir etwas zustoßen würde.«

Rosa nickte schweigend und stieg mit Archie im Arm aus, der friedlich schlummerte. *Vielleicht bin ich eine Rose*, dachte sie, *aber eine Wildrose, die hat besonders viele Dornen.*

Kapitel 16

»Rosa, wie schön dich zu sehen«, quietschte Daniela Breuer, als sie die Tür ihres Bungalows öffnete. Nichts deutete mehr darauf hin, dass in diesem Haus ihr Ehemann mit Schusswunde im Kopf in der Leo-Bettwäsche gelegen hatte. Ein Jahr war das inzwischen her. »Ich würde ja tragen helfen, aber wie ich sehe, hast du deinen eigenen starken Kerl dabei! Andy, richtig?«

Daniela fiel beiden so stürmisch um den Hals, dass ihre bunten Armreifen klapperten. Statt der blonden Extensions trug sie ihre Haare jetzt als halblangen Bob, was sie frischer und jünger aussehen ließ, stellte Rosa fest, während sie ihr durchs Haus folgte. Auch das hatte sich verändert. Die kitschig-goldene Einrichtung samt Porzellanpudel war einer modernen hellen Sofalandschaft gewichen, von der aus man einen großartigen Blick in den Garten hatte. Rosas Arbeitsbereich für heute.

Die Analyse ihrer Fundstücke der letzten Nacht musste warten, hier wollte ein Garten verschönert werden. Andy wuchtete gerade Säcke voller Erde auf die Terrasse, während sie selbst ihre Kräuter- und Blumentöpfe abstellte. Solange ihre Beule am Kopf noch schmerzte, durfte sie nicht schwer heben oder tragen, so lautete Andys Ansage. Er hatte Palmen und Bananenstauden organisiert – der letzte Schrei in Deutschlands Gärten, wie Rosa immer häufiger bemerkte.

Daniela hatte sich einen Garten à la Florida meets Eifel gewünscht, und den sollte sie bekommen. Während es um den

Pool dank Bananen und Palmen nach Florida aussehen sollte, wollte Rosa rund um die Terrasse die rheinische Heimat aufblühen lassen – und hatte deshalb rote Malven, blaue Hortensien und weiße Azaleen mitgebracht. Und ohne Kräuter für die Küche ging natürlich gar nichts. Rosmarin, Salbei, Pfefferminze und Schnittlauch sollten den Anfang machen.

Andy trug einen jungen Haselnussstrauch und eine Korkenzieherweide in den Garten, während sich Rosa vergewisserte, dass sie das Tütchen mit Löwenzahn-Samen nicht vergessen hatte. Für viele gehörten die gelben Blumen zwar eher in die Kategorie Unkraut und Hasenfutter, aber sie hatte beschlossen, dass sie in allen von ihr gestalteten Gärten blühen sollten.

»Kaffee?«

Rosa folgte Daniela in die Küche und ließ sich vom hochmodernen Vollautomaten ihren ersten Cappuccino des Tages brühen.

»Wie ich höre, hast du Peter die Bonner Kultur nahegebracht. Das ist sehr gut. In Kunst und Musik war er damals eher der Vierer-Kandidat.«

Daniela reichte ihr grinsend die Tasse. »Er ist so süß und interessiert. Ich finde das toll, wenn Männer zugeben, dass sie nicht alles besser wissen. Peter hat mir erzählt, dass ihr euch mal wieder an einem Tatort begegnet seid. Spielst du jetzt Golf?«

»Noch nicht, ich überlege noch, ob mir das zu gefährlich ist. Wenn sich die Golfspieler in diesem Club schon gegenseitig unter die Erde bringen.«

»Ach, davon hat Peter gar nichts gesagt. Ich dachte, der Mord hat mit dem Golfclub überhaupt nichts zu tun, eher so eine übliche Raubmord-Geschichte, vielleicht auch Eifersucht, Liebesdrama, wer weiß. Zucker?«

Rosa schüttelte den Kopf. »Ja, das glaubt die Polizei wohl. Ich bin mir da nicht so sicher.« Rosa nahm einen Schluck Kaffee, während Daniela eine weitere Tasse machte. »Die drei Golfspieler, die den Toten gefunden haben, waren nicht gerade gut auf ihn zu sprechen.«

Daniela winkte ab. »Wenn ich Peter richtig verstanden habe, konnten sie einen Golfball als Mordinstrument ausschließen. Der Typ wurde eher mit einem flachen Stein oder einer Schippe oder so was erschlagen.«

»Ach ja?« Rosa musterte Daniela. Interessant, was Peter in der richtigen Gesellschaft so alles ausplauderte.

»Ich hoffe, ich erzähle dir nicht zu viel, aber bald ist ja sowieso die Pressekonferenz. Die mussten ewig auf die Obduktionsergebnisse warten.«

»Aber sagtest du nicht gerade, dass er eindeutig erschlagen wurde?«

»Ja, schon, aber irgendwas war auffällig. Vielleicht verwechsle ich da was, und das war doch kein Raubmord, sondern eher so eine Milieugeschichte. Bei den vielen Verbrechen in Bonn kann man schon mal den Überblick verlieren.« Daniela strahlte sie an, als habe es in ihrem Haus nie einen Mord gegeben.

»Prostitution? Drogen?«

»Am besten wartest du die Pressekonferenz ab, dein Neffe geht doch bestimmt hin. Ich kann mir zwar super Fontanes Gedichte merken, aber wenn Peter von seinem Tag erzählt, bringe ich gerne alles durcheinander. Auf meine Aussagen darfst du dich also nicht verlassen.«

»Ja, ich bin sehr gespannt, was die Untersuchungen ergeben haben. Ich habe den Toten gesehen, ein hübscher Mann im besten Alter. Und was man so hört, soll er auch Geld gehabt haben.« Interessiert beobachtete Rosa Danielas Reaktion. Dass sie David gekannt hatte, behielt sie lieber für sich.

»Also Peter meinte, der war eher so ein Blender. Fuhr zwar Porsche, hatte aber in Wahrheit kaum Kohle auf'm Konto. Deshalb glaubt die Polizei wohl auch am ehesten an einen spontanen Raubmord. Da dachte jemand, bei ihm sei viel zu holen. Oder sagte Peter, dass er in dubiose Geschäfte verwickelt war? Auf jeden Fall nix mit Golf. Du siehst – das Leben wird zum Krimi, wenn man mit einem Polizisten ausgeht.« Daniela lächelte. »Apropos Krimi – sobald es wärmer wird, wollen wir mit dem Buchverein wieder eine Literaturnacht veranstalten, diesmal soll es um regionale Krimis gehen, das wäre doch was für dich. Hier im Garten, sobald ihr fertig seid.«

»Schon verstanden.« Rosa grinste. »Ich fange sofort an und komme gerne. Danke für den Kaffee!« *Und die Infos.* Rosa nahm eine zweite Tasse Kaffee für Andy mit und machte sich auf den Weg in den Garten. Zuallererst musste sie heute eine ganze Reihe neuer Pflanzen eingraben, bevor sie Zeit hatte, weitere Tathinweise auszugraben. Erst der Kaffee, kurz die Arbeit, dann der Krimi.

• • •

Andy stand breitbeinig auf einem Haufen Erde und versuchte einer einjährigen Bananenstaude Herr zu werden, deren lange Blätter ihn zu umarmen schienen.

»Warte, ich helfe dir.« Rosa lief um den Pool, der um diese Jahreszeit noch mit einer Plane abgedeckt war, und packte mit an. »Wie es aussieht, kann ich mich bald wieder bei Tageslicht auf den Golfplatz wagen, um meine Schnupperstunde zu nehmen, Daniela hat mir verraten, dass das Mordwerkzeug vermutlich kein Golfball war.«

»Hätte mich auch gewundert, wenn jemand so präzise zielen kann«, ächzte Andy, während er die Erde rund um die neu gesetzte Pflanze festtrat. »Dann fallen die drei Golfspieler als Verdächtige raus?«

»Würde ich nicht sagen. Die drei können sich auch einen Stein geschnappt haben oder ihre Schläger. Mal abwarten, was Hana in ihrer Teedose versteckt.«

»Du meinst, drei fröhliche Junggebliebene auf Abwegen? Die waren doch auf ihrer Runde, so viel Zeit bleibt da nicht bei jedem Loch. Wir müssten den genauen Todeszeitpunkt wissen.«

»Ich sehe, du kennst dich aus. Moment, hier kommt Wasser.« Rosa begoss die zweite Bananenstaude, die einen Hauch von Florida rund um den Pool bringen würde. Wenn die auch eigentlich aus Mittelamerika stammten. Aber wenn ihre Kundin von Bananen in Florida träumte, sollte sie die auch bekommen. Und zwar hier mitten in der prallen Sonne, so hatte die Banane eine Chance, Blüten und Früchte zu tragen. So hätte Daniela auch einen kleinen Nutzgarten.

»Daniela hat noch etwas anderes Interessantes erzählt. Als ich erwähnte, dass das Opfer vermutlich reich gewesen war – ich meine, immerhin war er Unternehmensberater, wie wir wissen –, da schaute sie ganz erstaunt und sagte, dass der Tote ein Blender gewesen sei. Behauptet die Polizei, die natürlich seine Finanzen überprüft hat. Es könnte sein, dass er in illegale Geschäfte verwickelt war, aber warum sollte er, wenn er so gut verdiente? Also für mich passt da was nicht zusammen. Anders als deine Hanfpalme und die Banane, sieht wirklich so aus, wie wir uns Florida vorstellen, Daniela und ich.

Komm, wir machen Pause in der Hollywoodschaukel und überlegen, wie ein Unternehmensberater sein Geld verprasst haben könnte. Und dann mache ich mich an die blühende Terrasse.«

. . .

Schweigend genossen sie die Käsemuffins, die Rosa gestern vor ihrem nächtlichen Abenteuer aus Cheddar, Frühlingszwiebeln und einigen Eiern gebacken hatte, und schaukelten dazu auf der leicht quietschenden Hollywoodschaukel.

»Wenn du gerade grübelst, ob genug Chili drin ist, das kann ich dir mit einem klaren Ja beantworten.« Andy hatte Tränen in den Augen.

»O Gott, zu scharf? Ich habe auch noch ordentlich Paprikapulver reingegeben, für mich kann es gar nicht scharf genug sein. Ich vergesse gerne, dass das nicht jeder verträgt.« Andys Antwort war ein Röcheln. Rosa klopfte ihrem Freund fürsorglich auf den Rücken. Was bei Schärfe genau nichts brachte.

»Was ich mich ja frage …« Rosa sah ihren Kollegen besorgt an, »unterbrich mich, wenn ich nerve.« Andy schüttelte den Kopf, während er sich die Tränen wegwischte. »Welche Rolle spielt Tanja Schäfer-Schlaffer bei der ganzen Geschichte? Ein Mitglied ihres Clubs wird ermordet, und drei andere finden es. Trotzdem soll all das nichts mit dem Golfclub zu tun haben, glaubt unser Pittermännchen. Das ist doch verrückt. Ich meine, der Fisch stinkt doch immer vom Kopf her, sagt man. In der Schule war das ganz genauso. Die Schüler, die im Unterricht störten, waren selten das Problem, eher so manche Lehrer, die ihren Stoff nicht vermitteln konnten. Und auch die hatten so viele Vorgaben, was sie in einem Schuljahr alles durchnehmen mussten, das konnte gar nicht funktionieren. Noch einen Muffin?« Rosa hielt Andy die Dose mit dem Gebäck vor die Nase.

»Danke, erst mal nicht«, hustete er.

»Tanja will sehr tough rüberkommen als neue Chefin, lässt sich aber von ihrem Mann durch großzügiges Sponsoring helfen. Um die Clubmitglieder für sich einzunehmen.«

»Ist nicht verboten.«

»Und was ist das eigentlich für ein Verhältnis zu Manfred Krummeisen? Jetzt, da wir die zwei zusammen im Auto gesehen haben und ich das Viagra in seinem Spind, frage ich mich schon, was die miteinander haben. Bei Manni wird die toughe Frau immer ganz weich.«

»Neidisch, Frau Reich?« Andy stieß sich kräftig vom Boden ab.

»Im Zwischenrufeüberhören war ich schon immer gut, mein Lieber. Also, was will sie mit dem Angeber in der Neonklamotte? Und umgekehrt – warum hat Manni ihr vor der Stichwahl den Posten als Präsidentin einfach überlassen? Ich sehe doch, dass ihn das wurmt. Nur aus Liebe?«

»Aus Liebe macht man noch ganz andere Dinge.«

»Wie der Koch, der zur Fitnesstrainerin rennt. Wobei mir das eher nach Belästigung aussah.« Rosa erzählte Andy von ihrer nächtlichen Beobachtung. »Babsi wollte ich eh mal unauffällig aushorchen. Willst du nicht mitkommen zur Fitnessstunde?« Sie lächelte Andy aufmunternd an. Er schaute ihr lange in die Augen.

»Vergiss nicht unsere Abmachung, nur im Hellen auf den Golfplatz zu gehen.«

»Oh, sieh mal«, unterbrach Rosa ihn. »Da kommt Daniela, sie sieht aufgeregt aus. Hoffentlich haben wir nicht ihre Hollywoodschaukel entehrt oder die Banane auf die falsche Seite gepflanzt.«

»Rosa! Es gibt News!« Daniela winkte mit ihrem Handy. »Gerade rief Peter an, es gab eine Festnahme im Golfclub. Jetzt müssen wir unsere Ballettkarten wohl zurückgeben.«

»Waaaas?« Rosa sprang so elanvoll auf, dass Andy sich festhalten musste.

»Ja, ich hatte Plätze in der ersten Reihe ergattert.«

»Nein, ich meine, was für eine Festnahme?«

»Sie haben den Täter. Peter hat ihn überführt.« Sie sah stolz aus. »Diesmal darf ich es dir auch ganz offiziell sagen, weil es eh gleich in den Nachrichten kommt.«

»Wer ist es denn?« Rosa konnte nicht glauben, dass ihr ehemaliger Schüler aus dem eher unteren Notenbereich den Mord schneller aufgeklärt haben sollte als sie. »Nun sag schon.«

»Der Greenkeeper oder wie diese Gärtner auf dem Golfplatz heißen. Sie haben Spuren auf einem seiner Spaten gefunden.«

»Klaus Kastner? Der mürrische Mann mit dem Aufsitzrasenmäher?«

Daniela zuckte mit den Schultern. »Der Gärtner ist doch immer der Mörder, oder nicht?«

Kapitel 17

»Können die sich hier keine bequemeren Stühle leisten?« Rosa stieß ihrem Neffen den Ellenbogen in die Seite. Moritz gähnte lautstark, dabei war sie es, die einen langen Arbeitstag voller Gartenarbeit hinter sich hatte – und eine kurze, aufregende Nacht. Aber trotz der abendlichen Stunde war sie hellwach, denn gleich würde es neue Informationen zum Mord an David Behringer geben. Ja, sie war schon immer eine Nachtkerze gewesen. Die erst, wenn es dunkel wurde, so richtig aufblühte. Dann aber bestechend gelb. Mit einem Duft nach frisch gemahlenem Pfeffer. Auch ihre geliebten Krimis, überlegte Rosa, las sie am liebsten bis in die späte Nacht zu Hause im Bett, den schnarchenden Archie zu ihren Füßen.

Wobei die Statistiken besagten, dass sich die meisten realen Verbrechen tagsüber abspielten. Auch David Behringer war am frühen Morgen getötet worden, wie sie wusste. Weitere Details würde Hauptkommissar Peter Klein hoffentlich gleich verkünden, sobald die Pressekonferenz eröffnet war. Obwohl sie in der letzten Reihe saßen, zog Rosa den Kopf ein. Ihr ehemaliger Schüler sollte sie lieber nicht entdecken, dachte er doch sowieso schon, sie mische sich zu sehr ein. Schnittig sah Peter in seiner Uniform aus, wie er mit einer Mappe unter dem Arm das Podium betrat, das musste Rosa ihm lassen. Hoffentlich war er nicht so aufgeregt wie früher, wenn sie ihn an die Tafel geholt hatte. Moritz neben ihr schlug seinen Block auf und klickte nervös mit dem Kugelschreiber.

»Sehr geehrte Vertreterinnen und Vertreter der Presse. Wir haben Sie eingeladen, weil es neue Erkenntnisse im Mordfall David B. gibt. Die Sondereinheit ›Grün‹ hat unter Hochdruck gearbeitet und in den vergangenen Tagen dreiundsiebzig Spuren untersucht. Das Ergebnis lässt sich wie folgt zusammenfassen: Die Obduktion hat ergeben, dass David B. morgens zwischen neun und zehn Uhr an einer Schädelfraktur infolge einer gewalttätigen Einwirkung von außen verstarb.«

Sehr gut, Peter, das klingt hochprofessionell!

»Diese wurde ihm nach den Ermittlungen der Polizei durch einen handelsüblichen Spaten aus dem Gärtnereibedarf zugefügt. Wir haben Farbspuren des Gerätes am Opfer ausmachen können.«

Interessant. Aber sag das doch lieber mit deinen eigenen Worten, Peter!

»Die Mordwaffe konnte die Kriminalpolizei beim mutmaßlichen Täter sicherstellen, einem 58-jährigen Mitarbeiter des Bonner Golfclubs ›Schönes Spiel e. V.‹. Dieser wurde heute Nachmittag auf Antrag der Staatsanwaltschaft zur weiteren Vernehmung in Untersuchungshaft genommen. Zudem hat die toxikologische Untersuchung in der Rechtsmedizin ergeben, dass das Opfer Benzoylecgoninmethylester konsumiert hat«, fuhr Peter nach einer kurzen Pause fort. »Auch bekannt als Kokain.«

Ich fress 'nen Fliegenpilz, wenn Archie und ich da nicht ganz heiße Ware gefunden haben. Ich muss dringend den Inhalt der Tütchen analysieren lassen. Und mich vorher mit Karl vertragen.

Rosa hatte ihrem Neffen noch nicht von ihrer nächtlichen Aktion berichtet und spontan beschlossen, sie auch erst mal nicht zu erwähnen. Zumindest solange sie nicht wusste, was sie da gefunden hatte.

»Was ist das Mordmotiv?«, rief ein Journalist.

»Tja, nun ...«, Rosa sah, dass Peter ins Schwitzen geriet. *Wenn diese Verhaftung mal nicht übereilt gewesen war.*

»Wir nehmen an, dass es ein Streit im Drogenmilieu war, zwischen Konsumenten und Dealer. Der Verdächtige ist vorbestraft.«

Der grummelige Greenkeeper als Straftäter?

»Weshalb?«

Peter blätterte in seinen Unterlagen. »Wegen öffentlicher Ruhestörung und tätlichem Angriff auf einen Polizeibeamten. Weitere Informationen erhofft sich die Polizei nach der Vernehmung des Verdächtigen. Vielen Dank.«

Rosa sah ihren Neffen erstaunt an.

»Das ist alles? Ist so eine Pressekonferenz immer so kurz?« Moritz zuckte mit den Schultern.

»Für 'ne Meldung reichts. Aber für einen ganzen Artikel müssen wir uns diesen Greenkeeper mal genauer ansehen. Ein Gutes hat seine Festnahme: So schnell fährt er dich mit seinem Rasenmäher nicht mehr um.«

»Glaubst du, dass Klaus Kastner mit Drogen dealt? Peter hat nicht erwähnt, dass sie Kokain bei ihm gefunden hätten, nur, dass David Behringer welches im Blut hatte. Das kann er sonst wo herhaben.«

»Er kommt ja auch aus Düsseldorf, hier, das habe ich für dich im Zeitungsarchiv recherchiert. Hätte ich fast vergessen, trage ich seit drei Tagen mit mir herum.« Moritz zog einen ausgedruckten Artikel aus der Gesäßtasche seiner Jeans.

Rosa griff gierig nach dem Papier und faltete es auseinander. »Neue Erkenntnisse und du berichtest mir das nicht sofort? In der Schule hast du wohl auch nie aufgezeigt.« Sie setzte ihren strengsten Lehrerinnenblick und anschließend ihre Lesebrille auf und überflog den Artikel. »Das ist eine Unfallmeldung. Was hat das mit unserem Fall zu tun?«

»Jetzt chill mal, Tantchen, und lies weiter.«

»Schwerer Autounfall auf der A 555 von Bonn Richtung Köln, bei dem beide Insassen ums Leben kamen … es handelt sich um Richter Jürgen Behringer … hinterlässt den minderjährigen Sohn David, für den seine Großeltern die Fürsorgepflicht übernommen haben. Nein! Und das zeigst du mir erst jetzt? Jetzt wissen wir endlich, warum David plötzlich von unserer Schule verschwunden ist, trotz guter Noten. Warum wusste ich das damals nicht?«

»Na ja, der Vater war Richter in Köln. War mit den ganz großen Fällen betraut, oberste Sicherheitsstufe, da wurde vieles geheim gehalten. Der Artikel ist auch nur in Köln erschienen.«

»Dann war der auch nie auf dem Elternsprechtag! Kein Wunder, dass ich mir die Hintergründe nicht gemerkt habe, wenn ich sie gar nicht kannte. Und dann war David irgendwann einfach weg.«

»Ja, die Großeltern lebten in Düsseldorf, so ist er dort hingekommen, nach Schickimicki-City. Wenn er dort nicht an Drogen gekommen ist.«

»Jetzt mal keine Vorurteile. Aber du hast recht. Jetzt verstehe ich noch weniger, warum die Polizei den Greenkeeper verhaftet hat. Den Spaten kann doch jeder aus seinem Gerätehaus gestohlen und wieder zurückgestellt haben.«

»Vielleicht waren seine Fingerabdrücke drauf?«

»Vermutlich, schließlich benutzt er den ja ständig. Und hätte er dem Streber-Golfer damit absichtlich eins über die Rübe gegeben, wäre er doch so klug gewesen, seine Fingerabdrücke abzuwischen. Oh oh, Peter, so schön es ist, zügig einen Täter zu präsentieren, aber hoffentlich geht das nicht in die Wicken.«

»Klingt aber doch erst mal logisch: Der Greenkeeper, der sein wahrscheinlich mageres Gehalt mit Dealerei aufpeppt, und der einst reiche Golfspieler, der durch seine Sucht in den finanziellen Ruin getrieben wird und nicht bezahlen kann, geraten aneinander und zack!« Moritz schnipste und sah sie erwartungsvoll an.

»Du glaubst im Ernst, dass ein Greenkeeper immer seinen Spaten dabeihat? Für alle Fälle?« Rosa schüttelte den Kopf. »Wer mit so einem Gerät auf diesem Weg unterwegs ist, da wo der Tote lag, der hat etwas vor. Der plant etwas, das ist Vorsatz, Moritz. Du gehst doch nicht mit deinem Spaten spazieren.«

Ihr Neffe grinste. »Dir würde ich's zutrauen, Tantchen. Aber könnte nicht der Greenkeeper auf dem Golfplatz gearbeitet haben und dann schnell rübergesprungen sein?«

»Das hätten doch die Golfspieler bemerkt, denke ich. Nein, der Mörder kam von der anderen Seite, den Privatweg entlang.«

»Da kennen wir noch jemanden mit Spaten.«

»Du meinst den holländischen Nachbarn, mit dem wir letztens gesprochen haben? Du hast recht. Natürlich hat die Polizei ihn schon vernommen und alles, aber ich denke, dem sollten wir noch mal einen Besuch abstatten, um uns umzusehen.«

»Vergiss nicht, dass dieser Spatenbesitzer nicht in Untersuchungshaft sitzt, sondern in seinem Haus. Das könnte gefährlich werden, wenn er wirklich der Täter ist. Also, Kommissarin Butterblume, Finger weg von illegaler Ermittlungsarbeit.« Moritz schaute sie durchdringend an. »Ich rufe ihn lieber an und frage, ob ich ein Interview bekomme. Für den übernächsten Artikel, denn erst mal schreibe ich alles über die Vergangenheit unseres Toten.«

»Ganz wie mein kluger Neffe meint«, erwiderte Rosa und war in Gedanken schon bei ihrem nächsten investigativen Einsatz.

Kapitel 18

»Da kommt Jevatter Tod persönlisch! Isch bin nischt abkömm-
lisch.«

»Rosa, geht's dir nicht gut? Du bist wirklich sehr blass. Im
Radio haben sie gesagt, euer Golfplatz-Mörder wäre einge-
sperrt. Du musst dir keine Gedanken mehr machen.«

Willy und Roswitha waren dabei, einen riesigen Blumenstrauß aus rosa-weißen Pfingstrosen, lila Levkojen, zarter wei-
ßer Brautspiere und einigen Blütenzweigen eines Apfelbaums
zusammenzubinden, als Rosa ihre Gärtnerei betrat.

»Euch auch einen schönen guten Morgen! Mir geht's prima,
danke der Nachfrage. Nur ein bisschen viel Arbeit in letzter
Zeit. Und zu wenig Schlaf.«

»Et wird Frühling. Die Scheffin fängt an zu poussieren.«

»Stimmt das, Rosa? Hast du einen Freund?«

»Jetzt hat 'se schon mehr Farbe im Jesicht.«

»Ich nehme an, der Strauß ist nicht für mich?«, lenkte Rosa
ab. So weit kam's noch, dass sich ihre Gärtnereifamilie in ihr
Liebesleben einmischte. Ihr nicht vorhandenes Liebesleben
wohlgemerkt.

»Den hat ein sehr netter Mann telefonisch zum zwanzigsten
Geburtstag seiner Tochter bestellt. Die wohnen direkt hinterm
Golfplatz, da wo du jetzt immer spielst.«

»Ach, und wie heißt der Mann, der angerufen hat?« Rosas
Interesse war geweckt. »Nicht zufällig van der Loh?«

»Doch ja, genau. So was Holländisches. Woher weißt du das?«

»Is nisch umsonst die Scheffin!«

»Ach, lange Geschichte. Wisst ihr was? Den bringe ich selbst hin. Sagt mir Bescheid, wenn ihr fertig seid. Ihr findet mich in meinem Büro.«

»Aber Rosakind«, ihre Mutter Roswitha kam ihr hinterher ins Gärtnereicafé, wo sich Rosa bei Sarah noch schnell einen Cappuccino und ein Törtchen holen wollte. »Solltest du nicht erst mal jemand anderem einen Besuch abstatten?« Roswitha blickte ihre Tochter eindringlich an. »Du solltest dich mit Karl wieder vertragen. Nimm ihm ein paar Pfingstrosen mit, die liebt er doch so.«

»Ich vermisse Karl auch, nicht nur als Kunden«, meldete sich Sarah hinter der Kuchenauslage zu Wort. Rosa seufzte. Die beiden hatten recht. Ihr schlechtes Gewissen drückte immer mehr, die ungewohnte Stille zwischen Karl und ihr machte sie unglücklich, und ein wenig sorgte sie sich auch um ihren langjährigen Freund und Ex-Kollegen. Es war Zeit, bei ihm vorbeizuschauen.

»Also gut, packt mir die Pfingstrosen ein. Und Sarah – mach mir bitte einen Cappuccino to go fertig und zwei Stücke von deinem fantastischen Rhabarberkuchen mit Baiserhaube. Dann fahre ich nachher zu Karl für eine ganz friedliche Kuchenschlacht. Wenn er mich damit nicht reinlässt, bin ich mit meinem Latein am Ende.«

»*Carpe diem*, das ist alles, was mir Karl beibringen konnte.« Sarah lächelte sie an. »Aber dafür weiß ich, wie man das macht, den Tag zu nutzen.« Sprachs und schnitt zwei besonders dicke Kuchenstücke ab.

• • •

Zwei Fälle mit einem Rhabarberbaiser erledigt, dachte Rosa, als sie sich in ihr Auto setzte. Ihre Laune stieg nach der unbefriedigenden Pressekonferenz gestern, die sie ratlos und fast schon wütend zurückgelassen hatte. Sie musste dringend ein ernstes Wörtchen mit der Polizei reden. So sehr sie ihrem ehemaligen Schüler auch gönnte, schnell und erfolgreich einen Kriminalfall zu lösen – so richtig sah sie nicht den Sinn in der voreiligen Verhaftung von Klaus Kastner. Wo war denn das Mordmotiv? Der grummelige Greenkeeper als Drogendealer? Sollte man für diesen Job nicht, nun ja, etwas kommunikationsfreudiger sein? Außerdem – wenn man jeden einbuchtete, der mal Radau gemacht hatte und der Polizei an den Kragen wollte, dann säße halb Bonn-Tannenbusch hinter Gittern.

Umso wichtiger, dass sie die Ermittlungen weiterführte. Bewaffnet mit einem Blumenstrauß. Rosa düste mit ihrem Mini die Straße Richtung Golfplatz entlang und parkte am Wegesrand, an der Stelle, an der der Privatweg abzweigte. *Dort, wo der Tote gelegen hatte,* fügte sie im Geiste hinzu und machte sich zu Fuß auf den Weg.

Mit dem rosa-lila Frühlingsstrauß in der Hand hatte Rosa schnell das versteckt liegende Haus wiedergefunden und stand an derselben Stelle am Zaun, wo sie zuletzt mit Moritz versucht hatte, den schwer zugänglichen Holländer zu knacken. Der alte Walnussbaum hatte weiter ausgetrieben, stellte sie erfreut fest, die Rabatten blühten, der Frühling gab Gas, selbst hier im Wald.

Rosa öffnete das Tor. Als Blumenlieferantin hatte sie schließlich die Erlaubnis, an der Tür zu klingeln. Leider erfolglos. Enttäuscht ließ sie den Strauß sinken. Dass niemand zu Hause war, hatte sie nicht erwartet. Rosa ließ ihren Blick eine Etage höher zu den Fenstern wandern – trotz des Sonnenscheins war es, als schauten sie die toten Augen eines verlassenen Hauses an.

Sie machte ein paar Schritte zur Seite und lugte um die Ecke. Vielleicht arbeitete Herr van der Loh heute in seinem Garten hinterm Haus? Mutig lief sie weiter und fand eine kleine Terrasse mit einem Tisch und zwei Stühlen auf der anderen Seite des Hauses. Die Rasenfläche war kleiner, als Rosa gedacht hatte, aber die Rosenstöcke und Fliederbüsche ließen ihr Herz schneller hüpfen. Der Holländer hatte Geschmack und eindeutig ein Händchen für Pflanzen. Zu sehen war er hier leider auch nicht.

Rosas Blick fiel auf ein zartes grünes Gewächs. War das ein Mini-Mönchspfeffer? Neugierig wagte sie sich ein paar Schritte weiter. Die Pflanze mit den feingliedrigen Blättern schien gerade erst eingepflanzt worden zu sein, frische dunkle Erde umgab sie. Rosa berührte ein Blatt und spürte die leichten Zacken an den Rändern. Sie schreckte zurück. Armin van der Loh war so wenig ein Mönch, wie das ein Mönchspfeffer war.

Wenn sie ihre kurzsichtigen Augen nicht trogen, war das eine Hanfpflanze. Ein Holländer mit Hanf im Garten, das war eigentlich zu viel Klischee, um wahr zu sein. Rosa schmunzelte. Sicherlich hätte sie mit diesen Pflanzen den einen oder anderen Schüler mehr für den Biologieunterricht begeistern können.

Sie schüttelte den Kopf, als sie eine Bewegung hinter der Terrassentür wahrnahm. Sie richtete sich auf und hielt sich schützend den großen Strauß vor die Brust, während sie durch das spiegelnde Glas versuchte, jemanden zu erkennen. Unsicher hob sie die Hand zum Gruß, als sich die Tür öffnete. Im Rahmen stand eine blonde junge Frau mit großen Kopfhörern auf den Ohren, die sie erstaunt ansah. Rosa riss die Augen auf. Sie kannte das hübsche Mädchen. Vor ihr stand Luise, die Bedienung aus dem Restaurant des Golfclubs. *Was sucht die denn hier?* Endlich fielen bei Rosa die Tollkirschen vom Strauch: Luise war die Tochter von Armin van der Loh, dem Mann mit den möglichen Mordwerkzeugen, dem Mann mit der Hanfpflanze im Garten. Vater und Tochter, die sich gegenseitig das Alibi gegeben hatten, zur Tatzeit hier zu Hause gewesen zu sein. Luise van der Loh. Vielleicht war sie die Komplizin eines Mörders. Oder selbst die Mörderin?

• • •

Während sich Luise die Kopfhörer von den Ohren zog, überreichte Rosa ihr den riesengroßen Blumenstrauß.

»Herzlichen Glückwunsch! Wir haben gehört, dass hier jemand Geburtstag hat. Alles Gute!« Als sie Luises erschrockenes Gesicht sah, fügte sie hinzu: »Ich wollte nur eine Bestellung unserer Gärtnerei abgeben und weil vorne niemand aufgemacht hat ... Ich wollte sie nicht vor die Tür legen, es wäre schade, wenn die Blumen verwelken würden, sie sind einfach zu schön.« Luise blickte sie stumm an. »Am besten schneidest du sie gleich an und stellst sie in eine große Vase. Ich kann es dir zeigen, wenn du magst.«

Rosa beglückwünschte sich zu ihrer Idee, unter diesem Vorwand ins Haus zu gelangen. »Du kennst mich ja, ich bin die Gärtnerin vom Golfclub.«

»Ja, ich erinnere mich.« Die Worte kamen langsam aus Luises Mund. Das Mädchen sah sich nervös um, als suche sie einen Fluchtweg, bevor sie sagte: »Na gut, kommen Sie rein.« Luise lotste Rosa durch ein kleines, gemütliches Wohnzimmer mit altem dunklem Ledersofa und dicken Teppichen. Es war unverkennbar, dass hier ein Mann wohnte.

»Kommen die Blumen von meinem Vater?«

»Richtig, dein Vater wollte dich überraschen. Ist er da?« Rosa versuchte, so beiläufig wie möglich zu klingen.

Die blonde junge Frau schüttelte den Kopf. »Nein, er ist … noch unterwegs. Aber nicht mehr lange.« Sie betraten die Küche, wo Luise eine Vase aus dem Schrank holte und mit Wasser füllte, während Rosa ein Messer aus dem Messerblock auf der Fensterbank zog. Kam es ihr nur so vor, oder zuckte Luise zusammen?

»Erste Lektion: Blumen niemals mit einer Schere anschneiden, das quetscht die Stiele und damit die Leitungsbahnen der Blume, durch die das Wasser nach oben steigt.« Blume für Blume zog Rosa das Messer schräg über den unteren Teil des Stils. »Dann bist du an deinem Geburtstag ganz allein? Keine Feier mit Freunden und Familie?« Sie blickte ins ernste Gesicht von Luise, die stumm den Kopf schüttelte.

»Mein Vater ist ja gleich wieder da. Ich muss auch noch für die Uni lernen.«

»Ach, du studierst und jobbst nebenbei, sehr löblich. Ich wünschte, mein Neffe würde sich auch mehr an der Uni blicken lassen. Welches Fach?«

»Psychologie. Ich bin aber noch am Anfang.«

Traurig. Das war das Wort, das Rosa zu Luise einfiel. Diese Frau war hübsch und feierte heute ihren zwanzigsten Geburtstag. Sie sollte glücklich sein und strahlen. Voller Pläne und Vorfreude auf das Leben, das vor ihr lag. Aber stattdessen saß sie in diesem dunklen Wohnzimmer, schirmte sich mit Musik von der Welt ab und bekam kaum ein Wort raus. Sie wirkte vorsichtig und ließ Rosa keinen Moment aus den Augen. Wovor hatte sie Angst? Einige ihrer Schüler hatten solche Phasen in der Pubertät durchgemacht, aber die meisten waren spätestens zur Abiturfeier zu selbstbewussten Menschen geworden, die voller Enthusiasmus überlegten, ob sie erst mal ein Jahr lang durch die Welt reisen oder gleich ein Praktikum in Paris machen wollten. Oder war Luise van der Loh so nervös, weil sie einen Mord vertuschte?

Rosa stellte den Blumenstrauß in die Vase und beschloss eine spontane Planänderung. »Wenn du uns einen Tee kochst, zeige ich dir, was ich in meiner großen Handtasche dabeihabe. Denn wie der Rheinländer sagt: Es gibt immer einen Grund zu feiern. Und: kein Geburtstag ohne Kuchen, meine Liebe!«

• • •

Rosa hatte Luise mit ihren Top Ten der Schülerstreiche aus über dreißig Jahren ein wenig aufmuntern können. Immerhin grinste das Mädchen jetzt, während sie langsam den Rhabarber-Baiser aß. Karls Kuchen. *Ich werde ihn stattdessen bekochen,* überlegte Rosa. Zu viel Zucker war sowieso nichts für seine Pensionärs-Linie, auf die er doch so achtete.

»Du golfst nicht, oder?«

Luise schüttelte den Kopf. »Viel zu teuer, ich bin doch Studentin.«

»Dein Vater scheint was gegen den Club zu haben, was? Wegen der Bälle auf seinem Grundstück und so.«

»Mein Vater hält Golfplätze für einen Eingriff in die Natur. Als wir hierhergezogen sind, war dort eine große Wiese mit Pferden. Alles ganz natürlich. Und ruhig. Und jetzt laufen dort eingebildete Snobs mit überteuerter Golfausrüstung über den künstlichen Rasen und zerstören die Pflanzen- und Tierwelt. So sieht mein Vater das jedenfalls.«

»Hat er was gegen den Golfplatz unternommen? Sich beim Naturschutzbund beschwert oder so?« Rosa sah Luise fragend an. Die zuckte mit den Schultern.

»Anfangs schon, glaube ich. Aber da war ich noch zu klein, um das zu verstehen. In letzter Zeit nicht mehr ...«

»Dann ist er vermutlich sehr frustriert. Wegen der Golfspieler, die sich hier auf euer Grundstück verirren, kann ich mir vorstellen. Hast du diesen David Behringer eigentlich gekannt?« Rosa versuchte ihre Frage so belanglos wie möglich klingen zu lassen. »Du triffst ja viele, wenn du im Restaurant bedienst.«

Luise schaute sie nachdenklich an. »Wir haben hin und wieder mal geredet. Er war sehr nett. Aber ...«

»Ich habe schon gehört, dass er sehr freundlich war, aber auch ganz anders sein konnte.«

»Ja, das stimmt. Man wusste nie so recht, woran man bei ihm war. Wenn ich ihn getroffen habe, also ... im Garten des Restaurants ... meistens ... Man wusste einfach nie, in welcher Stimmung er gerade war.«

»Näher kanntest du ihn nicht? Ich meine, er war ein gut aussehender Kerl und du bist ein hübsches Mädchen. Er hatte doch bestimmt Interesse an dir. Kann ich mir vorstellen. Noch einen Tee?« Rosa schenkte ihnen nach, ohne auf eine Antwort zu warten.

Luise wurde rot. »Nein, er war nicht ... ich meine ...«

»Interessiert an dir?«

Luise schaute unglücklich. »Wir waren nur ein paarmal zusammen spazieren und haben geredet. Das war ganz schön, aber ...« Sie seufzte. »Er hatte dann keine Zeit mehr. Ich habe ihn später mit dieser Barbara gesehen.«

»Barbara Rasmuth? Die Fitnesstrainerin? Die scheint mir mit einigen Männern unterwegs zu sein. Ach, das ist doch ein Elend mit den Kerlen. Sie sind blind, wenn sie eine wunderbare junge Frau wie dich vor sich haben. Es wird heutzutage immer schwieriger, den Richtigen zu finden. Und dann hat man sich verliebt, und der andere will nichts von einem wissen. Oder nicht so richtig.«

Luise nickte stumm und sah noch trauriger aus.

»Na komm«, Rosa legte der jungen Frau die Hand auf die Schulter. »Ich könnte dir mal meinen Neffen Moritz vorstellen, der ist in deinem Alter. Er schreibt für die Zeitung. Apropos – hast du gelesen, dass David Behringer Kokain im Blut hatte?«

»Ja, habe ich gehört.« Luise schien froh, dass Rosa das Gespräch in eine andere Richtung steuerte. »Vielleicht hatte er deshalb diese … zwei Gesichter.«

»Das ist ein sehr guter Gedanke! Du wirst bestimmt eine gute Psychologin. Hast du eigentlich mal was im Club beobachtet?« Rosa fixierte Luise zwischen zwei Kuchenbissen. »Drogendealerei oder so?«

Die junge Frau schüttelte den Kopf.

»Es ist sicherlich sehr schwer für dich. Wenn Gefühle im Spiel sind, eine persönliche Beziehung, ist ein solcher Vorfall viel schlimmer. Das geht mir übrigens ganz genauso. David Behringer war mal mein Schüler, er hatte bei mir Bio und Erdkunde. Nach der Schule habe ich ihn zwar aus den Augen verloren, aber so etwas verbindet irgendwie.« Rosa bemerkte Luises entsetzten Gesichtsausdruck.

»Sie kannten David?« Sie schien nach Worten zu ringen.

Rosa zuckte mit den Schultern. »Ich kannte ihn, vor vielen Jahren.«

»Sie hatten was gegen ihn.«

»Aber nein.« Rosa wollte Luise beruhigend ihre Hand auf den Arm legen, aber sie zuckte zurück. »Als Schüler ist er mir nie negativ aufgefallen. Aber das ist lange her, seitdem habe ich ihn nicht mehr gesehen – bis der Arme hier tot auf dem Weg lag.«

»Das glaube ich Ihnen nicht«, stieß Luise hervor.

»Ach Luise, als Lehrerin hast du jedes Jahr so viele Schüler, da ist es unmöglich, jeden Werdegang zu verfolgen. Aber sag noch eins – als wir David Behringer gefunden haben, also die Golfer, die Clubchefin und ich, da ist mir aufgefallen, dass er so einen roten Striemen am Hals hatte. Erwürgt wurde er wohl nicht, aber vielleicht trug er eine Kette, habe ich mir überlegt. Ist dir da mal was aufgefallen?«

Luise sprang plötzlich auf. »Ich muss jetzt los.« Sie räumte das Geschirr zusammen. Ihre Finger zitterten, bemerkte Rosa.

»Komm, ich helfe dir beim Abspülen.«

»Nein!« Eine ungeahnte Energie und Kraft schien von Luise Besitz ergriffen zu haben. »Sie müssen jetzt gehen. Ich muss meinen Vater abholen.«

»Von der Arbeit? Hattest du nicht gesagt, er komme gleich?«

»Nein.« Luise hatte Tränen in den Augen, als sie Rosa ansah. »Er ist bei einem Termin.« Ihre Stimme klang brüchig. »Ich ... ich muss mich um ihn kümmern, ich habe doch nur noch ihn, seitdem meine Mutter ...«

»Es tut mir leid.« Rosa legte Luise den Arm um die Schultern. »Es muss alles sehr schwer für dich sein. Du hast nur noch deinen Vater, und der hat deinen Freund nicht gemocht ...«

»Was wollen Sie damit sagen?« Luise trat einen Schritt zurück. »Dass … mein Vater David umgebracht hat? Sind Sie deshalb gekommen? Um uns einen Mord anzuhängen? Ausgerechnet Sie?«

Kapitel 19

Rosa schimpfte mit sich selbst, als sie wieder im Auto saß. Eigentlich wollte sie dieser traurigen jungen Frau den Geburtstag versüßen, und schon wieder war die Ermittlerin mit ihr durchgegangen. Wenn es sie mitriss, ging sie förmlich über Leichen. Und was hatte Luise mit ›ausgerechnet Sie‹ gemeint? Neuerdings hielten sie alle für einen schlechten Menschen, nur weil sie ein paar Fragen stellte. Sehr viele, sehr neugierige Fragen, das musste Rosa insgeheim zugeben. Das mit Luise wollte sie wiedergutmachen. Aber jetzt wartete erst einmal noch ein anderer Blumenstrauß darauf, zu seinem neuen Besitzer zu gelangen. Statt des Kuchens hatte Rosa unterwegs Spaghetti, Knoblauch, Pinienkerne, Sardellen und Rosinen gekauft, um für Karl sizilianische Nudeln zu kochen. Im Kofferraum hatte sie noch ein Töpfchen Basilikum zum Verzieren von der letzten Gartenarbeit entdeckt, und Olivenöl, Tomatenmark und Brot würde ihr Freund hoffentlich noch zu Hause haben, damit sie ihm sein liebstes Nudelgericht kochen konnte, das ihn immer in beste Urlaubsstimmung versetzte und von Sizilien schwärmen ließ. Wenn er nur die Tür öffnete.

»Ja, bitte?« Karls Stimme in der Sprechanlage klang müde, als habe das Klingeln ihn aus seinem Mittagsschlaf geholt. Dabei war es später Nachmittag.

»Ich bin's, Rosa. Ich habe hier was für dich.« Nach einer gefühlten Ewigkeit summte der Türöffner.

»Ich habe doch gar nicht Geburtstag«, murmelte Karl, als Rosa mit den Pfingstrosen vor ihm stand. »Und aufgeräumt ist auch nicht.«

Aber da war Rosa schon in seiner Wohnung. Leere Pizzakartons stapelten sich neben der Tür, ein muffiger Geruch lag in der Wohnung, der nach Lüften schrie. *Seit wann bestellte Karl Pizza? Hatte er das nicht letztens noch als den Untergang des Abendlandes bezeichnet?* Aber die größte Überraschung war Karl selbst – sein stets sauberes und penibles Äußeres war Dreitagebart und T-Shirt gewichen. Rosa hatte nicht gewusst, dass ihr Freund so etwas wie eine Jogginghose überhaupt besaß.

»Was willst du?« Karl klang genervt.

»Eine Vase und zwei Kochtöpfe.« Sie drückte ihm Pfingstrosen und Basilikum in die Hände und hielt ihre Tasche hoch. »Ich zaubere uns was Schönes, und dann reden wir.« Sie riss als Erstes das Küchenfenster auf.

Während Rosa einige Minuten später die pikant-süße Soße zusammenrührte und nebendran die Spaghetti im blubbernden Wasser garten, entschuldigte sie sich für ihr Verhalten auf dem Golfplatz und gelobte, Karl nie wieder in seinem Club in Verlegenheit zu bringen. Dann berichtete sie ihm von der Pressekonferenz, der Verhaftung des Greenkeepers und von David Behringers Vorgeschichte.

»Er hat seine Eltern bei einem Unfall verloren? Der arme Junge.« Karl schüttelte den Kopf.

»Es erklärt, warum wir nach seinem Abgang von der Schule seine Spur verloren haben. Peter muss das doch auch recherchiert haben. Aber was macht er? Nimmt den Greenkeeper fest. Mir geht das alles viel zu schnell, verstehst du? Natürlich könnte Klaus Kastner der Mörder sein, aber warum sollte er einen guten Golfspieler umbringen? Er spielt doch nicht mal selbst Golf. Also kein Konkurrent.«

»Dabei könnte er umsonst spielen.«

»Was? Wer? Der Greenkeeper?« Rosa rührte die Spaghetti um.

»Jeder Greenkeeper hat eine Mitarbeiter-Spielberechtigung. Es gibt auch ganze Greenkeeper-Turniere. Da treten sie gegeneinander an.«

»Du meinst, jeder Greenkeeper, der den Rasen auf dem Golfplatz in Ordnung hält, spielt auch selbst Golf?«

»Es wäre zumindest schade, wenn er es nicht täte.«

Rosa mischte die fertigen Nudeln unter ihre Soße, streute Semmelbrösel darüber und verteilte sie auf Tellern. *Abgespült werden könnte hier auch mal wieder,* dachte sie, als sie sich zu Karl an den Küchentisch setzte.

»Und wie ist das mit Studenten? Müssen die den vollen Preis zahlen?«

»Ich habe gelesen, dass der Club neuerdings sehr günstige Einstiegsangebote für junge Leute hat. Und für Studenten ist der Schnupperkursus umsonst. Wieso fragst du? Aus dem Alter bist du doch raus.«

»Ach … nur so.« Dann hatte Luise gelogen. Oder es nicht besser gewusst. »Bevor ich dich noch mehr zuquatsche mit Neuigkeiten vom Golfplatz, die du vermutlich gar nicht hören willst – mal ganz unter Freunden, wir sind doch noch Freunde, oder?« Rosa schaute ihren ehemaligen Kollegen skeptisch an, der langsam seine Spaghetti aufdrehte. »Was ist los mit dir, Karl? Asche auf mein Haupt für mein Verhalten, aber da steckt doch noch mehr hinter deinem Wutausbruch!«

»Ich … ich weiß auch nicht.« Karl ließ die Gabel sinken. »Ich glaube, ich habe überreagiert, das tut mir leid.« Schuldbewusst blickte er Rosa in die Augen. Sie griff über den Tisch hinweg nach seinem Arm.

»Du bist nicht derjenige, der sich entschuldigen muss, Karl. Ich habe deine Reaktion förmlich provoziert. Aber ich habe sie nicht verstanden. Du hast erzählt, dass du schon so lange nicht mehr Golf gespielt hast, und plötzlich sollte es dir das Wichtigste auf der Welt sein. Ich fürchte, ich habe dich und deine Golfleidenschaft nicht so ernst genommen, wie ich sollte. Das tut mir ehrlich leid.«

»Ich habe viel nachgedacht die letzten Tage.« Karl sprach mit gesenktem Kopf. »Ich wurde plötzlich so an damals erinnert. Als ich noch aktiv Golf gespielt habe.«

»Was ist damals passiert?« Rosa hoffte, dass ihre Stimme eher besorgt als neugierig klang.

Karl seufzte tief. »Da war mein Golfpartner, der schöne Roland. Wir waren direkt auf einer Wellenlänge, wenn du verstehst, was ich meine.«

»Ich habt euch verliebt?«

Karls gequälter Blick war die Antwort. »Na ja, ich schon. Roland sah das etwas anders. Bloßgestellt hat er mich. Es war schrecklich.«

»Hm, verstehe, verschmähte Liebe.«

»Mehr als das. Überall hat er herumerzählt, dass ich ihm, nun ja, an die Wäsche wollte. Das war so peinlich. Alle haben mich schief angesehen. Ich habe mich zutiefst geschämt.«

»Und nie wieder den Golfplatz betreten?«

Karl nickte unmerklich.

»Und auch deinen Spind nicht ausgeräumt.«

»Ich konnte nicht. Ich war wie … wie gelähmt.«

»Und als ich so neugierig und lautstark jeden Golfer neben dir ausgefragt habe …«

»Da war mir das so unangenehm wie früher.« Karl flüsterte fast. »Und irgendwie habe ich wieder den Halt verloren. Lächerlich, ich weiß.«

»Unsinn, Karl. Erst mal: Für Liebe muss man sich nicht schämen. Ich weiß, früher waren die Zeiten für Homosexuelle schwieriger als heute. Und letztens auf dem Golfplatz – es hat dich getriggert, würde man heute wohl sagen. Derselbe Ort, wieder wirst du bloßgestellt. Sieh mir meine laienhafte Psychologiekenntnis nach. Was können wir jetzt tun? Wie kann ich dir helfen?«

Karl sah sie an. »Ich fürchte, indem wir wieder auf den Golfplatz gehen. Ich muss mich der Schmach von früher stellen. Es ist auch kaum einer von damals mehr im Club.«

»Bis auf Fritz. Sag mal, was hältst du eigentlich von ihm? Was ist er für ein Typ?«

»Der ist schon in Ordnung. Als ich noch gespielt habe, hat er immer seine Familie mit auf den Golfplatz gebracht. Die war früher schon groß, bestimmt hat er heute viele Enkel. Muss ich ihn mal fragen.«

»Ist er sehr religiös?«

Karl schaute sie verwundert an. »Wie kommst du denn darauf?«

»Nur so ein Gedanke. Rheinisch-katholisch und so. Er ist doch Ur-Bonner, sagtest du.«

»Engagiert war er schon immer, in allen möglichen Vereinen. Deshalb kennt ihn halb Bonn. Bestimmt war auch ein Kirchenchor dabei, wenn du das meinst.« Karl leerte zügig seinen Teller und machte Rosa damit froh. Wenn er sich jetzt noch umzog und rasierte, war er wieder der Alte. Zumindest äußerlich.

Aber ihr Freund sollte seine alten, inneren Verletzungen dringend analysieren lassen. Während sie die Teller abräumte, nahm sie sich vor, Luise nach einem Kontakt zu einem Psychologen zu fragen.

»Es hat vorzüglich geschmeckt, ich danke dir.«

»Ach, war doch etwas ganz Einfaches. Wie war dein Spruch noch gleich mit dem Hunger?«

»*Famus est optimus coquus*. Hunger ist der beste Koch.«

Rosa lächelte glücklich. *Endlich macht er wieder seine Sprüche!*

»Was hältst du davon, wenn wir bald unseren Plan in die Tat umsetzen und zusammen golfen gehen?«

»Du darfst doch noch gar nicht auf den Platz und ich ...«

»Jetzt sag nicht, dass du auch noch keine Platzreife hast oder wie das heißt.«

»Doch, das schon, aber ich bin ja überhaupt nicht mehr in Übung.«

»Das kannst du ändern, rein in die Sportklamotten und rauf auf den Übungsplatz. Du hast mir noch gar nicht erzählt, welches Handicap du hast. Bestimmt warst du sehr gut. Du kommst sicher schnell wieder rein.«

Karl schüttelte den Kopf. »Auf dem Papier bin ich noch immer Anfänger. Ich habe nie ein Turnier gespielt. Deshalb konnte ich mich nicht verbessern.«

»Wegen dem schönen Roland? Umso wichtiger, dass du wieder loslegst. Ich habe eine Idee. Du wirst mit Hana eine Runde spielen, und ich trage dein Golfbag. Wie klingt das?«

»Sie ist die Clubbeste.« Karl sah sie erschrocken an. »Und ich bin viel zu schlecht und ungeübt. Ich werde mich fürchterlich blamieren.«

»Unsinn, sie ist momentan sehr frustriert, weil sie ihre Arbeit verloren hat. Sie wird sich sicherlich freuen, mal wieder eine Runde zu drehen und dir ein paar Tipps zu geben.«

Und nebenbei, dachte Rosa, *kann ich sie unauffällig aushorchen über ihr Verhältnis zum Toten.*

»Ach, bevor ich gehe – du hast doch noch Kontakt zu deinem alten Studienfreund, der uns schon einmal geholfen hat. Meinst du, der könnte, ähm, herausfinden, was das hier für ein Pulver ist?« Rosa zog ihren Gefrierbeutel mit der weißen Substanz aus Hanas Spind aus ihrer Handtasche.

»Rosa, wo hast du das her? Du hast doch nicht schon wieder …« Karl blickte sie entsetzt an.

»Nein, nein, alles ganz harmlos.« Bevor sich hier die bis eben noch gute Stimmung aus dem Staub machte, musste Rosa Karl auf ihre Seite ziehen. »Ich erzähle dir alles ganz genau, wenn du mit mir auf den Golfplatz gehst. Haben wir einen Deal?« Sie hielt ihrem Freund ihre Hand hin. Zögerlich ergriff Karl sie. »Perfekt. Weiß du was? Ich wasche deinen Geschirrberg ab, und du schaust in deiner App, wann Hana das nächste Mal spielt. Dann buchen wir dich in letzter Minute dazu. Das wird ein Mordsspaß, du wirst sehen.«

Kapitel 20

»Ich fasse es nicht. Völlig haltlose Vorwürfe, wenn Sie mich fragen. Buchten einfach meinen Greenkeeper ein, und ich darf jetzt schauen, wie ich ohne ihn zurande komme. Ich meine, sehen Sie mich noch nebenbei mit dem Rasenmäher durch die Landschaft fahren?«

Tanja Schäfer-Schlaffer war außer sich. Rosa hatte bloß vorsichtig nachgefragt, was sie von der Verhaftung von Klaus Kastner hielt, und schon sprudelte alles aus der Clubpräsidentin heraus.

»Die Kosten sind dieselben, aber die Arbeit bleibt liegen. Das können die anderen doch nicht mal eben so mitmachen. Die verlangen nachher noch Überstunden. Ich bin es, die den Haushalt des Clubs zu verantworten hat. Eine Frechheit ist das!« Sie schlug ihre Faust so fest aufs Holz, dass der Plastikbär auf dem Tresen doppelt so schnell mit seinem Ärmchen winkte. Dann riss sie ein Tütchen ihrer Werbe-Gummibärchen auf und warf sich den gesamten Inhalt in den Mund. »Spiain or Gätnn?«, meinte Tanja mit vollem Mund und sah Rosa erwartungsvoll an.

»Wenn Sie meinen, ob ich heute als Spielerin oder als Gärtnerin da bin: beides, ehrlich gesagt.« Rosa zog den unterschriebenen Anmeldeschein aus ihrer Handtasche, den die Clubchefin mit gierigen Fingern an sich nahm. »Bevor Sie mir erklären, wie der Schnupperkursus mit Manuel abläuft, habe ich noch etwas, um die Tagetes am Clubrestaurant aufzupeppen. Schauen Sie mal, diese hübschen Lobelien würde ich gerne noch in die Kästen pflanzen. Gehen aufs Haus.« Rosa hob ihre Blumentöpfchen hoch. »Wird auch Männertreu genannt.«

Tanja Schäfer-Schlaffer lachte auf, wobei sie sich fast an den Gummibärchen verschluckte.

»Ich habe nur gerade festgestellt, dass ich meine kleine Schaufel vergessen habe. Aber sicherlich hat ihr Greenkeeper noch eine in seinem Schuppen, die ich mir leihen könnte – falls die Polizei nicht alles konfisziert hat. Ich meine, im Moment braucht er sie ja eh nicht.«

Die Clubchefin lächelte gequält und griff nach einem großen Schlüssel an der Wand. »Das wird wohl möglich sein. Kommen Sie, wir suchen Ihnen eine Schaufel. Männertreu haben wir doch alle nötig, oder nicht?« Sie zwinkerte Rosa zu, als sie das Clubhaus verließen. »Wenn Sie schon mal da sind – ich hätte noch einen Auftrag für Sie. Da hinten am Clubrestaurant, wo Winnie gerne sein Auto verbotenerweise parkt, da sieht es schlimm aus. Ein Schandfleck für den Club. Wenn er sich als Pächter nicht darum kümmert, tun wir es.«

Ist mir auch schon aufgefallen, dachte sich Rosa, hielt jedoch lieber den Mund.

»Meinen Sie, da könnten Sie ein kleines, ähm, Bauerngärtchen oder so anlegen, mit Kräutern und Gemüse für die Küche? Wird eh Zeit, dass sich Winnie der Gemüseküche annimmt, bei den vielen Veganern in letzter Zeit.«

»Kein Problem, da habe ich schon ein paar Ideen. Das wird die Spieler freuen, wenn sie was Gesundes auf den Teller bekommen. Wie geht's eigentlich Manfred Krummeisen? Ihn schien der Todesfall besonders mitgenommen zu haben«, plauderte Rosa munter daher, als sie um das Clubhaus herum für sie völlig neue Wege gingen, vorbei an Golfbahnen, die sie noch überhaupt nicht wahrgenommen hatte.

»Ach, er ist ein Sensibelchen, aber das steckt er schon weg.«

»So wie er weggesteckt hat, dass Sie ihm den Präsidentenposten weggeschnappt haben?« Konfrontation war manchmal die beste Art, um ans Ziel zu kommen, fand Rosa.

»Was wollen Sie denn damit andeuten?« Tanja Schäfer-Schlaffer war stehen geblieben und sah Rosa kritisch an. »Ich schnappe doch niemandem etwas weg. Er hat mir das Präsidentenamt überlassen.«

»Ganz freiwillig? Männer sind doch normalerweise gerne Chef. Und so kurz vorm Ziel ...«

Die Clubchefin seufzte und ging weiter. »Bevor Sie mich hier für die allerletzte Karrieristin halten ... Manni hat ein weiches Herz. Ich hätte das mit der Stichwahl ja durchgezogen, aber er ...«

»Er mag Sie.«

»Wenn Sie so wollen.«

»Und was sagt Ihr Mann dazu?«

»Was?«

»Ach nichts.«

Sie hatten eine Hütte erreicht, die größer war als jedes Schrebergartenhäuschen, das Rosa jemals gesehen hatte. Tanja Schäfer-Schlaffer schloss die Tür auf. »Wenn es hier noch etwas durcheinander ist – das war die Polizei. Klaus wird erst mal aufräumen müssen, wenn er wiederkommt.« Sie schaltete das Licht an.

»Sie glauben also, er ist unschuldig?« Rosa erkannte eine Motorsäge und anderes Gartenwerkzeug im spärlichen Lichtschein. Sogar der Aufsitzrasenmäher stand hier. Und weiter hinten ein altes Sofa und ein Tisch.

»Die Greenkeeper verbringen hier schon mal ihre Pause«, erklärte Tanja Schäfer-Schlaffer, als sie Rosas Blick bemerkte. »Und da haben wir Ihre Schaufel. Reicht eine kleine oder brauchen Sie größeres Besteck?« Während die Chefin die Gartengeräte durchsuchte, ging Rosa Richtung Sofa. Poster hingen an der Wand, keinesfalls nackte Frauen, wie sie erwartet hatte, sondern weite Landschaften.

»Ihr Greenkeeper ist Naturliebhaber. Liegt nahe.« Rosa deutete auf die Bilder. »Was ist das? Amerika? Nein, ich tippe auf Kanada, da ist ein Elch, und wenn mich nicht alles täuscht, sind das Hemlocktannen und natürlich der berühmte Ahorn.«

»Ja, Klaus träumt von einer Ranch in Kanada, schon immer. Aber leider kann ich ihm nicht so viel bezahlen, dass er morgen losdüsen könnte. Was ich auch sehr bedauern würde.«

»Weil er ein guter Greenkeeper ist?«

»Nicht nur das. Klaus ist einfach ein feiner Mensch, wenn Sie mich fragen. Er hilft. Und er macht keine unnötigen Worte.«

»Also auch keine Widerworte. Der perfekte Angestellte für Sie.«

»Sie können aber auch alles verdrehen.«

»Wussten Sie, dass Ihr Greenkeeper vorbestraft ist?« Rosa beobachtete die Reaktion der Clubpräsidentin. Aber sie zeigte keinerlei Überraschung. »Wegen öffentlicher Ruhestörung. Und er hat einen Polizisten angegriffen.«

Tanja Schäfer-Schlaffer winkte ab. »Das weiß ich schon lange. Habe ich auch der Polizei gesagt. Das muss Sie nicht beunruhigen. Das war eine einmalige Sache.«

»Und woher wissen Sie das so genau? Decken Sie Ihren Greenkeeper etwa?«

»Unsinn. Eine alte Geschichte, für die er nichts konnte. Ich habe ihm versprochen, nicht weiter darüber zu reden. Und ich halte meine Versprechen, wissen Sie. So, hier ist Ihre Schaufel. Haben Sie nicht noch eine Trainerstunde? Wir sind hier immer sehr pünktlich. Aber es ist ja Ihr Geld ...«

• • •

Rosa zupfte an ihrem lachsfarbenen Poloshirt, während sie zum Übungsplatz lief. Ein wenig nervös war sie schon, vor der ersten Trainerstunde ihres Lebens. Merkwürdiges Gefühl, wenn eine ehemalige Lehrerin plötzlich zur Schülerin wurde. Hoffentlich blamierte sie sich nicht zu sehr. *Wann habe ich zuletzt sechzig Minuten allein mit so einem gut aussehenden Mann verbracht? Na gut, Andy sieht auch nicht schlecht aus. Also: Wann habe ich zuletzt eine Stunde mit so einem jungen, gut aussehenden Mann verbracht?*

Ein Auto, das viel zu schnell und viel zu nah an ihr vorbeipreschte, riss Rosa aus ihren Gedanken. Das war doch ein Polizeiauto, das da Richtung Ausgang fuhr. *War Peter gerade hier gewesen? Ohne mir Bescheid zu sagen,* fügte Rosa in Gedanken hinzu. Ob er vom Clubhaus gekommen war? Aber die Präsidentin war doch noch gar nicht wieder zurück. Sie hatte auf dem Rückweg noch ein älteres Golferpaar getroffen und Rosa allein zurückgehen lassen. *Was will die Polizei schon wieder im Golfclub? Hat sie neue Hinweise?*

Rosa hörte Babsi und Manuel, bevor sie sie sah. Ihre Stimmen kamen vom Übungsplatz, der vor ihr lag. Eine Hecke aus Hortensien mit jeder Menge Blüten auf der einen und überdachte Abschlagplätze auf der anderen Seite verdeckten ihr die Sicht.

»Wer soll sie mir denn sonst auf den Hals gehetzt haben? Ich wüsste nicht, wer hier was gegen mich haben sollte!«

Rosa schlich näher und verbarg sich in dem kleinen Unterstand, in dem sich die Spieler die Übungsbälle aus dem Automaten ziehen konnten.

»Du sehen Gespenster, Barbara, oder du haben schlechtes Gewissen, eh? War ja gran amor mit die Schönling. Und plötzlich vorbei. Aus Liebe schnell wird Hass. Und schon einer ist mausetot.«

Manuel Bonasera sah wieder einmal blendend aus, stellte Rosa erfreut fest, als sie aus ihrem Versteck einen kurzen Blick riskierte. Weiß war einfach seine Farbe! Aber wovon sprach er?

»Was willst du damit sagen, du bist doch hier der Playboy. Kannst die Finger von keiner Frau lassen. Je oller, je doller. Weiß doch jeder.«

Rosa zuckte zurück. Meinte Babsi etwa Frauen wie sie?

»Was soll ich machen? Die Frauen lieben mich. Nur du mir sagst Adios. Aber es war doch schön mit uns, mi amor.« Manuels Stimme wurde leiser. Dafür war Babsi sehr gut zu verstehen.

»Nimm deine Flossen weg! Du hast ja gar keine Klasse. Eifersüchtig bist du. Sogar jetzt noch. Und weißt du was? Das ist ein sehr guter Grund für einen Mord. Die Bullen hätte ich zu dir weiterschicken sollen. Wer weiß, vielleicht mache ich das noch.«

»Bei dir Polizei war schon richtig. Hast dich an seine Hals geworfen, weil er hatte Geld.«

»Das waren Gefühle, du Idiot. Dazu bist du doch gar nicht fähig. Du tauchst lieber ab, sobald es ernst wird und lässt dich monatelang aushalten.«

»Echte Gefühle? Bei dir? Bis er dich hat fallen lassen. Auch Rache ist Grund für Mord.«

Rosa schaute auf die Uhr. Das war hier besser als jede Soap im Fernsehen, aber wenn sie von ihrer Trainerstunde noch was haben wollte, musste sie den Austausch von Liebenswürdigkeiten der beiden Turteltauben an dieser Stelle beenden. Sie hatte genug gehört. Rosa trat aus ihrem Versteck und lief um die Ecke.

»Hier bin ich! Bereit für meine Trainerstunde!«, rief sie zugegebenermaßen etwas zu theatralisch für etwas so Schlichtes wie Sport. Aber wozu hatte sie jahrzehntelang die Musical-AG an ihrer Schule geleitet? Während Manuel zwar überrascht schaute, aber mit offenen Armen und einem beeindruckenden Lächeln auf sie zuging, flüchtete Babsi mit rollenden Augen und einem »Noch so eine!« vom Übungsplatz.

Endlich allein mit dem Traum aller Golferinnen rechts des Rheins, dachte Rosa. *Und wer Generationen von Schülern durch das Bio-Abi gebracht hatte, sollte das bisschen Bällchenschlagen doch wohl auch noch hinbekommen, mit rechts oder links.*

Kapitel 21

»Und du sein sicher, dass du bist keine Linkshänderin, Rosita?«
Manuel betrachtete kritisch ihre Schwungversuche mit einem
7er-Eisen. Was so martialisch klang, war nichts anderes, überlegte sich Rosa, als das, was ihre jüngsten Schüler gemalt hätten, wenn die Aufgabenstellung lauten würde: Malt einen Golfschläger, so wie ihr ihn euch vorstellt. Sie spürte, wie ihr der
Schweiß die Schläfen entlanglief. Ihre Arme zitterten, und so
langsam bekam sie es im Kreuz von der leicht gebeugten Haltung. Das Schlimmste aber war ihre Laune. Die anfängliche Be-
geisterung war in eine Wut übergegangen, die sich gerade im
Sinkflug Richtung heulendes Elend befand. Auch der schöne
Manuel war da keine Hilfe. Hatte er zuerst noch ihre Hände
genommen und in die richtige Position auf den Schläger gelegt, so sah er jetzt ähnlich verzweifelt aus, wie sie sich fühlte.

»Rosa, du musst mehr drehen und werden weich in die
Hüfte. Wie Kaugummi in die heiße Sonne Spaniens.«

»Wird der nicht eher hart?«, keuchte Rosa und versuchte,
sich mit einer Hirnhälfte auf ihre Hüfte zu konzentrieren, während die andere den Schläger irgendwo über ihren Kopf di-
rigierte. Wer hatte behauptet, Golf sei eine Sportart für alte
Leute? Statt eines perfekten *Klack* machte es bei ihr immer nur
Klonk, wenn sie ihren Schläger auf den Ball haute. Und anstatt
in die Ferne zu fliegen, kullerte der Ball bloß über die Bahn –
wenn sie ihn denn überhaupt traf.

»Du zu viel denken, Rosa. Hab Spaß! Oder denken an was anderes, was Schönes!«

Also träumte sie sich in ein schwingendes Flamencokleid, ihre Hand Manuel reichend, der sie über eine imaginäre Tanzfläche wirbelte. *Klack!* Den Schläger hoch über ihrem Kopf, ihren Fuß im Turnschuh von 1985 perfekt aufgestellt, blickte Rosa dem Ball hinterher, der in einem wunderschönen Bogen zielsicher auf das 50-Meter-Schild zuhielt und es mit einem lauten *Boink* traf. Wenn das nicht der perfekte Schlag gewesen war. Ungläubig sah sie Manuel an, ließ den Schläger auf den Boden und sich selbst ihrem Trainer um den Hals fallen, getrieben von einer Woge des Glücks.

»Oh, là, là, du hast es, mia Rosita!« Manuel erwiderte die Umarmung. »Das wir müssen feiern. Komm, wir machen kleinen Ausflug in verstecktes Café in Wald. Die Trainerstunde ist zu Ende.«

»Was? Oh ...« Rosa löste sich von Manuel Bonasera. Schlagartig war ihr übertriebenes Verhalten ihr peinlich. Was ein einzelner Golfschlag in ihr auslösen konnte! »Wir, wir können auch einfach hier im Golfrestaurant was trinken. Einen Eiskaffee oder so?«

»Ah, nonono, hier alle immer gucken und tratschen, nix gut. Ich zeige dir geheimen Platz. Du bist mir sehr sympathisch, Rosa.«

Ehe es sich Rosa versah, saß sie in dem schwarzen Kleinwagen mit den verdunkelten Scheiben, der schon einmal an ihr vorbeigerauscht und dann verschwunden war. Jetzt wusste sie auch, warum. Denn Manuel parkte ihn versteckt auf der anderen Seite der Übungsanlage. Um schnell und unerkannt zu verschwinden? Mit seiner neuesten Eroberung? Oder nach einem Mord? Sie braußten vom Golfplatz auf die Straße. *Was hat er*

mit mir vor? Hält er mich für eine reiche Golferin zum Ausneh-
men? Oder will er mich um die nächste Hecke bringen, weil er
herausgefunden hat, dass ich herumspioniere?

Rosa wusste nicht, was sie mehr ängstigte, und versuchte eine unverfängliche Konversation. »Du weißt ja, dass ich Gärtnerin bin. Ich muss meine kleine Lehrerpension aufpeppen. Reich werden kannst du als Lehrerin nicht.«

»Das macht doch nix, Rosita, du haben bestimmt andere Qualitäten. Nur vielleicht nicht Golfen. Wir finden raus.« Manuel schickte ihr ein Lächeln in Maiglöckchenweiß rüber. *Was soll das jetzt heißen?*

Rosa griff unauffällig in ihre große Handtasche. Da musste doch noch irgendwo ihre große Taschenlampe vom nächtlichen Einsatz sein. Notfalls konnte sie die dem Trainer über die Rübe ziehen, wenn er handgreiflich werden sollte. Nicht mal Archie hatte sie heute dabei. Aber andererseits – was sollte Manuel schon von einer alten Frau wollen, die sie in seinen Augen natürlich war. Rosa versuchte, sich zu entspannen und den Ausflug mit diesem attraktiven Spanier zu genießen.

Irgendwie brachte diese Golferei sie völlig durcheinander. Als Gärtnerin war sie ja oft an der frischen Luft, aber so viel Bewegung hatte sie das letzte Mal vermutlich gehabt, als sie beim Wandertag mit der 8b in der Eifel den letzten Zug nach Bonn verpasst hatte.

»Du und Babsi, versteht ihr euch eigentlich gut?« Rosa versuchte ihre Frage möglichst nebensächlich klingen zu lassen.

»Aaaach, Frauen, weißt du, heute so und morgen so.«

»Ihr solltet euch nicht streiten. Ihr seid doch Kollegen. Oder vielleicht noch mehr?« Unauffällig linste Rosa von der Seite rüber zu Manuel. Der schaltete besonders elanvoll, sodass der Kleinwagen einen Satz machte, und gab dann Gas.

»Nein, nein, nicht mehr. Keine Sorge. Nicht mit Barbara.«
Er betonte den Namen der Fitnesstrainerin etwas affektiert,
bemerkte Rosa. Sie fuhren an Wiesen voller blühender Ap-
fel- und Birnbäume vorbei. Ach was, sie rasten. Rosa krallte
ihre Finger in die Griffmulde an der Tür. *Wollte der sie umbringen?*

»Ach, schade, ihr wärt so ein schönes Paar!« So etwas sagten Frauen ihres Alters doch immer gerne. Von Manuel kam
nur ein verächtliches Grunzen.

»Das wird schon wieder!« Fast hätte Rosa Manuels Knie getätschelt, aber dafür fuhren sie zu schnell. Den ausgeleierten
Spruch »Auch andere Mütter haben schöne Töchter« sparte
sie sich ebenfalls lieber. Besser Verständnis zeigen. »Du hast
es auch nicht leicht, was? Jede Stunde eine andere Frau auf der
Matte, aber die meisten sind doppelt so alt wie du.«

»Na ja ...«

»Hast du eigentlich Heimweh nach Spanien?«

»Jetzt nicht mehr.« Endlich ging Manuel vom Gas.

»Willst du etwa zurück?«

»Erst wenn ich habe genug Geld. Dann ich mache in Spanien eigene Golfschule. Dann ich bin der Chef.« Manuel hatte
also durchaus ambitionierte Zukunftspläne.

»Kommst du mit der Clubchefin nicht gut zurecht?«

»Ja, schon. Aber sie nix wissen von Trinkgeld von die Schüler. Sonst alles zu wenig Geld. Leben in Alemania ist teuer,
Rosa. Du verstehst das.« Der Trainer lächelte sie an, während
er den Wagen immer tiefer in den Wald lenkte. Sie sah sich
schon unter einer der alten Eichen liegen, abgemurkst und an-
gefressen von Wildschweinen.

»Sag mal«, Rosa räusperte sich, »dieser David Behringer,
der tote Golfspieler, hast du den auch trainiert?«

»Hm. Nur am Anfang. Dann er hat gesagt, er braucht mich nicht. Kennst du kürzesten Golferwitz? Ich kann es!« Manuel lachte, und Rosa spürte Hitze im Gesicht. Hatte sie das vor einer halben Stunde nicht auch noch gedacht?

»Und – konnte er es, war er wirklich so gut?«

Manuel zuckte mit den Schultern. »Er war gut, si. Aber nicht perfecto. Verstehst du? Dann du bist Profi. Amateure nie können alles.«

»Gutes Geschäftsmodell.« Rosa war beeindruckt. »Dir werden nie die Kunden ausgehen. Fast so gut wie ein Bestattungsunternehmer.«

»Aber ich spreche die Wahrheit. Nur Kunden wollen nicht hören. David war am Ende nicht so gut wie am Anfang. Keine Zeit. Kein Training. Ich glaube nicht, dass er hätte Turnier gewonnen.«

»Ach wirklich? Hatte er eine Freundin und deshalb keine Zeit mehr fürs Training?« Als ehemalige Lehrerin konnte Rosa ganze Musicals davon singen, wie die Liebe die Prioritäten der Menschen änderte. Wenn Verliebte im Klassenzimmer saßen, war es schwierig, die Schüler für die Mendelschen Regeln zu begeistern. Am ehesten noch für die Erregungsleitung der Synapsen. Manuels kantige Gesichtszüge überzog ein Hauch von Apfelröte, Sorte Rote Sternrenette. Nicht wegen verliebter Gedanken, sondern aus Wut. Er haute aufs Lenkrad.

»Das mich nix gehen an«, presste er hervor. Aha. Das leidige Thema Babsi. Rosa wusste, wann sie einen Ausbund an Eifersucht vor sich hatte. Schon immer ein starkes Mordmotiv, das auch Barbara Rasmuth dem lieben Manuel vorgeworfen hatte. Rosa umklammerte ihre Handtasche.

»Ihr Spanier seid stolze Männer, richtig?«

»Jeder Mann muss sein stolz. Sonst er ist Waschlappen.«
Manuel fuhr jetzt langsamer, der Weg wurde uneben. *Wo will er nur mit mir hin?*

»Ich habe Gerüchte gehört, dass Babsi und dieser David ein Paar waren, was sagst du dazu?«

»Wer hat das gesagt?«, fuhr Manuel sie an, »dein Freund von Polizei? Unsinn. Ich weiß, dass der Typ nicht, wie sagt man, nach ihrer Flöte hat getanzt?«

»Du meinst Pfeife. Dann hatte er noch eine andere Frau an der Angel? Wenn du verstehst, was ich meine.« Rosa sah ihren Trainer fragend an, der jedoch nur mit den Achseln zuckte.

»Ja, ich glaube. Gut aussehender Mann, eh. Aber keine echte Liebe, kein Herz, nur teures Auto. Das mögen Frauen wie Babsi. Und wenn sie ihn nicht bekommen …«

»Dann rächen sie sich?« Wollte Manuel Babsi einen Mord in ihre Fitnessschläppchen schieben, nur weil er bei ihr nicht landen konnte, genau wie Babsi wiederum David nicht hatte halten können? Hatte sie hier zwei enttäuschte Herzen mit Hang zum Drama oder einen geschickt argumentierenden Mörder?

Zwischen den Bäumen tauchte unvermittelt ein Haus mit dem Schild *Gaststätte* davor auf. Rosa atmete auf. Manuel hatte nicht gelogen, er wollte mit ihr wirklich zu einem versteckten Plätzchen, wo sie ihren Eiskaffee bekamen. Mit Schwung parkte er zwischen zwei anderen Autos, machte den Motor aus und sah sie an.

»Ich wissen gar nichts, Rosa. Ich bin nur kleiner Trainer aus Spanien.«

Manuel zog den Schlüssel ab, an dem ein Anhänger baumelte. Ein roter Kreis mit einem weißen Halbmond und Stern darin.

»Oh, das ist doch die Flagge der Türkei, oder? Ich dachte, du seist Spanier?« Rosa sah ihren Trainer fragend an.

Er war ausgestiegen und öffnete ihr die Tür. »Guter Blick, Rosa, natürlich ich bin Spanier. Nur Urlaub in Türkei. Haben gute Golfplätze.« Er hielt ihr die Hand hin. Rosa gab sich einen Ruck und ergriff sie. Wenn sie mit einem potenziellen Mörder, der gerne in der Türkei Urlaub machte, schon im Wald war, konnte sie auch mit ihm einen Eiskaffee trinken.

Kapitel 22

Rosa war guter Dinge, als sie am Abend in der frühlingshaften Luft vor Danielas Haustür stand. Denn erstens hatte sie den Ausflug mit Manuel nicht nur überlebt, sondern sogar genossen. Das hübsche Lokal im Wald hatte sich als genauso spanisch entpuppt, wie ihr schöner Trainer es war. Statt Eiskaffee gab es eine himmlische Tapas-Platte, und sie hatte nicht bezahlen dürfen. Manuel hatte ihr so sehr von der Extremadura vorgeschwärmt, der Mitte Spaniens, aus der er stammte, dass sie völlig vergessen hatte, dass eine Frage noch nicht beantwortet worden war: Wo war er während seiner Auszeit gewesen, als er nicht im Club gearbeitet hatte? Aber Rosa vermutete eh, dass er bei seiner Familie in Spanien gewesen war. Waren Spanier nicht sehr eng mit ihren Familien? Sicherlich hatte er sie vermisst, schlicht und ergreifend.

Und zweitens hatte Rosa gerade ein Polizeiauto mit Bonner Kennzeichen am Straßenrand entdeckt – also war Peter Klein da, wenn auch nicht ganz nach Vorschrift mit dem Dienstwagen nach Feierabend. Um seine Freundin beim Krimiabend zu unterstützen, oder weil er selbst Krimis liebte? Egal, Rosa war gespannt darauf, den aktuellen Stand der Ermittlungen zu erfahren – und was die Polizei in Barbara Rasmuths Fitnessstudio gesucht hatte. Sicherlich keine Hanteln oder Medizinbälle.

Und der dritte Grund für Rosas gute Laune stand direkt neben ihr und duftete heute nach Sandelholz, Eichenmoos und

Bergamotte: Andy. Sie hatte sich schon so daran gewöhnt, dass ihr persönlicher Baumschulbesitzer ihr nicht nur bei größeren Gartenarbeiten zur Seite stand, sondern sie auch gerne zu Veranstaltungen wie dieser begleitete, dass ihr etwas fehlen würde, wenn er abgesagt hätte.

»Ich hoffe, sie lesen nicht einen ganzen Krimi vor. Ich schaffe abends immer nur zehn Seiten, dann schlafe ich ein.«

»Dann sind es die falschen, mein Lieber. Seit wann liest du Krimis?« Rosas Mundwinkel fühlten sich an, als seien sie an den Ohren festgetackert. Schon wieder eine Gemeinsamkeit! Der Mann war zu gut, um wahr zu sein!

»Seitdem ich weiß, dass du sie gerne liest. Dann kann das ja nicht so verkehrt sein.«

In diesem Moment öffnete Daniela Breuer die Tür. Ihr schwarzer Jumpsuit passte gut zum düsteren Thema des Abends, kam Rosa in den Sinn.

»Wie schön, dass ihr da seid! Kommt rein, unsere Buchclubchefin ist schon ganz aufgeregt, seitdem sie weiß, dass ihr auch kommt. Und Peter findet ihr vermutlich im Garten. Er hat den Grill aufgebaut und meinte, dass totes Tier auf jeden Fall zu einem Krimiabend gehört. Direkt neben dem Pool, weil das am sichersten ist. Brandschutzmäßig und so.« Sie zwinkerte Rosa und Andy zu und lotste sie durchs Haus.

Halb Kappeshoven schien da zu sein, vermutlich auch, um einen Blick in das Haus zu werfen, in dem es vor gar nicht allzu langer Zeit einen Mord gegeben hatte.

Peter Klein stand tatsächlich am Grill, wo er mit hochrotem Kopf versuchte, ein Feuer in Gang zu bekommen und dabei so gar nicht nach dem selbstbewussten Hauptkommissar aus der Pressekonferenz aussah. Bei der er Rosa wohl nicht entdeckt hatte, denn heute Abend redete er ungewohnt viel mit ihr.

»Frau Reich, Sie haben die Gabe, mich in unglücklichen Situationen anzutreffen.« Das Pittermännchen sah zerknirscht aus, aber Andy zog sofort sein Jackett aus, reichte es Rosa und krempelte die Ärmel hoch.

»Ich frage Daniela, ob sie einen Eierkarton und ein Bier für mich hat. Dann kriegen wir das ganz schnell hin. Der Eierkarton für den Grill, das Bier für mich.« Er lächelte Peter aufmunternd zu.

Während Andy die Kohle zum Glühen brachte, schnappte sich Rosa ihren ehemaligen Schüler.

»Was macht die Beweislage im Fall Klaus Kastner? Kommt er vor Gericht?«

»Wir mussten ihn gerade wieder freilassen«, presste Peter hervor.

»Ach. Dann ist er doch nicht der Mörder von David Behringer?« Rosa unterdrückte ein Grinsen.

»Das ist noch nicht erwiesen.«

»Also habt ihr keinen Schmuck oder Wertsachen vom Opfer bei ihm gefunden. Hat er kein Motiv?« Peter schüttelte unmerklich den Kopf und sah bedrückt aus.

»Na komm«, Rosa klopfte ihrem Ex-Schüler auf den Rücken, »das wird schon noch. Jeder kann mal eine Klassenarbeit verhauen. Aber ihr habt ja sicherlich noch andere Verdächtige im Blick, richtig?«

»Wir überprüfen großflächig.« Was nichts anderes hieß als: Wir haben keine heiße Spur, dachte Rosa und wusste nicht, ob sie erleichtert sein sollte, dass die Polizei auch noch nicht weiter war als sie selbst, oder eher besorgt.

»Sag mal, Peter, was mich gewundert hat – angeblich war der Spind des Opfers im Golfclub völlig leer.«

»Ja, und?«

»Das überrascht dich nicht? Hast du mal gesehen, wie viele Schläger ein Golfer braucht, wie schwer diese Taschen sind? Der Tote fuhr doch Porsche. Bevor er tot war, natürlich, also da geht doch kaum was in den Kofferraum rein. Abgesehen davon, dass das ständige Fahren mit schwerem Gepäck nicht gut für die Ökobilanz ist, das müsstest du ja wissen.«

Rauch stieg auf. Wie es aussah, hatte Andy die Kohlen im Grill zum Glühen gebracht. Und seinen Kopf auch. Was eher am Bier in seiner Hand lag.

»Na ja, er dachte wohl, er braucht den Schrank nicht. Vielleicht war er auch nur höflich und wollte ihn einem anderen überlassen. Die sind sehr begehrt, sagte die Clubchefin. Die war froh, als er den Schlüssel zurückgab.« Rosa machte sich eine geistige Notiz, Tanja Schäfer-Schlaffer noch mal genauer auf den Spind anzusprechen. Und auf den Toten. Ihr müsste es doch eigentlich egal sein, wer die Miete für das Schränkchen bezahlte, oder nicht?

»Ich glaube, ich übernehme dann mal wieder«, wandte sich Peter an Andreas. »Ein paar Würstchen auf den Rost zu legen, schaffe ich hoffentlich noch. Danke!«

»Die muntere Golftruppe, die den Toten gefunden hat, ist wohl völlig raus aus euren Ermittlungen, oder?« Rosa war noch nicht am Ende ihrer Fragen angelangt. Mit ihrem Stoff musste sie schließlich durchkommen, bevor der fiktive Kriminalfall den Abend übernahm.

Peter zuckte mit den Schultern. »Drei alte Menschen, gegen keinen liegt was vor. Sie waren auch völlig außer sich nach dem Leichenfund. Ich glaube nicht, dass das gespielt war.«

Von durchtriebenen Mördern hast du aber auch noch nichts gehört, Peter, fügte Rosa in Gedanken hinzu, während sie laut sagte: »Dann pass mal gleich gut bei den Krimis auf, die deine

Freundin rausgesucht hat. Aber den Ball der drei habt ihr schon entdeckt, oder? Den hat die Spurensicherung doch bestimmt untersucht.«

»Na klar, stinknormaler Ball mit einem blauen Kreuz drauf.«

»Und ihr seid sicher, dass der Mann nicht von diesem Golfball getötet wurde?«

»Die Ergebnisse der Gerichtsmedizin sagen etwas anderes.«

Gut, dann würde sie die drei Golfspieler wohl als Täter ausschließen müssen. Oder? Schließlich konnten sie nicht gleichzeitig Golf spielen und einen Menschen umbringen. Es sei denn, sie hatten es gemeinsam getan und danach verdammt gut geschauspielert. Was äußerst kaltblütig wäre.

»Würstchen, Frau Reich? Es gibt auch welche auf Pflanzenbasis.« Peter hielt ihr eine perfekt gebratene Wurst vor die Nase.

»Das sieht sehr lecker aus, Peter. Gib doch schon mal Andy eine und beantworte mir noch eine letzte Frage. Jetzt, nachdem ihr den Greenkeeper freilassen musstet – wer, glaubst du, hat David Behringer erschlagen?«

»Frau Reich, ich …«

»Ich weiß, ich weiß, aber da ich doch jetzt den Schnupperkursus begonnen habe und dort jemand sein Unwesen treibt, fühle ich mich etwas schutzlos, das kannst du sicherlich verstehen, Peter. Ich glaube, ihr habt letztens Barbara Rasmuth, der Fitnesstrainerin, einen Besuch abgestattet.«

Der Hauptkommissar am Grill schaute überrascht von seinen Würstchen auf. »Ja, wir hatten einen anonymen Tipp bekommen. Aber keine Sorge, sie hat ein Alibi.«

»Sie hat eine Fitnessstunde gegeben?«

Peter nickte ergeben. Rosa dachte nach. *Ob ihr schöner Manuel angerufen hat, um den Verdacht auf seine Ex zu lenken, weil er auf Dauer nicht bei ihr landen konnte?*

»Also? Ich glaube, die Krimilesung fängt gleich an.« Peter Klein seufzte und sah hilfesuchend zu Andy, der nur lächelte und weiter sein Würstchen verputzte.

»Vermutlich Raubmord durch Unbekannt. Wie ich schon zu Beginn gesagt habe. Immerhin fehlen Handy und Wertgegenstände. Aber so eine Tätersuche im Drogenmilieu ist fast aussichtslos …«

»Ha, die Spur am Hals. David Behringer trug eine Kette. Deshalb glaubt ihr an Raub.«

»Kann gut sein.«

»Und sein Handy habt ihr nirgendwo gefunden? Nicht im Auto? Nicht bei ihm zu Hause?«

»Nein, Frau Reich, es tut mir leid, aber ich muss Sie und die Staatsanwaltschaft enttäuschen. Und auch nicht im Wald. Jetzt nehmen Sie doch bitte einfach ein Würstchen, schönen Abend, Frau Reich.«

• • •

Andy hatte die letzte Reihe ausgesucht, wie immer, um unauffällig verschwinden zu können, falls es ihm zu langweilig wurde. Die rot beleuchtete Bananenstaude machte sich gut am blauen Pool, stellte Rosa zufrieden fest, und Danielas Strahlen nach zu urteilen, war ihre Gartenplanung beim Publikum gut angekommen. Der perfekte Rahmen für einen Krimiabend. Aber Rosa war so unkonzentriert wie ihre Schüler früher kurz vor der großen Pause. Denn der Krimi in ihrem Kopf bekam ständig neue Kapitel.

»Glaubst du, dass ein Dieb sich die Mühe macht, jemanden zu erschlagen, um ihm dann seine vermutlich nicht besonders wertvolle Kette zu klauen?« Sie sah Andy von der Seite an.

»Wenn er oder sie es nötig hat. Es wurde schon wegen weniger gemordet, fürchte ich.«

»Aber der Spaten! Wer den mitbringt, hat das doch geplant. Abgesehen davon – was für Männer tragen Kettchen um den Hals …«

»Na, ich hatte mal eine.« Andy grinste. »War ein Geschenk meiner Ex-Frau, sonst stehe ich nicht so drauf.«

»Ha! Wir landen immer wieder bei den Frauen! Meinst du, Babsi hat ihm die geschenkt?«

»Möglich. Oder diese junge Bedienung. Die war doch auch verliebt in ihn.«

»Luise. Aber es klang so, als konnte sie nicht bei ihm landen. Dann schenkt man dem Mann doch keine Kette, und als Mann trägt man die dann doch nicht.«

»Wenn sie schön war. Also, die Kette.« Andys Blick machte Rosa ganz unruhig. Sie stieß ihrem Freund den Ellenbogen in die Seite. »Im Ernst«, Andy lachte, »wenn du Männer analysierst, musst du nicht ganz so genau vorgehen. So sind wir nicht. Wir denken uns oft nichts dabei.«

»Ach ja?« Rosa setzte sich auf und sah Andy scharf an. »Du meinst, ihr Männer macht schon mal zwei Frauen an, damit ihr auf jeden Fall euren Spaß habt, oder wie?«

»Also ich war mit einer Frau immer völlig ausgelastet. Aber ja, es mag so Männer geben. Tut mir leid.«

»Dann sag mir doch mal, wie ein Mann so tickt, wenn er denn nicht ganz so viel denkt, wie du sagst. Versetzen wir uns in unser Mordopfer kurz vor der Tat: Unser David Behringer war joggen.«

»Könnte bedeuten, dass er sehr auf seinen Körper achtet. Oder es ist reine Gewohnheit. Kopf frei kriegen.«

»Sein Handy klingelte, er ging ran und fing an zu schimpfen.«

»Da kam ihm jemand blöd. Vermutlich ein anderer Mann.«

»Sein Chef? Der Chef der Unternehmensberater?«

»Hat ihn rausgeschmissen.«

»Aber warum?«

Andy ruckte mit den Schultern. »Hat schlecht gearbeitet. Kunde war nicht zufrieden. Hat die Firma bestohlen. Irgend so was.«

»Warum hätte er der Firma Geld stehlen sollen? Der verdiente doch gut. Als Unternehmensberater.« So langsam machte es Rosa Spaß, einen ebenbürtigen Sparringspartner zu haben.

»Nicht genug. Die Ausgaben waren größer. Schulden?«

»Weil er Golf spielte? Ist das wirklich so teuer?«

»Sagtest du nicht, er hatte Kokain im Blut?«

»Ja schon, der hat das mal zum Aufputschen genommen, vielleicht damit gehandelt. Dann hätte er ja Geld.«

»Vielleicht war er süchtig?«

»Weißt du, was Moritz herausgefunden hat? David hat seine Eltern bei einem Autounfall verloren, darum ist er von unserer Schule weg und zu seinen Großeltern nach Düsseldorf gezogen. Ob er dort an die Drogen gekommen ist? Man sieht es ihm gar nicht an.« Der Mann, der vor ihr auf dem sandigen Spazierweg gelegen hatte, war jung und durchtrainiert gewesen. »Was machst du als Süchtiger?«

»Ich brauche immer neuen Stoff. Und Geld, um den zu bezahlen.«

»Also greifst du bei deiner Firma in die Kasse.«

»Und werde rausgeworfen.«

»Dann hast du erst recht kein Geld mehr. Wie kommst du an neues Kokain?«

»Den Händler bedrohen. Klauen. Das Geld woanders beschaffen.« *Andy kennt sich aus*, dachte Rosa, *und er ist mir immer noch eine Antwort schuldig, wo er gelernt hat, Schlösser zu knacken.* Saß da ein netter Mann mit einer dunklen Vergangenheit neben ihr?

»Also irgendetwas Illegales. Aber vorbestraft war das Opfer nicht, soweit ich weiß. Das hätte Peter doch gesagt. Hm.« Rosa grübelte. »Im Grunde gibt es zwei Möglichkeiten. Nr. 1: David Behringer hat im Golfclub mit Kokain gehandelt. Wer sollte ihn dann töten?«

Andy sah sie nachdenklich an. »Jemand, der von ihm beschissen wurde. Oder jemand, der rigoros gegen Drogen vorgeht.«

»Die Bibel in Fritz’ Golfbag. Hat die Kirche was gegen Drogen?«

Andy lachte laut. »Ich bin mir nicht sicher, ob es eine passende Stelle im Alten oder Neuen Testament dazu gibt. Aber wenn ich daran denke, dass in jeder Messe Rotwein gesüffelt wird, würde ich sagen: Nein.«

»Das muss ich überprüfen. Setz Fritz auf unsere Liste. Wobei auch in der Bibel steht: Du sollst nicht töten. Aber es gibt noch Möglichkeit Nr. 2: David Behringer war kokainsüchtig, hat selbst aber nicht damit gehandelt.«

»Dann wäre er von seinem Dealer abhängig gewesen. Und hätte ständig Geld gebraucht für seinen Konsum.«

»Das würde sein leeres Konto erklären. Hieße aber auch, dass jemand anderes mit Drogen handelt. Vermutlich einer oder eine in unserem Club.« Rosa fiel das weiße Pulver in Hanas Teedose ein. »Aber warum sollte man seinen guten Kunden töten?«

»Weil der etwas gegen einen in der Hand hat?«

»Vielleicht sollte David Behringer nur mundtot gemacht werden? Und der Streit ist eskaliert?«

»Möglich.«

»Dann müssen wir also nur schauen, wer in diesem Club ein Drogenhändler ist. Ehrlich gesagt, traue ich das niemandem dort zu. Du?«

»Was zeichnet denn so einen Drogenhändler aus? Woran könnte man ihn erkennen?«

Rosa dachte nach. Andy stellte die richtigen Fragen, das gefiel ihr. Sehr. »Er oder sie wird Geld haben. Reich sein. Trifft das nicht auf jeden beim Golfen zu?«

»Ich wusste, dass du eine gute Partie bist!«

Rosa kicherte. »Du bist außerdem gut vernetzt. Und alle sind von dir abhängig. Du bist der Chef, du hast sie in der Hand, deine Kunden. Da fällt mir nur die Clubpräsidentin ein.«

»Die so auffällig um neue Mitglieder wirbt?«

»Damit sie neue Kunden bekommt?« Rosa seufzte, während Andy ihre Hand nahm. »Nicht verzweifeln, wir müssen einfach herausfinden, wer in letzter Zeit an viel Geld gekommen ist.«

»Du hast recht, danke, Andy.«

Ein paar Menschen in der Reihe vor ihr drehten sich um. »Psssst.«

Rosa hatte gar nicht bemerkt, dass die Lesung längst begonnen hatte. Denn der Kriminalfall in ihrem Kopf war wesentlich fesselnder.

Kapitel 23

Rosa bewunderte den weiß blühenden Schneeball, und auch die Blut-Johannisbeere hatte noch einige ihrer kräftig rosa Blüten, die in ganzen Trauben von den Sträuchern hingen. Es sah fast zu schön aus, an diesem sonnigen Frühlingstag auf dem Golfplatz, um sich in den nächsten Stunden schnöder Körperertüchtigung hinzugeben, um in Karls Worten zu sprechen, überlegte Rosa, während sie sein altes Golfbag schulterte. Wie versprochen hatte ihr Freund seine Jogginghose gegen ein kariertes Golferoutfit getauscht und sie beide für den heutigen Tag zur selben Startzeit ins Anmeldesystem des Clubs eingebucht wie Hana Nakamura.

»Ach, Sie sind das!« Die Clubmeisterin mit den tiefschwarzen Haaren unter der üblichen Schildkappe ohne Kopfteil surrte mit ihrem elektrischen Trolley an Bahn eins heran. Aus ihrer Golftasche schaute ein ganzer Haufen silbrig glänzender Golfschläger. Es war nicht zu erkennen, ob Hana überrascht, genervt oder vielleicht sogar erfreut war, dass sie diese Runde auf dem Golfplatz nicht mit ihren üblichen Partnern spielen würde.

»Dr. Karl Schäfer, wir begegneten uns bereits einmal auf der Driving Range beim Üben.« Formvollendet reichte Karl Hana seine Hand, die ihn verwundert über den Rand ihrer Sonnenbrille ansah. »*Bonus vir semper tiro*. Ein guter Mensch bleibt immer ein Lehrling. Dann bin ich wenigstens ein guter

Mensch, denn im Golfen bin ich leider noch immer ein Anfänger, muss ich Ihnen mitteilen.«

Hana zuckte mit den Schultern. »Na, dann gewinne ich eben wieder. Trödeln Sie halt nicht. Und was macht die Gärtnerin schon wieder auf dem Golfplatz? Spielen dürfen Sie doch noch nicht.« Sie sah Rosa scharf an.

»Richtig, deshalb werde ich Karls Tasche tragen, alle Bälle suchen und dabei hoffentlich viel von Ihnen lernen.«

»Na gut.« Hana begann mit einem ihrer Schläger einige Drehübungen und Probeschwünge zu machen. »Dann passen Sie mal schön auf, dass Sie keinen Schläger oder Ball an den Kopf bekommen – wenn Sie nicht das nächste Opfer hier werden wollen. Und da kommt ja auch endlich Schlafmütze Fritz. Ach, und die schon wieder.«

Der alte Mann kam angerannt, keuchend wie damals, nachdem er den Toten gefunden hatte. Auf dem Rücken wie immer sein altes Golfbag, von dem Rosa jetzt wusste, warum es so schwer war. Die junge Frau neben ihm hatte sie noch nie gesehen.

»Gerade noch so, Fritz, auf geht's. Schönes Spiel allerseits.« Hana schaute auf die Uhr und machte sich für ihren ersten Abschlag bereit, während Karl und Rosa Fritz begrüßten.

»Meine Enkelin Emily«, flüsterte er. »Muss mal ein bisschen raus.« Rosa schätzte sie auf Mitte zwanzig. *Wie reizend, dass die junge Frau ihren Opa begleitet,* dachte sie. Obwohl Emily in schwarzer zerrissener Jeans und formlosem schwarzem T-Shirt einen weder glücklichen noch hilfsbereiten Eindruck machte, stattdessen ausgiebig an ihren Fingernägeln knabberte. Ihren langen Haaren fehlten Pflege und Schnitt, bemerkte Rosa.

Karl trippelte nervös mit seinen Golfschuhen auf dem Gras, bevor auch er mit dem größten Schläger in seinem Bag weit ausholte und mit einem lauten *Klack* seinen Ball über den Rasen schlug.

»Na also, geht doch.« Karl strahlte über Hanas Kommentar und machte Fritz Platz, der wiederum mit seinem üblichen komischen Hüpfer den Ball erstaunlich weit feuerte.

»Warum haben Sie so lange nicht gespielt?«, wandte Hana sich an Karl, während sie sich auf den Weg zu ihren Bällen machten, die Rosa in der Ferne nur erahnen konnte. »Es klappt doch, und wenn es klappt, macht es Spaß mit dem Spiel.«

»Mir hat eine unglückliche Liebe die Lust am Golfen genommen.« Rosa staunte, wie offen Karl über seine Gefühlslage sprach. Und dann noch mit der schroffen Hana.

»Hm. Das ist gut, dass Sie wieder angefangen haben. Hier finden Sie immer jemanden, mit dem Sie spielen können. Zu zweit macht es doch mehr Spaß. Vorausgesetzt, der andere sucht nicht ewig nach seinem Ball.« Den letzten Satz hatte sie in Fritz' Richtung gesagt, der am Rande der Bahn seine Enkelin durchs hohe Gras scheuchte, den Blick auf den Boden geheftet. »Auf die schiefe Bahn zu kommen, scheint in der Familie zu liegen«, fügte Hana hinzu.

»Sie haben hier ja auch jemanden gefunden, habe ich gehört«, unterbrach Rosa das Gespräch. »David Behringer, es muss sie getroffen haben, dass er tot ist.« Und als Hana nur ein verächtliches Lachen von sich gab, während sie ihren Ball mit einem eleganten Schwung direkt neben die Fahne setzte, fügte Rosa an: »Sie waren doch zusammen essen.«

»Das war ein reines Geschäftsessen.« Ohne auf die anderen zu warten, lochte Hana ihren Ball ein. Rosa sah, wie ihr Freund sich bemühte, seinen Ball ebenfalls Richtung Zielfahne zu schlagen.

»Er ist dafür verantwortlich, dass Sie rausgeschmissen wurden, richtig?« Rosa fixierte die Clubmeisterin, die ihren Schläger zurück in ihr Bag stellte und sie überrascht ansah.

»Woher wissen Sie das?«

»Ich habe nur eins und eins zusammengezählt. Das war sicherlich unangenehm für Sie. Der junge Kerl ist schuld, dass Sie arbeitslos sind, und dann will er auch noch Clubmeister werden.«

»Und jetzt wollen Sie behaupten, dass ich ihn deshalb umgebracht habe, oder was?« Hana stand mit verschränkten Armen vor ihr und sah nicht aus wie eine Frau, die man einfach so entlassen konnte.

»Es wäre ein gutes Motiv. Kennt die Polizei Ihre persönliche Verbindung zum Opfer?«

»Ja, die kennt sie. Und wie Sie, Frau Reich, sicherlich wissen, hatte ich mich mit meinen Spielfreunden zusammen gerade aufgewärmt, als der Mord passiert ist. Die können Sie gerne fragen. Wir haben alle ein Alibi.« Hana lächelte überlegen.

»Vielleicht waren Sie es ja zu dritt?« Hinter Hana sah Rosa, wie Karl bereits zum wiederholten Mal am Loch vorbeispielte.

»Lächerlich. Davon bekomme ich meinen Job auch nicht zurück. Ich sage Ihnen mal was, damit Sie mich in Ruhe lassen und wir endlich weiterspielen können.« Hana nahm ihre Sonnenbrille ab und blickte Rosa aus ihren dunkel geschminkten Augen scharf an. »Nicht ich wollte, dass wir zusammen essen gehen, sondern er. Dabei hat er mir erzählt, dass ich auf der Abschussliste stehe.«

»Er hat Sie vorgewarnt? Wie nett.«

»Im Gegenteil. Er wollte Geld von mir.«

»Was?« Rosas Stimme klang laut über den Platz.

Karl schaute genervt herüber, vor Schreck hatte er den Ball wieder nicht getroffen.

»Ganz recht, er wollte Geld. Dann würde er dafür sorgen, dass ich meinen Job behalte, meinte er.«

»Erpressung?«

»Eher ein unmoralisches Angebot. Das ich natürlich nicht angenommen habe. Also nicht direkt. Ich besitze nicht so viel Geld, wie er gefordert hat. Also habe ich ihn hingehalten und gesagt, ich würde versuchen, es zusammenzubekommen.«

»Und dann?«

Nach Fritz hatte auch Karl endlich seinen Ball ins Loch gebracht und jubilierte, während Emily gelangweilt danebenstand.

»Dann habe ich meinen Job verloren, und David Behringer war tot.«

• • •

Rosa versuchte im Geiste, die neuen Informationen einzuordnen, während sie gemeinsam mit Fritz' Enkelin den Spielern hinterhertrabte, Karls Tasche trug und Bälle suchte. Ihre helle Hose hatte Dreckspuren, und die Quaddeln auf ihren Händen juckten, weil der Ball ihres Freundes einmal ausgerechnet inmitten von Brennnesseln gelandet war.

»Begleitest du deinen Großvater freiwillig auf den Golfplatz, oder bezahlt er dich dafür?« Rosa lächelte Emily an, die lustlos übers Gras stapfte.

»Das ist seine Art, mich von meinen Kumpeln fernzuhalten.«

»Schlechter Umgang, oder was?«

»Wir haben einen Deal: Opa bezahlt mir die Ausbildung zur Eventmanagerin, dafür halte ich mich fern.«

»Von deinen Freunden?« Emily zuckte mit den Schultern.

»Von der Szene und so.« Es krachte. Fritz hatte eine alte Kiefer getroffen, sein Ball sprang ab und flog zu ihm zurück.

»Reden wir von Drogen?« *Keine Antwort ist auch eine Antwort,* dachte Rosa und reimte sich Emilys vermutlich noch gar nicht so lange zurückliegende Vergangenheit aus. *Hat denn hier jeder mit Drogen zu tun?*

»Sag mal, ist dein Opa eigentlich sehr gläubig? Schleppt er dich oft mit in die Kirche und so? Alte Leute können manchmal nervig sein, was?«

»Wenn Sie das sagen. Nee, Kirche habe ich ihm abgeschminkt. Opa Fritz ist auch eher abergläubisch als gläubig. Ein Ball weniger, den wir suchen müssen.« Emily deutete Richtung See, in den Karl mit einem lauten Platscher seinen Ball versenkt hatte.

»Wieso abergläubisch?« Rosa vertrieb das Bild in ihrem Kopf, wie sie mit hochgekrempelten Hosenbeinen ins Wasser watete, um Karls Ball zu retten, dabei ausglitschte und kopfüber im See versank. *Wenigstens müsste ich mich dann nicht mehr über meine dreckige Hose ärgern.*

»Haben Sie gesehen, wie er vor jedem Schlag drei Mal ausholt? Nicht mehr und nicht weniger. Wenn er eine schwarze Katze sieht, bekreuzigt er sich. Ist wirklich wahr. Und niemals würde er seine alten Glücksschuhe wegschmeißen. Und mich und meine Kumpels nennt er verrückt.« Sie liefen weiter.

»Oder sein altes Golfbag austauschen.« So langsam begriff Rosa, welche Bedeutung die schwere Bibel darin hatte. Sie war vermutlich der Grund, warum Fritz im hohen Alter noch immer recht ansehnlich spielte. Glaubte er. »So was nennt man wohl Ticks. Oh, schau mal, eine ganz seltene Orchidee.« Rosa deutete auf eine lila Dolde in der Wiese.

»Sieht aus wie ein breitblättriges Knabenkraut.«

»Du kennst dich mit Blumen aus? Als angehende Eventmanagerin?« Rosa war beeindruckt. Das hätte sie nun wirklich nicht erwartet. Dabei hatte sie sich schon vor einiger Zeit
vorgenommen, nie wieder vom Äußeren einer Person auf ihre
Fähigkeiten und Bildung zu schließen.

»Nee. Hatte in Bio immer 'ne Fünf. Aber nach dem Entzug
hat mich mein Opa mit Büchern zugeballert. Um mich abzulenken. Und eins, das ich tatsächlich gelesen habe, war ein
Pflanzenlexikon. Waren wenigstens Bilder drin. Bin aber nur
bis B gekommen.«

Rosa unterdrückte ein Lachen. Und dachte an ein weiteres
ungelöstes Rätsel in ihrer Handtasche. »Dürfte ich dich um
einen ungewöhnlichen Gefallen bitten? Ich glaube, du bist genau die Richtige dafür.«

Kapitel 24

Es wurde schon dunkel, als sie die achtzehn Bahnen beendet hatten. Karls Fliege saß schief, genau wie sein Scheitel. Fritz wirkte um ein weiteres Jahrhundert gealtert, nur Emily hatte zum ersten Mal ein wenig Farbe im Gesicht. Rosa spürte jedes Körperteil, vor allem ihren Magen, der rief: Füttere mich! Und weil Hana mit einem »Viel zu teuer da« abgerauscht war und Emily ihren Opa unterhakte und vom Golfplatz zog, beschloss Rosa, allein mit Karl dem Clubrestaurant noch einen Besuch abzustatten.

»Ich bin gespannt, was Winnie heute im Angebot hat. An Essen und an Witzen.« Sein großer, dunkler SUV war nirgendwo zu sehen.

»Heute Abend nur kalte Küche, der Chef ist nicht im Haus«, begrüßte Silvia Görgen ihre Gäste.

»Ach, wo ist Ihr Mann denn?«

»Besorgungen. Soll ich Ihnen eine kalte Platte machen?«

»Das wäre formidabel! Und ein Bier, wegen der Elektrolyte.« Die Frau des Kochs schaute Karl kurz irritiert an, bevor sie Richtung Küche verschwand. Das Restaurant war bis auf eine biertrinkende Männerrunde leer.

»Jetzt sag schon, was hat dein Chemiker-Freund herausbekommen, was ist das für ein Pulver?«

»Nur, wenn du mir endlich verrätst, wo du das herhast.« Karl blickte seiner Freundin durch seine Brille streng in die Augen.

»Also gut.« Rosa lehnte sich zurück. »Es stammt aus der Teedose aus Hanas Spind.«

»Rosa, du hattest mir versprochen, dass du keinen Ärger mehr im Club machst.«

»Mach ich ja gar nicht.« Rosa legte ihrem Freund beschwichtigend die Hand auf den Arm. »Ihr Schrank war, äh, offen und ich habe nur einen Blick hineingeworfen und dachte gleich: Wenn das nicht derselbe Tee ist, den wir immer so gerne aus England mitgebracht haben, weißt du noch, von unserer letzten Reise zu Queen Moms Schlösschen an der Küste ...«

»Du lenkst ab, Rosa.« Einem ehemaligen Lehrer konnte man nichts vormachen.

»Du musst zugeben, dass eine Teedose auf dem Golfplatz auffällig ist. Also habe ich reingeschaut, und da war kein Tee drin, sondern dieses Pulver. Von dem du mir jetzt bestimmt sagen kannst, was es ist.«

Karl schien zu überlegen, bevor er antwortete. Dann zog er das Tütchen aus der Jackentasche. »Vorausgesetzt, dass du kein Gesetz gebrochen hast, nur das Beste wolltest und sicherlich das Pulver wieder zurückschütten wirst, kann ich dir sagen: Es ist kein Kokain, falls du das geglaubt hast. Wegen des Toten.«

»Oh. Ach so. Na gut. Aber was ist es denn?«

»Ein Proteinpulver. Zum Muskelaufbau. In der Geschmacksvariante Vanille.« Er schob das Tütchen über den Tisch.

»Hana Nakamura dopt, um zu gewinnen?«

»Nanana, nicht so voreilig, meine Liebe. Proteinpulver ist ein gängiges Nahrungsergänzungsmittel für Sportler. Wer häufig trainiert, braucht Muskeln. Ich persönlich stehe nicht auf Muskelprotze, seit einem fehlgelaufenen Flirt in den Siebzigern mit Arnold Schwarzenegger, aber daran ist nichts verwerflich.«

»Nein, ich frage dich jetzt nicht, ob du wirklich Arnold Schwarzenegger gedatet hast, jetzt bist du es, der ablenken will, Karl.«

Rosa nahm die Tüte, steckte einen Finger rein und probierte von dem Pulver. Sie verzog das Gesicht. »Das schmeckt ja widerlich. Also bestätigt es nur unseren Eindruck, dass Hana sehr ehrgeizig ist und gewinnen will.«

»Oder einfach sehr sportlich ist, auf ihren Körper achtet und kein zusätzliches Fett zu sich nehmen möchte. Was mir auch guttäte.« Karl rieb sich den Bauch. Wie aufs Stichwort erschien Silvia Görgen mit einer Holzplatte voller dick belegter Brote. Die fächerartig geschnittenen Gürkchen dazwischen erinnerten Rosa an ihre Kindheit.

»Frau Görgen, das sieht wunderbar aus.« Rosa biss sofort in ein Leberwurstbrot. »Kommen Sie, setzen Sie sich doch einen Moment zu uns und erzählen uns ein wenig, was Ihr Mann heute so Wichtiges zu besorgen hat.«

Zögerlich setzte sich die Frau, die ihre angegrauten, schulterlangen Haare heute offen trug. »So genau weiß ich das gar nicht.«

»Spielen Sie eigentlich auch Golf?«, mischte Karl sich ein. »Es gibt doch bestimmt Sonderkonditionen für Sie.«

Die Frau schüttelte den Kopf. »Nein, das ist nichts für uns.«

»Sicherlich ist es frustrierend für Sie, ständig Menschen zu bedienen, die mit ihren dicken Schlitten vorfahren und sich so einen teuren Sport leisten können und diesen ganzen Sportschnickschnack.«

»Ach, na ja, jedem Jeck was ihm gefällt, ne? Schmeckt's denn?«

»Sehr lecker, sicherlich hausgemacht, oder?« Rosa wies auf das Töpfchen mit Griebenschmalz. »Wobei Ihr Auto ja auch nicht ganz klein ist. Scheint gut zu laufen, der Laden hier.« Dafür kassierte sie einen strengen Blick von Karl.

»Äh«, Silvia Görgen schaute sie aufgeschreckt an. »Also, das Auto ist ganz neu, mein Mann hat da was geerbt und so.«

»Verstehe, wohlhabende Familie.«

Der Biertisch rief nach einer weiteren Runde Kölsch.

»Ich, ähm, ich muss dann mal wieder ...« Die Frau des Kochs stand auf.

»Ich wollte mich auch schon längst mal frischmachen. Du entschuldigst mich, Karl?«

Rosa rutschte von der Bank und lief Richtung Toiletten. Solange Silvia Görgen mit den Bieren beschäftigt war und Karl mit den Broten und Gürkchen, wollte Rosa versuchen, einen Blick in die privaten Räume des Ehepaars zu werfen. Es musste doch irgendwo einen Verbindungsgang geben. Hinter den Toilettentüren entdeckte Rosa eine versteckte, kleine Treppe. Sie blickte sich um und lauschte. Nichts zu hören. Silvia Görgen würde das Restaurant bestimmt nicht verlassen, solange sie Gäste hatte. Hoffte Rosa jetzt einfach mal. Schritt für Schritt tastete sie sich die Treppenstufen hoch. Klein war alles hier oben. Wenn die Görgens wirklich eine Erbschaft gemacht hatten, dann war davon in ihren privaten Räumen nichts zu sehen. Von einem engen Flur gingen drei Türen ab. Rosa stieß die erste, nur angelehnte an – das Wohnzimmer, von einem riesigen Fernseher vor einer alten Couch beherrscht. Hinter der mittleren Tür vermutete Rosa das Badezimmer, also schlich sie weiter zur dritten Tür. *Wenn ich einmal meine Taschenlampe nicht dabeihabe!* Sie drückte die Klinke runter und öffnete die Tür einen Spalt. Dunkelheit schlug ihr entgegen. Und ein muffiger Geruch. Das musste das Schlafzimmer sein. Enttäuscht schloss Rosa die Tür, als ihr Blick auf eine Art Wandschrank fiel. Sie zog am Knauf, die Tür öffnete sich mit einem lauten Plopp. Rosa hielt inne und lauschte Richtung Treppe. Karl würde sich wundern, wo sie so lange blieb. Und sicherlich wieder verärgert sein.

Sie musste sich beeilen und starrte in das dunkle Loch. Es half nichts, sie musste Licht anmachen. Rosa tastete nach dem Schalter an der Wand. Schlagartig wurde alles taghell. *Hoffentlich ist das nicht von draußen zu sehen.* Sie blickte in den Wandschrank und sah zwischen Bügelbrett und Staubsauger einen Korb voller Golfbälle. *Nanu? Spielen die Görgens etwa doch heimlich Golf?* Rosa griff nach einem Ball, als sie Autogeräusche von draußen hörte. Schnell steckte sie den Golfball in die Hosentasche, schloss den Wandschrank und tastete nach dem Lichtschalter. Im Dunkeln schlich sie die Treppe wieder herunter und passierte gerade die Toilettentüren, als Winfried Görgen aus dem Gastraum kam.

»Na, Sie können sich ja gar nicht mehr von uns trennen, was? Je später der Abend, desto verrückter die Gäste, hahaha, wissen 'Se Bescheid, ne?«

»Herr Görgen, wo kommen Sie denn so spät her? Der Großmarkt hat doch nur morgens auf, oder?«

»Bei uns jiddet nur janz frische Ware, datt schmeckt man doch.« Er schaute auf seine große, goldene Uhr. »Wir schließen übrigens gleich. Also ran an die Bulletten, wenn Ihr Freund noch welche übrig gelassen hat, hehehe.«

»Fahren Sie eigentlich gerne in die Türkei?«

»Watt? Wie Türkei?«

»Na ja, Ihre Uhr, die haben Sie doch sicherlich von dort. Gute Nachbildung, sieht aus wie echt.«

»Nix da Nachbildung, bei Winnie Görgen ist alles original. Bis auf die Zähne, hohoho.«

»Ah, die Erbschaft, gratuliere. Hat uns Ihre Frau schon erzählt. Scheint ja ein ordentlicher Batzen gewesen zu sein. Wenn's für Uhr und Auto reicht. Das ist auch nicht gerade das kleinste Modell am Markt.«

»So, hat meine Frau das erzählt?« Seine Stimme klang eine Spur schärfer. »Machen 'Se sisch mal keine Sorgen um mich. Sie wissen doch: Datt Leben is zu kurz, um hässliche kleine Autos zu fahren. So, und jetzt Abmarsch, hier wird abjeschlossen. Nicht dass uns noch ein Langfingerchen beehren kommt, hahaha.«

»Wir sehen uns ja bald, wenn ich Ihr, nun ja, kleines Gärtchen neu gestalte. Frau Schäfer-Schlaffer hat Ihnen bestimmt schon Bescheid gesagt, oder? Ihr Auto können Sie dann leider nicht mehr direkt am Haus parken. Aber Sie werden sehen, das wird wunderschön.«

»War datt Ihre Idee? Suchen Sie meine Nähe, oder watt?«

Rosa lächelte und schüttelte den Kopf. »Nein, das ist der Clubpräsidentin ganz allein aufgefallen, dass dort die Hand einer Gärtnerin fehlt. Eine letzte Frage noch, Herr Görgen.« Rosa stand schon vor der Tür zum Gastraum. »Warum spielen Sie eigentlich nicht Golf?«

»Ach, üble Mischpoke. Dürften 'Se ja selbst mittlerweile wissen. Ich treib mehr Sport im Horizontalen, wenn 'Se verstehen, was isch meine, hehehe.«

Rosa holte tief Luft. Menschen wie Winfried Görgen waren ihr im Leben noch nicht viele untergekommen. Sie gaben vor, gesellig zu sein, die typischen fröhlichen Rheinländer. Aber zwischen seinen lustigen Zeilen verspürte sie einen deutlichen Hauch von Egoismus und sogar Hass. So als gönne er den Golfern um sich herum nicht ihr Geld. Was einerseits verständlich war, aber andererseits hatte er jetzt doch selbst genügend, wie er behauptete.

Sie beschloss, sich noch ein Schrittchen vorzuwagen.

»Wie Sie wissen, spiele ich neuerdings Golf und bin ja eine einfache Gärtnerin.«

»Mir kommen die Tränen. Was hab ich damit zu tun?«

»Wie ich gehört habe, bekomme ich bei Ihnen günstige Golfbälle.«

Winnie starrte sie ohne jedes falsche Lächeln in seinem Gesicht an. Und sprach plötzlich ganz ohne jeden Dialekt. »Da müssen Sie sich verhört haben. Mit kleinen Bällchen kann ich nichts anfangen, und Golf kann ich auf den Tod nicht ausstehen.«

Kapitel 25

»Wo führt der Weg uns hin«, schmetterte Rosa aus dem offenen Autofenster, als sie am nächsten Morgen ihren beigen Mini Richtung Gärtnerei lenkte. Für das Zeppelin-Musical war sie mit Karl damals extra nach Füssen gefahren, was für eine grandiose Aussicht auf Schloss Neuschwanstein, so ganz anders als die Burgen und Schlösser am Rhein. Wo der Weg ihrer Ermittlung sie heute hinführen würde, war noch ungewiss. Deshalb hatte sie Karl und Moritz für heute früh ins Gärtnereicafé eingeladen. Das hatte sie auch immer ihren Schülern beigebracht – man selbst musste am Ende den Stoff intus haben und ganz allein seine Klassenarbeit schreiben, aber lernen und tüfteln, denken, sich austauschen, das konnte man am besten mit Freunden. Bei Karl musste sie wiedergutmachen, dass sie ihn am Abend im Golfrestaurant so lange hatte warten lassen. Rosa wollte ihm nicht unter die Nase reiben, dass sie schon wieder auf »seinem« Golfplatz herumgeschnüffelt hatte. Aber sicher war sie sich auch nicht, ob ihr alter Freund ihr die Geschichte von der Unverträglichkeit auf Griebenschmalz abgenommen hatte. Und Moritz war eh zur Stelle, wenn es etwas zu essen gab. Ihn hatte sie früher herbestellt und sah ihn auch schon von Weitem auf seinem Skateboard heranrollen. Seitdem er das Volontariat bei seiner Zeitung in Aussicht hatte, war er pünktlicher geworden, stellte sie zufrieden fest, während sie sich der Gärtnerei näherte. Sie freute sich auf einen Strauß bunter Tulpen, die sie Roswitha und Willy heute für ihren Schreibtisch abluchsen würde – und auf ein Eclair aus Sarahs Café. Rosa schmeckte schon die Vanillecreme im zarten Brandteig auf der Zunge und roch den Frühling in der kühlen, klaren Luft. Für einen Moment war sie vollkommen glücklich. Aber was war da los? Als sie auf den Parkplatz vor der Gärtnerei einbog, standen alle ihre Angestellten vor der Tür. Sie kehrten ihr den Rücken zu und redeten leise miteinander. Rosa stieg aus, während Archie schwanzwedelnd auf seine Familie zustürmte.

»Guten Morgen zusammen, euch muss es ja gut gehen, wenn ihr die große Pause schon vor Dienstbeginn macht.«

Ihre Mutter Roswitha drehte sich um, sie war ganz blass. Sarah schaute erschrocken, Moritz daneben mit dem Skateboard in der Hand sagte keinen Ton, und selbst Willy war nicht zu Scherzen aufgelegt wie sonst.

»Eher im Gejenteil, Scheffin, lurens he.«

Sie traten zur Seite und gaben den Blick frei auf das, was vor der Eingangstür zur Gärtnerei lag. Rosa trat näher und wich dann überrascht zurück. »O Gott, was ist das denn?« Zwischen den Kübeln mit den weiß-gelben Margeritenbüschen rechts und links des Eingangs sah sie Blut. Sehr viel Blut. Und inmitten dieses roten Sees, der sich auf den Steinen ausgebreitet hatte, lag etwas. Das war doch nicht ... das konnte doch nicht sein ... War das etwa ... Rosa unterdrückte einen Schrei, indem sie sich die Faust vor den Mund hielt. Ja, kein Zweifel, mitten im Blut lag ein Finger. Na ja, ein halber Finger vielleicht. Rosas Gedanken tanzten in ihrem Hirn Rock'n'Roll mit Überschlag. Sie schnappte nach Luft und sah irritiert ihre Familie an. »Wer war das?«

»Na, isch hab noch alle dran.« Willy hielt zum Beweis seine langen, dünnen Finger in die Luft.

»Das lag vor der Tür, als wir gerade öffnen wollten«, erklärte Roswitha.

»Voll abgefahren«, murmelte Moritz und zog sein Handy aus der Tasche, um ein Foto zu machen. Wahrscheinlich dachte er an seinen nächsten Artikel.

»Und das hier klebte an der Scheibe.« Sarah vom Gärtnereicafé nebenan hielt ihr einen Zettel hin. Rosa las die schwarze, krakelige Schrift.

WARNUNG! HÖREN SEI AUF MIT RUMSCHNÜFFELN SONST MUSS ARSCHIE DRAN GLAUBEN UND DANN SEI!

»Drei Rechtschreibfehler und ein fehlendes Komma in einem Satz. Na, da haben wir es ja mit jemand ganz Schlauem zu tun.«

»Rosalinde, da will dir jemand Böses, und du nimmst es nicht ernst!« Ihre Mutter Roswitha schaute sie vorwurfsvoll bis besorgt an.

»Wir sollten die Polizei rufen«, meldete sich Sarah, wie immer ruhig und durchdacht.

»Datt Pittermännchen? Au ja, dann is hier so rischtisch watt los.« Willy beugte sich hinunter und beäugte das Fingerglied durch seine dicke, verschmierte Brille. »Ob datt der Finger vom Pflaume is?«

»Willy, Kai Pflaume hat sich als Kind die Fingerkuppe in der Tür eingeklemmt. Der wird sie nicht aufgehoben und uns vor die Gärtnerei gelegt haben.« Rosa kam sich vor wie in einer schlechten Komödie.

»So watt gab's letztes Jahr bei REWE an Halloween. Da waren datt aber Würstchen.«

»Da fällt mir ein«, rief Sarah aufgeregt, »ich habe auch mal so eine gruselige Torte auf Bestellung gemacht, mit Fingern und Augen obendrauf, das war alles aus Marzipan. Sah aber total echt aus.«

Moritz hielt sein Handy in die Runde. »Gibt's auch im Internet, Cake Topper heißen die, zum Verzieren von Kuchen. Auf den Karnevals- und Halloweenseiten sehe ich auch welche, die sind aber aus Silikon, die liegen wahrscheinlich bei jedem *Tatort*-Dreh rum.«

»Also, das ist mir jetzt zu blöd.« Rosa zog ein Taschentuch aus ihrer Hosentasche, griff damit in die rote Suppe und holte den Finger raus. »Wenn ihr euch so sicher seid – wer mag denn mal probieren?«

»Ist es nicht noch zu kalt, um draußen Kuchen zu essen?« Karl erschien in seinem britischen beigen Trenchcoat, den Rosa schon seit Jahrzehnten kannte. Als Rosa ihm den blutigen Finger entgegenhielt, schreckte er zurück. »Igitt, Rosa, was hast du denn jetzt wieder angestellt?« Nur Archie schaute in Erwartung einer kleinen Zwischenmahlzeit in die Höhe.

»Jetzt beruhigen wir uns alle mal wieder. Ich schlage vor, wir verlegen unsere Besprechung nach drinnen, wo wir uns das Corpus Delicti genauer ansehen. Und dann entscheiden wir, ob wir die Polizei rufen und die Gärtnerei zum Tatort erklären.«

• • •

»Mir haben Schüler so etwas mal an die Tafel gelegt und gehofft, dass ich schreiend aus der Klasse laufe, wenn ich nach der Kreide greife. Es wurde dann noch eine ganz lustige Stunde.«

Rosa saß mit ihrer Familie um einen der Tische im Gärtnereicafé und beäugte den fleischfarbenen Stummel auf dem rot getränkten Taschentuch. Sarah brachte ein Messer, mit dem Rosa erst vorsichtig reinzustechen versuchte, bevor sie das Ding in die Hand nahm. »So aus der Nähe sieht es wirklich nicht mehr besonders echt aus. Schaut euch mal den Fingernagel an.« Sie haute den Finger gegen die Tischkante. »Gummi. Scherzartikel. Hätten wir das auch geklärt. Leider zu klein, sonst hätte Archie ein schönes, neues Spielzeug.«

»Also keine Polizei?«, fragte Roswitha vorsichtig.

»Keine Polizei«, Rosa schüttelte den Kopf. »Ich denke, wir bekommen ganz allein raus, wer den hier geschrieben hat.« Sie zeigte Karl den Drohbrief.

»Sieht mir nach Rechtschreibschwäche aus. Legastheniker verwechseln schon mal die Buchstaben.« Er zeigte auf die Fehler im Brief.

»Da fällt mir ein«, meldete sich Rosa, »als ich mit Andy nach unserer Pflanzaktion im Clubrestaurant gegessen habe, waren da auch Rechtschreibfehler auf der Tafel mit den Tagesangeboten.«

»Der Koch war immer der Mörder.«

»Nein, die junge Studentin Luise hatte die Tafel beschriftet.«

»Du meinst, die mit den hübschen, blauen Augen legt dir blutige Finger vor die Tür?« Moritz schaute sie zweifelnd an.

»Wer hat hübsche, blaue Augen?« Sarah hatte in der Zwischenzeit Kaffee für alle gemacht.

»Da kann doch jeder was drangeschrieben haben.«

»Stimmt auch wieder.« Rosa sah ihren Neffen nachdenklich an. »Wer auch nicht so richtig der deutschen Sprache mächtig ist, ist der spanische Trainer. Manuel, aber der ist eigentlich ganz reizend, wenn er nicht so schnell Auto fahren würde, also ...«

»Sinn mer so klug wie vorher. Und isch weiß auch schon, wer die Sauerei da draußen wegmachen darf.«

»Aber Rosalinde«, Roswitha legte ihr die Hand auf den Arm. »Eins ist jetzt klar: Du gehst nicht mehr auf diesen Golfplatz des Todes. Das ist zu gefährlich.«

»Da will dir jemand ans Krägelschen. Seh isch auch so, frag datt Gummifingerchen. Da jehst du nisch alleine hin.«

»Aber ich habe noch einen Auftrag für den kleinen Garten hinter dem Restaurant. Die Clubchefin wünscht sich ein Bauerngärtchen mit Kräutern und Gemüse, mit so einem Kleinkram werde ich Andy nicht behelligen.«

»Nä, der Bäumschenkletterer wird nur für die schönen Stunden jebucht.«

»Beim Golfen helfe ich gerne, aber Gartenarbeit ...«, Karl strich sich über seine heute himmelblaue Weste.

»Dann müssen Scheffins Lieblingsmitarbeiter ran. Roswitha, pack ding Reisetasch, et jeht zum Reischensport.« Willy sprang auf. »Lurens nisch so, wir kommen mit!«

»Nun mal langsam, ich habe noch nicht mal einen Gartenplan gemacht.«

»Versprich mir, Rosa, dass du uns auf jeden Fall mitnimmst. Keine Alleingänge in dem Mörderclub.« Rosa seufzte. Ihre Mutter neigte zu Übertreibungen. Aber Roswitha sah sie eindringlich und ernst an.

»Also gut, Mama, versprochen, ich nehme euch mit. Sechs Augen sehen auch mehr als zwei. Wer weiß, wozu das gut ist.«

»Tiger Wutz und der lange Bernhard«, Willy zog Roswitha vom Stuhl und tanzte durchs Café. »Datt neue Dreamteam im Club. Minigolfmeister von Bonn-Beuel seit 1965.«

Rosa lachte. »Dann hoffen wir mal, dass sie uns danach nicht vom Golfplatz jagen. Jetzt spendiere ich euch erst mal allen eine Stärkung nach dem Schrecken.«

»*Dum spiro, spero!*« Auch Karl hatte zu seiner lateinischen Mitte zurückgefunden. »Solange ich atme, hoffe ich. Und heute hoffen Cicero und ich auf einen Scone mit der fantastischen Brombeermarmelade vom letzten Jahr, wenn du davon noch etwas übrig hast, liebe Sarah.«

Willy orderte ein belegtes Brötchen und schnappte sich dann den Putzeimer. Nur Rosas Mutter Roswitha wollte erst mal dringend die Zwiebeln für die Freesien ins Beet bringen – mit der Begründung, dass die für bedingungslose Liebe stünden und die dürfte unter keinen Umständen warten, sondern sollte spätestens im Juli zusammen mit den Freesien erblühen. Gartenarbeit beruhigte halt immer, dachte Rosa und sah ihrer Mutter zärtlich hinterher.

»Dann lassen wir Karl mal kurz mit Sarahs Backkünsten allein, ich habe noch was mit meinem Lieblingsneffen zu besprechen.« Im Lehrerzimmer, hätte sie fast gewohnheitsmäßig angefügt, während sie Moritz samt Kaffeetasse in ihr Büro lotste.

• • •

Rosa ließ sich in ihren Bürostuhl sinken und zog dann das Tütchen mit dem weißen Pulver aus ihrer Handtasche. Falsch geschriebene Warnungen und falsche Finger hin oder her, es gab noch anderes in diesem Fall, das zu klären war.

»Hey, Tantchen, was wird das denn? Stärkeres als Penne all'arrabbiata nehme ich nicht zu mir, weißt du doch.« Und nach einem Schluck Kaffee: »Nimm dir den Gummifinger nicht so zu Herzen, war nur ein schlechter Scherz. Oder brauchst du Geld? Ich dachte, dein Laden läuft?«

»Unsinn! Pass auf.« Rosa senkte die Stimme. »Das habe ich auf dem Golfplatz im Bunker gefunden.« Dass es nachts war und sie anschließend eins auf den Kopf bekommen hatte, verschwieg sie vorsichtshalber.

»Da gibt's Bunker? Aus dem Krieg? Wird ja immer besser, erst der Finger, dann …«

»Quatsch, das ist eine Sandgrube, egal, Archie hat das ausgegraben, und jetzt würde ich es gerne untersuchen lassen. Ich muss wissen, ob es das ist, für das wir zwei es halten.« Jetzt flüsterte sie fast, obwohl ihre Familie sie durch die gläsernen Wände nicht hören konnte.

Ihr Neffe sah ratlos aus. »Und was habe ich damit zu tun? Du weißt, Chemie war nicht unbedingt meine Stärke, und ich kenne ehrlich gesagt auch niemanden, der so was nimmt. Glaube ich zumindest. Wir Studenten von heute sind ziemlich brav.«

»Ich aber. Also, ich kenne jemanden, der mal so was genommen hat. Die das aber nicht mehr nehmen soll. Die aber Menschen kennt, die so was verkaufen, verstehst du?«

Moritz schüttelte den Kopf.

»Karl hat einen alten Freund auf dem Golfplatz, Fritz, einer von diesen drei Golfern, wie du weißt, und seine Enkelin Emily habe ich letztens auf einer Runde kennengelernt.«

»Du spielst jetzt richtig Golf? Krass.«

»Noch nicht, auf jeden Fall könnte Emily den Kontakt zu jemandem herstellen, der diese Substanz, na ja, sagen wir mal, inoffiziell und ohne großes Aufsehen prüfen könnte. Aber weil Emily nicht rückfällig werden darf, kommst du ins Spiel.«

»Du willst mich auf die Straße schicken, um Koks zu verticken?« Moritz riss die Augen auf. »Weiß meine Mutter davon?«

Moritz Mutter, Rosas Schwester Regina, hatte glücklicherweise eine tagesfüllende Arbeit in einer Bonner Klinik, sodass sie gar nicht merken würde, wenn ihr Sohn mit einem Päckchen unterwegs war, das möglicherweise Drogen enthielt. Hoffte Rosa.

»Wir wissen ja gar nicht, was drin ist. Pass auf, ich dachte mir das so: Ich fülle ein kleines bisschen von dem Zeug ab, und wir nehmen Kontakt zu Emily auf. Sie wird dich zu einem Menschen begleiten, der sich, nun ja, auskennt mit solchen Sachen.«

»Du willst dich wirklich mit Dealern treffen? Warum gehst du nicht zur Polizei damit?« Moritz hatte völlig recht. Er kannte nur nicht die ganze Geschichte.

»Weil ich dann erklären müsste, wo ich das herhabe. Da ich aber nicht weiß, wem es gehört, würde das gar nichts bringen. Außer dass ich mich strafbar mache, vielleicht einen Platzverweis bekomme und diesen Fall nicht weiter aufklären kann. Ich weiß, es klingt gefährlich, ist es aber nicht. Ich werde mitkommen, dachte nur, dass es vielleicht besser ist, einen Mann mitzunehmen. Für alle Fälle.«

Einen, der nicht versucht, mich von meinem Plan abzubringen, ergänzte Rosa in Gedanken. Andy hätte ihr dringend davon abgeraten, wenn er erfahren würde, was sie schon wieder vorhatte, und Karl durfte überhaupt nichts davon wissen, sonst würde er an ihrem Geisteszustand zweifeln. Es war ihr ja selbst unangenehm, aber in ihren Augen gab es keinen anderen Weg, um herauszufinden, was sie da gefunden hatte, versteckt auf dem Golfplatz. Emily war ein Geschenk aus dem

Ermittlerhimmel gewesen, und natürlich würde sie das junge Mädchen auf keinen Fall in Gefahr bringen. Und auch keinen neuen Stoff unter die Leute. Sobald sie wusste, was da in der Tüte schlummerte, würde sie es vernichten – oder zur Polizei bringen. Irgendwann.

»Abgemacht, du hilfst mir?« Rosa hielt Moritz ihre Hand hin. Mit sehr schlechtem Gewissen, aber sie musste das jetzt durchziehen.

»Hmm, abgemacht. Und ich darf, wenn alles gut ausgeht, darüber schreiben?!« Da war er, ihr Neffe, der investigative Journalist.

»Natürlich. Alles wird gut. Wir haben eine neue Erkenntnis, die uns zur Lösung dieses Falls führen wird, da bin ich mir ganz sicher.«

»Watt denn, datt isch der Schönste in der janzen Järtnerei bin?« Willy stiefelte in ihr Büro. »Melde: Datt Blut is beseitigt, und der griechische Sprüchejott wird unjeduldich.«

Kapitel 26

Rosa griff in ihre Jackentasche, um ihren Autoschlüssel her-
auszuholen – und hatte einen Golfball in der Hand. Der goldene Golfball, den sie mit einem Pilz verwechselt hatte. Sie
drückte ihn Willy in die Hand und startete den Transporter.

»Damit du dich schon mal auf den Golfplatz einstimmst.
Den habe ich im Wald gefunden, bevor der Golfer am Handy
mit jemandem gestritten hat, kurz danach war er tot.«

Willy betrachtete den Ball in seiner schwieligen Hand. »Datt
kleen Ding soll dat Jeheimnis sein, warum sisch die halbe
Menschheit verkleidet und Kilometer über Gras latscht?«
Willy guckte enttäuscht.

»So schön golden.« Roswitha strich ehrfürchtig über den
Ball. »Aber hast du nicht gesagt, den Ball des Todes hat die
Polizei schon gefunden?«

»Ja, ja, dieser Ball hat vermutlich auch nichts mit dem Mord
zu tun, irgendein Golfer hat den wahrscheinlich über die Bahn
hinausgeschlagen. Aber ich frage mich – warum habe ich beim
Koch im Clubrestaurant einen ganzen Korb mit solchen goldenen Bällen gesehen, wenn er gar nicht selbst Golf spielt?«

»Is so'n Bällschen wertvoll? Dann jeh isch gleisch mal suchen!«

»Ich meine, Karl hat mal erzählt, dass ein Ball einige Euro
kosten kann. Vorschlag: Wenn wir zurück im Café sind, werfen wir den Ball in Sarahs großes Glas für Trinkgeld auf der

Theke. Und wenn wir genug Bälle zusammenhaben, verkaufen wir sie an den Golfclub und machen davon unseren jährlichen Betriebsausflug.«

Die Aussicht, auf einen Golfplatz zu fahren, neben dem es einen Toten gegeben hatte und auf dem vermutlich noch immer ein Mörder frei herumlief, trübte die Stimmung im Auto kein bisschen, stellte Rosa fest. Roswitha und Willy passten samt Archie locker zu zweit auf die Beifahrerbank, wo Willy den Schlager »Weiße Rosen aus Athen«, der aus dem Autoradio schallte, ganz nach Dieter Krebs in »Weißblechdosen mit Arseeeen« umdichtete, während Rosa den Transporter auf den großen Parkplatz am Eingang des Clubs lenkte. Sie war froh, dass ihre Mutter und ihr ältester Mitarbeiter den blutigen Finger vor ihrer Gärtnerei so schnell als schlechten Scherz weggesteckt hatten. Rheinländer besaßen halt doch eine große Fähigkeit zur Resilienz. Wenngleich sie selbst nicht aufhören konnte, weiter auf dem Gummifinger in der Blutlache herumzudenken. Wer hatte ihr den vor die Tür gelegt? Wer wollte sie daran hindern herauszufinden, wer hinter dem Mord an David B. steckte? Rosa hatte nicht vor, ihre Familie oder sich selbst in Gefahr zu bringen, aber Angst war auch keine Lösung. Schließlich stand Arbeit an. Deshalb hatte sie sich mit dem Plan für den Bauerngarten hinterm Clubrestaurant beeilt und dabei auf die Stichworte ›pflegeleicht‹, ›essbar‹ und ›hübscher Anblick‹ beschränkt. Und so luden sie neben großen Säcken voller Erde viele Kräutertöpfchen aus, außerdem vorgezogene Pflänzchen – Kürbis, Paprika, Zucchini, Tomaten und Gurke. Und damit es hinter Görgens Restaurant auch blühte, hatten Roswitha und Willy ihre Favoriten Lavendel und den rosa Storchschnabel vorgeschlagen. Der sollte keinen Nachwuchs bringen, sondern hörte auf den schönen Zweitnamen Marathon-Geranie, und genau wie der Lavendel würde er lange blühen, war winterhart und kam notfalls auch mit weniger Wasser aus. Für alle Fälle, falls der grantige Koch und seine Frau keine Lust hatten, sich um ihr Gärtchen zu kümmern. Wie gut, dass es so viele Feiertage im Frühling gab, dachte Rosa, da fiel es gar nicht auf, dass die Gärtnerei heute geschlossen blieb.

»Nä, watt'n schöner Auslauf für uns Archie, den sehen wir erst morjen früh wieder.« Willy in grüner Latzhose und Gummistiefeln blickte staunend über die weite Bahn eins.

»Nur wenige Bäume, um sein Beinchen zu heben«, merkte Roswitha an.

»Ganz schlechte Idee, ihr Lieben«, antwortete Rosa, »Archie und ihr macht keinen Schritt auf den Platz, verstanden? Das ist lebensgefährlich und nicht erwünscht.« Sie legte ihren Mops schleunigst an die Leine. Weil Moritz heute für seine Zeitung schreiben wollte, Sarah frei hatte und Karl was von Golftraining gesagt hatte, blieb ihr nichts anderes übrig, als ihren Mops mit zur Arbeit zu nehmen. Aber der hatte sich ja schon mehrfach in diesem Club zu benehmen gewusst. Willy schob den Gärtnereiwagen mit Erde, Pflanzen und Werkzeug Richtung Clubrestaurant, Roswitha die Schubkarre.

»Und denkt dran, kein Wort über unseren Fund vor der Tür.« Ich allerdings, dachte Rosa, werde schon das ein oder andere Wort verlieren. Und damit etwas auswerfen. Einen Köder, der alle im Golfclub aufschrecken und den einer hoffentlich schlucken würde: der Mörder.

• • •

Tanja Schäfer-Schlaffer war die Erste, die sie trafen. Die Club-präsidentin begrüßte gerade Gäste, die zum ersten Mal auf dem Bonner Golfplatz eine Runde drehen wollten. Nachdem Willy ihr formvollendet einen Handkuss gegeben hatte und dabei »Datt Mädsche hat noch alle Finger dran« murmelte, drückte sie jedem lächelnd ein Tütchen Gummibären in die Hand und kümmerte sich darum, dass Koch Winfried Görgen sein Auto hinter dem Restaurant wegfuhr.

»Bisschen viel Aufwand für ein paar Kräuter aufm Omelette, oder?«, presste der verkniffen hervor, tat aber, was die Club-präsidentin angeordnet hatte. »Jetzt bringen Sie schon Verstärkung mit, weil Sie sich nicht mehr allein hertrauen, was?« Sein überhebliches Grinsen wischte Willy mit einem »Die größte Angst hatte 'se vor Ihrem Garnelenpfännschen« beiseite. Roswithas Frage »Sind Sie eigentlich mit Kai Pflaume bekannt?« ging unter, als sich Rosa lautstark an den Koch wandte.

»Falls es Sie interessiert – ich habe jetzt überhaupt keine Sorge mehr herzukommen. Die Polizei ist dem Täter nämlich auf der Spur. Nicht mehr lange und sie haben ihn.«

»Und das wissen Sie woher?« Görgen verschränkte die Arme vor der Brust.

»Frauen spüren so was«, warf Roswitha ein, während sie die Kräuter aus ihren Töpfchen befreite.

»Es hat sich jemand gemeldet, der den Mörder beobachtet hat.«

»Datt nennt man Augenzeuge, wissen Se?«

»Ich habe da so einen direkten Draht zur Polizei.«

»Datt nennt man Geklüngel.«

Winfried Görgen schaute irritiert von einem zur anderen.

»Einer von uns liest zu viele Krimis, und ich bin es nicht«, konterte der Koch und stapfte davon.

»Dafür müsst man ja auch lese könne«, kicherte Willy und machte sich daran, vertrocknete Pflanzen aus der Erde zu graben.

»Rosa, hast du uns da etwas verschwiegen?« Roswitha sah ihre Tochter kritisch an. »Ist der Fall etwa schon gelöst?«

»Unsinn«, zischte Rosa, »ich will nur mal sehen, wer von den Herrschaften in Panik gerät, wenn sie hören, dass wir dem Täter oder der Täterin so was von auf der Spur sind.«

»Du willst den Mörder aufscheuchen? Rosalinde, das ist viel zu gefährlich.«

»Watt soll er uns als Nächstes vor die Tür lejen, 'nen appen Arm?«

Bevor Rosa etwas erwidern konnte, tauchte Luise auf. Winnie hatte seine junge Bedienung geschickt, um zu helfen, alte Töpfe und den Grill wegzuräumen. Unsicher begrüßte sie alle, nachdem Rosa sie als die Tochter des holländischen Nachbarn vorgestellt hatte.

»Ich hoffe, unser Geburtstagsstrauß hat noch lange gehalten, du bist Stier, genau wie unser Goldfisch Willy junior, Gott hab ihn selig.« Roswitha blickte in das ratlose Gesicht von Luise.

»Dafür, dass ihr in Holland den janzen Tag Schokostreusel und Vanillepudding esst, biste aber jut in Schuss.« Willy reichte dem jungen Mädchen seine Hand im dreckigen Handschuh.

»Jetzt macht mal Luise nicht ganz verrückt, helft lieber beim Einsammeln der kaputten Töpfe. Dann können wir die alte Erde abtragen und neue aufschütten.«

»Stimmt das«, meldete sich Luise mit leiser Stimme, »die Polizei weiß, wer es war? Ich meine, wer David …?«

»Jaja, ich hörte so was. Es gab jemanden, der alles beobachtet hat. Ich hoffe, es wird bald eine Festnahme geben.«

»Vielleicht waren es ja mehrere.«

»Wie kommst du darauf?« Rosa zog einen alten Tomatenstock aus der Erde und warf ihn auf die Schubkarre. Interessiert sah sie Luise an. Die zuckte mit den Schultern.

»Ich dachte … nur so …«

»Hast du was beobachtet? Das solltest du der Polizei sagen. Oder mir.« Aber Luise schüttelte nur heftig den Kopf und sammelte weiter Steine, Töpfe und verrostetes Gartenwerkzeug ein.

»Isch fasset nisch, Barbie und Ken höchstpersönlich!«

Fitnesstrainerin Babsi und Golftrainer Manuel Bonasera näherten sich laut diskutierend, beide in sportlichem Weiß.

»Was ist denn hier los?« Barbara Rasmuth sah nicht erfreut aus.

»Ah, Rosita, du machen alles schön? Isch kann helfen!«

»Liebe Jung, du machst dich doch nur dreckig. Ich bin Roswitha, freut mich.« Rosas Mutter strahlte den Trainer an wie den Sohn, den sie sich immer gewünscht hatte. »Ich habe schon viel von dir gehört. Schade, dass ich zum Golfspielen zu alt bin.«

»Fürs Golfspielen man ist nie zu alt, mia Roswitha. Rosita und Roswitha, das mir gefallen sehr.« Manuel lächelte eine gesunde Röte in Roswithas Gesicht.

»Du mir auch. Für disch einfach Willy.« Für die Fitnesstrainerin hatte Rosas ältester Mitarbeiter sogar seine Handschuhe ausgezogen.

»Ich darf euch dran erinnern, dass Rosmarin, Salbei, Minze, Lavendel und Storchschnabel auf euch warten. Ab in die Erde damit. Ach, und Barbara? Wann kann ich denn mal zu Ihnen zum Fitnesstraining kommen? Jetzt, wo die Polizei dem Mörder auf der Spur ist, kann uns ja bald nichts mehr passieren hier im Golfclub. Als Golfanfängerin muss ich schließlich alle

Möglichkeiten ausschöpfen, um demnächst mitzuhalten auf dem Platz.«

»Wie, sie haben den Mörder? Wen denn?«

»Das werden wir bald erfahren, die Mörderin oder der Mörder wurde zumindest beobachtet. Und wenn ein Zeuge erst mal auspackt, dann geht es meistens sehr schnell. Wie im Fernsehen.«

»Du machen Späßchen mit uns, Rosita! Das werde ich gleich Hana, Manni und Fritz erzählen. Zum ersten Mal die drei wollen Training bei mir, zusammen, weil billiger. Wann du kommen wieder vorbei, nächste Schnupperstunde, ich warten auf dich.«

»Erst das Fitnesstraining, sonst muss sie den Schläger gar nicht erst anfassen.« Babsi boxte Manuel in den Arm. »Warten Sie nicht zu lange damit, Frau Reich. Im nächsten Monat wird's teurer. Und wir werden ja alle nicht jünger.«

»Isch aber, janz ohne Fitness-Schnickschnack.« Zur Belustigung aller machte Willy einen Handstand mitten auf der frisch aufgeschütteten Erde und wackelte mit den Gummistiefeln in der Luft.

»So, die Pause ist zu Ende, zurück an die Arbeit.« Rosa griff nach der Schaufel. Jetzt wurde es spannend. Der Köder war ausgeworfen, der Countdown lief – für den Storchschnabel und für den Mörder.

Kapitel 27

Rosa spürte das Gummi unter den Fingern und den Schweiß auf ihrer Stirn, während sie, die Füße auf der Matte, ihr Becken in die Luft stemmte. Was tat man nicht alles, um den Mörder zu überführen. Oder die Mörderin. Wobei sie ihr hilflos ausgeliefert wäre, sollte sie sie hier und jetzt gefunden haben. Hatte sie ihrer Familie nicht versprochen, nicht mehr allein auf den Golfplatz zu gehen? Aber erstens war Babsis Fitnessstudio streng genommen nicht der Golfplatz, und zweitens war es einfach zu verlockend, bei Barbara Rasmuth hinter die Kulissen zu blicken.

»Uuuund absenken. Und Wirbel für Wirbel wieder hoch.« Babsis Stimme im Ohr, versuchte Rosa die Anweisungen der Fitnesstrainerin umzusetzen. Wenn sie Glück hatte, wurde ihre Quälerei mit einer lockeren Hüfte für einen besseren Golfschwung belohnt, auf den Rosa so sehr hoffte, wie zuletzt als Siebenjährige auf einen Dackel unterm Weihnachtsbaum.

»Und jetzt die Arme zur Seite und den Kopf nach rechts und nach links rollen.«

Rosas Blick fiel auf die Fotos an der Wand. Karnevalssitzung, Funkemariechen.

»Das sind doch Sie auf dem Foto«, ächzte Rosa, »die rechte, die das Bein besonders hochbekommt, richtig?«

»Erstes Tanzpaar der Ehrengarde. Ist aber schon ein Jahr her.« Babsi klang stolz.

»Dann kennen Sie bestimmt die andere Seite des Kochs hier im Club?«

»Winnie? Von dem kenne ich nur den Rücken, wenn Sie das meinen, und mehr muss ich auch nicht sehen. Und jetzt einmal in den Vierfüßlerstand.«

Erleichtert drehte sich Rosa möglichst elegant auf die Seite, bevor sie sich auf ihre Knie und Hände niederließ. »Ich dachte, der tritt auch im Karneval auf, als Büttenredner.«

»Das würde der wohl gerne, aber so lustig ist er leider nicht. Hat sich einmal bei einer Vereinssitzung hier im Club vollkommen zum Affen gemacht. Da war er so besoffen, dass ihn alle ausgebuht haben.«

»Oh.« Rosa versuchte, sich den betrunkenen Hobby-Büttenredner vor versammelter Golfmannschaft vorzustellen, während sie sich darauf konzentrierte, ihren rechten Arm und das linke Bein von sich zu strecken. »Nicht ganz einfach hier mit den Männern im Club, was?«

»Das können Sie in Großbuchstaben aufs Schild am Eingang schreiben.«

»Was halten Sie von Manuel? Bei ihm habe ich kürzlich meine erste Trainingsstunde genommen.« Rosa bemerkte, wie Babsi die Augen verdrehte, während sie ihre Hüftstellung korrigierte.

»Na, dann: Glückwunsch.«

»Wie meinen Sie das?«

»Ich sag's mal diplomatisch: Frauen im besten Alter gefallen ihm. Nicht optisch, eher ihr Kontostand, wenn Sie verstehen, was ich meine.«

Rosa wurde rot, was nur an den Übungen liegen konnte, zu denen Babsi sie verdonnert hatte.

»Ärgert Sie das? Ich finde ja, Sie beide würden gut zusammenpassen. Optisch zumindest«, keuchte Rosa.

»Da haben Sie ja schon was mit ihm gemeinsam. Danke, kein Bedarf.«

»Wissen Sie, wo Manuel war, als er im Club pausiert hat?«

»Das will er partout nicht verraten, und die Clubchefin hält auch dicht oder sie weiß es nicht. Ich tratsche ja nicht, aber wahrscheinlich hat er sich wieder aushalten lassen. Privatstunden als Personal Trainer. Reicher Scheich, reiche Schnepfe, interessiert mich nicht.«

»Aber dieser David Behringer hat Sie interessiert, oder?« Rosa ließ sich erschöpft auf den Bauch fallen und schielte unauffällig auf ihre Uhr. Erst eine halbe Stunde um. Schlecht für ihren Muskelkater. Gut für ihre Vernehmung. »War nicht letztens auch die Polizei bei Ihnen? Bestimmt wegen dem Toten.«

»Na, hören Sie mal! Glauben Sie, ich habe ihm aufgelauert und ihn erschlagen? Warum sollte ich das tun?«

Rosa setzte sich auf. »Nein, nein, so meine ich das nicht. Ich frage mich nur, warum jemand etwas gegen David Behringer haben könnte. Wissen Sie, er war mal mein Schüler, damals war er ein netter Junge. Wer wollte so jemandem etwas Böses? Stimmt es, dass er hier vielen Frauen, ich sage mal, schöne Augen gemacht hat?« Barbara Rasmuths Gesichtsausdruck verdüsterte sich.

»Da ist er sicher nicht der Einzige. Deswegen bringt man ja niemanden um, oder? Ich würde sagen, jetzt noch zehn Minuten aufs Laufband, auf, auf.« Sie wartete, bis Rosa sich auf das elektrische Band gestellt hatte und schaltete das Gerät ein. »Ich muss mal kurz in mein Büro, bin gleich wieder da, einfach locker laufen.«

Rosa blieb nichts anderes übrig, als loszutraben. Wie kam diese Babsi dazu, sie nach anstrengenden Übungen auch noch auf ein Laufband zu stellen? Für den nächsten Bonn-Marathon wollte sie sicherlich nicht trainieren.

Kam es ihr nur so vor, oder lief das Band plötzlich eine Spur schneller? Rosa hielt sich rechts und links an den Griffen fest. *Das ist doch kein gemächliches Traben mehr!* Sie merkte, wie ihr das Blut in den Kopf stieg, und schnappte nach Luft. *Wo bleibt nur Babsi?* Und schon wieder musste Rosa einen Zahn zulegen. Kein Zweifel – das Laufband machte immer mehr Tempo. Sie versuchte beim Rennen auf einen roten Knopf zu hauen, der ihr wie ein Alarmknopf aussah. Nichts passierte. Rosa versuchte sich auf die Handgriffe zu stützen, um die Beine vom Band zu heben. Leider waren ihre Arme von den vorherigen Übungen mehr als müde. Panik stieg in ihr hoch. Nicht mehr lange und sie würde sich in dieser Folterkammer, getarnt als Fitnessstudio, zu Tode laufen.

»Babsi!« Rosas Stimme erstarb unter dem surrenden Geräusch des Laufbandes. »Hilfe!« Ihre Füße hatten sich verselbstständigt und liefen jetzt ohne Kontrolle im Spurt auf ihr persönliches Ende zu. Abrupt blieb das Band stehen. Rosa sackte auf die Knie.

»Um Gottes Willen, Frau Reich. Was machen Sie denn da?« Barbara Rasmuth war wieder aufgetaucht und hievte sie zurück auf die Matte. »Legen Sie sich flach auf den Rücken, nicht sprechen, ganz ruhig. Moment, ich bringe Ihnen Wasser.«

Rosa schnappte nach Luft, von ihrer Stirn floss der Schweiß in Strömen. Ihr Kopf glühte. *Wann hab ich eigentlich mein letztes EKG gemacht?* Sie trank gierig das Wasser, das Babsi ihr reichte.

»Das ... das Band wurde immer schneller ... und ich ...« Langsam beruhigte sich ihr Herzschlag. »Wollten Sie mich umbringen?« Rosa sprach den ersten Gedanken laut aus, den sie fassen konnte, sobald ihr Hirn wieder Sauerstoff bekam.

Die Fitnesstrainerin wurde blass. »Was denken Sie denn von mir! Es ist das Gerät. Ich hätte es schon längst …«

»Sie stellen mich auf ein kaputtes Gerät?«, krächzte Rosa. »Es hätte meine letzte Fitnessstunde sein können. Ich sollte Sie anzeigen.«

»Bitte, Frau Reich.« Babsi kniete neben ihr und hatte Tränen in den Augen. »Bitte melden Sie mich nicht. Ich wollte nicht schon wieder als Bittstellerin zur Chefin und nach Geld für neue Geräte fragen. Die hat mich eh schon auf dem Kieker, weil ich ständig mit Manuel streite, seitdem wir …, also seitdem ich …«

»Mit ihm Schluss gemacht habe.« Rosa setzte sich auf.

Babsi nickte. »Das alte Ding spinnt manchmal. Keine böse Absicht, das müssen Sie mir glauben.« In ihrem Blick lag ein Flehen. Sie griff nach Rosas Arm, um ihren Puls zu prüfen.

Rosa holte tief Luft. »Also gut, vergessen wir den Vorfall. Aber verraten Sie mir eins: Sie und David Behringer, in welchem Verhältnis standen Sie zueinander?«

Barbara Rasmuth schien zu überlegen. Dann seufzte sie. »Ich hatte ein Auge auf ihn geworfen, als mir Manuel zu, na ja, zu anstrengend wurde. Der sprach ja schon von Kindern. Ich bin doch gerade erst zwanzig.« Und nach Rosas strengem Blick, den sie in über dreißig Schuljahren perfektioniert hatte, fügte sie kleinlaut hinzu: »Na gut, einunddreißig, aber verraten Sie es niemandem.«

»Und mit David lief es nicht so?«

»Anfangs schon, wir waren ein paarmal aus, hatten Spaß. Aber dann hat er mich einfach menschlich enttäuscht.«

»Eine andere Frau?«

»Nicht, dass ich wüsste«, Babsi zuckte mit den Schultern, »nee, dauernd musste ich ihn aushalten, jedes Bier bezahlen. Sollte nicht der Mann die Frau einladen? Na ja, jedenfalls hatte das keine Zukunft mit uns.«

»Verstehe.« Rosa stand auf. Und hätte sich am liebsten wieder hingelegt. Ihr T-Shirt war völlig verschwitzt. Sie sehnte sich nach einer kühlen Dusche und nach ihrer Couch mit Archie zu ihren Füßen.

»Ist Ihnen mal eine Halskette an David aufgefallen?«

Babsi begleitete sie zur Tür. »Ja, er hatte eine, so ein billiges Goldkettchen mit einem *L* dran.«

»Ein *L* wie …«

»Liebe, meinte er. Wollte sie mir schenken, als Wiedergutmachung, aber ich habe einen Blick für unechten Schmuck. Damit lasse ich mich nicht abspeisen.«

Rosa lächelte und nickte bekräftigend. »Sie wissen, dass irgendjemand dem Toten die Kette vom Hals gerissen hat? Jedenfalls ist sie verschwunden.«

»Was schauen Sie mich so an? Was soll ich denn damit? Ich habe der Polizei schon gesagt, dass ich mit der Tat nichts zu tun habe.«

Rosa tätschelte Babsi den Arm. »In Ordnung, Schätzchen. Ich muss jetzt wirklich nach Hause. Wie ich letztens schon sagte: Es ist nur eine Frage der Zeit, bis die Polizei den Mörder von David Behringer überführt. Oder die Mörderin.« Ohne eine Reaktion abzuwarten, drehte Rosa sich um. Bühnenreif, wie sie fand.

• • •

Obwohl sich ihre Beine anfühlten, als habe sie einen gesamten Golfplatz am Stück umgegraben, machte Rosa noch einen Schlenker rüber ins Clubbüro. Tanja Schäfer-Schlaffer war gerade dabei, Honiggläser ins Regal zu räumen, neben Schachteln mit Golfbällen und Handschuhen.

»Frau Reich! Sie hat's aber gepackt mit dem Golfen. Fast jeden Tag auf dem Platz, das lobe ich mir. Ganz verschwitzt sehen Sie aus. Auch ein Gläschen Honig? Der erste dieses Jahr. Sie haben bestimmt schon unsere Bienenstöcke entlang des Platzes entdeckt. Meine Idee! Kostet nicht viel und bringt zusätzliches Geld ein.«

Rosa nickte schwach. Sie hatte das Gefühl, an jeder Ecke auf diesem Golfplatz Geld loswerden zu können, wenn sie nur wollte.

»Ich habe mir das mit dem Spind überlegt, ich denke, ich nehme ihn. Sicherlich habe ich bald eigene Schläger und ein Golfbag, das muss ich ja nicht ständig in meinen Mini quetschen.«

»Sehr gute Entscheidung. Wollen Sie gleich zahlen oder später?«

»Was mich immer noch wundert«, überging Rosa die Frage, »warum war der Spind leer? Nachdem ich einen kleinen Einblick in das Golfspiel gewonnen habe, muss ich feststellen, dass man so allerlei benötigt. Das will man doch irgendwo verstauen. Und dieser David Behringer war angeblich ein guter Spieler, der wird doch jede Menge Zeug gehabt haben.«

»Na ja«, Tanja Schäfer-Schlaffer stützte sich auf ihrem Pult auf. »Ehrlich gesagt habe ich ihn leer geräumt. Herr Behringer hatte immer noch nicht dafür gezahlt, dabei hat die Saison schon längst begonnen. Bei aller Liebe, aber ich muss auf die Finanzen achten, sonst sind meine Tage hier gezählt.«

»Ach. War der Mann so schluderig, oder hatte er einfach kein Geld mehr?« Rosa sah die Chefin mit dem naivsten Blick an, der ihr zur Verfügung stand.

Die lachte. »Tja, das ist die Frage. Warum auch immer, als Nächstes hätte ich ihm die Mitgliedschaft entzogen, auch mit der Jahresgebühr war er im Rückstand.«

»Haben Sie das der Polizei erzählt?«

»Sie wird doch sicherlich sein Konto überprüft haben.«

»Glauben Sie, David Behringer war in Schwierigkeiten?«

Die Präsidentin hob die Arme. »Das Privatleben unserer Mitglieder geht mich nun wirklich nichts an.«

»Aber Sie haben gehört, dass er Kokain im Blut hatte.«

»Wie gesagt, das Privatleben ...«

»Frau Schäfer-Schlaffer«, hob Rosa an, »wird in diesem Golfclub mit Drogen gehandelt? Ich als ehemalige Lehrerin bin der Gesellschaft verpflichtet und könnte es wirklich nicht gutheißen, hier Spiel und Spaß nachzugehen, wenn ...«

»Frau Reich, ich bitte Sie! Schauen Sie sich doch unsere Mitglieder an. Glauben Sie, dass so jemand wie Fritz Töpelmann erst mal eine Linie zieht, bevor er zur Runde aufbricht? Das ist doch lächerlich. Oder Hana, sie hat doch gar nicht das Geld dafür. Und für Manni, ähm, Manfred Krummeisen bürge ich.«

»Schon gut, Sie haben sicherlich recht. Es war ein langer Tag. Ich bin auch nicht mehr die Jüngste.« Rosa wandte sich zum Gehen. »Eins noch. Manuel Bonasera, der nette Trainer – wissen Sie, wo er in seiner Abwesenheit war? Ich habe da so etwas auf der Homepage gelesen. Ich mache doch bei ihm den Schnupperkurs und fände es ungünstig, wenn er nach drei Stunden wieder verschwindet.«

»Haben Sie Angst, dass er einen Mordplan ausgeheckt hat, während er weg war?«

Täuschte Rosa sich, oder nahm Tanja Schäfer-Schlaffer sie so gar nicht ernst? Sie begleitete sie vor die Tür.

»Auch hier gilt – das Privatleben meiner Mitarbeiter geht mich nichts an. Bestimmt war er in Spanien bei seiner Familie. So sind doch die Spanier, oder? Sehr familienverbunden. Was für ein sonniger Nachmittag. Hallo, Winnie! Silvia!« Das Ehepaar aus dem Restaurant trug gerade Kisten mit Einkäufen vorbei.

»Dann bis bald.« Rosa sprach extra laut. »Der Mordfall ist ja eh bald aufgeklärt. Denn wo ein Zeuge, da ist die Lösung des Falls doch schon am Horizont zu sehen. Nicht mehr lange und hier kehrt wieder Ruhe ein. Schönen Tag noch.«

Als Rosa auf wackligen Beinen den Golfclub verließ, war sie sich sicher, dass es mit eben dieser Ruhe erst einmal vorbei war.

Kapitel 28

»Und ich darf dir wirklich nicht helfen?«

Rosa hatte es sich auf ihrem dunkelroten Chesterfield-Sofa bequem gemacht und ihre malträtierten Beine ausgestreckt, soweit ihr Mops Archie Platz ließ. Heute würde sie gut schlafen, so viel stand fest. Aber wie schön, dass sie vorher noch eine kleine Stärkung bekam, gekocht von Andreas Krawinsky persönlich. Er hatte auf ein Glas Wein vorbeischauen wollen, aber als Andy ihr erschöpftes Gesicht gesehen hatte, hatte er sie kurzerhand auf die Couch verfrachtet, seine mitgebrachten rosa Rosen in eine Vase gestellt und ihren Kühlschrank geplündert.

Jetzt stand er, das Messer in der Hand, in der Küche und schnippelte Kartoffeln, Möhren, Bohnen und Speck.

»Ich glaube, du hast heute genug getan, Rosa. Und was deine Beule am Kopf macht, hast du noch gar nicht erzählt.« Sie hörte ein Ploppen, und wenig später stand Andy mit zwei Gläsern Weißwein in der Hand vor ihr. »Während sich das Essen von selbst macht, erzählst du mir, warum du dich nicht im Garten oder auf dem Golfplatz, sondern ausgerechnet im Fitnessstudio verausgaben musstest.«

Rosa setzte sich auf und berichtete von ihrem Workout, das beinah zu ihrem persönlichen Blackout geworden wäre.

»Glaubst du, das war ein Anschlag?« Sie sah Andy an, der sich neben sie gesetzt hatte, besser gesagt neben Archie.

»Du meinst, das war Barbara Rasmuths Antwort auf deine Nachforschungen?« Er zuckte mit den Schultern. »Vielleicht ein kleiner Warnschuss, vielleicht aber auch völlig unbeabsichtigt. Auf jeden Fall unverantwortlich, dass ihre Geräte nicht richtig funktionieren.« Er stieß mit ihr an. »Ich möchte mir wirklich nicht ständig Sorgen um dich machen müssen.« Andy sah ihr in die Augen. Rosa nahm seinen männlichen Aftershave-Geruch wahr. Archie zwischen ihnen schaute irritiert von einer zum anderen.

»Also mir kommt Babsi recht resolut vor. Von Männern lässt sie sich nichts bieten. Auch keine falschen Goldketten. Von ihr weiß ich, dass an der Kette des Toten ein *L* hing.«

»*L* wie Luise, die Bedienung im Restaurant?«

Rosa nickte. »Das war auch mein erster Gedanke. Barbara glaubte aber, dass das *L* für Liebe stehen soll, hat David ihr wohl verklickert.«

»Er bekommt von Luise eine Kette und will sie weiterverschenken an die nächste Frau? Was für ein fieser Möpp.« Archie spitzte seine Ohren.

»Fieser Möpp, nicht freundlicher Mops, Archie«, lachte Rosa und knuddelte ihren Hund. »Meinst du, Luise hat das rausbekommen und sich, nun ja, gerächt? Mir kam sie allerdings eher zartbesaitet vor. Fast schon schüchtern.«

»Stille Wasser sind bekanntlich tief. Oder diese Babsi ist nicht so dumm, wie sie tut, und wollte ihm mal ordentlich Bescheid sagen.« Andy sah Rosa zweifelnd an.

»Oder beide Frauen haben sich zusammengetan, um dem Hallodri ein Ende zu setzen? Die Clubchefin war übrigens auf Nachfrage auch nicht gut auf ihn zu sprechen, er hat nichts mehr bezahlt im Club. Sie wollte ihn schon rauswerfen.«

»So langsam bekomme ich Angst vor den Frauen«, meinte Andy und streichelte Archie. Rosa streichelte seiner Hand entgegen. Der Wein machte sie mutig.

»Aber doch nicht vor allen Frauen?« Sie lächelte. Ihre Blicke trafen sich. In diesem Moment schrillte der alte Küchenwecker.

»Ich glaube, mein westfälischer Eintopf ist fertig«, seufzte Andy und erhob sich, während ihm Archie schwanzwedelnd folgte.

»Für einen gestandenen Westfalen«, schmunzelte Rosa, »steht dir meine rosa Schürze ausgesprochen gut.«

· · ·

Der kräftige Eintopf weckte Rosas Lebensgeister wieder. Wärme durchströmte sie, der Wein ließ ihre Wangen leuchten. Lediglich ihre Beine kündigten für spätestens morgen früh einen Muskelkater in XXXL an. Aber daran wollte sie noch nicht denken.

»Soll ich dir was verraten?« Rosa blitzte Andy schelmisch an. Ihr Freund zog die Augenbrauen hoch, während er die Suppe löffelte. »Ich habe einen Köder ausgelegt. Hab allen erzählt, dass jemand die Tat beobachtet hat und deshalb der Mörder bald gefasst wird.«

»Um was zu erreichen?« Andy sah sie fragend an.

»Na ja, um Bewegung in die Sache zu bringen. Wenn der Täter hört, dass man ihm auf den Fersen ist, dann muss er doch raus aus seinem Versteck. Ich habe die berechtigte Hoffnung, dass er oder sie sich zeigen wird, sich verrät und zack – können wir ihn festnehmen, oder sie. Also, die Polizei natürlich.«

Rosa fühlte sich stolz und ziemlich gewieft. Sie spürte es – sie würde diesen Mord aufklären, schließlich war das ja schon ihr zweiter Fall.

»Verstehe.« Andy zögerte. »Und was, glaubst du, passiert jetzt genau? Wenn du die Mörderin wärst und du hörst diese Gerüchte, was würdest du unternehmen?«

»Hmm, nervös werden, unsicher, Panik bekommen, dadurch auffallen und mich am Ende verplappern.«

»Weißt du, was ich als Mörder machen würde?« Andy sah sie mit ernstem Ausdruck an. »Ich würde verschwinden oder, wenn das nicht geht, denjenigen mundtot machen, den ich für den Zeugen halte. Und, Rosa, wenn du in die Welt setzt, dass es jemanden gibt, der alles gesehen hat, dann nehme ich als Mörder doch erst mal an, dass du das selbst bist. Du begibst dich schon wieder in Gefahr!«

Rosa ließ den Löffel sinken. »Glaubst du? Nein, ich hätte doch schon längst der Polizei erzählt, was ich gesehen habe. Oder nicht?«

»Na ja, wenn du dich erinnerst – du hast ja durchaus etwas beobachtet, das du der Polizei bisher nicht erzählt hast.«

»Aber doch nicht den Mord.« Rosa grübelte. Dort auf dem Weg neben dem Golfplatz konnte schließlich jede und jeder unterwegs gewesen sein, die Golfspieler sowieso, alle aus dem Club und … Sie durchfuhr ein Schrecken. Am ehesten natürlich die, denen der Privatweg und das angrenzende Grundstück gehörten – Armin van der Loh und seiner Tochter Luise. Rosa sprang auf und ignorierte den Schmerz im Oberschenkel.

»Was, wenn ich durch meine Äußerungen Luise in Gefahr gebracht habe? Wenn der Mörder denkt, sie hat ihn beobachtet? Schließlich ist sie ständig dort unterwegs zur Arbeit. Wir müssen sofort zu ihr und sie warnen.«

»Wenn sie nicht selbst die Täterin ist.«

Während Rosa Archie aus seinem königlichen Hundekörb-chen lockte und an die Leine nahm, schaltete Andy den Herd aus, zog den Eintopf von der Platte, schnappte sich seine Jacke und reichte Rosa ihre Handtasche – ganz so, als fühle er sich schon wie zu Hause. Er lächelte kopfschüttelnd.

»Mit dir wird es nie langweilig, oder?« Archies Kläffen klang wie eine Bestätigung.

Kapitel 29

»Was habe ich mir nur dabei gedacht?«, jammerte Rosa und streichelte mechanisch Archie auf ihrem Schoß. »Und warum habe ich keine Telefonnummer von Luise oder ihrem Vater? Hier zählt doch jede Minute. Was bin ich nur für eine Anfängerin!«

Sie saßen in Andys Geländewagen, der die Strecke zum Golfplatz so schnell zurücklegte, wie es erlaubt war.

»Wenn der Mann so weltscheu ist, wie du sagst, ist doch klar, dass er nicht im Telefonbuch steht. Vielleicht hat er gar kein Telefon. Aber könnte es nicht sein, dass Luise heute im Restaurant arbeitet?«

Rosa blickte auf die Uhr im Auto. »Die haben bestimmt schon geschlossen, so unter der Woche. Oh Gott, hoffentlich lauert ihr keiner auf dem Nachhauseweg auf.«

»Glaubst du wirklich, dass beim Stichwort Zeuge gleich jeder an sie denkt?«

»Oder an ihren Vater. Den dank seines Kampfes gegen den Golfplatz auch jeder kennt, zumindest die Älteren. Na klar, wer neben dem Tatort wohnt, kann doch am ehesten was beobachten. Und ich habe dir ja erzählt, dass ich Armin van der Loh kurz vor der Tat gesehen habe. Schau mal, da vorne kannst du parken, so kommen wir am schnellsten zu ihrem Haus.«

Andy hielt am Straßenrand und ließ das Licht am Auto an.

»Was willst du denen erzählen, warum du fast schon mitten in der Nacht bei ihnen auftauchst?«

»Das überlege ich mir später, komm schnell!« Rosa stürmte mit Archie an der bekannten Schranke vorbei. Gut, dass in ihrer Handtasche noch immer ihre Taschenlampe lag. Sie leuchtete damit den dunklen Weg ab. Straßenlaternen gab es hier keine. *Wie kann Luise nachts nur nach Hause finden, ohne in den nächsten Graben zu fallen oder über einen Stein zu stürzen? Und vor allem ohne Angst?* Archie zog an der Leine, er schien Witterung aufgenommen zu haben. Sie hörte Andys schwere Schritte hinter sich.

»Ist da was?« Rosa blieb stehen und lauschte. Sie schüttelte den Kopf. So langsam wurde sie paranoid. Es war unmöglich, dass jemand mitten in der Nacht Golf spielte. Das *Klack! Klack!* war nur in ihrem Kopf. Oder? Sie liefen weiter.

»Da!« Ein Schatten war vor ihnen aufgetaucht. Sie näherten sich. Jetzt sah man es deutlich im Lichtschein. Weiter vorne, auf dem Weg, lag etwas. Archie begann zu knurren.

»Warte.« Andy bedeutete Rosa stehen zu bleiben. Vorsichtig machte er ein paar Schritte auf den Schatten zu. »Gib mir deine Taschenlampe.« Rosa blieb dicht hinter ihm, Schritt für Schritt näherten sie sich dem Objekt.

»Da liegt jemand.« Ihre Stimme klang schrill, ihr Herz klopfte bis zum Hals, als sie sich herabbeugte und im Schein der Taschenlampe das Gesicht sah: Luise van der Loh. Die junge Frau trug Jeans und eine weiße Bluse unter dem Blouson. Wie es aussah, war sie tatsächlich auf dem Nachhauseweg von ihrer Schicht im Restaurant gewesen. Mit zittrigen Fingern fühlte Rosa am Hals des Mädchens nach ihrem Puls.

»Gott sei Dank, sie lebt. Schnell! Ruf einen Notarzt. Und die Polizei.«

Rosa betrachtete die gekrümmt auf der Seite liegende Gestalt genauer. »Wenigstens sehe ich kein Blut. Vielleicht ist sie einfach so zusammengebrochen.« In ihren Worten schwang mehr Hoffnung mit, als Rosa wirklich hatte.

»Luise, Luise, hörst du mich?« Sanft berührte sie den Arm der jungen Frau. Keine Reaktion. Sie hörte, wie Andy mit der Polizei sprach und die Wegbeschreibung durchgab, als es plötzlich im Gebüsch knackte und raschelte. Rosa sprang erschrocken zurück. War der Täter etwa noch in der Nähe?

»Bleiben Sie, wo Sie sind! Die Polizei ist unterwegs!« Rosa schnappte sich die Taschenlampe aus Andys Händen und hielt sie wie eine Pistole auf das Gebüsch gerichtet. Es raschelte noch einmal, dann stand ein Bekannter vor ihr: Klaus Kastner, wie immer mit Schlapphut, aber diesmal mit Sportschuhen an den Füßen und einem Golfschläger in der Hand.

Rosa war verwirrt. Hatte dieser Mann Luise niedergeschlagen oder waren von ihm die Golfgeräusche gekommen, die sie gehört hatte? Andy hatte sofort das Telefongespräch beendet und sich schützend neben Rosa gestellt. Unsicher beäugte er den Greenkeeper. Archie an der Leine knurrte den Mann an.

»Herr Kastner, was machen Sie denn hier?«

»Ich habe Stimmen gehört und wollte nach dem Rechten sehen.« Er warf einen Blick auf Luise auf dem Boden. »Darf ich? Ich kenne mich aus.« Ohne eine Antwort abzuwarten, ließ Klaus Kastner seinen Golfschläger fallen, zog seine Jacke aus und legte sie ihr über den Oberkörper. »Wir bewegen sie besser nicht. Falls sie auf den Kopf gefallen ist.«

Er kniete sich neben sie, fühlte ihren Puls und schob ihre Augenlider hoch – Bewegungen, die Rosa sehr routiniert vorkamen.

»Leuchten Sie mal hierhin.« Der Greenkeeper betrachtete Luises Hinterkopf im Lichtschein der Lampe. »Keine äußerlichen Verletzungen zu sehen.«

»Sie spielen nachts Golf? Da sieht man doch gar nichts.« Rosa war verwirrt. Und jetzt kümmerte er sich auch noch um Luise. »Haben Sie ihr mit dem Golfschläger ...«

»Unsinn!«, unterbrach er sie. »Ich habe Sie gehört und Licht gesehen. Wenn hier etwas nicht stimmt, schaue ich halt nach, auf meinem Golfplatz.«

Aus der Ferne waren Sirenen zu erahnen, die sich rasch näherten.

»Ich gehe den Sanitätern mal entgegen und weise Ihnen den Weg«, meldete sich Andy. »Wenn ich dich allein lassen kann, Rosa?«

Sie sah verunsichert von Klaus Kastner zu Andy. »Ich denke, ja.«

»Keine Sorge, ich verschwinde lieber wieder. Wenn die Polizei mich hier sieht, bin ich geliefert.«

»Weil Sie der Täter sind? Weil sie David Behringer umgebracht und dasselbe mit Luise versucht haben?«, giftete Rosa den Greenkeeper an.

Der griff nach seinem Golfschläger und mit einem »Warum sollte ich?« verschwand er, wie er gekommen war. Nicht ohne vorher einen Zeigefinger verschwörerisch an seine Lippen gelegt zu haben.

• • •

Kaum war der Notarztwagen da, sah Rosa auch schon die Polizei anrollen. Dass Hauptkommissar Peter Klein ausstieg, war keine Überraschung, dass er allein kam, schon.

»Selber Ort, selbes Verbrechen, wie es aussieht«, begrüßte Rosa ihren ehemaligen Schüler. »Aber hoffentlich mit anderem Ausgang.«

»Und wieder sind Sie am Tatort.« Peter hatte seinen Polizeiwagen so hingestellt, dass die ganze Szenerie im Scheinwerferlicht taghell erstrahlt wurde. Zwei Notärzte kümmerten sich um Luise und bereiteten sie auf den Transport ins Krankenhaus vor.

»Wo ist denn Ihre nette Kollegin?«

Peter winkte ab. »Heute Abend ist das gesamte Revier auf den Beinen. Betrunkene Fußballfans aus Köln randalieren am Hauptbahnhof. Und ein paar Schülerinnen haben sich einen Spaß daraus gemacht, Maibäume in den Rhein zu werfen und damit den Schiffsverkehr lahmzulegen. Ich bin nur deshalb allein gekommen, weil ich gehört habe, dass Sie hier sind. Ich dachte, Sie werden mich schon nicht in den Wald locken und abmurksen.« Er schaute sie unsicher an. »Wenn ich allerdings das hier sehe …«

»Ich doch nicht. Aber wie du siehst, Peter, ist schon wieder jemand handgreiflich geworden. Es würde mich nicht wundern, wenn es derselbe Täter war wie bei David Behringer. Fast genau dieselbe Stelle. Hier treibt noch immer jemand sein Unwesen.«

»Wer kann denn etwas gegen so ein junges Mädchen haben?«, meldete sich Andy, der mit den Armen in den Hüften grübelnd im Licht stand.

Peter zuckte mit den Schultern. »Das sind meistens Beziehungstaten. Ein eifersüchtiger Freund … Genaueres werden die Untersuchungen hoffentlich ergeben. Das Team wird gleich da sein.« Er suchte den Boden ab. »Sie haben ja sicher nichts verändert oder mitgenommen.«

»Natürlich nicht, Peter.«

»Was machen Sie um diese Uhrzeit überhaupt hier mitten im Wald? Spielen Sie jetzt auch schon nachts Golf?«

Rosa hatte geahnt, dass Peter ihr diese Frage stellen würde. Und sie hatte keine zufriedenstellende Antwort darauf.

»Ich hatte so eine Eingebung. Peter, was wir dringend machen sollten, ist, den Vater von Luise zu informieren. Er wird sich fragen, wo seine Tochter bleibt.«

»Eins nach dem anderen, Frau Reich. Erst mal sperre ich hier alles ab, und dann warten wir auf die Spurensicherung und im Anschluss ...«

»Wir helfen dir, komm, reich mal das Absperrband rüber. Mittlerweile weiß ich doch, wie man das macht.«

Widerwillig ließ sich Peter von Rosa und Andy assistieren und suchte dann die Umgebung ab.

»Nichts zu sehen, nicht mal ein Golfball wie beim letzten Mal.«

»Wenn man vom wunderbaren Weißdorn absieht. Und schau mal, die Birken und Fichten treiben auch schon kräftig aus.« Rosa leuchtete mit ihrer Taschenlampe ins frische Grün, wo Archie gerade sein Bein an einem Löwenzahn hob. Aber Peter Klein hatte kein Auge für den frühlingshaften Wald, der sie umgab, denn die Kollegen der Spurensicherung waren eingetroffen. »Jetzt sollten wir dringend zu Armin van der Loh, nicht dass er schon schläft. Ich glaube, wenn neben der Polizei noch eine ihm bekannte Frau dabei ist und ein sympathischer Mann, kann das nicht schaden.« Rosa ließ ihre Worte so nach Klassenzimmer klingen, dass sie keine Widerrede duldeten. Alte Angewohnheit. Als sie auf dem Weg zu seinem Haus waren, ergriff sie spontan Andys Hand. Das war neu. Und überraschte sie selbst.

...

Armin van der Loh empfing sie in einem grün karierten Bademantel an der Haustür und sah schlecht aus.

»Wir haben Sie hoffentlich nicht geweckt? Dürfen wir reinkommen?« Rosa hatte sich an die Spitze des ungleichen Trios plus Mops gesetzt und beim Nachbarn des Golfplatzes geklingelt.

Mit fragendem Blick ließ er sie eintreten und im kleinen, dunklen Wohnzimmer, das sie schon kannte, auf dem Sofa Platz nehmen, während er sich auf seinen durchgesessenen Sessel fallen ließ. Während Peter dem Mann erklärte, was passiert war, studierte Rosa seine Gesichtszüge. Auch wenn er der Vater des verunglückten Mädchens war, wirkte er zu erschöpft für große Gefühlsausbrüche. Er ließ es zu, dass sich Archie an der Leine spontan zu seinen Füßen legte.

»Wann darf ich zu ihr?« Traurig schaute van der Loh sie an.

»Wir geben Ihnen Bescheid, sobald wir mehr wissen. Ich denke, morgen früh. Sagen Sie, hat Ihre Tochter einen Freund?« Peter stellte die Frage so, als ob sie ihm peinlich wäre.

»Nicht dass ich wüsste. Und wenn, würde er sie sicherlich nicht zusammenschlagen. Dafür sorge ich.«

»Ähm, ja, natürlich. Wegen des Tatorts suchen wir jetzt nach weiteren Gemeinsamkeiten mit dem ersten Toten«, versuchte Peter zu erklären, »ich meine natürlich nicht, dass Ihre Tochter, also, sie war nicht bei Bewusstsein, aber …«

Rosa sah ihren ehemaligen Schüler strafend von der Seite an. Das war es, was sie hatte verhindern wollen.

»In welcher Beziehung stand Luise zu David Behringer? Dem Toten vom Golfplatz?«, übernahm sie wie selbstverständlich die Befragung. Was ihr wiederum einen missbilligenden Blick von Peter einbrachte.

»Ein Angeber war das, wenn Sie mich fragen. Aber sie war hin und weg. Hat immer geschaut, wenn er vorbeigejoggt kam. Dabei ist das hier ein Privatweg. Habe ich ihm auch oft genug gesagt. Wenn der sich hier ein Bein bricht, bin ich doch dran. Aber wer hört schon auf einen alten, kranken Mann? Auch meine Tochter nicht, ich glaube, sie hat ihn ein paarmal getroffen. Und er? Hat ihr das Herz gebrochen. Das habe ich doch gesehen.«

»Kommen wir zurück zu heute Abend«, riss Peter das Verhör wieder an sich. »Noch wissen wir nicht, warum Ihre Tochter dort auf dem Waldweg lag, ob sie krank war ...«

»Luise war kerngesund. Sie ist noch nie einfach so umgefallen.«

»In Ordnung. Dann nehmen wir einmal an, dass sie niedergeschlagen wurde. Dann wäre die Frage – von wem? Haben Sie eine Vermutung, wer ihr so was antun könnte?«

»Na, der tote Wichtigtuer kann es ja nicht mehr gewesen sein. Aber dieser Golfermischpoke traue ich alles zu, jedem Einzelnen.«

»Auch wenn sie alt sind? Und arbeitslos? Ich habe ein paar von ihnen kennengelernt«, mischte sich Rosa ein.

Armin van der Loh seufzte. »Sie haben recht. Meine Krankheit macht mich zu einem boshaften alten Mann.«

»Was haben Sie denn?« Aus Peters Mund klang das zu vorwitzig für einen Polizisten.

»Lungenkrebs. Momentan mache ich eine Chemotherapie.« Der Hanf, hätte Rosa beinahe laut gerufen. Deshalb hatte er ihn im Garten, zum Lindern von Schmerzen, zum Eigenbedarf. Was in seiner Situation durchaus nachvollziehbar war. Konnte sie Armin van der Loh damit von der Liste der Verdächtigen streichen?

»Wenn Sie mal jemanden brauchen, der bei Ihnen die Bäume beschneidet oder den Garten umgräbt, sagen Sie Bescheid«, meldete sich Andreas zum ersten Mal zu Wort.

Aber der Holländer winkte ab. »Danke, aber noch habe ich die Kraft, einen Spaten zu halten.« *Und ihn über die Rübe des Liebhabers Ihrer Tochter zu ziehen,* fragte sich Rosa insgeheim und hatte eine spontane Idee.

»Sagen Sie, Herr van der Loh, ich habe Luise letztens Ihren Geburtstagsstrauß vorbeigebracht und ihr ein Buch geliehen. Das bräuchte ich jetzt dringend wieder. Ob ich mir das schnell aus ihrem Zimmer holen dürfte?«

Für eine Hausdurchsuchung fehlte Peter mit Sicherheit zu diesem Zeitpunkt die Befugnis. Aber sie selbst könnte doch unauffällig einen Blick auf Luises Sachen werfen. Ihr Vater zögerte, bevor er nickte. Rosa sprang auf.

»Danke, ich finde es schon, sicherlich im ersten Stock, richtig?«

Ehe Peter, Andy oder Armin van der Loh etwas erwidern konnten, lief Rosa schon die Treppe hoch, die sie beim Reinkommen im Flur entdeckt hatte. Eine Tür stand offen und gab den Blick auf ein rosa bezogenes Himmelbett frei. Das musste Luises Zimmer sein. Sie machte das Licht an und schaute sich um. Ein Schreibtisch am Fenster mit nur wenigen Papieren, Laptop und Drucker. Ein alter Holzschrank, ein Regal voller Bücher – Liebesromane. Für Rosas Geschmack las Luise eindeutig zu wenig Krimis.

Sie steuerte den Nachttisch an. Hatte die junge Frau denn gar keinen Schmuck? Vorsichtig zog Rosa eine Schublade auf. Aha. Es glänzte golden. Ein paar Ringe, Ohrringe und – das war doch eine Kette, oder? Rosa schob sich ihre Bluse über die Hände und griff damit vorsichtig nach der feinen Gliederkette. *Bloß keine Spuren hinterlassen.* Langsam zog sie sie aus der Schublade. Die Kette war offen, aber nicht an der Stelle, an der der Verschluss saß. Der war weiterhin geschlossen. Die Kette war kaputt, mittendrin gerissen. Die letzten Glieder sahen verbogen aus.

Rosa blickte noch einmal in die Schublade, schob vorsichtig die Ohrringe auseinander. Jetzt sah sie es. Es musste von der Kette gerutscht sein: Dort auf dem Schubladenboden lag ein kleines, verschnörkeltes *L*. *L* wie Luise. *L* wie Liebe. *L* wie Leben. Oder nach dem Leben trachten.

Kapitel 30

Betörend süß, weiß wie die reine Unschuld und doch tödlich giftig. Rosa starrte auf den frischen Strauß von Maiglöckchen, den ihre Mutter ihr heute früh auf den Schreibtisch gestellt hatte. Sein schwerer Duft nahm ihr ganzes Büro ein und lenkte ihre Gedanken in düstere Bahnen. *Ist die junge, hübsche Luise van der Loh das Maiglöckchen in diesem Krimi? Hat sie David Behringer vielleicht im Streit erschlagen, wütend darüber, dass er ihre Kette zwar trug, ihre Liebe aber nicht erwiderte?*

Rosa scrollte auf ihrem Handy durch die Fotos der Kette in der Nachttischschublade, die sie im Hause der van der Lohs gemacht hatte.

Oder war es Notwehr, weil sie David nicht dazu hatte bringen können, ihr die Kette freiwillig zurückzugeben – weil er sie verkaufen wollte, weil er Geld brauchte? Rosa seufzte. *Und wer hatte bloß Luise niedergeschlagen?* Vielleicht die andere Frau im Leben des jungen Golfspielers, Barbara Rasmuth? Die nötige Kraft hatte sie sicherlich und wie schnell war eine Hantel aus dem Fitnessstudio unter der Jacke versteckt, um sie der Gegenspielerin über den Schädel zu hauen. Hatte sich Peter mit der Schaufel des Greenkeepers getäuscht? Eifersucht konnte ein mörderischer Antrieb sein.

Also war Funkemariechen Babsi mit dem knackigen Hintern der Fingerhut in der Geschichte? So durch und durch giftig und gefährlich? Rosa sprang auf. Sie bekam noch Kopfschmerzen, vom Grübeln oder von den Maiglöckchen konnte sie nicht genau bestimmen. Dagegen half nur ein Cappuccino bei Sarah im Gärtnereicafé.

Ihr Neffe saß bereits beim Frühstück, Sarah immer im Blick, in den Händen ein noch warmes, buttrig duftendes Croissant. Neben sich die neueste Ausgabe seiner Zeitung.

»Gibt's was Neues? Von Luise oder vom Täter?« Rosa setzte sich zu ihrem Neffen an den Tisch.

»Guten Morgen, lieber Moritz, hast du gut geschlafen? Darf ich dir noch einen Kaffee bringen? Moin, Tantchen, auch schön, dich zu sehen.« Er grinste sie an. »Schon wieder ganz in deinem Element, Kommissarin Butterblume, was?«

»Wir müssen uns ranhalten. Luise war noch ein Opfer zu viel«, überging Rosa Moritz' Kommentar. »Also rück schon raus: irgendwas Neues?«

»Immer Scheffin, immer. Datt Sonnenblümschen ist ausjesät, und hier kommt Mohn für die Tische. Nisch für de Brötschen, is Klatschmohn, für zum Tratschen, also watt ihr hier grade macht.« Willy stiefelte in seiner grünen Latzhose ins Café, eine Palette voller rot blühender Töpfchen vor sich. Eins stellte er ihnen vor die Nase.

»Luise ist noch immer nicht wach, deshalb konnte sie noch nicht befragt werden.«

»Datt arme Mädsche.« Willy setzte sich zu ihnen.

»Die Polizei geht von einer Beziehungstat aus«, Moritz tippte auf seinen Artikel. »Die glauben an einen unbekannten Freund von Luise, der eifersüchtig auf David Behringer war und ihn aus dem Weg schaffen wollte.«

Rosa schüttelte den Kopf. »David wollte wohl eigentlich nie so richtig was von ihr. Und jetzt soll sie gleich noch einen Freund haben? Und der war sie auch schon leid und schlägt einfach zu? Das glauben die doch wohl selbst nicht!« Rosa war empört. Peter musste dringend an seiner Menschenkenntnis arbeiten.

»Sie suchen jetzt ganz offiziell das Handy des Toten.« Moritz deutete auf das Foto. »So soll es aussehen, neuestes Modell.«

»Datt is ja watt für janz feine Leute.«

»Ein goldenes Handy? Also entweder war David Behringer wirklich ein Angeber oder geschmacksblind. Na gut, wenigstens fällt es auf. Kann man das nicht ganz einfach orten?«

»Nicht, wenn es ausgeschaltet ist.«

»Ich habe übrigens etwas gefunden. In Luises Schublade.« Rosa zeigte die Fotos der gerissenen Kette auf ihrem Mobiltelefon herum.

»Wenn das kein Unglück bringt.« Rosas Mutter war aus der Gärtnerei ins Café gekommen und schaute ihrer Tochter über die Schulter. »Eine gerissene Halskette und Mohn auf den Tischen. Ihr wisst ja, dass bei den alten Ägyptern die zarten Blümchen für Tod standen.«

»Und isch dachte für die Liebe. Hab isch in diesem Netz jelesen.«

Rosa warf Roswitha und Willy einen irritierten Blick zu. »Die Frage, die ich mir schon die ganze Zeit stelle, ist: Wenn Luise, wie es aussieht, dem Toten die Kette vom Hals gerissen hat – ist sie dann deshalb auch seine Mörderin? Ich will es dem Mädchen gar nicht anlasten, andererseits …«

»Vielleicht ist sie nur an der Kette hängen geblieben, und dabei ist sie gerissen.« Ihre Mutter, die Optimistin.

»Dann hätt' se sisch dem Kerlschen aber janz schön an de Hals jeschmissen.«

Rosa nickte. »Das hat sie wohl, das hat uns ihr Vater bestätigt. Weshalb ich mir schon überlegt habe …«

»Ob er kurzen Prozess mit dem untreuen Kerl gemacht hat?« Moritz hatte sein Frühstück beendet und lehnte sich wohlig zurück.

»Jaaa«, gab Rosa gedehnt zu, »allerdings ist der Mann krebskrank, und ich glaube nicht, dass er die Kraft dazu hätte.«

»Seinen Garten hält er aber noch in Schuss. Ist doch auch anstrengend.« Moritz sah sie triumphierend an.

»Na, dann pass mal auf, dass du nicht von irgendeinem Vater unter die Erde gebracht wirst, weil du einem Mädchen schöne Augen machst.«

»Also, mein Vater ist die Ruhe und Liebenswürdigkeit in Person!« Sarah stand mit frischem Kaffee hinter ihnen.

»Das merke ich mir«, grinste Moritz und griff gierig nach dem englischen Teegebäck auf Sarahs Tablett. »Im Ernst«, fuhr er mit vollem Mund fort, »ich habe mich in unserem Archiv umgesehen. Armin van der Loh hat vor vielen Jahren Krach geschlagen, schon bevor der Golfplatz gebaut wurde, auch im ersten Jahr noch. Aber seitdem war Ruhe. Er hat sich wohl mit dem Golfplatz abgefunden.«

»Oder er hält sich zurück und heckt im Geheimen einen furchtbaren Plan aus. Dann ist er sicherlich ein feuriger Skorpion.« Roswithas Augen leuchteten.

»So, bevor wir jetzt noch einem Vater andichten, seine eigene Tochter erschlagen zu haben, machen wir uns an die Arbeit. Moritz, wir haben einen Termin.«

Kapitel 31

Nicht mehr lange, und die kleinen, weißen Blüten würden sich in ganzen Dolden öffnen. Lächelnd schaute Rosa in die Linde über ihr, deren Blätter schon zart austrieben und sie jedes Mal an dicke Herzen erinnerten. Dass sie essbar waren, wussten die wenigsten, dafür war der Tee aus den getrockneten Blüten umso bekannter. Wenn sie als Kind mit Halsschmerzen und Husten im Bett gelegen hatte und nicht in die Schule gehen wollte, hatte Roswitha ihr ein Tässchen Lindenblütentee gekocht, und viel zu schnell waren die Symptome abgeklungen.

Rosa blickte über die große Rasenfläche zum langgestreckten Universitätsgebäude hinüber, das sich mit seinem gedeckten Gelb gut hinter dem Grün machte. Ihre eigene Studienzeit war lange vorbei, aber früher wie heute liebte sie den Hofgarten mitten in der Bonner Innenstadt. Wo Studenten gerne auf der Wiese saßen und im Sommer auch so manche Vorlesung abgehalten wurde. Und wo Archie gerade herumtollte.

»Glaubst du, sie kommt?« Moritz neben ihr auf der Bank hatte seine langen Beine ausgestreckt und gähnte.

»Ich denke, sie ist sogar schon da.« Rosa zeigte auf die junge Frau in Schwarz, die herangeschlendert kam: Emily hatte Wort gehalten und war pünktlich. Das gab ein Extra-Sternchen der Ex-Lehrerin. Sie begrüßte die Enkelin von Fritz, machte sie mit

Moritz bekannt und pfiff ihren Mops zurück, der schwanzwedelnd an Emilys Füßen schnupperte.

»Und Sie sagen meinem Opa wirklich nichts davon?«

»Natürlich nicht. Versprochen ist versprochen. Und es tut mir auch wirklich leid, dich in diese Situation zu bringen, aber ich kenne sonst niemanden, der …«

»Schon gut«, Emily kaute nervös auf ihrer Lippe. »Aber Sie halten sich raus und sagen am besten gar nichts, okay?«

»In Ordnung, dann ab in die Unterwelt!«

Während sie Emily Richtung Bahnhof folgten, hielt Rosa ihre Handtasche fest umklammert. Sie spürte ein Kribbeln in der Magengegend wie zuletzt, als sie Andys Hand genommen hatte. Jetzt blieb nur noch zu hoffen, dass sie bei ihrem Vorhaben in keine Polizeikontrolle gerieten. Zu brisant war das, was sie mit sich herumtrug. Sie hatten den Kaiserplatz erreicht, als die junge Frau langsamer ging. Sie schien unauffällig Ausschau zu halten, bis sie ihnen plötzlich ein Zeichen gab stehen zu bleiben. Emily ging auf zwei Männer zu, die im Schatten der rot blühenden Rosskastanie standen. Sie sprach kurz mit ihnen und winkte dann Rosa heran. Ihr Herz schlug schneller. Wie abgesprochen blieb Moritz mit Archie an der Leine zurück, während Rosa so unauffällig, wie sie konnte, ihre Hand in ihre Tasche gleiten ließ und das Tütchen mit dem weißen Pulver umfasste. Zu Hause an ihrem Küchentisch hatte sie das Päckchen aus der Sandgrube geöffnet und eine kleine Menge des Inhalts abgefüllt. Zu wenig, um Dealer auf dumme Gedanken zu bringen. Aber genug, damit sie ihr die Auskunft gaben, die sie brauchte. Denn sie musste endlich wissen, was sie da gefunden hatte.

Rosa hatte ihre Sonnenbrille aufgesetzt, um sich unkenntlich zu machen und gleichzeitig ihre Umgebung im Blick zu behalten, als sie den Männern die Hand gab. Dabei wanderte das Tütchen aus ihrer Hand in die des größeren Mannes. Beide trugen Baseballcap, Sonnenbrille und Jeansjacke, und Rosa war sich sicher, sie nach diesem Tag nie mit völliger Sicherheit identifizieren zu können. Sie erschrak, als sich die Männer umdrehten, zügig die Straßenseite wechselten und Richtung Kirche verschwanden.

Bevor sie ihnen folgen konnte, hielt Emily sie zurück. »Die kommen schon wieder. Du hast ja noch ein zweites dabei, richtig?«

Rosa nickte stumm und schaute zu Moritz und Archie hinüber, die nun in einigen Metern Entfernung auf einer Bank warteten und Ausschau nach Polizisten in Zivil hielten. Die sie vermutlich nicht erkennen würden.

Rosa wurde nervös. »Was tun wir, wenn uns jemand beobachtet? Oder wenn sie nicht wiederkommen?« Sie schwitzte, dabei war die Frühlingssonne heute optimal.

Emily zuckte mit den Schultern. »Ich glaube, ich habe mehr zu verlieren als Sie, wenn das hier schiefgeht.«

»Du hast natürlich völlig recht, entschuldige. Ich habe so was nur noch nie gemacht. Ich glaube, mir wird jetzt erst bewusst, wie gefährlich das ist. Ich lade euch auf den ganzen Stress in die nächste Eisdiele ein, wenn alles glattgegangen ist.«

»Erst mal müssen Sie den Jungs einen ausgeben.« Unauffällig deutete Emily mit ihrem Kinn zur Kirche, wo die beiden Baseballcaps wieder über die Straße kamen. »Halten Sie das zweite Tütchen bereit und stecken Sie es einem gleich unauffällig in die Jackentasche, okay?«

»Hallo, Oma«, der kleinere der beiden legte kumpelhaft den Arm um Rosas Schulter und tat, als hauchte er ein Küsschen auf ihre Wange. Während Rosa ihn am Jackenzipfel packte und das Tütchen aus ihrer Hand in seine Tasche gleiten ließ, raunte der junge Mann nur ein Wort in ihr Ohr: »Koks!«

• • •

Nach ihren ersten Erfahrungen im Drogenmilieu wollte Rosa nur noch schnellstmöglich von der heißen Meile weg. Nun saßen sie einige Straßen weiter vor dem Bonner Rathaus und löffelten Spaghettieis. Archie schlummerte zu ihren Füßen und wirkte so geschafft, wie Rosa sich fühlte.

»Die müssen gedacht haben, die Alte spinnt. Was meinten sie eigentlich mit Oma?«

»Beschwer dich noch einmal, wenn ich dich Tantchen nenne!« Moritz schien genauso erleichtert wie sie, dass während ihrer Drogenübergabe kein Polizist aus dem Schatten gesprungen war und ihnen Handschellen angelegt hatte.

»Vielen Dank, Emily, dass du uns geholfen hast. Jetzt wissen wir endlich, was ich auf dem Golfplatz gefunden habe.« Rosa senkte ihre Stimme. »Aber eins muss ich dich noch fragen, so leid es mir tut: Du hast mit meinem, ähm, Fund vom Golfplatz nichts zu tun, oder?« Sie sah die junge Frau eindringlich an.

Emily runzelte die Stirn und schüttelte energisch den Kopf. »Damit bin ich durch. Abgesehen davon habe ich auch nie gedealt. Nur konsumiert.«

»Gut. Dann wissen wir jetzt, worum es in diesem Fall wirklich geht, nicht wahr?« Fast hätte die ehemalige Lehrerin in ihr angefügt: Schlagt eure Bücher auf! Sie schaute ihren Neffen erwartungsvoll an.

»Drogen, Kokain. Irgendjemand vertickt das vermutlich im Club.« Er kratzte den Rest geschmolzener Eiscreme zusammen und sah aus, als ob er den Teller ablecken wollte.

»Ganz genau. Die Frage ist nur: War David Behringer der Dealer, oder war er Konsument? Dazu haben deine zwei, ähm, Bekannten wohl nichts gesagt, oder?«

Emily schüttelte den Kopf. »Der Golfclub scheint nicht in direkter Verbindung mit der Bonner Szene zu stehen. Die Drogen dort müssen von woanders kommen.«

»Der Tote stammte ja auch aus Düsseldorf«, meldete sich Moritz zu Wort.

»Richtig. Wenn wir also annehmen, dass David Behringer die Drogen nicht nur selbst genommen, sondern auch verkauft hat, dann ist die Frage: an wen? Dein Opa hat nicht zufällig mal was erwähnt?«

Fast hätte sich Emily an ihrem Eis verschluckt. »Ich bin mir hundertprozentig sicher, wenn Opa Fritz mitbekommen hätte, dass irgendjemand im Golfclub Drogen verkauft, hätte er ihn einen Kopf kürzer gemacht.« Erschrocken hielt sie inne und schaute Rosa an. »Nein, um Gottes willen, bitte nicht falsch verstehen: Mein Opi ist garantiert kein Mörder. Ich meine nur: Er hätte Krach geschlagen, hätte sich denjenigen vorgeknöpft so wie mich damals. So was duldet er nicht, aber er ist kein bisschen brutal veranlagt. Dafür ist er viel zu gläubig, oder so.«

Rosa legte ihr beschwichtigend die Hand auf den Arm. »Schon gut. Ich glaube ehrlich gesagt auch nicht, dass Fritz Töpelmann rein körperlich in der Lage wäre, jemanden, der enorm trainiert und etwa fünfzig Jahre jünger ist als er, na ja, ihr wisst schon.«

»Aber warum sollte überhaupt jemand den Mann ausschalten, der ihn mit Drogen versorgt? Das ist doch unlogisch.« Moritz war wieder ganz der Journalist.

»Vielleicht im Rausch? Oder im Streit?«

»Kann schon mal vorkommen, dass jemand austickt«, warf Emily ein, »aber gleich umbringen? Im Zweifelsfall bringen sich Drogensüchtige eher selbst um, irgendwann …«

Sie sah traurig aus, und Rosa fragte sich, was die junge Frau alles erlebt hatte, als sie süchtig gewesen war. »Was auf jeden Fall feststeht, ist, dass der Tote Konsument war, er hatte Kokain im Blut.«

»Wenn er nicht der Dealer war, dann vielleicht jemand anders im Golfclub.«

»Der Trainer!«

»Was?« Moritz und Emily schauten erstaunt Rosa an, die mit dem Finger Richtung Universität zeigte. Von dort bog ein gebräunter, gut aussehender Mann im weißen Poloshirt und Sonnenbrille auf den Markt ein und überquerte eilig den Platz. Er hatte sie nicht gesehen.

»Manuel Bonasera«, flüsterte Rosa andächtig, »der Cheftrainer des Golfclubs.«

»Der sieht ja mal wirklich nicht schlecht aus«, musste auch Emily zugeben. »Vielleicht überlege ich mir das doch mal mit dem Golfen. Opa würde sich bestimmt freuen.«

»Was macht der denn hier, und warum hat er's so eilig? Meint ihr, der kommt gerade von dort, wo wir eben noch waren?« Rosa sprang auf und schnappte sich Archies Leine. »Moritz, du erledigst das schnell mit dem Bezahlen, ja? Ich muss da hinterher!«

• • •

Manuel Bonasera bog mit schnellen Schritten in eins der Seitensträßchen ein. Rosa hielt sich nahe an den Schaufenstern, bereit, intensiv die Auslagen zu studieren, sollte sich der Trainer plötzlich umdrehen. Aber er schien ein Ziel zu haben, auf das er losstürmte. Dass Manuel so lange Beine hatte, war Rosa bislang noch gar nicht aufgefallen. Heute steckten sie in ausgewaschenen Jeans und Turnschuhen, weiß natürlich. Er blieb stehen, kontrollierte sein Aussehen in der spiegelnden Fensterscheibe eines Geschäfts und verschwand darin.

Rosa schlich näher. Gut, dass Archie bei Moritz geblieben war, sicherlich hätte er Manuel kläffend begrüßen wollen. Sie wechselte die Straßenseite, um sich das Geschäft besser ansehen zu können. »Vier Haareszeiten« las sie. Ein Friseur! Ihr schöner Trainer hatte schlicht und ergreifend einen Friseurtermin, zu dem er nicht zu spät kommen wollte. Einen Moment lang war Rosa froh, dass Emily und Moritz nicht dabei waren, zu peinlich war ihr das eigene Verhalten. Jetzt lief sie schon guten Bekannten zum Friseur hinterher, um sie beim Waschen, Schneiden, Föhnen zu erwischen. Was kam als Nächstes? Würde sie sein Haargel konfiszieren? Am Haarspray schnuppern? Kamm und Schere der Polizei übergeben?

Beschämt ließ sich Rosa auf eine der Bänke fallen und stützte den Kopf in ihre Hände. Ihre Familie, ihre Freunde, sie alle hatten recht, wenn sie behaupteten, sie steigere sich in etwas rein. Sie sehe überall nur Mörder.

Etwas Feuchtes an ihren Händen holte sie aus ihren trüben Gedanken. Archie schaute sie erwartungsfroh an.

»So leicht entkommst du uns nicht, Tantchen. Dachtest wohl, du lässt uns auf der Rechnung sitzen, was?«

Moritz und Emily standen vor ihr.

»Wo ist er denn, dein schöner Trainer? Da drin?« Emily deutete auf den Friseurladen. »Ich wollte ihn mir erst mal aus der Nähe ansehen, bevor ich mich wegen des Golfens entscheide.« Sie ging die paar Schritte zum Geschäft und lugte durch die Glasfront, an der ein paar Plakate mit frisch frisierten, schönen Menschen hingen. »Ich kann ihn nicht sehen.«

»Bei den Dealern warst du unauffälliger«, bemerkte Moritz amüsiert.

»Ich wäre froh, wenn er uns nicht bemerkt. Wie sieht denn das aus? Die verrückte Alte, die dem schönen jungen Mann hinterherrennt. Ich denke, beim Friseur können wir ihn allein lassen.« Rosa griff nach Archies Leine.

»Aber wieso denn? Wer sagt denn, dass du nicht das Kokainnest gefunden hast?«

»Na, das würde Emily dann ja wohl kennen.«

Die junge Frau zuckte mit den Schultern. »Ich habe das Zeug immer nur von einem Freund bekommen. Über die Verbreitungswege in Bonn weiß ich nichts.«

»Siehst du.« Moritz setzte sich neben sie. »Wir warten jetzt hier, und wenn er rauskommt, sind wir genauso überrascht wie er. Und können ihn unauffällig aushorchen.«

»Um was zu erfahren? Ob es nur ein Zentimeter war oder eine leichte Tönung? Wir machen uns doch lächerlich. Kommt, lasst uns gehen.«

In diesem Augenblick öffnete sich die Tür des Friseurladens, und Manuel Bonasera trat heraus. Er setzte sofort seine Sonnenbrille und ein Sonnenhütchen auf. Die Kleingruppe auf der Bank, die ihn anstarrte, schien er nicht wahrzunehmen. Er wendete sich Richtung Innenstadt und ging zügig los.

»Na guck, wer weiß, was da drin ist!« Moritz deutete auf die große Papiertüte in Manuels Hand. »Es gibt nur eine Möglichkeit, das rauszufinden.«

Bevor Rosa etwas erwidern konnte, nahm er ihr Archies Leine aus der Hand und mit einem »Wo ist das Leckerchen, komm, Archie!« zog er den Mops auf seine Beinchen und machte eine

Bewegung, als würde er einen Hundekeks Richtung Golftrainer werfen. Archie tat, was ein Mops eben tun musste. Er schaute hektisch von Moritz zum Trainer und spurtete los. Als er an seinem Ziel, der Papiertüte in Manuels Hand, angekommen war, kläffte er energisch, und Moritz nutzte den Moment, als der frisch Frisierte zurücksprang, um ihn so kräftig anzurempeln, dass ihm die Tüte aus der Hand fiel. Lauter Fläschchen und eine Dose kugelten heraus, die Archie sofort beschnupperte. Emily war herbeigespurtet, um den strauchelnden Manuel zu halten, während Rosa sich nach den Fläschchen bückte.

»Joder, qué haces!« Mit einem kräftigen Schimpfwort landete der Trainer in den Armen von Emily, die er mit offenem Mund anstarrte.

Rosa kniete auf dem Boden und nahm schnell eine Flasche in die Hand: Das großgedruckte *Hydrogel* konnte sie gerade noch entziffern, ihre Lesebrille befand sich leider irgendwo in den Tiefen ihrer Tasche. Daneben lag ein kleines Glasfläschchen mit einer Flüssigkeit darin, und aus der Dose quoll etwas Grünes – was hatte das mit Haarpflege zu tun? Konnten das Drogen sein?

»Hola, Manuel, wir sind's, es tut mir so leid, mein Hund ist durchgedreht«, Rosa lächelte entschuldigend Archie an. »Er hat wohl Würste in deiner Tasche vermutet.« Sie packte die größte Flasche zurück in die Papiertüte, auf der sie *Shampoo mild* lesen konnte. Manuel nahm sie ihr aus der Hand.

»Dios mio, Rosita. Habt ihr mich erschreckt.« Er griff nach den Flaschen und steckte sie eilig zurück. »No, no, no, das sein keine Würstchen, Pfoten weg.« Der Trainer richtete sich mit rotem Kopf wieder auf. »Was macht ihr hier?«

»Ähm.« Rosa stand auf. »Ach, wir waren ein Eis essen, mein Neffe und meine zukünftige Golfpartnerin. Manuel, das ist

Emily, die Enkelin von Fritz Töpelmann. Sie möchte auch golfen lernen.« Sie legte der jungen Frau den Arm um die Schulter und drückte kräftig zu. *Jetzt bloß nicht widersprechen.* »Du hast doch bestimmt noch ein Plätzchen frei in deinem Terminkalender, oder? Dann könntet ihr beide euch demnächst mal beschnuppern. Also ich meine, dann könnte Emily genau wie ich einen Schnupperkurs bei dir machen.«

»Hola, Emily«, Manuel nahm seinen Hut und die Sonnenbrille ab und gab ihr die Hand. Seine tiefbraunen Augen waren wirklich das Beste an ihm, entschied Rosa, dicht gefolgt von seiner leichten Bräune und seinem vollen, dunklen Haar. Das gar nicht anders als sonst und schon gar nicht geschnitten aussah.

»Dein Stammfriseur?«, fragte sie und deutete Richtung Geschäft.

»Ähm, ja ja, ich musse dann wieder los, Rosa. Trainerstunde, du weißt ja.« Und der gebräunte Mann mit dem roten Kopf und der dunkelbraunen Tolle entschwand, wie er gekommen war, eine große, jetzt leicht zerknitterte Papiertüte in der Hand.

Kapitel 32

Rosa griff nach dem orangefarbenen Getränk, das Silvia auf einem Tablett an ihr vorbeitrug. Wenn es schon etwas zu feiern gab, dann aber richtig. Schließlich gehörte sie jetzt auch zu diesem Club.

»Der berühmte Golfer«, Karl prostete ihr zu, »vor allem Grapefruitsaft und kein Alkohol, damit du anschließend noch auf die Bahn kannst.« Er trug zur Feier des Tages ein dunkelblaues Jackett mit roter Weste darunter und eine rot-weiß gestreifte Fliege. Statt Einstecktuch leuchtete eine von Rosas lachsfarbenen Rosenknospen an seinem Revers. Tanja Schäfer-Schlaffer hatte wieder Tischdeko in den Clubfarben bestellt, und so dufteten Veilchen und Rosen im Restaurant des Golfplatzes um die Wette und gaben dem abendlichen Fest zur Saisoneröffnung einen frühlingshaften Rahmen. Rosa hatte ihr neuestes Kleid gewählt, rosé mit pinken Hibiskusblüten verziert.

»Ich denke, ein Club, in dem Drogen kursieren, muss sich um ein paar Promille im Glas keinen Kopf machen«, raunte Rosa und erntete dafür von ihrem Freund einen kritischen Blick. »Wenn du dich hier umsiehst«, fuhr sie fort, »wem würdest du es zutrauen? Wer verdient sich noch was nebenbei mit Kokainhandel? Du musst mich gar nicht so anschauen, als hätte ich dir Kleber auf den Lehrerstuhl geschmiert, irgendjemand muss es schließlich sein.«

Rosa hatte Karl von ihrem Drogenfund erzählt, unterschlug aber die Möglichkeit, dass hier alles nur potenzielle Konsumenten sein könnten, weil der Dealer bereits in den Sand des Privatweges gebissen hatte.

Hana stand neben Fritz, wie immer mit leicht mürrischem Gesichtsausdruck. Manuel diskutierte mit Babsi – ob leidenschaftlich oder im Streit konnte Rosa auf die Entfernung nicht hören. Und dahinter, das war doch Greenkeeper Klaus Kastner!

»Schau mal, da ist dein Freund Fritz mit seiner Enkelin Emily«, lenkte Rosa Karl ab, »ich habe gehört, dass sie sich schon fast entschieden hat, ebenfalls mit dem Golfen anzufangen. Vielleicht könnt ihr beiden gestandenen Golfer ihre letzten Zweifel ausräumen?« Sie schob Karl in Fritz' Richtung und bahnte sich den Weg zum Greenkeeper, der etwas verloren mit einer Bierflasche in der Hand neben der Theke stand. Wenigstens trug er heute zur Abwechslung mal nicht seinen speckigen Hut.

»Danke noch mal für Ihre nächtliche Hilfe«, pirschte sich Rosa an ihn heran. Klaus Kastner verzog keine Miene, nickte ihr aber zu. »Das sah wirklich sehr geübt aus, wie Sie Luise untersucht haben. Waren Sie mal Arzt?«

Der Greenkeeper nahm einen Schluck aus der Flasche und schüttelte stumm den Kopf. Über seine Vergangenheit wollte er nicht sprechen. So etwas hatte Rosa schon von Tanja gehört, die leider auch nichts rausließ. »Wissen Sie, wie es Luise geht? Das arme Mädchen.«

»Noch nicht bei Bewusstsein.«

»Oh, hoffentlich ändert sich das schnell. Ich habe übrigens gegenüber der Polizei nicht erwähnt, dass Sie auch am Tatort waren.«

»Danke.«

»Aber es wäre nett, wenn Sie mir im Gegenzug erklären, was Sie nachts mit einem Golfschläger auf dem Golfplatz machen. Ich möchte mir nicht vorwerfen müssen, der Polizei etwas verschwiegen zu haben, verstehen Sie?« Rosa sah Klaus Kastner so triefend freundlich und gleichzeitig resolut aufmunternd an wie früher ihre faulsten Schüler. *Dieser Mann wäre sicherlich ein guter Spion, so wenig wie man aus ihm rausbekommt.*

»Wildschweine«, murmelte der Greenkeeper.

»Wildschweine?«

»Und Maulwürfe. Zerstören das ganze Fairway. Die Golfbahn«, fügte er erklärend hinzu.

»Und Sie schlagen die Tiere mit Ihrem Schläger tot?« Rosa sah Klaus Kastner erschrocken an. Hatte er also doch einen Hang zum Morden. Zum ersten Mal sah sie ein Lächeln in seinem Gesicht.

»Beim Wildschwein hätte ich wohl kein Glück damit. Nein, ich vertreibe sie nur.«

»Und das muss nachts sein?«

»Na ja«, der Greenkeeper zuckte mit den Schultern, »tagsüber hat sich noch keins blicken lassen.«

Rosa durchforstete ihr Hirn nach nachtaktiven Tieren. War das nicht Stoff der sechsten Klasse gewesen? Oder wurde sie gerade einfach nur von Kastner verspottet? Ein Gefühl, das sie auch als Lehrerin gar nicht gemocht hatte.

»Na gut«, sie blickte sich um. »Ich glaube, hier wird gleich noch einiges geboten.«

Ein dicker Mann mit einer bunten Jacke betrat ein Podest ganz hinten im Lokal. Seine strubbeligen angegrauten Haare steckten unter einem Hütchen. Das konnte nur Koch und Freizeit-Büttenredner Winfried Görgen sein. Dann war dieser Teil seiner Geschichte also nicht gelogen gewesen.

»Im Übrigen«, verabschiedete sich Rosa von Klaus Kastner, »Zitrone und Lärm reichen völlig, um Maulwürfe zu vertreiben. Und den machen Sie ja schon genug mit Ihrem Aufsitzrasenmäher.« Sie drängelte sich durch die feiernden Golfspieler und vernahm mit einem Ohr, dass Winnie auf der Bühne gerade Golfwitze zum Besten gab.

»Meine Frau sagt, ich muss mich zwischen ihr und Golf entscheiden. Ich werde sie sehr vermissen! Hohoho!«

Männerlachen erfüllte den Raum. Der war ja noch schlimmer, als sie sich das vorgestellt hatte! Wie konnte Silvia diesen Kerl nur ertragen? Sie sah die Frau des Kochs mit rotem Kopf Getränke verteilen. Vermutlich würde sie auch gleich am Büfett das Essen ausgeben, während sich ihr Ehemann nach erfolgreichem Auftritt mit Kölsch abfüllte.

Rosa hatte fast die Eingangstür erreicht, als sie dort die Clubchefin zusammen mit Manfred Krummeisen erblickte. Tanja Schäfer-Schlaffer hatte die Klinke schon in der Hand. Rosa blickte sich um. Karl unterhielt sich angeregt mit Fritz und Emily. Er würde gar nicht merken, wenn sie ebenfalls verschwand.

Sie wartete kurz, ob sie vor den Fenstern draußen das Licht eines Feuerzeugs aufflackern sah. Aber wie es schien, war es keine Raucherpause, die die Präsidentin und ihr liebstes Clubmitglied machten. Leise zog Rosa die Tür hinter sich zu, blendete den Lärm der Gesellschaft drinnen aus und lauschte in die Nacht. Die Stimmen der beiden entfernten sich. Vorsichtig setzte Rosa einen Fuß vor den anderen, um möglichst kein Geräusch im Kies zu machen. Als sie um die Ecke bog, sah sie zwei dunkle Gestalten vor Barbara Rasmuths Fitnessstudio.

Sie redeten leise miteinander. Ein plötzliches Knacken und die Figuren verschwanden im Inneren.

Hatte sie sich getäuscht? Waren das doch Barbara und Manuel gewesen, die sich wieder vertragen hatten? Oder hatte sie gerade zwei erwischt, die dasselbe neue Hobby hatten wie sie selbst? Wobei Rosa nicht ans Golfen dachte.

Sie folgte ihnen und spinkste durchs Studiofenster. Der Schein einer Taschenlampe huschte durch den Raum, in dem sie die anstrengendste Stunde ihres Lebens verbracht hatte. Leider konnte sie nicht erkennen, wer dort in Babsis Fitnessstudio ganz offensichtlich etwas suchte. Es half nichts, sie musste näher ran. Rosa griff in ihre Handtasche und umklammerte ihre eigene Taschenlampe, die ihr auf diesem Golfplatz schon viele gute Dienste geleistet hatte. Dann drückte sie die Tür des Fitnessstudios auf. Sie war nur angelehnt. Rosa hielt die Luft an, und Schritt für Schritt schlich sie den kleinen, kargen Flur entlang. Die Stimmen wurden lauter.

»Es muss hier irgendwo sein, verdammt.«

»Wir wissen doch gar nicht, ob sie es überhaupt hat.«

»Wer denn sonst, wir haben doch so gut wie alle durch, Herrgott!« Das Licht irrte weiter durch den Raum und blieb an ihren Schuhen hängen.

»Aaaaah!«, schrien zwei Stimmen. Es polterte, das Licht erlosch. Rosa umklammerte ihre Taschenlampe und hielt sie am ausgestreckten Arm wie eine Waffe vor sich. Mit dem Daumen schob sie den Schalter nach vorne. Licht blendete auf und leuchtete zwei Gestalten mitten ins Gesicht.

»Guten Abend, Frau Schäfer-Schlaffer und Herr Krummeisen. Oder sollte ich sagen – Bonnie und Clyde?«

• • •

»F… Frau Reich. Sind Sie das?« Manfred Krummeisen, geblendet vom Lichtschein, hielt sich die Hand über die Augen und versuchte zu erkennen, wer sie überrascht hatte.

»Gott sei Dank. Wir dachten schon, Babsi hätte uns erwischt.« Die Clubpräsidentin lachte auf, was in Rosas Ohren ein wenig irre klang. »Äh, könnten Sie wohl das Licht ausmachen?«

»Ich schlage vor, wir verlassen dieses Studio, bevor wir noch wegen Einbruchs festgenommen werden, und draußen erklären Sie mir, was Sie hier zu suchen haben.« Rosa fühlte sich ein gutes Jahrzehnt zurückversetzt, als sie Maja und Fips Elliot aus der 9c im Kartenraum beim Knutschen erwischt hatte.

»Sind Sie eine verdeckte Ermittlerin?«, wollte Manfred wissen, wofür er von Tanja einen Schlag gegen den Oberarm kassierte.

Rosa deutete Richtung Ausgang. Sie hatte beschlossen, dass die beiden ungefährlich und bis auf ihre Taschenlampe unbewaffnet waren. Außerdem gehorchten sie ihr stumm.

»So, und jetzt raus mit der Sprache – was haben Sie in Barbara Rasmuths Fitnessstudio gesucht, während der Rest des Vereins im Restaurant feiert?«

Tanja hatte ihr Büro aufgeschlossen, wahrscheinlich um draußen keine Aufmerksamkeit zu erregen, dachte Rosa. Das Ansehen des Clubs ging der ehrgeizigen Frau über alles. Ein ähnlich rigoroses Verhalten kannte Rosa nur vom britischen Königshaus.

»Also?« Tanja und Manfred saßen vor ihr wie das personifizierte schlechte Gewissen.

»Bitte, Frau Reich, bitte verraten Sie niemandem etwas von uns. Ich meine, von äh, unserem Ausflug. Das Schloss an Babsis Tür ersetzen wir natürlich. Aber wir, also Manfred und ich, wir hatten nichts Böses im Sinn.«

»So kann man das natürlich auch ausdrücken. Warum sind Sie denn nicht gleich in Ihr Büro gegangen? Das wäre doch viel, nun ja, diskreter. Oder brauchen Sie den Kitzel?« Verwundert sah Rosa von einer zum anderen.

»Nein, nein, es ist nicht, wie Sie denken.« Manfred Krummeisen, der heute eine Hose in Stahlblau zu einem lilafarbenen Hemd kombiniert hatte, sprang auf.

»Setzen!«

Manni tat wie ihm befohlen.

»Wir haben hier kein Rendezvous, wenn Sie das glauben.« Tanja Schäfer-Schlaffer war das irre Lachen vergangen. Jetzt trug sie wieder ihr Chefinnengesicht. Das keine Widerrede zuließ. Sie blickte Manfred von der Seite an. »Nein, wirklich nicht. Gummibärchen?« Sie hielt Rosa das Glas mit den kleinen Werbetütchen vor die Nase.

»Na, dafür hocken Sie aber ziemlich oft zusammen. Mir als Unbeteiligte kommen Sie ziemlich vertraut miteinander vor, wenn ich das so offen sagen darf.« Rosa musterte das ungleiche Paar, während sie sich ein Gummibärchen in den Mund steckte. Kauen sollte ja bekanntlich beim Denken helfen.

»Wir sind nur befreundet. Ja, wir mögen uns, aber ...«

»Tanja hilft mir mit meiner Firma.« Manfred Krummeisen spuckte die Worte aus, als wollte er sie schon lange loswerden. »Ich ... ich, also meine Baufirma, die ...« Er sprang schon wieder auf.

»Du bist pleite. Sag doch einfach, wie es ist.«

»Nein, nicht ganz. Also, es gibt noch Hoffnung, und Tanja ...«, Manfred hatte angefangen, durchs Büro zu tigern. »Na ja, sie kennt sich halt super aus mit Geld und mit Steuern und überhaupt ... wenn meine Frau erfährt, dass ich vielleicht die Firma verliere ...« Er kaute auf seinen Fingerknöcheln.

»Na komm, Manni, so schlimm wird es schon nicht werden.« Tanja Schäfer-Schlaffer stand auf und nahm den wimmernden Manfred in den Arm.

»Sehen Sie, er ist ein Nervenbündel, und das seit Wochen. Und dann kommt auch noch dieser Tote dazu. Ich musste mich einfach um Manni kümmern.«

Rosa schüttelte verwirrt den Kopf. »Und was hat das alles mit Barbara Rasmuth und dem Fitnessstudio zu tun? Ich glaube, ich komme nicht ganz mit.«

Tanja drückte Manfred auf seinen Stuhl zurück und setzte sich ebenfalls. Sie seufzte. »So wie Sie fälschlicherweise angenommen haben, wir hätten ein Verhältnis, nun ja, so gab es noch jemand anderes, der das geglaubt hat.«

»Und jetzt nicht mehr? Weil Sie es erklärt haben?« Rosa schob weitere Gummibärchen nach.

»Nein, weil er tot ist.«

»Mooooment.« Fast hätte sich Rosa verschluckt. Stattdessen war jetzt sie es, die aufsprang. »Wollen Sie mir gerade erzählen, dass Sie David Behringer umgebracht haben? Weil er Sie beide«, sie zeigte mit dem Finger erst auf Tanja, dann auf Manni, »weil er Sie für ein Paar gehalten hat? Hatten Sie Angst, dass er sie verpfeift?«

»Wir haben niemanden umgebracht.« Manfred Krummeisen setzte sich auf. »Aber verdient hat er's.«

»Lass doch.« Die Clubchefin legte ihrem Freund beruhigend die Hand auf den Oberschenkel. »Wir sind keine Täter, Frau Reich. Wir sind hier die Opfer.«

Rosa schüttete sich den Rest der Gummibären in den Mund. Es passierte nicht oft, aber sie hatte das Gefühl, nicht folgen zu können. Hektisch schaute sie auf ihre Uhr. Karl würde sie sicherlich schon vermissen und sehr wütend werden, wenn er erfuhr, wo sie sich herumtrieb. Warum mischte sie sich eigentlich in die Angelegenheiten dieses merkwürdigen Golfclubs ein? *Weil ich nicht anders kann. Weil ich Unrecht nicht dulde. Und weil der merkwürdige Golfclub jetzt* irgendwie *mein merkwürdiger Golfclub ist.*

Rosa holte tief Luft, beamte sich gedanklich kurz auf eine friedliche Blumenwiese und setzte sich wieder. »Wenn Sie den jungen Golfspieler nicht umgebracht haben – was haben Sie denn dann mit ihm zu tun?«

Tanja sah zur Tür, als vergewisserte sie sich, dass niemand in der Nähe war und sie belauschen konnte. »Das bleibt bitte unter uns. Er hat uns erpresst.«

»Wie bitte?«

»Genauso wie Sie dachten, dass wir zwei, also, dass wir was, äh, miteinander haben«, stotterte Manfred, »so hat auch dieser Behringer das vermutet. Und hat uns Erpressungsnachrichten aufs Handy geschickt.«

»Um was zu bekommen?«

»Geld.« Tanja klang ernüchtert. »Viel Geld. Das fehlte ihm ständig. Ich glaube, er hat einfach nur eine Möglichkeit gesucht, auf einfachem Weg an Knete zu kommen. Da ist so eine Erpressung eine feine Sache. Vielleicht war er auch sauer wegen des Spinds.«

»Aber Sie haben doch gar kein Verhältnis, behaupten Sie jedenfalls.« Rosa verstand noch immer nicht. »Da gibt's doch gar nichts zu erpressen.«

»Was völlig egal ist. Wenn David Behringer zu meinem Mann gegangen wäre und ihm Lügen erzählt hätte …«

»Oder zu meiner Frau …«

»Dann hätten wir schwerlich das Gegenteil beweisen können. Wenn einmal so ein Gerücht in der Welt ist, wird man das so schnell nicht wieder los.«

Manfred nickte bestätigend und betrachtete Tanja voller Hingabe, sodass Rosa Zweifel kamen, ob sie wirklich nicht mehr füreinander empfanden als Freundschaft.

»Also haben Sie ihn aus dem Weg geschafft.« Dass der Fall an diesem lauen Frühlingsabend seinen Abschluss finden würde, hätte Rosa heute früh noch nicht gedacht. Ein Anruf bei Peter und auf diesem Golfplatz wäre endlich wieder Ruhe. Oder?

»Nein! Das müssen Sie uns bitte glauben. Wir waren genauso entsetzt wie Sie, als der Kerl tot auf dem Weg lag.«

Rosa rief sich den zitternden Manfred in der bunten Klamotte in Erinnerung, der vor der Leiche kniete und kaum fähig gewesen war, einen ganzen Satz zu bilden. Ihre Menschenkenntnis traute einem Krummeisen kein großes schauspielerisches Talent zu. In ihre Theater- und Musicalgruppe an der Schule hätte sie ihn jedenfalls nicht eingeladen.

»Uns war gleich klar, dass wir auf Platz eins und zwei auf der Liste der Verdächtigen wären, wenn wir von Davids Erpressungsversuch erzählen würden. Also haben wir das gegenüber der Polizei verschwiegen.«

»Und suchen seitdem sein Handy.«

Rosa schien genügend Gummibärchen gekaut zu haben, der Nebel des Grauens lichtete sich langsam. Übrig blieben zwei Häufchen Elend, die etwas zu vertuschen suchten, was sie gar nicht getan hatten. Aber das Gegenteil zu beweisen, war nicht einfach. Verzwickte Situation, musste Rosa zugeben. Jetzt waren sie also schon zu dritt auf Mobiltelefonsuche.

»Bei wem haben Sie es denn schon gesucht?«

»Ach, beim Greenkeeper.«

»Obwohl ich für ihn meine Hand ins berühmte Feuer lege.«

»Und bei Manuel Bonasera, dem Trainer.«

»Unglaublich, wie viele weiße Poloshirts er in seiner Umkleide gehortet hat. Wer die wohl alle wäscht? Natürlich kann auch jeder andere Spieler dieses verdammte Handy mit nach Hause genommen haben. Da kämen wir nicht so einfach ran.«

»Und derjenige, der es an sich genommen hat, kann es jederzeit bei der Polizei abliefern. Wir sind erledigt, wenn wir es nicht finden.« Manfred klang verzweifelt.

Rosa dachte nach. Irgendeinen Punkt hatten die beiden bei ihren Überlegungen doch übersprungen.

»Sie gehen also davon aus, dass der Mörder oder die Mörderin von David Behringer hier im Golfclub zu finden ist?«

Tanja und Manfred sahen ratlos aus. »Ein Golfspieler liegt direkt neben der Golfbahn und ist tot. Er hat Schulden, wer weiß bei wem noch außer beim Verein selbst. Da liegt es doch nahe, den Mörder hier zu suchen.« Die Clubchefin hob ratlos die Hände. »Wir sind kein Ermittlerteam, wir machen uns nur unsere Gedanken.«

»Hm, verstehe. Ich habe noch eine Frage.« Rosa setzte sich auf und sah das ungleiche Paar mit ernstem Blick an. *Dann seid ihr in die große Pause entlassen,* fügte sie still hinzu. »Haben Sie, Manfred, oder Sie, Tanja, am Tag des Mordes noch frühmorgens mit David Behringer telefoniert?«

Unsicher sahen sich beide an.

»Haben Sie ihm vielleicht gesagt, dass Sie ihm den Spind wegnehmen und ihn aus dem Club werfen?«

Die Präsidentin schien zu überlegen. Dann schüttelte sie den Kopf. »Die Sache mit dem Spind hatten wir vorher geregelt. Und über das Ende seiner Mitgliedschaft hatten wir noch gar nicht gesprochen. Das hatte ich nur so für mich beschlossen. Aber dann hat er uns erpresst, und dann wäre ein Rausschmiss gar nicht gut gekommen.« Und mit Blick auf Manfred Krummeisen ergänzte sie: »Dass ich mich um ein Clubmitglied kümmere, heißt noch lange nicht, dass ich bei jedem die Finanzen regle.«

»Woher wussten Sie überhaupt, dass das Telefon des Toten verschwunden war?«

»Stand doch in der Zeitung.«

»Da bekamen wir Muffensausen. Wegen der Nachrichten, die er uns geschickt hat. Die konnte ja sonst wer lesen.«

»Aber die haben Sie doch auch auf Ihrem Handy.«

»Die haben wir natürlich sofort gelöscht, als man den Toten gefunden hat.«

»Was würden Sie überhaupt mit dem Telefon machen?«

»Zuerst haben wir uns überlegt, das Handy verschwinden zu lassen. Zu zerstören. Aber so was kommt doch immer raus. Irgendjemand findet es oder einen Teil davon, gibt es bei der Polizei ab, was auch immer. Also dachten wir, wir löschen einfach unseren Nachrichtenverkehr. Dann kommt niemand auf uns.«

Und plötzlich hatte Rosa ihn. Den Fehler in ihrer Geschichte. Sie wusste nur noch nicht, ob die beiden Amateureinbrecher ihn absichtlich begangen hatten oder ob sie einfach nur dumm waren.

»Sie wissen aber schon, dass man die Nachrichten auf dem Mobiltelefon von David Behringer nur lesen kann, wenn man die Pin kennt oder den Finger des Toten zur Verfügung hat. Um das Handy zu entsperren.«

»Äääääh, was?« Manfred sah ratlos zu Tanja. Der Clubchefin dämmerte etwas, das sie noch schlechter dastehen ließ als bisher.

»Verdammt. Und jetzt denkt erst recht jeder, dass wir ihn auf dem Gewissen haben.«

»Aber warum denn?«

»Na, wir wollen sein Handy. Wer sagt denn, dass wir das nicht am Anfang von ihm selbst gefordert haben. Damit er es entsperrt. Und als er sich geweigert hat, gabs eins auf den Hinterkopf. Aber wenn es so wäre, Frau Reich, sagen Sie mir: Hätten wir dann nach dem Mord das Handy nicht gleich an uns genommen? Und uns diesen Brassel hier erspart?«

Ratlos starrte Rosa den großen Gummibären auf der Theke an, der heute ausnahmsweise nicht winkte.

Kapitel 33

Pinky Winky machte sich gut neben der weißen Holzbank, die Andy gerade rechts der Eingangstür aufbaute. Die Rispenhortensie würde zwar erst im Hochsommer blühen, dafür bis in den Oktober hinein und natürlich in Pink. Danielas und ihre Lieblingsfarbe. Rosa befreite den Lavendel von den Plastiktöpfchen, um ihn unter den Fenstern links der Tür einzupflanzen, wo er lila leuchten und nach Provence duften sollte.

Nachdem ihre Gartengestaltung hinter dem Haus so gut angekommen war, durfte Rosa jetzt auch Daniela Breuers kleinen Vorgarten in Kappeshoven gestalten. Also hatte sie gemeinsam mit Andy eine Menge Pflastersteine entfernt und durch Rollrasen ersetzt, um weiter am Florida-Flair zu arbeiten. *So langsam bekommt der schlichte Bungalow etwas Einladendes,* stellte Rosa zufrieden fest, zog sich ihre Handschuhe an und schaute zu Andy rüber.

»Weißt du, was ich mich frage – sollten die Clubchefin und ihr liebster Golfspieler Manfred wirklich unschuldig sein –, wer hat dann David Behringer auf dem Gewissen? Und muss der Mörder zwangsläufig auch im Besitz seines Handys sein?«

Rosa hatte Andy ihre Erlebnisse der vergangenen Nacht erzählt. Der rückte die Bank zurecht, bevor er sich darauf fallen ließ und auf den Platz neben sich klopfte. Rosa setzte den Lavendel in die vorbereiteten Erdlöcher und gesellte sich zu ihrem Baumschulkollegen.

»So langsam gehen dir die Verdächtigen aus, was?« Andy schaute sie neckend an.

»Na ja, das würde ich nicht gerade behaupten. Hana hat durch unseren Toten ihre Arbeit verloren, sie hat ein astreines Motiv, den Spaten zu schwingen. Babsi und ihr ungewöhnliches Training zeugen auch nicht gerade von Menschenliebe. Der dicke Koch ist ein unangenehmer Zeitgenosse mit schlechten Witzen, über seine Frau Silvia weiß ich kaum etwas. Über Armin van der Loh kann man denken, was man will, aber er hat Krebs. Trotzdem dürfen wir nicht vergessen, dass in seinem Haus die Kette des Toten liegt. Und seine Tochter ist noch nicht vernehmungsfähig, weil auch sie niedergeschlagen wurde. Ganz schön mieses Ermittlungsergebnis bisher, was?«

»Aber schau dir dafür unseren Garten an. Gleich pflanze ich noch das Mandelbäumchen in die Mitte des Rasens, und dann machen wir uns an die Hecke aus der Gemeinen Schneebeere. Und nicht zu vergessen deinen berühmten Rosenbogen über dem Eingang. Ich finde, damit haben wir ein sehr gutes Ergebnis für heute.« Andy legte Rosa seinen Arm um die Schultern.

»Knallerbsen haben wir die Schneebeeren immer genannt.«

»Richtig, Relikt aus der Kindheit. Die standen überall, diese Büsche, und die kleinen Beeren haben wir gepflückt und sind draufgetreten. Päng!«

»Leider sehr giftig, vielleicht deshalb nicht mehr so beliebt wie früher. Aber Daniela wollte sie haben. Wegen der Erinnerung an ihre Oma.«

»Oder wegen der Einbrecher, die davon naschen. Ich glaube, ich brauche auch so eine Bank vor meiner Haustür. Dann können wir bis an unser Lebensende dort sitzen und erzählen.« Andy lächelte hinter seinem Bart.

»Momentan macht mir das Lebensende eines anderen Menschen Sorgen«, wechselte Rosa rheinisch-spontan das Thema und merkte gar nicht, dass sie damit Andys Romantik ausbremste. »Glaubst du, der Trainer hat in seinem Jahr Abwesenheit irgendetwas ausgeheckt?«

»Das willst du doch gar nicht wissen, du magst ihn.«

»Genauso wenig wie ich mir vorstellen kann, dass Klaus Kastner nachts mit seinem Schläger über den Golfplatz rennt und Wildschweine und Maulwürfe jagt. Aber warum sollte er Luise niederschlagen und sich uns dann zeigen? Das macht keinen Sinn.«

Sie seufzte, als ein Polizeiwagen vorfuhr. Hauptkommissar Peter Klein stieg aus, im kurzärmligen hellblauen Hemd zur dunkelblauen Hose. Ohne Dienstjacke und Mütze sah er fast wie ein normaler Beamter aus dem Stadthaus aus. Er stutzte kurz, als er den noch nicht bepflanzten hölzernen Rosenbogen bemerkte, lief dann aber durch. Und stutzte ein zweites Mal, als er Rosa und Andreas auf der Bank vor dem Haus sitzen sah.

»Nicht erschrecken, Peter, wir sind nur zum Arbeiten hier und gönnen uns gerade eine kleine Pause.«

»Sieht gut aus, Frau Reich. Sie verstehen Ihr Handwerk.«

»Und du deins. Sag mal, ihr habt doch sicherlich ausführlich Klaus Kastners Vergangenheit studiert. War der zufällig mal Arzt oder so etwas?«

»Woher wissen Sie das?«, antwortete Peter überrumpelt. Er sah sie so erschrocken an, als kramte er in seinem Gedächtnis, wann seine ehemalige Lehrerin in seine Unterlagen geguckt haben könnte.

»Ach«, wischte Rosa seine Frage beiseite, »nur so ein Gefühl. Aber wieso landet ein Arzt als Rasenpfleger auf einem Golfplatz, habe ich mich gefragt. Hatte er einen Burn-out?

Oder ist er irgendwo rausgeflogen? Weißt du, Peter, ich möchte nur wissen, mit wem ich es zu tun habe. Jetzt, da ich Golf spiele und der Mörder noch immer nicht gefasst ist. Komm, setz dich!« Sie stand auf und überließ Peter ihren Platz, ehe er protestieren konnte. »Ihr habt ihn doch freigelassen, da kannst du auch erzählen, was du über ihn weißt. Daniela ist eh noch nicht fertig. Was gibt's heute?«

»Frikadellen mit Kartoffelsalat. Mein Lieblingsgericht«, antwortete der Hauptkommissar mit knurrendem Magen.

»Also«, Rosa baute sich vor ihm auf und musste sich zügeln, bevor sie bei ihrem Ex-Schüler mit den noch immer roten Haaren gewohnheitsmäßig die Phasen der Zellatmung abfragte. »Du sagtest, Klaus Kastner war Arzt. Warum ist er das nicht mehr?«

»Persönliche Gründe«, antwortete Peter knapp.

»Das heißt?« Rosa bemerkte, dass der Hauptkommissar sich innerlich wand und nach Fluchtmöglichkeiten schielte. Aber alles, was er sah, war ein Mann wie eine Baumschule neben sich, seine ehemalige Lehrerin vor sich und im Hintergrund nichts als große Säcke, tiefe Löcher und einen Haufen schweres Gartengerät. Aus einem der gekippten Fenster hinter ihm zog ein würziger Duft nach gebratenem Hackfleisch. Er seufzte.

»Bitte erzählen Sie das nicht weiter: Herr Kastner war früher Arzt, bis seine Frau bei einem Wanderunfall ums Leben kam. Seitdem hat er nicht mehr praktiziert.«

»Oh mein Gott, jetzt verstehe ich. Das hat ihm sicher den Boden unter den Füßen weggezogen. Sagtest du nicht auch, dass er einmal wegen Ruhestörung und Beamtenbeleidigung auffällig geworden war?« Peter nickte ergeben.

»Hier steckst du! Essen ist fertig.« Daniela stand im Türrahmen und sah mit ihrer pinken Schürze ungewohnt bieder aus. »Auch ein Frikadellchen, Rosa? Und für Andy hätte ich natürlich auch noch welche.«

»Wenn was übrig bleibt, gerne«, winkte Rosa ab, bevor Andy »Hier« rufen konnte. »Ich glaube, wir machen erst mal weiter. Eine Frage noch, bevor ihr es euch schmecken lasst, Peter. Der Koch vom Golfclubrestaurant, Winfried Görgen, hat der ein wasserdichtes Alibi?«

Peter zuckte mit den Schultern, während er aufstand. »Alibi ja, sonst hätten wir ihn ja verhaftet. Wasserdicht? Das kann man oft nicht so genau sagen. Er behauptet, dass er zum Tatzeitpunkt auf dem Großmarkt war. Ist nicht ungewöhnlich für einen Koch, nicht wahr? Mahlzeit!« Er begrüßte Daniela mit einem Kuss, wie Rosa erfreut beobachtete, bevor sie Andy ansah.

»Zuerst Pink Candy oder Mr. Mandelbaum?«, wollte er wissen.

»Zuallererst Mr. Langschläfer. Eine Sekunde.« Rosa holte ihr Mobiltelefon aus ihrer Handtasche und drückte eine ihrer Favoritennummern. »Moritz, hier ist deine Lieblingstante. Eine kurze Frage, wir brauchen eine Bestätigung. Hast du etwas über die Vergangenheit von Greenkeeper Klaus herausgefunden? Hmmm. Aha. Ah ja? In Ordnung. Na gut, vielen Dank, Lieblingsneffe. Ach, eins noch, ja, ich weiß, dass du für die Uni lernen musst. Aber hier geht's schließlich um Leben und Tod. Könntest du mir einen Gefallen tun und bei diesem Friseur mit dem komischen Namen anrufen, bei dem unser Trainer letztens war? Du weißt schon, der mitten in Bonn. Ja genau. Könntest du ihn fragen, wofür sein Hydrogel gut ist? Ja, Hydro, du weißt, wo das Wort herkommt, richtig? Sonst frag Karl, der gibt dir Nachhilfe. Wunderbar, guter Junge. Wenn wir Glück haben, lässt er was über Manuel raus. Was? Nein, ich habe leider keine Zeit dafür. Na, ich arbeite im Gegensatz zu dir. Ich lasse mir gerade zeigen, wie man einen Mandelbaum beschneidet.« Sie lächelte Andy zu. »Mal nicht so vorlaut, Moritz, sonst bist du die längste Zeit mein Lieblingsneffe gewesen. Und vergiss nicht, so schnell wie möglich Bescheid zu geben. ... Ja, dann bekommst du eine Eins. Was? Ach, ein Eis willst du, ja, wenn wir uns das nächste Mal sehen. Tschö mit ö.«

Rosa drückte das Gespräch weg, schnappte sich Danielas große gusseiserne Gießkanne und suchte den Wasseranschluss, den sie an der Hauswand fand. Während das Wasser in die Kanne rauschte, hörte sie aus dem geöffneten Fenster darüber Besteck auf Tellern klappern und gedämpfte Stimmen. Der würzige Bratgeruch ließ ihren Magen knurren. Sie drehte den Hahn zu, blieb in der Hocke und lauschte Peters Stimme.

»Ich weiß nicht, sie reitet so auf dem Gärtner vom Golfclub rum. Vielleicht sollten wir uns den doch noch mal genauer ansehen. Meinst du, es war ein Fehler, ihn rauszulassen?«

»Es lag doch sonst nichts gegen ihn vor, Schatz, oder? Schmeckt's wie bei deiner Mutter?«

»Hm, ja, danke, sehr gut. Weißt du, so langsam bin ich mit meinem Latein am Ende.«

Von wegen langsam ... das Latinum hast du nur gerade so geschafft, mein Lieber.

»... die drei Spieler, die ihn gefunden haben, können es ja eigentlich rein zeitlich nicht gewesen sein. Der Koch und seine Frau haben ein Alibi. Die Clubpräsidentin wird ja wohl nicht ihren besten Spieler erschlagen. Bleibt noch dieser komische Nachbar des Golfclubs. Motive hätte der genügend.«

»Der mit der Tochter im Koma? Wie geht's der denn inzwischen?« *Gute Frage, Daniela, interessiert mich auch!*

»Stabil. Sie ist ja noch sehr jung. Ich bete täglich, dass sie bald aufwacht und eine Aussage machen kann, die uns weiterhilft. Wie stehe ich sonst da? Die Ermittlungen dauern schon lange genug. Deshalb muss ich auch so langsam wieder …«

»Dann gehst du von zwei Tätern aus, richtig, Schatz? Der Mann neben dem Golfclub wird doch wohl kaum seiner eigenen Tochter eins über den Schädel gehauen haben.«

»Hm, ja, es ist kompliziert. Ach, wahrscheinlich war's sowieso irgendein Süchtiger im Drogenrausch. Die sind zu allem fähig.«

Rosa hörte Stühlerücken. Sie erhob sich, die Kanne in der Hand und winkte Daniela zu, die zum Abschied Peter geküsst hatte und ihr jetzt zurief: »Wir haben noch Frikadellen übrig, komm doch rein!« Dem Vorschlag kam Rosa gerne nach. Als sie Peter im Flur begegnete, drückte der sich mit einem »Wünsche frohes Buddeln, Frau Reich« an ihr vorbei. *Sie hatten sie also nicht bemerkt.*

»Aber nur ein winzig kleines Frikadellchen«, begrüßte sie Daniela, »und dann kümmern wir uns um die Gemeine Schneebeere und Pink Candy. Bevor du fragst – das ist kein Nachtisch, sondern deine neue Kletterrose!«

Kapitel 34

»FINALE. Ha, sechzehn Punkte. Glorreicher als unsere Ermittlungen momentan«, Rosas Freude währte nur einen kurzen Moment über dem Scrabble-Brett, während Karl das Ergebnis notierte. »Wir müssen endlich den Mörder überführen. Ehe es einen weiteren Toten gibt. Peter ist nach eigener Aussage mit seinem Latein am Ende.«

»Das war er schon in der achten Klasse«, entgegnete Karl trocken und biss in eins von Rosas Blätterteiggebäcken. »Fantastisch, deine Röllchen. Spinat, richtig?«

Mops Archie zu seinen Füßen schaute ihn sabbernd und erwartungsfroh an.

»Nein, Archie, Spinat ist nix für dich. Feta und Pinienkerne sind auch drin. Falls du nicht meine hauseigenen Röllchen meinst.« Sie griff sich an die Hüfte.

»Hast du doch gar nicht«, murmelte Karl, »Golfen hält schlank. Vorausgesetzt, man isst hinterher nicht zu viel.« Er steckte sich den Rest Blätterteigrolle in den Mund. »Schön fettig. Moment.« Er wischte sich die Finger an Rosas unzeitgemäßer Serviette mit Weihnachtsengelchen ab und legte einige Spielsteine an das L.

»KALT«, las Rosa, »wie Davids Leiche, als wir sie fanden. Kurz und gut, zehn Punkte. So holst du mich nicht ein. Wirst du eigentlich beim nächsten Golfturnier mitmachen? Dann könntest du endlich dein Handicap verbessern oder wie das heißt.«

»Das solltest du dir langsam merken für die theoretische Prüfung, meine Liebe. Da wollen wir dich doch durchbringen. Mein sportliches Fortkommen hat Zeit. Du bist dran.«

»Karl«, Rosa sah ihren alten Freund scharf an, »wenn ich die Theorie- und Praxisprüfung mache, für die, ähm, Platzreife, also damit ich in Zukunft auf den Golfplatz darf, dann machst du beim Turnier mit. Abgemacht?« Sie hielt ihm ihre Hand hin.

Karl zögerte, bevor er einschlug und stöhnte. »Das schaffe ich doch nie. Völlig umsonst, der Aufwand. Und die Teilnahme kostet auch noch zwölf Euro.«

»Na komm, mal nicht so kleinlich. Vielleicht gibt's was Hübsches zu gewinnen.«

»Du weißt, dass man als Amateur nicht unbegrenzt Gewinne entgegennehmen darf?«

»Erlaubt sind Gewinne bis zu einer Höhe von neunhundert Euro«, zitierte Rosa selbstsicher eine Golfregel des Deutschen Golfverbandes. »Wie du siehst – ich habe gelernt. Theorie kann ich. Mir fehlt Praxis, lass uns morgen üben gehen!«

»Ich, ähm, bin morgen verabredet.«

»Ach, mit wem denn?« Rosa biss in eine Blätterteigrolle, aus der Feta quoll. »So, da staunst du, was?« Sie legte B, L, U und T an Karls KALT.

»Mit einer jungen Dame.« Karl lächelte geheimnisvoll und wurde ein bisschen rot dabei, während er Archie streichelte, der die Liebkosungen sichtlich genoss.

»Emily? Fritz' Enkelin? Ach, das ist nett, bringst du ihr auch ein bisschen Golftheorie bei?«

»Falsch geraten. Nein, das Fräulein Rasmuth würde sich freuen, wenn ich ihr Gesellschaft leiste.«

Rosa lachte auf. »Die gemeingefährliche Babsi? Dann steig mal nicht auf ihr Laufband. Was will die von dir? Entschuldige, aber weiß sie, dass du ...«

»Kein Interesse an Frauen habe? Ach, Rosa, darum geht es ihr doch gar nicht. Ich wäre auch viel zu alt für eine feurige Liebesbeziehung mit einem beinewerfenden Funkemariechen. Sie wird einfach meine Unterhaltung schätzen.«

»Deine Unterhaltung in allen Ehren, Karl, Barbara Rasmuth wird vor allem deinen Geldbeutel schätzen. Nach allem, was ich so gehört habe.«

»Soso, Rosa, du glaubst also nicht, dass ich eine gern gesehene Begleitung bin? Das ist ja hochinteressant.«

»Doch, natürlich, Karl, aber ich glaube nicht, dass Babsi auf gepflegte Konversation steht. Sie sucht jemanden, der ihren Garnelencocktail bezahlt und den Champagner dazu. Das soll dich natürlich nicht daran hindern, mit ihr auszugehen.«

»Danke, Rosa, dass du es mir erlaubst, da bin ich aber erleichtert.«

»Na komm«, Rosa legte ihre Hand auf seinen Arm. »Ich gönne dir doch ein schönes Rendez... na ja, Treffen. Ich will nur nicht, dass du hinterher enttäuscht bist. Oder dass ich mir Sorgen machen muss.«

»Na, so teuer wird's schon nicht werden. Interessant, dass du plötzlich auf Pferde stehst.« Er deutete auf das KALTBLUT auf dem Spielfeld. »Achtzehn Punkte vorangaloppiert.«

»Ach ja, ich dachte eigentlich an kaltblütig. Ermordet und so. Der Mörder oder die Mörderin sind noch nicht gefasst. Ich will nicht, dass du der Nächste bist.«

»Sehr umsichtig von dir. Aber wieso sollte eine Fitnesstrainerin erst mit mir ausgehen und mich dann um die Ecke bringen? Da brächte sie sich doch um einen potenziellen Kunden.« Er zog neue Steine aus dem Säckchen.

»Mich lässt der Gedanke nicht los, dass sie in direkter Verbindung zum Opfer steht. Sie hat ihn abserviert, und dann war er tot.« Archie quittierte den Krimi über dem Tisch mit einem Grunzen unter dem Tisch.

»Vielleicht hat sie nachgeholfen, weil er nicht von ihr lassen wollte?«

»Da hätte es eigentlich gereicht, ihn auf ihr kaputtes Laufband zu stellen. Nein, im Ernst, die meisten im Club haben ihn als höflichen Mann erlebt. Ich weiß aber, dass er auch anders konnte. Vielleicht gab es Stress in der Dreierkonstellation Manuel, David und Babsi.« Rosa vernichtete mit zwei Bissen ein weiteres ihrer Röllchen.

»Ein flotter Dreier?« Karl schaute sie irritiert durch seine Brille an. »Da klingt es in meinen altmodischen Ohren aber logischer, dass der zweite Mann in der Runde seinen Widersacher loswerden wollte.«

»Manuel Bonasera? Hm. Ob er dann auch was mit den Drogen im Club zu tun hat? Übrigens glaube ich zu wissen, wo er das Jahr verbracht hat, als er nicht in Bonn war. Wie es aussieht, hat er in einem Golfclub in der Türkei gearbeitet. Ich habe seinen roten Anhänger mit Mond am Autoschlüssel gesehen.«

»Und warum macht er dann so ein Geheimnis draus? Na guck, jetzt buch schon mal dein Ticket nach Istanbul.« Karl legte ein S vor das U aus Blut und M, P und F dahinter. »Sumpf. So was wie in unserem Golfclub. Dank doppeltem Wortwert 28 Punkte, der Sieg rückt in greifbare Nähe. Weißt du, ich habe letztens was Interessantes im Radio gehört.«

»Karl, wird das eine längere Geschichte? Du sollst nicht ablenken, wenn ich schon den schönen Manuel als möglichen Mörder in Betracht ziehe.«

»Wenn du mich nicht unterbrechen würdest, wüsstest du jetzt schon, dass ich gehört habe, dass die Türkei Hauptumschlagplatz für Drogen ist, insbesondere für Kokain.«

»Nein! Du meinst, Manuel hat sich ein Jahr lang ein Netzwerk in der Türkei aufgebaut, um anschließend Drogen in Bonn zu verkaufen? Das wäre ja ein Ding.« Rosa griff ins Scrabble-Säckchen. »Für mich die denkbar schlechteste Lösung unseres Falls. Ich verliere meinen Trainer und eine passable Augenweide dazu. Wenn wir Manuel hinter Gitter bringen – wer fährt dann mit mir in den Wald zum Tapasessen? Du bist ja beschäftigt mit Babsi.« Sie schaute ihren Freund verschmitzt an. »Nein, du hast recht, der Spur müssen wir nachgehen.«

»Rosa, du weißt, wie ich zu deinen viel zu naiven und gefährlichen Nachforschungen stehe. Auch möchte ich dich erneut bitten, diskret vorzugehen. Aber in einem Punkt muss ich dir recht geben. *Quaere et invenies*. Ohne zu suchen, wirst du den Mörder nicht finden.«

»Bleibt noch das Ehepaar Görgen«, überging sie Karls Einwurf. »Dazu fällt mir vor allem eins ein, Moment.« Rosa legte drei Steine an das sumpfige F.

»Fies. Wenn du damit nicht den Koch meinst.«

»Warte!« Rosa sprang so schnell auf, dass Archie erschrocken aufjaulte und sich in sein königliches Hundekörbchen trollte, während Rosa hinauseilte und mit ihrer großen Handtasche zurückkam. Sie wühlte darin und zog dann einen Golfball heraus. Einen goldenen. »Den habe ich letztens bei Winfried Görgen gefunden. In, ähm, seinem Restaurant quasi.

Ich habe dir ja erzählt, dass er viele solcher Bälle hat. Fällt dir irgendwas daran auf?«

Sie hielt ihn Karl hin, der ihn zwischen zwei Fingern drehte und wendete.

»Hm, sieht wie ein ganz normaler Golfball aus. Glaubst du, dass er das nicht ist?« Er warf ihn hoch und fing ihn wieder auf.

»Ich weiß nicht. Ich habe die Vermutung, dass Winnie die Dinger verkauft. Es könnte auch sein, dass sie vorher David Behringer gehört haben.«

»Aber wegen ein paar Bällen bringt man doch niemanden um.« Karl rollte den Ball am Scrabble-Feld vorbei. »Verhält sich ganz normal, und nur weil er golden ist, heißt das noch lange nicht, dass er wertvoller ist als andere. Das ist nur Farbe. Du weißt ja: *Amor est pretiosior auro*, Liebe ist kostbarer als Gold.«

»Erzähl das dem Koch. Liebe kann der nicht mal buchstabieren. Der liebt's protzig. Wenn ich von seiner Uhr und seinem Auto ausgehe. Da passen goldene Golfbälle natürlich, wobei er ja gar nicht spielt.«

Karl griff nach dem Ball. »Gehen wir das Ganze mal wissenschaftlich an. Hast du immer noch das Geodreieck in deiner Tasche?«

»Natürlich, warte.« Rosas ganzer Arm versank in den Tiefen ihrer Handtasche. »Hier ist es, seitdem ich es in der Schule konfisziert habe, hat es mir gute Dienste geleistet und ist doch noch fast wie neu.«

Karl hielt das Geodreieck an den Golfball. »Rund zweiundvierzig Millimeter beträgt der Durchmesser eines handelsüblichen Golfballs. Das kommt hin. Bleibt noch das Gewicht. Man reiche mir eine Küchenwaage.«

Rosa verschwand in der Küche und stellte kurz darauf die Waage auf den Tisch. Karl balancierte den Ball darauf.

»Hm, das ist komisch. Normalerweise wiegt ein Golfball um die fünfundvierzig Gramm. Dieser hier ist leichter. Vielleicht Billigware aus China.«

»Du meinst, der Koch bescheißt die Kunden mit Billigbällen, die er teurer verkauft?«

»Kann ich mir gar nicht vorstellen, denn leichtere Bälle fliegen natürlich nicht so weit. Da wäre die Kundschaft schnell unzufrieden, falls sie es merkt. Hältst du Herrn Görgen wirklich für einen Mörder?« Karl reichte Rosa den Ball zurück.

»Laut Polizei hat unser Winnie ein Alibi, er war zum Zeitpunkt des Mordes auf dem Großmarkt.«

»Eine Welt, die uns bisher verborgen geblieben ist. Jetzt sag nicht, meine Liebe, dass du dort recherchieren willst, das hieße enorm früh aufstehen. Oder gar nicht ins Bett gehen.«

»Dann machen wir's am besten, nachdem du mit Babsi aus warst. Ihr werdet euch sicherlich bis in die frühen Morgenstunden unterhalten.« Rosa knuffte Karl freundschaftlich in den Arm. »Horch sie mal unauffällig aus. Wir müssen jetzt jeden Einzelnen gezielt angehen. Sie in die Ecke treiben. Bis sich der Mörder selbst verrät oder wir ihn überführen. Oder sie.« Sie steckte ihren Golfball zurück in die Tasche und griff nach der letzten Fetarolle. »Es macht mich ganz hibbelig, dass wir ihn oder sie immer noch nicht gefasst haben. Ab sofort ist Schluss mit lustig.« Rosa biss in ihr Gebäck, dass der Blätterteig nur so splitterte. Während sie in Gedanken weitersprach: *Das Schuljahr ist bald rum, und wir sind mit dem Stoff noch nicht durch. Schlagt eure Bücher auf!*

»Dann wird dir das gefallen: A, U, S. Vier bescheidene Pünktchen dank des zweifachen Buchstabenwertes. Aus. Wie aus und vorbei.«

Kapitel 35

Sie ging ihre persönlichen To-do-Listen gerne zeitnah an. Anders konnte sich Rosa nicht erklären, warum sie kurz vor Mitternacht im leichten Nieselregen unter einer Trauben-kirsche hockte, deren strenger Geruch ihr in die Nase stach, während es von den weißen Blütentrauben in ihren Nacken tropfte. Andy neben ihr sah ähnlich unglücklich aus, soweit sie das im Dunkeln sehen konnte. Aber eine andere Möglich-keit gab es nicht zu überprüfen, ob Klaus Kastner wirklich nachts Jagd auf Wildschweine und Maulwürfe machte. Oder ob er vielmehr Drogen verteilte und Widersacher ausschalte-te.

Andy ergriff ihre Hand und zog sie hoch, um diesen unge-mütlichen Platz zu verlassen und sich am Rande des Gebüschs näher an den Abschlag von Bahn eins zu pirschen. Das nasse Gras machte leise Geräusche unter ihren Füßen. Auf halber Strecke deutete Andy auf eine Steinbank unter einer Trauer-birke, die zur gegenüberliegenden Bahn zwei gehörte. Per-fekt, so hatten sie beide Bahnen im Blick und die Übungsan-lage vor sich, soweit es die Lichter, die von der Straße neben dem Golfplatz herüberleuchteten, zuließen. Aber wenigstens hatte Rosa ihr Fernglas dabei, das sie vor über fünfzig Jah-ren von ihrem Vater geschenkt bekommen hatte, um Vö-gel zu beobachten. Das würde ihr heute helfen, um einen Menschen zu erwischen, möglicherweise sogar einen Mörder. Sie packte ihre faltbare Thermositzauflage für unterwegs aus und legte sie auf die nasse Steinbank, bevor sie sich setzten.

»Wenn du mir jetzt noch Tee mit Rum reichst, fühle ich mich wie damals bei ›Rhein in Flammen‹ mit meinem Erich. Ich glaube, das war das letzte Mal, dass ich mit einem Mann nachts im Regen saß«, wisperte Rosa.

Die Äste der Trauerbirke um sie herum raschelten im Wind. Ein Hauch von Heckenrose wehte herüber.

Andy räusperte sich. »Du hast ihn sehr geliebt, deinen Erich, hm?« Verstohlen sah er Rosa von der Seite an.

Sie nickte. »Über dreißig Jahre waren wir verheiratet, stell dir das mal in Jahresringen am Baumstamm vor.«

»Vermisst du ihn?« Seine Stimme klang tonlos.

»Ach, weißt du«, Rosa seufzte, »ich habe lange getrauert. Die Gärtnerei, die neue Arbeit, das alles hat mich abgelenkt, auf ganz andere Gedanken gebracht. Und das war gut so. Die Zeit mit Erich war wunderbar, aber sie ist vorbei.« Sie schaute durch die Birkenzweige in den Nachthimmel. Dank der Regenwolken war von Sternen nichts zu sehen. Andys Hand legte sich auf ihre.

»Meinst du, Rosa, dass du … dass du dich, also …«, er räusperte sich wieder, »dass du dich noch einmal verlieben könntest?« Er blickte sie jetzt direkt an. Seine Augen funkelten dunkel, obwohl Rosa wusste, dass sie blau waren.

Sie spürte seine Wärme, die auf sie überging. Der Regen hatte aufgehört, plötzlich war es ganz still bis auf einen Käfer, der vorbeibrummte.

»Da bewegt sich doch was.« Rosa griff ihr Fernglas und richtete es zum Abschlag auf dem Übungsplatz. »Da, da huscht jemand über die Driving Range.«

»Vielleicht ist es ein Tier?« Zu zweit starrten sie in die Nacht.

»Das sich bückt und wieder aufrichtet? Nein, ich bin ganz sicher, das ist ein Mensch, Moment, jetzt hab ich ihn.« Rosa drehte am Rädchen ihres Fernglases. »Vielleicht versteckt dort jemand Kokain. Oder sucht es.« Andy nahm ihr das Fernglas ab.

»Für mich sieht es aus, als ob jemand Bälle aufklaubt.«

»Der Greenkeeper? Die haben doch für so was Maschinen. Gib her.« Sie schaute erneut in die Ferne.

»Ich kann nicht erkennen, wer es ist. Hier. Was meinst du?«

»Hmmm«, brummte Andy mit dem Fernglas vor den Augen. »Hmmmm. Ah, jetzt ist er im Lichtschein und schaut direkt in unsere Richtung. Ich glaube, das ist gar kein Er.« Rosa nahm ihm das Fernglas wieder ab und schaute selbst durch.

»Du hast recht. Das ist … das ist doch … ich glaube es nicht!« Sie ließ das Glas sinken und sah Andy aufgeregt an. »Das ist Hana. Eindeutig. Sie trägt auch nachts diese komische Kappe. Warum läuft sie um diese Uhrzeit über die Übungsanlage und sammelt Bälle ein?«

Andy zuckte mit den Schultern. »Jeder Korb mit Bällen kostet Geld. Du sagtest doch, sie hat ihre Arbeit verloren. Vielleicht muss sie sparen.«

»Ob auch goldene Bälle dabei sind?« Rosa starrte schon wieder durch ihr Fernglas. »Mir scheint, das ist das Spannendste, was wir heute Nacht auf dem Golfplatz erleben. Tut mir leid, dass ich dich hergelockt habe. Ich bringe dich um deinen wohlverdienten Schlaf.«

»Ja, das scheint zur Gewohnheit zu werden«, lächelte Andy. »Aber von dir lasse ich mich gerne um den Schlaf bringen, Rosalinde.«

Rosa spürte, wie ihr Herz schneller schlug als nach drei Cappuccini bei Sarah im Gärtnereicafé.

»Es gab einen Asteroiden mit Namen Rosalinde, hab ich gelesen.« Andys Gesicht rückte näher.

»Und eine Moorleiche. In Bayern.« Rosa fühlte sich atemlos.

»Aber für mich bist du eine Rose.«

Sein Atem streifte ihre Wange, sie nahm sein Aftershave wahr, das ihr schon so vertraut war.

»So … schön.« Andys Blick wanderte von ihren Augen zu ihrem Mund. Rosa spürte seine Finger, die zart ihr Kinn berührten und es sanft zu sich heranzogen. Sie schloss die Augen, während seine Lippen ihre trafen. Und das Rauschen in den Blättern und der Duft der dunklen Nacht wurden eins mit dem Kuss des Mannes neben ihr.

• • •

Klack!

Klack!

Rosa brauchte einen Moment, bis das wiederkehrende Geräusch zu ihr durchdrang.

Klack!

Sie hielt inne. Und löste sich von Andy, so schwer ihr das auch fiel.

»Andy. Ich … du … da.« Sie zeigte Richtung Übungsplatz. Von dort kam das Klacken, das verdächtig nach einem Golfschläger klang, der auf einen Ball traf. Perfekt auf einen Ball traf.

»Da spielt jemand Golf. Mitten in der Nacht.« Rosa hatte ihre Stimme wiedergefunden. »Oder macht sonst was.« Sie lächelte Andy an. »Wir müssen da hin.« Hektisch packte sie ihre Sachen ein und fühlte sich, als wäre sie in flagranti erwischt worden.

»Das wird wahrscheinlich Hana sein, oder? Erst sammelt sie Bälle auf, dann verschlägt sie sie, wäre logisch.« Andy nahm wieder ihre Hand, die er diesmal besonders festhielt, als sie im Schutz der Bäume zügigen Schrittes Richtung Abschlag gingen. Rosa wusste nicht, was schlimmer wäre – von einem Ball getroffen zu werden oder einem gewaltbereiten Drogendealer in die Arme zu laufen.

»Wir sollten vorsichtig sein«, wisperte sie. Das Klacken hatte aufgehört. Stille lag über dem Golfplatz. Nicht mal ein Wildschwein war zu hören oder ein Maulwurf, wobei sich Rosa trotz ihrer Jahrzehnte als Lehrerin für Biologie und Erdkunde nicht sicher war, ob Maulwürfe überhaupt Geräusche machten. Weniger als sie vermutlich. Sie lauschte in die Nacht. War da nicht ein Rascheln?

»Wer auch immer vorhin noch hier war«, flüsterte sie, »er ist weg. Oder sie. Der Mensch, der da eben Bälle geschlagen hat – wir haben ihn verpasst.«

»Bereust du es?« Andy sah sie amüsiert an. Er hatte ihre Hand nicht losgelassen und stand schon wieder so dicht bei ihr, dass ihr Herz wilde Hüpfer machte. Sie schüttelte den Kopf und kicherte wie die Mädchen in der Unterstufe. Andy wollte sich gerade zu ihr herabbeugen, als sich mit einem lauten Knacken der Pfeifenstrauch neben ihnen auftat und eine dunkle Gestalt heraussprang.

»Heiliger Stechapfel!« Rosa wich erschrocken zurück, während sich Andy schützend vor sie stellte.

»Wer sind Sie, was wollen Sie hier?« Die Stimme kam unter einem Hut hervor, den der Mann tief ins Gesicht gezogen hatte. Sie kam Rosa bekannt vor. Erleichtert atmete sie aus.

»Das Gleiche könnten wir Sie fragen«, preschte Andy mutig nach vorne.

Rosa betrachtete die dunkle Hose und Arbeitsjacke, die nicht zum Golfschläger in seiner Hand passten, den er wie eine Waffe hielt.

»Guten Abend, Herr Kastner. Sie haben uns aber ganz schön erschreckt.«

Der Greenkeeper schob seinen speckigen und nassen Hut aus dem Gesicht. »Sie sind das. Merkwürdiger Ort für ein Rendezvous.«

»Und eine merkwürdige Zeit, um Golf zu spielen.« Rosa trat nach vorne. »Sie jagen gar nicht Wildschweine und Maulwürfe. Sie haben mich angelogen.«

»Notlüge«, brummelte Kastner. »Damit Sie nicht auf falsche Gedanken kommen.«

»Was wären denn die richtigen? Warum üben Sie nachts?«, wollte Andy wissen. Er hatte sich mit verschränkten Armen vor dem Greenkeeper aufgebaut. »Tagsüber wäre es doch viel einfacher.« Es hatte wieder zu nieseln begonnen.

»Kommen Sie mit. In meine Hütte. Gibt auch Bier.«

Rosa und Andy sahen sich unsicher an. War das eine Falle? Wollte Kastner sie in ihre Hütte locken, um auch sie … Rosa spürte ihre nassen Füße in den Turnschuhen. *Es wird Zeit, dass ich mir ordentliche wasserdichte Golfschuhe anschaffe.*

Sie drückte Andys Hand und nickte ihm kurz zu, um zu signalisieren: Wir sind zu zweit, Kastner allein – falls nicht Verstärkung in seiner Hütte wartete. Er hatte seinen Golfschläger, aber sie hatte Andy. Und der war gut zwei Köpfe größer als der Greenkeeper. Außerdem war da noch ihre schwere Taschenlampe. Rosa drückte ihre Handtasche eng an sich, als sie gemeinsam hinter Kastner hertrotteten und sich mit stummer

Mimik deutlich machten, dass sie beide nicht wussten, was von dieser Aktion zu halten sei.

In der Hütte sah es noch so aus wie bei ihrem ersten Besuch, vielleicht ein wenig aufgeräumter. Sämtliche Gartengeräte hingen ordentlich aufgereiht an der Wand, der Aufsitzrasenmäher wartete auf seinen nächsten Einsatz. Hinten, beim Sofa, brannte eine Lampe. Klaus Kastner bedeutete ihnen, sich hinzusetzen, und öffnete einen kleinen Kühlschrank, aus dem er drei Bierflaschen holte, die er mit einem leisen Zischen öffnete und ihnen reichte.

»Der Ordnung halber – was machen Sie nachts auf dem Golfplatz? Muss ich Sie melden?«

»Uns melden?« Rosa richtete sich auf und stellte die Flasche auf den Tisch. »Die Frage ist doch eher, was machen Sie da im Dunkeln mit dem Schläger?«

Klaus Kastner trank einen Schluck Bier, wischte sich den Mund ab und meinte: »Tagsüber ist es zu voll. Und ich muss arbeiten.«

»Aber warum haben Sie immer so getan, als würden Sie Golf verabscheuen? Und die Golfer?« Rosa wurde nicht schlau aus diesem wortkargen Mann. Der nahm seinen nassen Hut ab und setzte sich auf einen umgedrehten Bierkasten.

Schaute sie schweigend an, bevor er sprach. »Habe ich zuerst auch. Aber dann hat's mich gepackt mit dem Golfen. Jetzt kann ich nicht mehr aufhören. Kennen Sie vielleicht.«

Rosa überlegte. So ganz konnte sie das noch nicht bestätigen. Zu sehr war ihr Golfspiel ein einziges Auf und Ab. Vor allem, was die Stimmung betraf. Ein guter Schlag und Rosa hätte sich jedes Mal vor Freude über die Wiese kugeln können. Ein schlechter Schlag und sie wollte ins Gras beißen. Nur bildlich gesprochen, natürlich. »Ja, Golfen kann Spaß machen«, sagte sie diplomatisch. »da sind Sie nicht der Einzige, der das sagt.«

»Muss aber nicht jeder wissen.«

»Warum? Ist Ihnen das peinlich?«

Kastner schüttelte den Kopf. »Nein, aber sieht nicht jeder gerne, wenn sich die Angestellten vergnügen. Und ich will nicht weiter auffallen.«

»Weiß die Clubpräsidentin, was Sie nachts hier treiben?« Andy sah den Greenkeeper fragend an.

»Natürlich. Ich mache hier nichts ohne Genehmigung.«

»Tanja würde die Hand für Sie ins Feuer legen, sagte sie mir schon ein paarmal. Sie hält wohl ziemlich große Stücke auf Sie.«

Klaus Kastner sah betreten zu Boden und murmelte: »Ja, ist 'ne gute Frau. Kann die Klappe halten.«

»Über Ihre Vergangenheit?« Rosa beobachtete ihn genau.

»Keine Sorge, ich habe das nicht von ihr, sondern von meinem Polizistenschüler. Also meinem ehemaligen Schüler, der ist jetzt Polizist.«

»Auch.«

»Sie lieben Kanada!« Andy drehte sich um. Er hatte die Poster entdeckt. »Da wollte ich auch schon immer hin!«

»Ach ja«, der Greenkeeper zuckte mit den Schultern, »zu teuer. Wird wohl ein Traum bleiben.«

»Als Handwerker kann man dorthin auswandern, habe ich gehört. Die suchen Leute.«

»Hiergeblieben!« Rosa drückte lächelnd Andys Hand und wandte sich an Kastner. »Sparen Sie denn für Ihren Traum?« Sie dachte an das Kokstütchen in der Sandgrube. *Ist der Greenkeeper der Drogendealer? Und der Mörder? Der sich demnächst nach Kanada absetzt?*

»Bei meinem Gehalt müsste ich hundert Jahre sparen.«
Klaus Kastner klang resigniert.

Rosa nahm einen Schluck aus der Flasche und überlegte.
»Wenn Sie häufiger nachts Golf üben – haben Sie schon mal
jemanden dort beobachtet? Jemanden, der sich genau wie Sie
zu nachtschlafender Zeit dort rumtreibt?«

»Ich habe heute Hana Nakamura gesehen, eine unserer
besten Spielerinnen. Aber als ich kam, ist sie abgehauen. Normalerweise spiele ich allerdings eher so gegen vier oder fünf,
kurz vor Sonnenaufgang. Die ersten Spieler gehen erst nach
sechs auf den Platz, im Sommer wohlgemerkt.«

»Und wann ist Ihre Schicht beendet?«

»Achtzehn Uhr meistens.«

»Das heißt, was sich zwischen Sonnenuntergang und vier
Uhr früh auf dem Golfplatz tut, wissen Sie auch nicht.«

Der Greenkeeper schüttelte den Kopf.

»Mal was von Drogen mitbekommen?«, wollte Andy wissen.

»Gesehen hab ich nix. Aber zutrauen würd ich's jedem.«

Womit wir genauso weit sind wie vorher, dachte Rosa und
ärgerte sich ein bisschen. Nicht dass es sie glücklich machen
würde, wenn Kastner der Täter wäre oder wenigstens der
hauseigene Golfplatz-Drogendealer. Aber so kamen sie nicht
weiter.

»Warum sind Sie eigentlich plötzlich so hilfsbereit?«

Der Greenkeeper verschränkte die Arme vor der Brust.
»Ich glaub, wir wollen beide dasselbe.«

»Und das wäre?« Rosa setzte sich auf.

»Hier muss endlich wieder Ordnung herrschen.«

Die Worte hallten in ihrem Kopf nach, als sie die Hütte
verließ und Hand in Hand mit Andy zurück zu ihrem Park-

versteck am Straßenrand ging. Rosa wurde das Gefühl nicht los, beobachtet zu werden. Als ob die Dunkelheit Augen und Ohren hätte. Wurde sie jetzt schon paranoid, oder waren sie nicht allein?

Kapitel 36

»Ich krieg dich, ich krieg dich nicht, ich krieg dich.« Rosa zupfte gedankenverloren die Blütenblätter einer Margerite ab und ließ sie Archie vor die Schnauze fallen. Der schnappte danach und schaute sie enttäuscht an. Aus ihrem gläsernen Büro heraus sah Rosa ihre Mutter zusammen mit Willy Margeritentöpfe in Weiß und Rosé im Verkaufsraum aufstellen. Den Duft der prächtigen bunten Sträuße aus Sonnenblumen, Rittersporn und orangefarbenen Rosen daneben meinte sie bis zu ihrem Arbeitsplatz wahrzunehmen.

Der Frühling machte sich daran, mit dem Sommer abzuklatschen, die Welt zeigte sich in Apfelgrün und Kunterbunt, draußen wie drinnen. Auf ihrem Schreibtisch stapelten sich die Aufträge, es schien, als wolle jeder den perfekt blühenden Garten und Balkon haben und das möglichst schnell. Aber Rosa konnte sich nicht auf Rasendünger, Sommerschnitt und immergrüne Laubgehölze konzentrieren, wenn in ihrem Kopf frostiger Winter herrschte. Ein flüchtiger Gedanke an Andys Kuss drängelte sich vorbei und wärmte ihr Herz. Es könnte so schön sein. Aber leider, leider lief dort draußen noch immer ein Mörder über den Golfplatz. Rosa seufzte und stand auf. Sie musste etwas unternehmen.

»Liebelein, gehste heute als Trauerweide?« Willy balancierte fünf Oreganotöpfchen in seinen Händen, mit denen er Sarah überraschen und das Café in eine italienische Duftoase verwandeln wollte. »Guck mal, riescht wie Pizza, isch glaub, isch krieg 'n Hüngerschen.«

»Da bist du bei Sarah richtig, ich habe gehört, dass sie einen französischen Hefezopf im Ofen hat. Wenn du Glück hast, ist der schon fertig. Und wenn du lieb bist, bekommst du auch ein Stück.« Sie nahm Willy zwei Töpfchen ab. »Ach, und Mama, könntest du mir ein paar von den Lady Margaret fertig machen, vielleicht mit den Glockenblumen? Die lachsfarbenen Rosen passen perfekt für den Golfclub, da steigt schon wieder ein Turnier am Wochenende.«

»Gut für uns. Machst du auch mit?«

»Ich hab doch noch nicht mal die Platzreife, Mama.«

»Watt denn, bist du zu jung für die Besserverdienenden?«

»Ach, Willy. Ich muss zuerst eine Prüfung machen und beweisen, dass ich die Regeln kenne und nicht alle aufhalte auf dem Golfplatz mit meinen schlechten Schlägen. Aber momentan habe ich andere Sorgen.«

»Der Reischen-Killer jeht noch immer um.«

»Na ja, der Tote hatte nicht mehr viel, Willy. Der hat alles in Drogen investiert. Ich denke, wir suchen einen gewalttätigen Drogendealer.«

»Wer bringt denn seine Kundschaft um? Also, wir könnten uns das nicht leisten.« Roswitha sah entschlossen aus.

»Darum verkaufen wir auch keinen Blauen Eisenhut. Ach guck, da kommt Karl. Na los, ich lade euch auf einen schnellen Kaffee ein.«

Karl wirkte beschwingt und fast schon ein wenig jugendlich, so ganz ohne Jackett, Weste und Fliege, bemerkte Rosa, als Sarah ihnen im Café Hefezopf zum Cappuccino servierte.

»Dein Date mit Babsi scheint ja anregend gewesen zu sein.«

»Vor allem war es kurz.« Karl setzte sich und griff gierig nach dem Gebäck. »Gefühlt fünf Minuten nach dem Garnelenpfännchen war es zu Ende.«

»Wieso? Waren die Garnelen schlecht, oder hast du Barbara Rasmuth überführt?« Rosa biss in den Hefezopf, von dem die Mandelblättchen herunterpurzelten.

»Weder noch, ich habe ihr nur von meiner bescheidenen Pension als Lehrer erzählt, und schon hatte sie einen Anschlusstermin. Irgendeinen Bandscheibenvorfall, der dringend Stretching bräuchte. Na ja, kurzer Abend, war aber dennoch teuer genug.«

»Ja, Ehepaar Görgen lässt es sich gut bezahlen, dass es die Golfer satt macht. Habt ihr auch über den Fall gesprochen? Über den Club?« Rosa nippte bloß am Kaffee. Noch nervöser wollte sie nicht werden.

»Eigentlich hat sie vor allen Dingen über den Koch gelästert. Sie behauptet, er würde falsch abrechnen und sei eh zu teuer, was ich bestätigen kann. Beim Thema Trainer hat sie gleich dichtgemacht. Es wäre auch nicht die feine Art, über ehemalige Liebhaber herzuziehen.«

»Dabei könnte er der große Drogenboss des Golfclubs sein mit Verbindungen in die Türkei.«

»Isch dachte, datt Schnuckelschen kommt us Sombreroland.«

»Ach, Willy, ich weiß es doch auch nicht.« Rosa sprang auf. »Ich werde noch verrückt! Alle Spuren verlaufen im Sand.«

»Wo du Sand sagst: Willy, wir müssen noch die Erde für die Kräutertöpfchen auflockern.« Auch Roswitha stand auf.

»Ich sehe, eure Aufmerksamkeitsspanne ist ausgereizt. Ich schnappe mir eure wundervollen Sträuße und entlasse euch in die Pause. Und ich sollte mich dringend bewegen, am besten auf dem Golfplatz. Ich habe hier einfach keine Ruhe. Sport soll ja helfen, um runterzukommen.«

»Dann wär' isch die Ruhestätte in Person. So viel wie isch misch bewege.« Mit einem »Immer schön jeschmeidisch bleiben« tänzelte Willy davon.

Rosa ließ Karl bei Sarah und dem Hefezopf zurück, schnappte sich ihren Autoschlüssel und beschloss, dem Golfplatz einen Besuch abzustatten, bevor der für den nächsten Golfspieler zur letzten Ruhestätte wurde.

• • •

Mohn, Kornblumen und Kamille winkten ihr vom Wegesrand zu, als Rosa über die Landstraße Richtung Golfplatz fuhr. Nervös trommelte sie auf das Lenkrad und musste sich zügeln, um die Geschwindigkeit nicht zu überschreiten.

Sie spürte es ganz deutlich: Wenn sie nicht schnellstens den Täter oder die Täterin schnappte und am besten mit einem stichhaltigen Beweis überführte, würde es einen weiteren Mord geben. Das durfte nicht passieren. Wenn die Polizei nicht aktiv wurde, musste sie eben ran. Sie ließ ihr Mobiltelefon die Nummer ihres Neffen wählen. Mailbox. Mist! Rosa hinterließ eine Nachricht, sie möglichst bald zurückzurufen, während sie schwungvoll die Kurve zum Parkplatz des Golfclubs nahm und betete, dass sie die großen Sträuße fürs Turnierfest im Kofferraum gut genug verstaut hatte.

Die lieferte sie als Erstes bei Clubpräsidentin Tanja Schäfer-Schlaffer ab, damit sie sie bei der Siegerehrung am Wochenende den Club-Besten zusammen mit ihrer Urkunde überreichen konnte.

Die Chefin sortierte gerade die Anmeldungen und sah beschäftigt aus.

»Haben Sie das Handy mittlerweile gefunden?«, warf Rosa ihr entgegen. Tanja schüttelte nur konzentriert den Kopf und sah nicht glücklich aus. Also lief Rosa weiter, holte ihr Golfbag mit den wenigen Schlägern aus ihrem Spind, die Manuel Bonasera ihr für den Schnupperkurs leihweise überlassen hatte, und machte sich auf zum Übungsplatz. *Wo ist der Trainer, wenn man ihn einmal braucht?*

Rosa fand ihn schließlich auf dem Teil der Anlage, auf der die Spieler kürzere Schläge trainieren konnten. Manuel umarmte eine ihr unbekannte Spielerin älteren Semesters von hinten und führte ihren Schläger zum Ball, während seine Hände auf ihren lagen. *Ziemlich übergriffig,* dachte Rosa. Doch sie sah, dass es der Frau gefiel. Denn gerade lachte die Golfschülerin laut auf, weil es ihnen gelungen war, den Ball zu zweit in die Luft zu bekommen. Sie beschloss, das ungleiche Pärchen nicht weiter zu beachten, und widmete sich der Sandgrube, dem Bunker, wie Golfspieler ihn nannten, der dafür da war zu trainieren, Bälle aus dem Sand herauszuschlagen. Aber Rosa hatte anderes im Sinn. Sie nahm ihren kürzesten Schläger, der passenderweise Sand Wedge hieß, wie sie mittlerweile wusste, und begann, damit im Sand zu stochern und zu graben.

Schade, dass sie Archie nicht mitbringen durfte. Ihr Mops hätte seine Freude gehabt, die Schnauze voran den Bunker von oben nach unten zu kehren. Hier hatte die Drogengeschichte begonnen, hier hoffte Rosa, weitere Indizien zu finden, sprich: noch ein Kokspäckchen oder vielleicht einen Umschlag mit Geld. Und so ganz nebenbei arbeitete sie ihren Frust über die deprimierende Ergebnislosigkeit in diesem Fall ab.

Wo kommt dieser verdammte Stoff her? Wer in diesem Club ist Kunde? Wer ist der Dealer? Und wie lange doktere ich nun eigentlich schon an dem Rätsel herum? Es. War. Zum. Verzweifeln. Da hatte sie doch die Jahresringe einer tausendjährigen Eiche schneller gezählt.

Rosa schwitzte, während sie den Golfschläger in den Sand haute, als sie eine Stimme über sich hörte.

»Rosita, du weißt schon, dass wir Bälle schlagen raus aus Sand und nicht vergraben *im* Sand.« Manuel stand mit einem breiten Grinsen vor dem Bunker und hatte den Kopf schief gelegt. Eine Strähne seines dunklen Haars hing ihm über dem linken Auge. Er sah verdammt sexy aus.

»Ach, äh Manuel, hallöchen, ähm. Ja, ja, weiß ich doch«, keuchte Rosa atemlos. »Ich, ich suche nur meinen Ball.« Sie richtete sich ächzend auf. Sie spürte, wie ihr Gesicht glühte und ihr der Schweiß am Ohr vorbeilief. Und sie wusste genau, wie verdammt unsexy das wiederum aussah. »Gut, dass ich dich sehe. Ich habe eine fachliche Frage an dich.« Sie schnappte nach Luft.

Manuel reichte ihr die Hand, an der er sie aus der Sandgrube zog.

»Woraus besteht eigentlich ein Golfball?« Rosa wischte sich unauffällig den Schweiß vom Gesicht. »Ich lerne für die Theorieprüfung.«

»Kunststoff, siehst du«, Manuel fischte einen Ball aus seiner Hosentasche und klopfte auf die Oberfläche. »Schön hart, gut zum Treffen und Weitfliegen. Innen drinnen ist Gummi. Ist aber keine Frage für die Prüfung. Keine Sorge, Rosa.«

»Und jeder Golfball ist gleich schwer?«

»Hm, ja, ich glaube schon. Mehr oder weniger.«

»Moment.« Rosa kramte in ihrer Golftasche und zog den goldenen Golfball hervor, den sie aus Winnies Wandschrank gemopst hatte. »Der hier ist leichter als die anderen.« Sie gab ihm Manuel in die Hand, der ihn vergleichend mit seinem eigenen Ball in den Händen wog.

»Ja, ist leichter. Vielleicht ist Werbeball. Oder Gag.« Er drehte ihn, als suche er nach einem Hinweis.

»Weißt du, dass der Koch des Golfclubrestaurants mit diesen goldenen Bällen handelt? Ich glaube, der verkauft die.«

»Ach, Rosita«, Manuel lachte sein strahlend weißes Lachen, »ist vielleicht nur Geschenk für Golfer. Oder er sammelt Bälle. Du kannst nicht werden reich mit Golfbällen.« Er gab ihr den goldenen zurück. »Den du kannst ruhig verschlagen, ist nicht viel wert. Sieht nur schön aus.«

Frustriert warf Rosa ihren Ball zurück in die Tasche.

»Sag mal, deinen, ähm, Friseur, den in der Bonner Fußgängerzone, bei dem wir dich letztens getroffen haben, kannst du den empfehlen? Ich, öh, suche einen neuen.« Neugierig beobachtete sie Manuels Reaktion.

Sein Strahlen nahm um eine halbe Nuance ab, meinte sie zu bemerken, als er ihr auf die Schulter klopfte, auf seine Uhr schaute und mit einem »Ja, ja, Rosa, da kannst du hin, wie sagt ihr noch gleich – er verbringt wahre Wunder. Ist aber Friseur für hombres. Oh, nächste Trainerstunde« abrauschte.

»Dann gehe ich mal Bälle verschlagen«, grummelte Rosa und zog weiter zum Abschlagplatz. Wenn heute schon keine Indizien für einen Mord zu finden waren, konnte sie wenigstens für die Prüfung trainieren. Mist, nur noch fünf Übungsbälle in ihrer Tasche und keine Marken mehr für die Ballmaschine. Und Tanja im Clubbüro machte gerade wahrscheinlich Mittagspause. Rosa konzentrierte sich, stellte sich in die richtige Position, holte aus und – traf den Ball so verkehrt, dass er rechts über das Feld rollte. »O Mann!«

Ball zwei und drei bekam sie zwar in die Luft, musste sich danach aber in Sicherheit bringen, um nicht von ihren eigenen Bällen getroffen zu werden. Für Ball vier brauchte sie drei Schläge, bis sie ihn überhaupt traf und der letzte landete links im Gebüsch.

»Verdammt!« Rosa schmiss ihren Schläger vor sich ins Gras und war froh, dass sie allein auf der Übungsrange war. Sie konnte nichts. Gar nichts. Weder als Golferin noch als Ermittlerin. War sie überhaupt jemals eine gute Biologielehrerin gewesen? Oder Gärtnerin? Schnell rief sie sich die sieben Merkmale eines jeden Lebewesens ins Gedächtnis. Bewegung, Stoffwechsel, Wachstum, Fortpflanzung, Zellen, Evolution und Reizbarkeit. Ganz verblödet war sie also noch nicht. Ein schwacher Trost. An Bewegung und Stoffwechsel mangelte es ihr heute nicht, von Wachstum und Fortpflanzung war weit und breit nichts zu sehen, aber reizbar, das konnte sie bestätigen.

Rosa stellte sich breitbeinig auf den Rasen, schaute in die Ferne und holte tief Luft. Was war nur los mit ihr? Kein Schüler hatte sie jemals so in Rage gebracht. *Konzentrier dich, Rosa,* befahl sie sich, *fokussiere dich ganz auf den Moment und auf den Ball.* Nur blöd, wenn man keinen mehr hatte. Bis auf einen – der goldene von Winfried Görgen. Noch so ein Mann, aus dem sie nicht schlau wurde.

Rosa holte noch einmal tief Luft, steckte ein Tee in den Rasen, legte den goldenen Ball darauf, umfasste den Schläger mit beiden Händen und legte ihn vor den Ball. Sie hob die Arme einmal zur Übung und schwang dann den Schläger mit Schmackes Richtung Ball. Er sauste knapp über ihm vorbei, mit so einer Geschwindigkeit, dass sich Rosa fast mit ihrem Schläger selbst den Hintern verhauen hätte. Während der Ball nur wackelte und vom Tee vor ihre Füße plumpste. Rosa spürte, wie Hitze ihr Gesicht flutete. Sie bückte sich, griff den goldenen Ball und mit einem Schrei schmiss sie ihn gegen die Wand, an der die Ballmaschine stand. Es machte *Kracks*, der Ball zersplitterte und fiel in zwei Teilen zu Boden.

Rosa erstarrte. Aus der goldenen Hülle quollen Papierschnipsel. Aber die interessierten sie nicht. Ihr Blick fiel auf einen weißen Brocken, der auf den Boden gefallen war. Sie ging näher und betrachtete den Klumpen, von dem sich weißes Pulver löste. Sie wollte in Zukunft Stinkwurz heißen, auf dessen kurze Blüte gerade jeder im Botanischen Garten wartete, wenn das nicht dasselbe Pulver war, für das die Bonner Dealer einen Namen hatten: Kokain. Atemlos richtete sich Rosa auf. Wie es aussah, hatte sie das Drogenversteck auf diesem Golfplatz gefunden. Die Frage war nur: Wer füllte das Kokain in die Bälle?

Kapitel 37

Auf den Schrecken folgte Erkenntnis. Und plötzlich überkam Rosa eine große Ruhe. Während sie die Teile des Balls als Beweisstücke zusammensammelte, schmiedete sie einen Plan. Und erst, als der fertig war, packte sie ihre Sachen. Rosa wollte gerade die Übungsanlage verlassen, als ihr Mobiltelefon klingelte.

»Was gibt's?«

»Moin, Tantchen, ich habe hochinteressante News für dich. Ich lache schon seit einer Viertelstunde im Quadrat. Mach dich auf was gefasst!«

»Moritz, bitte.«

»Oh, hast du schlecht geschlafen, oder klappt's beim Golfen nicht so? Ich habe schon in der Gärtnerei angerufen, und Oma meinte, du seist nicht so gut drauf. Aber vielleicht können wir das ändern.«

»Moritz! Ich habe es eilig. Ich habe gerade einen Fund gemacht. Erzähl ich dir später.«

»Okay, okay, Kommissarin Butterblume hat die Fährte aufgenommen, verstehe. Dann mach ich's kurz: Die Haarwässerchen, die deinem schönen Trainer letztens aus der Tüte gefallen sind, die braucht man nach einer Haartransplantation. Ist das nicht komisch?«

»Was ist daran komisch, wenn sich Menschen um ihr Äußeres kümmern?«

»Na ja, ich … ich dachte, du freust dich, dass du deinen Trainer von der Liste der Verdächtigen streichen kannst. Also zumindest wissen wir jetzt, wo er wohl das Jahr über gesteckt hat.«

»Hm ja, entschuldige. Klar, Türkei, da ist so was günstiger als in Deutschland. Habe ich mir doch gleich gedacht, dass Manuel ein guter Kerl ist. Moritz, sehr gute Arbeit.«

»Wenn du jetzt noch sagst, dass ich mein Klassenziel erreicht habe, kann ich beruhigt für die Uni weiterlernen. Oder muss ich mir Sorgen um dich machen?«

»Was? Nein, nein, ich weiß, was ich zu tun habe. Alles geht seinen Gang.«

»Tu nichts, was ich nicht auch tun würde. Tschüss, Tantchen. Und vergiss nicht das Eis.«

»Ja, ja, du bekommst eine Eins.« Rosa legte auf. Jetzt würde es erst einmal einen Tadel geben, eine Verwarnung. Und danach konnte alles passieren. Aber eins nach dem anderen. Denn zunächst einmal musste ihr Plan aufgehen.

. . .

Silvia Görgen saß auf der Eckbank, über ein Kreuzworträtsel gebeugt. Rosa sah ihren grauen Haaransatz, der von Tag zu Tag größer zu werden schien. Das Clubrestaurant war leer, die Mittagszeit vorbei.

»Ist Ihr Mann in der Küche?«

Die Frau in der gemusterten Bluse unter der Schürze schaute hoch und schüttelte den Kopf. »Hat sich hingelegt. Ist erst später wieder da.«

»Ich benutze nur mal schnell Ihre Toilette«, murmelte Rosa und verschwand durch die Seitentür. Kurz zögerte sie und lauschte, dann stieg sie langsam die kleine Treppe hoch, in der Hand ihren Golfschläger. Der, mit dem sie heute nicht einen Ball richtig getroffen hatte. Ein Blick in das Wohnzimmer der Görgens genügte, um festzustellen, dass es leer war. Sie steuerte das Schlafzimmer an, holte tief Luft und öffnete die Tür. Da lag er auf dem Bett und schnarchte. Ohne seine weiße Kochjacke oder das lustige Hütchen sah Winfried Görgen einfach nur verlebt aus. Und ziemlich dick.

Rosa räusperte sich und sagte mit lauter Stimme: »Tag, Herr Görgen, ich habe etwas mit Ihnen zu besprechen.«

Das Schnarchen verstummte, Görgen schlug die Augen auf und starrte sie an wie eine Erscheinung. Er schien zu perplex, um loszupoltern. Rosa überlegte, ob sie sich zu ihm aufs Bett setzen sollte, entschied sich aber dagegen. Eine noch größere Nähe zu diesem Menschen war ihr unerträglich. Und viel zu unsicher. Dies war ein Vorstoß, den sie allein machte. Und halbwegs spontan, gefährlich genug. Jetzt musste sie mutig sein, aber nicht lebensmüde.

»Ich mach's kurz: Sie sind nicht nur Koch, sondern auch der Drogendealer im Club. Endlich habe ich Sie gefunden.«

Der Koch rappelte sich auf und streckte seine Hand Richtung Nachttischschublade aus.

»Behalten Sie Ihre Hände bei sich.« Rosa machte einen Schritt auf ihn zu und hob den Golfschläger wie eine Waffe.

»Was ist denn in Sie gefahren? Schlecht geträumt, oder was?« Winfried Görgen grunzte verschlafen.

Rosa zog die Reste des Golfballs aus der Tasche. »Hier ist der Beweis: Sie verstecken das Koks in den goldenen Bällen und verkaufen es dann. Zum Beispiel an David Behringer. Da, im Wandschrank, da haben Sie noch mehr davon.«

Der Koch blickte verdutzt, dann lachte er laut auf. »Datt Sie 'nen Schuss haben, wusste ich ja schon immer.« Er wurde ernst. »Das sind schwere Vorwürfe, die Sie hier loslassen. Und völlig unbegründet. Sie sind ja verrückt!«

»Unbegründet?« Rosa machte einen Schritt in den Flur und zog die Tür des Wandschranks auf. Sie blickte in die Tiefen, erkannte das Bügelbrett und den Staubsauger von ihrem letzten Besuch wieder. Der Korb mit den goldenen Bällen war verschwunden. *Verdammt!* Sie schlug den Schrank zu und ging ins Schlafzimmer zurück. »Sie haben sie versteckt, weil ich Ihnen auf den Fersen war.«

Winfried Görgen grinste sie mit kalten Augen an und erhob sich vom Bett. Rosa umklammerte ihren Golfschläger.

»Ich glaube, Sie gehen jetzt besser. Sonst bin ich es, der die Polizei ruft, wegen Hausfriedensbruch und Verleumdung.«

Rosa holte tief Luft und gab ihrer Stimme einen schärferen Ton. Von aufmüpfigen und besserwisserischen Schülern hatte sie sich schließlich auch nie aus dem Konzept bringen lassen. »Jetzt mal Tacheles. Ich sage Ihnen, was ich denke: Sie dealen hier im Club mit Kokain, versteckt in Golfbällen, um die Haushaltskasse aufzubessern. Sie haben mit Ihren Drogen dafür gesorgt, dass David Behringer abhängig wurde und sich finanziell ruinierte. Vielleicht hat er sie erpresst, wollte auch ein Stückchen vom Kuchen, sonst hätte er sie verpfiffen. Da sind Sie in Panik geraten und zack – haben Sie den armen David mundtot gemacht.« Winfried starrte sie stumm an, während Rosa fortfuhr. »Sie haben ja gehört, dass es einen Zeugen gab, der alles mitangesehen hat. Und wissen Sie was? Ich war die Zeugin. Ich habe Sie gesehen, wie Sie David Behringer die Schaufel über den Schädel geschlagen haben. Ja, schauen Sie nicht so. Sie fragen sich jetzt sicherlich, warum ich das nicht der Polizei gesagt habe. Na ja, der Tote war mein Schüler, ein widerlicher Kerl. Hat mich jahrelang schikaniert, was meinen Sie, warum ich früher in Pension bin?« Rosa ließ Görgen nicht aus den Augen. Das hier war dünnes Eis, ganz dünnes Eis. Und ganz große Schauspielkunst. »Nein«, fuhr sie mit ihrem Monolog fort, »dass dieses Ekelpaket tot ist, war mir doch völlig egal. Aber ich wusste, dass ich irgendwann mein Schweigegeld einfordern könnte. Und jetzt ist es so weit.« Rosa setzte ihren Klassenarbeit-Aufsichtsblick auf. »Mein Golfspiel entwickelt sich nicht so, wie ich mir das vorstelle. Und ich habe gehört, dass ein wenig Kokain, nun ja, entspannt und zu sportlicher Höchstleistung führen kann.«

»Reden Sie immer so jeschwollen? Sie wollen mir nicht weismachen, dass eine Rentnerin wie Sie sich zu Hause 'ne Line zieht, da lach ich ja.«

»Was meinen Sie, wie ich die Schule überlebt habe? Das Lachen wird Ihnen schon vergehen, wenn ich Sie der Polizei melde. Unerlaubter Drogenbesitz. Plus vorsätzlicher Mord. Wie lange Knast gibt's dafür?« Sie zog ihr Handy aus der Hosentasche. »Der ermittelnde Polizist ist mein ehemaliger Lieblingsschüler, der ist es gewohnt, mir alles zu glauben. Ein Klick genügt. Soll ich? Oder kommen wir ins Geschäft? Sie überlassen mir die Bälle, und ich halte die Klappe. Wo auch immer Sie die versteckt haben. Und wenn's hilft, haben Sie eine neue Kundin. Also?« Rosa hielt ihr Telefon hoch und wartete.

Winfried Görgen starrte sie finster an und überlegte. »Sie wollen einen Unschuldigen an die Polizei verpfeifen? Sie trampeln hier rein und wollen mir einen Mord anhängen? Das ist doch lächerlich.«

Rosa sah ihn ausdruckslos an. »Ich meine es ernst, unterschätzen Sie mich nicht. Ich habe im Leben noch alles erreicht, was ich mir vorgenommen habe. Und eine bestandene Golfprüfung steht momentan ganz oben auf meiner Liste.« Sie holte tief Luft. »Also überlegen Sie es sich. Ich gebe Ihnen Zeit bis morgen Vormittag um zehn Uhr. Dann startet hier auf dem Golfclub das Turnier. Alle sind beschäftigt. Mich finden Sie auf dem Übungsplatz, da sind wir ungestört. Sie bringen die Bälle mit, und ich vergesse, was ich gesehen habe.«

Ohne eine Antwort abzuwarten, machte Rosa kehrt und verließ das Schlafzimmer, während hinter ihr der Koch zu seiner alten Form zurückgefunden hatte.

»Was haben Sie überhaupt in meinen Privaträumen verloren? Hat meine bekloppte Frau Sie reingelassen?«

Rosa flüchtete und wäre fast mit Silvia Görgen zusammengestoßen.

»Was machen Sie hier?« Ihre Stimme klang härter, als Rosa sie in den vergangenen Wochen vernommen hatte, und ihre Augen blitzten bedrohlich.

»Ich, äh, hatte etwas mit Ihrem Mann zu besprechen.« Eine lahmere Ausrede für einen Besuch in einem fremden Schlafzimmer hatte sie nicht finden können. »Ich bin schon wieder weg.« Rosa eilte die Treppe hinunter und vertrieb den peinlichen Gedanken, was Silvia Görgen von ihr denken mochte. Aber da war sie schon wieder draußen in der warmen Frühlingsluft. Für den vertrauten Duft eines späten Flieders hatte Rosa allerdings keinen Sinn. Während sie zu ihrem Auto lief, zog sie ihr Handy aus der Hosentasche und drückte auf eine Favoritennummer.

»Peter, bist du noch im Büro? Dann bleib dort, ich bin auf dem Weg zu dir. Ich habe hier etwas, was du dir anschauen musst. Ich erklär's dir später.« Ohne auf eine Antwort zu warten, drückte sie das Gespräch weg. Es war Zeit, die Polizei einzuweihen. Höchste Zeit.

Kapitel 38

»Sarah, machst du mir einen besonders großen Cappuccino? Und denk dran, das Café erst zu öffnen, wenn unsere Besprechung vorbei ist. Müssten gleich alle kommen.«

»Aye, aye, Chefin.« Die Kaffeemaschine zischte.

Die große Uhr zeigte kurz vor sieben an, es duftete nach frischen Croissants, als Rosa ihr neues Flipchart aus ihrem Büro in Sarahs Gärtnereicafé schleppte. Ein müder Ersatz für eine große Schultafel, aber es würde reichen, um ihren Einsatz zu planen, und wenn sie ehrlich war – die ständige Kreide an ihren Fingern vermisste sie nun wirklich nicht. Roswitha und Willy werkelten schon in den Beeten der Gärtnerei und hatten versprochen, sich ruhig zu verhalten. Archie in seinem königlichen Körbchen gähnte lautstark und drückte aus, was Rosa fühlte. Es war eine kurze Nacht gewesen, beendet durch Peter Kleins Anruf, der ihr bestätigte, was sie vermutet hatte: Das weiße Pulver im goldenen Golfball war Koks, das hatte die kriminaltechnische Analyse ergeben. Nein, das Pittermännchen war nicht glücklich gewesen, als Rosa gestern Abend in seinem Büro gestanden und ihm nicht nur den Koksball auf den Schreibtisch gepackt hatte, sondern ihre gesamte Mordtheorie plus Einsatzplan. Sein Unmut darüber, dass sich seine ehemalige Lehrerin schon wieder oder besser gesagt immer noch in laufende Ermittlungen einmischte, musste hinter der Erkenntnis zurückstehen, dass er ohne sie niemals auf die

Drogen im Golfclub gestoßen wäre. Dafür würde Peter Klein mit seinem Team Rosas forsches Vorgehen, das auch er nicht mehr rückgängig machen konnte, ab sofort polizeilich absichern. Eine Win-win-Situation, freute sich Rosa, während sie die Namen der Verdächtigen untereinander auf ihr Flipchart schrieb.

»Morgen, Frau Reich«, Peter Klein in Uniform betrat pünktlich das Café, hinter ihm eine unscheinbar wirkende Frau mit Pferdeschwanz im dunklen Blouson. »Das ist Frau Jäger, Leiterin der Ermittlungsgruppe Grün.« Statt Make-up trug die Frau kleine Ohrstecker und einen entschlossenen Gesichtsausdruck, der zu ihrem Händedruck passte.

»Bei allem Respekt, es ist wirklich unverantwortlich, was Sie da auf eigene Faust unternommen haben.« Peter ließ sich stöhnend auf einen Stuhl sinken, während Sarah Kaffee und Croissants für alle brachte.

»Kommissar Klein, bitte.« Einsatzleiterin Jäger hängte ihre Jacke mit der Rückenaufschrift KRIMINALPOLIZEI über ihren Stuhl und setzte sich. »Wir haben keine Zeit für persönliche Befindlichkeiten, wir müssen einen Mörder überführen. Und dafür brauchen wir einen genauen Plan. Danke für den Kaffee.« Sie lächelte Sarah an und schlug ihre Mappe auf. Rosa nickte stumm. Das war doch genau das, was auch sie dachte. Die Einsatzleiterin gefiel ihr.

»So, Frau Reich, bevor wir uns auf dem Golfplatz zum Affen machen, erklären Sie mir, warum Sie so sicher sind, dass wir den Mörder von David B. mit Hilfe Ihres Plans schnappen werden. Sie scheinen sich ja sehr sicher zu sein, wer die Verdächtigen sind.«

Rosa zeigte mit ihrem Stift auf den ersten Namen auf ihrem Flipchart.

»Winfried Görgen, der Koch des Golfrestaurants. Er hatte einen ganzen Korb voll mit solchen goldenen Bällen in seinem Wandschrank stehen.«

»Und das wissen Sie woher?«

Rosa überging Peters Einwurf. »Als ich ihn allerdings gestern mit dem Kokain in seinen Bällen konfrontierte, wies er alles von sich. Wie es aussieht, hat er die restlichen Bälle verschwinden lassen. Im Schrank sind sie jedenfalls nicht mehr.«

»Drogen sind in einem Golfclub nichts Ungewöhnliches, wie ich gehört habe. Wohl aber, dass ein Koch sie verkauft. Nach unserem Erkenntnisstand«, die Ermittlungsleiterin blätterte in ihren Unterlagen, »hat der Mann ein Alibi, was den Mord betrifft, er befand sich zum Zeitpunkt der Tat auf dem Großmarkt.«

»Das Alibi stammt von seiner Frau, und die macht, wie mir scheint, alles, was er sagt.«

»Was ist sein Motiv? Mit Golf hat er ja nichts am Hut.«

»Geld. Ganz banal.« Rosa zuckte mit den Schultern. »Gerade hat er sich ein neues Auto gekauft, angeblich nach einer Erbschaft. Er sieht so viel Reichtum um sich herum, bleibt aber doch der Dienende in dem Szenario. Vielleicht wollte er einfach mal wissen, wie es sich anfühlt, Geld zu haben. Und kaum hatte er das erreicht, will David Behringer was davon abhaben. Das durfte nicht sein.«

»Haben wir das mit der Erbschaft überprüft?«, wandte sich die Einsatzleiterin an Peter Klein.

»Ähm, bislang hatten wir keinen Grund dafür. Aber ich gebe gleich einen Konto-Check in Auftrag.« Der Hauptkommissar klang kleinlaut. »Was ist mit seiner Frau?«

»Richtig, Peter, Silvia Görgen.« Rosa tippte auf den zweiten Namen in der Liste. »Falls sie von den Machenschaften ihres

Mannes etwas ahnt, lässt sie sie durchgehen. Aus Angst vor ihm? Ich bin mir nicht sicher, aber wer weiß – vielleicht machen sie gemeinsame Sache.«

»Bisher lag gegen Frau Görgen nichts vor, aber gut, stellen wir uns auf zwei Verdächtige ein.« Ermittlungsleiterin Jäger überlegte. »Könnte sie die alleinige Täterin sein? Falls Winfried Görgen wirklich nichts von den Bällen weiß.«

»Theoretisch ja«, Rosa zögerte, »bislang kam sie mir aber eher passiv vor. Kann natürlich alles Show sein.«

»Was ist mit der Präsidentin des Golfclubs, Tanja Schäfer-Schlaffer? Sie hat Zugang zu allen Räumen auf dem Clubgelände. Bisher zeigte sie sich kooperativ, vielleicht nur Fassade.«

Rosa nickte. »Sie hat stets die Finanzen des Clubs im Blick. Mit Spieler Manfred Krummeisen steht sie in engem Kontakt, hilft ihm mit seiner maroden Firma. Sie wurden vom toten David Behringer erpresst.«

»Was, wieso das denn?« Peter Klein setzte sich auf.

»Er dachte, sie hätten ein Verhältnis, was angeblich nicht stimmt. Trotzdem wollte er Profit daraus schlagen.«

Peters entrüstetes »Das hätten Sie mir schon längst …« wurde von seiner Vorgesetzten unterbrochen.

»Dass es sich eine Präsidentin leisten kann, mit unlauteren Methoden die Finanzen aufzubessern, kann ich mir nur schwerlich vorstellen, trotzdem ist es besser, wenn wir sie nicht über unseren Einsatz informieren.«

»Sie ist eh mit dem Turnier beschäftigt. Sie wird nichts mitbekommen«, warf Rosa ein. »Und soweit ich weiß, spielen die drei, die den Toten gefunden haben, alle mit, also Manfred Krummeisen, Hana Nakamura und Fritz Töpelmann.«

Die Einsatzleiterin machte sich Notizen. »Bleiben noch der Trainer und die Fitnesstrainerin.«

»Ihm können wir vertrauen«, preschte Rosa vor.

»Ach ja? Was verschweigen Sie mir jetzt schon wieder?«

»Hat'n Äujelschen auf den flotten Spananier jeworfen, datt müssen 'Se ihr nachsehen.« Willy stand im Café und hielt der verdutzten Einsatzleiterin eine pinkfarbene Gerbera vor die Nase.

»Also ich fand den auch äußerst reizend. So 'nen schönen Mann sehe ich ja auch nicht jeden Tag«, begrüßte Roswitha die Anwesenden und setzte sich ungefragt mit an den Tisch.

»Datt han isch jetzt nisch jehört.« Das verstand ihre Familie also unter »sich ruhig verhalten«. Rosa seufzte, stellte der Einsatzleiterin ihre Gärtnereifamilie vor und fuhr fort.

»Babsi hingegen ist an Geld und an David Behringer interessiert gewesen. Außerdem hat sie was gegen den Koch und würde sich sicherlich freuen, wenn er unter Mordverdacht gerät und vom Golfplatz verschwindet.« Sie verband die Namen auf ihrer Tafel miteinander.

»Mal nisch so negativ über datt Prachtexemplar. Die is auch Funkemarieschen.« Während das Pittermännchen sprachlos Willy anglotzte, nickte die Einsatzleiterin lächelnd und ließ sich nicht aus dem Konzept bringen.

»Bleiben die van der Lohs, Vater und Tochter.«

»Tja«, Rosa setzte sich und trank ihren Kaffee aus. »Für mich sind sie beide Opfer. Luise sehe ich höchstens noch als Zeugin. Aber leider liegt sie ja noch im Koma.«

»Das arme Ding.«

Die Synthesizerversion des Kriminaltangos riss die drei aus ihren Überlegungen. »Ja, Jäger?«, nahm die Ermittlungsleiterin das Gespräch an. »Wirklich? Ach, das ist ja … was? Sind Sie sicher? Hm, ja gut, müssen wir wohl, in Ordnung. Bis gleich.«

Sie blickte in die Runde. »Das war gerade mein Kollege. Luise van der Loh ist aus dem Koma aufgewacht.«

»Na, das ist ja wunderbar, wie schön.« Rosa knuddelte vor Freude ihren Mops, der mit kuchensehnsüchtigem Blick zu ihrer Kaffeerunde hochschaute.

»Nicht für alle. Bisher konnte Luise noch nicht richtig vernommen werden, ihr Gedächtnis scheint erst langsam wieder zu funktionieren. Aber eine Aussage hat sie gemacht.«

»Ach ja, und welche?« Peter schaute jetzt ähnlich erwartungsvoll wie Archie.

»Sie hat den Mörder jesehen, wir haben ihn, hurra.«

»Nicht ganz. Außer dem Toten hat Luise eine weitere Person am Tatort gesehen.« Kriminal-Einsatzleiterin Jäger sah Rosa mit unbeweglichem Gesichtsausdruck an: »Und das waren Sie, Frau Reich! Ich fürchte, ich muss Sie aufs Revier mitnehmen.«

Kapitel 39

Nach nicht enden wollenden Sekunden beklommener Stille brach das Chaos im Café aus. Roswitha war mit einem lauten »Rosa«-Schrei aufgesprungen und dabei Archie auf die Pfote getreten, der aufjaulte, losrannte und Sarah zwischen die Beine geriet, die daraufhin den Teller mit Zitronentörtchen, die sie gerade der erweiterten Ermittlungsgruppe ›Grüner als grün‹ servieren wollte, fallen ließ, was Willy mit einem »Nä, muss isch schon wieder feuscht durchwischen!« quittierte. Auch Peter Klein und Ermittlungsleiterin Jäger waren aufgestanden, während Rosa in ihrem Kopf schon die Handschellen klicken und sich selbst rufen hörte: Ich sage nichts ohne meinen Anwalt! Bis ihr einfiel, dass sie gar keinen hatte. Frau Jäger ohne Vornamen hatte sie nur schnell ihre Tasche packen lassen und dann zum Polizeiwagen begleitet, der vor der Gärtnerei stand. Roswitha war nicht davon abzuhalten gewesen, ihrer Tochter »in dieser dunklen Stunde beizustehen«, wie sie sich etwas theatralisch ausdrückte. Und wo Roswitha hinging, war auch Willy nicht weit. Und so hatten sie sich zu dritt auf die Rückbank des Polizeiautos gequetscht, während wenigstens Archie bei Sarah geblieben war und sich gleich auf die Zitronentörtchen auf dem Boden gestürzt hatte. Das Pittermännchen hatte sie zu seinem Revier gefahren, wo ihn Rosa vor gar nicht allzu langer Zeit mit ihrer Spargelquiche besucht hatte. Jetzt kann ich wenigstens meine Quicheform endlich wieder mitnehmen, dachte Rosa, als sie im Vernehmungsraum saß. So einen hatte sie schon lange in real sehen wollen statt wie sonst im Fernsehen. Aber so richtig kam sie gar nicht dazu, sich die Abläufe im Polizeialltag zu merken, zu sehr steckte sie selbst schon drin.

»Also, jetzt erzählen Sie doch mal, was Sie dort im Wald neben dem Golfplatz gemacht haben.« Einsatzleiterin Jäger hatte die Befragung übernommen.

»Ähm, na ja Pilze gesammelt.« Sie hatte geahnt, dass ihr der verschwiegene Ausflug noch um die Ohren fliegen würde. »Für das Essen mit Karl. Archie und ich haben sogar Morchelbecherlinge gefunden, die erkennen Sie ganz leicht, weil sie nach Chlor riechen, also wenn Sie im Wald plötzlich an Schwimmbad denken müssen, dann könnte es sein, dass sie diese wulstigen Dinger gefunden haben«

»Ich verstehe immer nur Schwimmbad.«

»Warum haben Sie das bisher verschwiegen, Frau Reich?« Peter Klein ergriff das Wort, obwohl es gar nicht seine Vernehmung war.

»Na, du hast mich doch nicht ausreden lassen.«

»Ruhe jetzt. Ein Blick auf die Uhr sagt mir, dass wir uns beeilen müssen. Frau Reich, ich frage Sie das nur einmal: Haben Sie den Mord an David B. beobachtet?«

»Nein, ich habe nur gesehen, wie er den Weg entlangjoggte. Und sich dann mit einem Mann gestritten hat, der Armin van der Loh gewesen sein muss, bevor er am Telefon sehr wütend wurde. Dann musste ich zur Arbeit im Golfclub.«

»Haben Sie David B. umgebracht?«

»Natürlich nicht, ich bin … ich war Lehrerin, ich bin dem Staat verpflichtet. Ich könnte doch nie … schon gar nicht einen ehemaligen Schüler.«

»Haben Sie Luise van der Loh oder noch jemand anderen am Tatort gesehen?«

Rosa schüttelte den Kopf. »Nein, das letzte Puzzleteil fehlt mir noch, aber ich weiß, wo wir es finden können. Wir müssen uns beeilen. Ich bin um zehn Uhr mit dem potenziellen Mörder auf dem Golfplatz verabredet. Also bitte, rufen Sie Ihre Truppe zusammen, wir müssen los. Ich hoffe, Sie haben etwas im Schrank, das nach Golfkleidung aussieht, Sie dürfen nicht auffallen. Und sagen Sie nicht, dass wir ein Einsatzfahrzeug nehmen müssen, auf dem dick ›Polizei‹ draufsteht. So schnappen wir nämlich keinen Mörder.«

Kapitel 40

In der Ferne knallte ein Schuss. Rosas Knie wurden weich, was nicht an den Dehnübungen lag. Dabei spielte sie heute gar nicht mit beim Turnier, das gerade per Kanonenschuss auf allen Bahnen gleichzeitig gestartet war. Dass Tanja Schäfer-Schlaffer wirklich eine Kanone aufgefahren hatte wie zum Geburtstag von König Charles, bezweifelte Rosa, traute es den Golfern aber durchaus zu. Menschen, die sehr viel Geld dafür zahlten, um sich abwechselnd in Grund und Boden zu ärgern oder so zu freuen, dass es für die ganze Woche reichte, waren sicherlich zu vielem fähig.

Sie war allein am Abschlag. Sämtliche aktiven Spieler würden die nächsten Stunden auf den Bahnen schwitzen. Selbst Karl hatte sich von Hana breitschlagen lassen, endlich sein erstes Turnier anzugehen. Zuschauer und Gäste saßen auf der Terrasse des Golfclubrestaurants im Schatten der Kugelahorne, die Andy vor gar nicht allzu langer Zeit gepflanzt hatte und die in der Zwischenzeit gut gewachsen waren. Was war seitdem alles passiert? Wie hatte sie in diesen Schlamassel geraten können? Rosa zog ihren längsten Golfschläger aus der Tasche und nahm ihn fest in die Hände. Sie musste der Tatsache ins Auge sehen: Polizeischutz hin oder her – hier stand sie mutterseelenallein auf ihrer Matte. Ihre Hand im Gummihandschuh schwitzte, als sie ein paar Probeschwünge versuchte. Obwohl es der leichteste von allen war, fühlte sich ihr

Schläger an wie ein Zwanziglitersack Erde, als sie mit ihm ausholte.

»Die Arme können Sie gleich oben lassen.« Rosa erschrak, als sie die Worte direkt hinter sich hörte. Während ihr Herz einen ängstlichen Hüpfer machte, klingelte es in ihrem Hirn. Jackpot! Sie erkannte die Stimme. Ihr Plan war aufgegangen wie eine Orchideenblüte nach einem langen Winter. Hinter ihr stand der Koch. Sie drehte sich um und blickte in Winfried Görgens bräsiges Gesicht. In der Hand hielt er einen Korb mit einem Dutzend goldener Bälle.

»Da sind Sie ja. Also, steht unser Deal?«

»Gar nichts steht. Wo ist die Kohle?« Er kam bedrohlich nahe, eine Hand in der Jackentasche. *Ob er eine Waffe dabeihatte?* Sie musste mit Görgen reden. Das hatte sie ihren Schülerinnen und Schülern immer wieder gepredigt. Mündliche Beteiligung war wichtig. Nicht nur in der Schule, im Leben!

»Was wollen Sie?«

»Was ist Ihnen Ihre Golferkarriere wert?«

»Sie bekommen mein Schweigen, ich bekomme Ihre Bälle, so haben wir es verabredet.«

»Jetzt passen Sie mal auf«, Winfried Görgens Gesicht verdunkelte sich. »Für das hier«, er hielt ihr den Korb hin, »müssen Sie bezahlen. Denn wissen Sie was? Mit allem anderen habe ich rein gar nichts zu tun.«

»Ach ja? Die Bälle standen in Ihrem Schrank.« Rosa zögerte. Mit der Möglichkeit, dass der Koch sich standhaft weigerte, etwas mit der Dealerei oder gar dem Tod des Golfspielers zu tun zu haben, hatte sie nicht gerechnet. Was, wenn es stimmte? Dann hatte sie keinen Mörder, nicht mal einen Dealer geschnappt. Sie fürchtete nur – auch ein kleiner Gelegenheitsbetrüger, wie ihn Winnie hier demonstrierte, konnte sehr gewalttätig werden. »Natürlich bekommen Sie was dafür«, lenkte Rosa ein. »Mein Portemonnaie ist in meinem Golfbag, aber viel ist es nicht, ich bin noch nicht zur Bank gekommen diese Woche.«

»Jetzt werden Sie mal nicht ulkig. Der Komiker bin immer noch ich. Nein, Sie geben mir Ihre Kreditkarte samt PIN-Nummer, und ich verschwinde mit Ihrem Ersparten, für den Anfang. Mehr ist bei Ihnen wahrscheinlich eh nicht zu holen.«

Damit Sie mich am Ende doch erschießen oder erschlagen, dachte Rosa Winnies Vorschlag zu Ende.

»Ja, ja, das machen wir. Nehmen Sie sich die Karte, und ich verrate Ihnen die Geheimnummer. Aber sagen Sie mir noch eins: Warum bringen Sie Ihren besten Kunden um?«

»Sie spinnen wohl, wie oft soll ich Ihnen noch sagen: Damit habe ich nichts zu tun.« Görgen spuckte ihr beim Sprechen ins Gesicht. Er war aufgebracht.

»Okay, okay, beruhigen Sie sich. Sie sind also nur für die Bälle und das Koks verantwortlich. Das war sehr geschickt, wie Sie sie, nun ja, präpariert haben. Dafür gibt's ein Extrasternchen. Haben Sie die aufgesägt? Mir hat damals in meiner einzigen Vertretungsstunde Kunst eine Feile immer gute Dienste geleistet ...«

»Schnauze.«

»Aber ... ich habe den Korb mit Bällen doch bei Ihnen gesehen. Das bilde ich mir doch nicht ein.« Rosa schwitzte. Was, wenn sie unrecht hatte? Wenn sie sich total verrannt hatte und den Falschen beschuldigte?

»Die habe ich aufbewahrt für den jungen Golfspieler. Dem haben sie doch alles genommen – die Clubchefin und ihr Gefolge. Der hatte kein Schließfach mehr, nix. Den hätten sie ver-

mutlich rausgeworfen. Da hat er den Korb lieber bei mir abge-
stellt, bevor sie ihm noch die letzten Bälle pfänden.«

»Mir kommen die Tränen. Sie wussten also gar nicht, was
in den Bällen drin ist?«

»Natürlich nicht. Schauen Sie mich an. Sieht so ein Dealer aus?«

Fast hätte Rosa laut aufgelacht. Ja, genauso hat sie sich einen
gewissenlosen, schmierigen Kopf von fiesen Drogengeschäf-
ten in jedem ihrer Krimis vorgestellt. Aber wenn Görgen nicht
mal den Drogenhandel zugab – wie sollte sie ihn wegen Mordes drankriegen? Konnte es sein, dass sie wirklich keinen einzigen Beweis hatte? Ernüchterung machte sich in Rosa breit.
»Ich fasse zusammen: Sie haben zwar die Koksbälle, aber die
gehören Ihnen gar nicht. Sie haben sie weder mit Kokain be-
füllt, noch haben Sie sie verkauft.«

»Für eine Lehrerin haben Sie eine ziemlich lange Leitung.
Aber jetzt haben Sie's. Stimmt, meine Weste ist so rein wie
meine Seele.«

»Dass ich nicht lache!«

Winnie drehte sich um und erstarrte. Die Frau, die aus
dem Raum mit der Ballmaschine trat, war Silvia Görgen. »Du
hast hier nichts verloren, hau ab!«, fuhr Winnie seine Gattin
an.

»Ich lasse mir von dir nicht mehr den Mund verbieten oder
sagen, was ich zu tun habe. Damit ist jetzt Schluss.« Ihr hoch-
rotes Gesicht stand im direkten Kontrast zu ihrer ansonsten
grauen Erscheinung, dachte Rosa und mischte sich ein.

»Frau Görgen, was genau haben Sie uns zu sagen?«

»Die Bälle!« Sie zeigte auf den Korb. »Natürlich gehören die
ihm. Er hat sie aufgesägt und die Drogen darin versteckt. Ich
habe alles gesehen.«

»Verschwinde, du blödes Weib!« Görgen machte einen Schritt auf seine Frau zu, aber sie rührte sich nicht von der Stelle. So sieht es also aus, wenn jemand seine Angst abgelegt hat, dachte Rosa. Selbstbewusst und zufrieden wirkte die Frau des Kochs. Aus dem Mauerblümchen war eine Riesenrafflesie geworden, dachte Rosa – die mit einem Meter Durchmesser größte Blüte der Welt. »Was genau haben Sie gesehen, Frau Görgen?«

»Nachts und an Ruhetagen, wenn er dachte, ich schlafe schon, da saß er im Wohnzimmer und hat die Bälle gefüllt. Die gingen dann unter der Hand weg, an Kunden. Du dachtest, ich merke das nicht, aber ich bin nicht blöd.«

»Du hast keine Beweise, dummes Miststück.«

»Oh doch, die habe ich, hier, auf meinem Handy, ich habe alles gefilmt und Fotos gemacht.« Silvia Görgen zog ein Telefon aus der Tasche ihrer Strickjacke und hielt es hoch. In dem Moment stürzte sich Winnie auf seine Frau, in der Hand hielt er plötzlich eine Pistole und schrie: »Ich mach euch beide kalt!«

»Polizei, lassen Sie die Waffe fallen!« Ein Dutzend Beamte mit bunten Poloshirts unter ihren dunklen Einsatzjacken sprang plötzlich mit vorgehaltener Waffe aus dem Gebüsch, von dem ein Teil sich auf Winfried Görgen warf, der zu Boden stürzte und dabei seine Pistole verlor. Der andere deckte schützend Rosa und Silvia Görgen, die zu perplex war, um auch nur einen Ton von sich zu geben.

Diese dramatische Szenerie betrat Hauptkommissar Peter Klein und sah in seiner Uniform samt schusssicherer Weste so richtig professionell aus. Rosas Erleichterung entlud sich in einem breiten Grinsen. Was auch daran lag, dass hinter Peter Einsatzleiterin Jäger auftauchte.

»Winfried Görgen, ich nehme Sie fest wegen unerlaubten Drogenbesitzes und dem Handel mit Betäubungsmitteln in mehreren Fällen.« Jetzt klickten tatsächlich die Handschellen, freute sich Rosa, und diesmal nahmen sie den Richtigen fest, den Beamte im Hintergrund über seine Rechte aufklärten. Dann hörte sie die leise Stimme der Einsatzleiterin. »Für mehr fehlen uns momentan leider die Beweise.«

Kapitel 41

»Sie haben den Falschen«, brüllte Winfried und versuchte sich zu befreien. »Ich bin hier das Opfer!«

Der Koch lief so dunkelrot an wie die große, schwarze Knorpelkirsche, die sie nächste Woche in einen Garten in Graurheindorf pflanzen würde, dachte Rosa, sofern sie diesen Golfplatz unbeschadet verlassen würde. »Man hat mir was untergejubelt«, keifte Winfried Görgen weiter, während ihm der Sabber aus dem Mund lief, »ich wurde bedroht.« Drei Polizeibeamte zogen den Mann in Handschellen vom Boden. »Ich kann es beweisen.«

»Das wird die Staatsanwaltschaft klären, wenn Sie vor Gericht stehen.« Ermittlungsleiterin Jäger gab ihren Kollegen ein Zeichen, Görgen abzuführen. Doch der trat um sich.

»Nein, ich will, dass sie das sieht. Das Handy, das Sie mir gerade abgenommen haben, zeigen Sie es ihr.« Er schaute Rosa an. Peter verdrehte hinter seiner Chefin Jäger die Augen, die nickte den Kollegen zu. »Aber nur, wenn Sie danach Ruhe geben. Sparen Sie sich die Energie für den Prozess, der auf Sie zukommen wird.« Peter Klein streifte sich Handschuhe über und fischte das Telefon des Kochs aus der Tüte, in die es die Kollegen gerade gesteckt hatten. »Pin?«

»3663. Als ob Sie ›doof‹ schreiben. Können Sie sich gut merken.«

Peter Klein entsperrte das Mobiltelefon. »Und jetzt?«

»Gehen Sie auf Nachrichten. Ganz oben. Unter DB. Wie David Behringer. Lesen Sie. Laut!«

Peter holte seine Brille aus der Jackentasche und las vor: »Fünfhundert fällig. Sofort. Sonst … D. Das soll ein Beweis sein? Hätte ja jeder schicken können.«

»Überprüfen Sie die Nummer. Das ist seine. Dieser miese Kerl hat mir die Drogen einfach auf den Tisch gelegt und wollte dann Geld haben. Ich nehme so was nicht. Ich bin unschuldig.«

»Tja, das würden wir ja gerne überprüfen.« Frau Jäger gab Peter ein Zeichen, damit er das Mobiltelefon von Winfried Görgen zurück in den durchsichtigen Beutel packte. Er verschloss ihn und reichte ihn seiner hübschen Kollegin, die Rosa schon kannte. Die, die sich über ihre Spargelquiche gefreut hatte. So langsam, dachte Rosa, konnte sie auch was zu essen vertragen.

»Aber leider haben wir das Handy des Toten noch immer nicht gefunden.«

»Dann steht Aussage gegen Aussage, Sie müssen mich freilassen«, wehrte sich Görgen.

»Ich habe da eine bessere Idee.« Während Peter Rosa das kleine Mikrofon, das die Polizei ihr vor dem Einsatz aufs Dekolleté geklebt hatte, abnahm, gab seine Chefin die nächsten Anweisungen. »Mein Kollege besorgt uns in Windeseile einen Durchsuchungsbeschluss, und dann schauen wir uns in Ihrer Wohnung um. Was sagen Sie dazu?«

»Den brauchen Sie nicht«, meldete sich Silvia Görgen, »ich lasse Sie rein, dann können Sie das Handy suchen.«

»Noch besser«, Peter Klein sprach hastig in sein Funkgerät, wenig später sah Rosa mehrere Polizeiwagen vorfahren.

»Und ihn hier«, die Einsatzleiterin zeigte auf Winfried Görgen, »abführen! Setzen Sie ihn in den Einsatzwagen, aber bleiben Sie noch hier. Wir sind noch nicht fertig.«

• • •

Vor dem Restaurant traf das Ermittlerteam auf Hana, Manni
und Fritz, die, wie es aussah, die ersten neun Löcher des Turniers hinter sich gebracht hatten und jetzt nach Wasser und
Bananen griffen, die Tanja Schäfer-Schlaffer verteilte.

»Was ist denn hier los? Wo kommt die ganze Polizei her?
Frau Reich, da stecken Sie doch dahinter!« Die Clubpräsidentin sah nicht glücklich aus.

»Wir haben nichts getan!«, rief Fritz mit einer halben Banane im Mund, neben sich sein Jahrhundert-Golfbag.

»Wir haben ein Alibi!«, bemerkte Manfred Krummeisen,
heute im neongelben Shirt zu grüner Hose plus orange leuch-
tendem Gesicht, von dem Rosa den Schweiß fließen sah.

»Kann man nicht mal in Ruhe ein Turnier gewinnen?«
Hana klang für ihre Verhältnisse versöhnlich, sie grinste unter
ihrer Kappe ohne Kopfteil.

»Mia Rosa, du haben doch nix verbrochen?« Manuel Bonasera saß an einem der leeren Tische vor dem Restaurant, das
heute geschlossen hatte. Ihm gegenüber Fitnesstrainerin Babsi.
Sie schienen bis gerade eben in ein Gespräch vertieft.

»War das Winnie im Polizeiauto? Wusste ich's doch, Dreck-
sack!«

»Sie bleiben bitte, wo Sie sind!« Peter lief hinter Silvia Görgen und seiner Chefin ins Haus, Rosa im Schlepptau. »Nehmen Sie die«, er reichte ihr ein Paar Handschuhe. »Fassen Sie
trotzdem bitte nichts an, wir übernehmen die Durchsuchung.«

Sie stiegen die schmale Treppe in die Wohnung der Görgens hinauf: Wohnzimmer, Bad und Schlafzimmer – obwohl sie zuletzt erst gestern hier gewesen war, kam es Rosa vor, als seien Wochen vergangen. Sie blickte sich um, schaute zusammen mit Peter und seiner Chefin in jede Schublade, jeden Schrank, alles von Silvia Görgen bereitwillig geöffnet. Nirgendwo eine Spur vom gesuchten goldenen Handy des Toten. Dass ein Mann wie Winnie das Mobiltelefon in seiner Tiefkühltruhe oder einem gehenden Hefeteig in der Küche versteckt haben könnte, glaubte Rosa weniger. Weder hielt sie den Koch für so geschickt, noch hatte sie den Eindruck, dass Görgen seine Brote und Teige selbst herstellte. Ihr kam ein Gedanke.

»Können wir vielleicht noch mal zur Übungsanlage gehen? Ich habe da so eine Idee.«

Als sie wieder vors Restaurant traten, wurde Rosa von einem lauten Bellen begrüßt. Ein fellgewordenes Stückchen Königshaus schoss auf sie zu. »Archie, was machst du denn hier?«

»Hoffentlisch nisch watter jejessen hat.« Willy stiefelte hinter Archie den Weg entlang, neben sich Roswitha. »Datt würd' den Jecken hier nisch jefallen.«

»Wir haben uns Sorgen gemacht, Rosalinde, du hast doch versprochen, nicht mehr allein auf diesen Golfplatz des Todes zu gehen. Oh, Tag, Pittermännchen.«

Und noch jemand, den Rosa hier nicht erwartet hatte, stand mit verschränkten Armen plötzlich vor ihr. Er überragte ihre Gärtnereifamilie um zwei bis drei Köpfe und ließ ihr Herz einen noch höheren Satz machen: Andy. »Wenn du schon nicht Bescheid sagst, wo du hingehst, und auf Anrufe nicht reagierst, musst du damit rechnen, dass wir dich suchen kommen.« Er gab ihr einen zarten Kuss auf die Wange.

»Habt ihr den Mörder geschnappt?« Roswitha griff nach Rosas Arm. Die nickte. »Sieht ganz so aus. Aber um ihn hoffentlich zu überführen, müssen wir noch kurz einen Abstecher auf die Übungsrange machen.«

»Da wollt isch eh hin. Wo ist datt Funkemarieschen, bei der buch isch ene Kurs. Isch komm jetzt öfter.«

»Willy, Babsi gibt Fitnesstraining und keinen Golfunterricht. Auf dem Gymnastikball sehe ich dich noch nicht. Ihr haltet euch bitte zurück und fasst nichts an.« Es hätte nicht viel gefehlt und Rosa hätte alle gebeten, sich in Zweierreihen aufzustellen und an den Händen zu fassen. Sie steuerte die Sandgrube an, in der Andy sie neulich nachts gefunden hatte, bewusstlos. Archie wurde unruhig. »Darf er?« Rosa sah Hauptkommissar Peter Klein und seine Chefin fragend an, dann ließ sie ihren Mops von der Leine. »Ja, such das Leckerchen!« Das wollte sich Archie nicht zweimal sagen lassen. Er sprang in den Bunker, die Hundenase voran, und fing wieder an zu graben. Bis er knurrend auf etwas gestoßen war. Bevor der Mops es mit seinen Zähnen zerreißen konnte, hielt Rosa ihn am Halsband fest, Peter Klein nahm es Archie mit zittrigen Fingern aus dem Maul. *Hatte das Pittermännchen etwa Angst vor kleinen Hunden?* Er hielt es in die Höhe, damit alle sehen konnten, was es war: Hinter durchsichtigem Plastik erkannte Rosa ein Mobiltelefon. Ein goldenes Mobiltelefon. Hatte sie doch richtig vermutet – Winfried Görgen war zu einfallslos, sich ein neues Versteck zu suchen. Ob Kokain oder ein Handy – im Sand hinterließ er keine Spuren, so ungeschickt war er vielleicht doch nicht.

»Das werden wir auswerten und mit den Nachrichten auf Görgens Handy abgleichen«, meldete Peter, »guter Instinkt, Frau Reich.«

»Moment, da steht doch was.« Rosa kam näher und deutete auf eine schwarze Schrift auf der Tüte. »›Schwienefilet‹. Sieht aus, als hätte Winnie eine alte Tiefkühltüte noch einmal verwendet. Sehr nachhaltig.«

»Damit soll der Mörder seine Taten geplant haben?« Roswitha schaute entsetzt auf das goldig glänzende Handy in der Tüte.

»Das werden wir sehen.« Einsatzleiterin Jäger lächelte zufrieden. »Ich bin gespannt, was Herr Görgen dazu sagt.«

Sie liefen zurück Richtung Parkplatz, wo Winnie noch immer im Polizeiauto saß, bewacht von einigen Einsatzfahrzeugen und Beamten der Kriminalpolizei. Andy hatte Rosas Hand genommen, was ihre Aufregung an diesem Tag eher verstärkte.

»Holen Sie ihn noch mal raus!« Leiterin Jäger gab den Kollegen ein Zeichen, die den zerknirschten Koch aus dem Auto zogen. »Was sagen Sie dazu?« Peter hielt ihm die Tüte mit dem goldenen Handy vor die Nase. Görgen zuckte mit den Schultern.

»Kenn ich nicht. Damit habe ich nichts zu tun.«

»Oooh doch«, Rosa trat vor, »das ist eine Tüte aus Ihrer Küche. Mitsamt Rechtschreibfehler. Genauso einen Fehler habe ich an der Tafel Ihres Restaurants gesehen. Ich tippe auf Legasthenie.« Silvia Görgen nickte. Den Drohbrief vor der Tür ihrer Gärtnerei verschwieg Rosa erst einmal.

»Die Tagesessen schreibt immer das Mädchen auf, nicht ich.«

»Unsinn«, rief seine Frau dazwischen.

»Da steht wohl wieder Aussage gegen Aussage.« Der Koch grinste frech.

»Wollen Sie etwa Luise beschuldigen? Wie Sie wissen, wurde sie ebenfalls niedergeschlagen, und wenn mir nicht die

Engelstrompete ins Hirn bläst, wird sie das wohl kaum selbst getan haben.« Rosa funkelte Winfried Görgen wütend an. Das wurde ihr hier langsam bunter als eine Palette Portulakröschen in Regenbogenfarben.

»Watt glotzen Sie mich so an? Ich habe nichts getan.« Winnie blickte siegessicher in die Runde, nur Willy murmelte: »Nä, watt 'ne fiese Möpp!«

»Lügner!« Eine junge Frauenstimme näherte sich.

Rosa riss die Augen auf. Luise! Dass sie aus dem Koma erwacht war, wusste sie, aber hatte es nicht geheißen, sie erinnere sich nicht an alles und sei noch zu schwach für eine Vernehmung? Jetzt stand die Studentin vor ihnen, als wäre nie etwas passiert. Rosa lachte auf vor Glück und wollte das Mädchen am liebsten sofort umarmen. Aber die Einsatzleiterin hielt sie zurück. Bei genauerem Hinsehen sah Luise zerbrechlicher aus als an ihrem Geburtstag. Sie hatte sich bei ihrem Vater Armin van der Loh eingehakt, es war nicht zu erkennen, wer wen stützte. Sie mussten von dem verbotenen Weg zwischen Parkplatz und Privatweg gekommen sein. Zwei Polizisten begleiteten sie.

»Du bist ein Mörder, Winfried Görgen.« Luise klang leise, aber selbstsicher. »Ich habe gesehen, wie du aus dem Gebüsch gesprungen bist und David …« Ihre Stimme brach, aber sie fing sich wieder. »Wie du David erschlagen hast. Und ich habe dich auch erkannt, bevor du mich …« Rosa sprang auf und schloss Luise in die Arme. Jetzt kamen beiden die Tränen, während Peter mit offenem Mund von einer zur anderen blickte.

»Frau van der Loh«, meldete sich die Einsatzleiterin, »so sehr wir uns freuen, dass Sie wieder aufgewacht sind und sich erinnern. Aber warum haben Sie das nicht gesagt, bevor Sie das Opfer von Winfried Görgen wurden? Das hätte Ihnen und uns viel erspart.«

Luise kamen die Tränen, sie schluchzte auf. »Sie ... Sie haben völlig recht. Aber ich wusste nicht, was ich tun sollte. Als ich David ... als ich ihn da liegen sah und merkte, dass er tot ist, da bekam ich solche Angst.«

»Die Kette, richtig?« Rosa betrachtete das Mädchen, das um Fassung und Mut rang.

»Er hatte sie von mir, sie war der Beweis, dass ich mit ihm ... Ich habe geglaubt, dass alle denken, dass ich ...«

»Dass Sie ihn umgebracht haben könnten«, ergänzte die Einsatzleiterin Luises Satz.

»Aus Eifersucht, verschmähter Liebe«, warf Rosa ein.

»Ja, aber ich war das nicht. Ich habe ihn doch ...« Eine Träne lief ihr die Wange herab.

»*L* wie Luise, nicht wie Liebe. Ich wusste es.« Rosa triumphierte innerlich.

»Was? Nein, L wie Liefke. So hieß meine Mutter. Die Kette gehörte ihr, ich musste sie wiederhaben.«

»Also, wenn ich zusammenfassen darf – wir haben einen Mörder, wir haben eine Zeugin und diverse Beweise.«

»Die noch ausgewertet werden müssen, danke, Frau Reich.« Peter Klein sah sie streng an. »Halten Sie sich bitte alle für eine Aussage bereit.«

»Dann sollten wir uns dringend an das Mordmotiv setzen.«

»Ja, Frau Reich, das werden wir tun. Auch ich bedanke mich bei Ihnen«, fuhr Einsatzleiterin Jäger fort. »Und ich sage hoffentlich zum letzten Mal für heute: abführen.«

Kapitel 42

Karl strahlte wie an seinem letzten Arbeitstag am Bad Godesberger Gymnasium als Lehrer für Latein und Geschichte und hob für die Fotografen die schwere Glasschale über seinen Kopf. Ein wenig derangiert wirkte er – das obligatorische Poloshirt stand weit offen und zeigte riesengroße Schweißflecken. In Anbetracht der warmen Temperatur plus körperlichen Betätigung, hatte er eine Bermudashorts dazu gewählt, stilecht mit karierten Kniestrümpfen, von denen einer heruntergerutscht war. Die Golfschuhe waren dreckig, genau wie seine Knie. Auf Nachfrage erklärte Karl, dass er keineswegs hingefallen sei, sondern sich vor jedem Einlochen aufs Grün gekniet habe, um den Ball im exakt richtigen Winkel unter Einberechnung jeglicher Unebenheit im Boden sowie der Windverhältnisse perfekt einzulochen. Was ihm offensichtlich mehrfach gelungen war. Auf jeden Fall hatte Karl am Ende genügend Punkte gehabt, um von seinem Anfänger-Handicap weit nach oben zu rutschen. Und sicherlich trug auch Rosas Bericht von Winfried Görgens Verhaftung ein kleines bisschen zu Karls guter Laune bei.

»Du hast es mal wieder geschafft, meine Liebe, der kriminelle Koch macht keine schlechten Witze mehr.«

»Dafür ist ja auch Willy zuständig«, lächelte Rosa. »Das goldene Handy des Opfers haben wir auch gefunden, im Bunker. Du hast also wieder Ruhe auf deinem Golfplatz.«

»*Amor est pretiosior auro*, Liebe ist kostbarer als Gold. Dank dir hat die Liebe gewonnen, Rosa, ich hoffe, du hast es geschafft, ohne hier großen Wirbel zu machen.«

»Hm.« Rosa nickte eifrig und war froh, dass Karl während des Polizeieinsatzes irgendwo zwischen Bahn drei und fünfzehn gesteckt haben musste, von denen man keinen Blick auf Übungsrange, Restaurant und Parkplatz hatte. Und dass ihr Freund als Letzter die achtzehn Bahnen beendet hatte. Sie beobachtete Silvia Görgen, die gerade das Büfett auf der Terrasse des Clubrestaurants eröffnete. Sie hatte sich für den Abend umgezogen und trug ein sommerliches Kleid, das ihrem Teint schmeichelte. Auch mit ihren Haaren hatte sie etwas gemacht, das sie jünger und richtiggehend hübsch aussehen ließ. Vermutlich steckte Babsi hinter der Verschönerungsaktion. Die Fitnesstrainerin ging der neuen Restaurantchefin zur Hand und freute sich, wie es aussah, genauso sehr wie Silvia, dass Winnie hier keine schlechte Laune mehr verbreitete und vor allem keinen Golfern mehr nach dem Leben trachtete. Auch Luise war wieder da. Sie saß mit ihrem Vater an einem Tisch und wirkte befreit.

»Herr van der Loh«, begrüßte Rosa Luises Vater mit vom Champagner leuchtenden Wangen, die mittlerweile dieselbe Lachsfarbe angenommen haben mussten wie die Rosen auf den Tischen. »Wie geht es Ihnen, wir hatten heute Mittag noch gar keine Zeit zu reden.« Armin van der Loh sah etwas besser aus in seinem leichten, hellblauen Sommeranzug.

»Besser, die Chemo schlägt an. Vielen Dank. Für alles.« Er lächelte sie dankbar an und schaute seine Tochter an, wie nur ein stolzer und liebender Vater gucken konnte.

»Ich komme nächste Woche vorbei, dann mähe ich Ihnen den Rasen, und wenn es etwas zu beschneiden gibt, können meine Jungs und ich das gleich mit erledigen.«

Andy in Jeans und zur Feier des Tages mit Weste, mischte sich ins Gespräch ein, ließ aber Rosas Hand keine Sekunde los.

»Oh vielen Dank. Das ist großartig. Dann bleibt mir mehr Kraft für anderes. Was, ähm, kostet eigentlich eine Schnupperstunde hier in diesem Verein?«

»Für Sie ist die natürlich kostenlos.« Tanja Schäfer-Schlaffer drängelte sich vorbei, auf der Suche nach einem Mikrofon für die offizielle Begrüßung. »Sie haben schon genug unter uns gelitten. Auf zukünftig bessere Nachbarschaft!« Sie reichte Herrn van der Loh ein Glas und stieß mit ihm an. »Und Frau Reich, danke. Ich glaube, ohne Ihre Power und Hartnäckigkeit würden wir im Club noch immer um unser Leben bangen. Sie haben wieder Frieden in unseren Verein gebracht.«

»Siehst du!« Rosa lächelte Karl zu. »Das hättest du nicht gedacht, was?«

»Deshalb würde ich die Kosten für Ihren Kursus auch gerne übernehmen.« Tanja legte ihr die Hand auf die Schulter.

»Verkraften das denn Ihre Finanzen?«, fragte Rosa skeptisch. Aber die Clubpräsidentin winkte ab.

»Von jetzt an geht's bergauf. Nachdem der Alte, also ich meine Herr Görgen, eingefahren ist, wird seine Frau Silvia das Restaurant leiten. Von ihr habe ich schon erfahren, dass da in der Vergangenheit wohl nicht alles sauber abgerechnet worden ist. Und ich möchte wetten, dass sich so eine Mordsgeschichte überraschenderweise positiv auf die Anmeldungen auswirken wird. Kostenlose Werbung, unser Club in allen Medien, Sorgen muss sich niemand mehr machen, der Mörder wurde ja geschnappt. Da wird sich also vieles zum Positiven wenden. Auf Ihr Wohl!«

»Dass er selbst sein bester Kunde war, habe ich auch schon beobachtet«, grübelte Rosa. »Vielleicht hat Winnie auch viel zu oft einen ausgegeben, um eine entspannte Atmosphäre für ein gewinnbringendes Verkaufsgespräch zu schaffen, schließlich wollte er seine Drogen an die Spieler bringen.«

»*Male parta, male dilabuntur.* Was übel erworben wurde, geht auch übel zu Ende.«

»Richtig, Karl, und jetzt zeig mal, was auf deiner Schale eingraviert ist: Bester Newcomer des Jahres. Na, wenn das nicht die richtige Auszeichnung für dich ist.« Rosa lachte. »Wer ist eigentlich Gesamtsieger geworden? Hana?«

»Ja, bei den Damen. Sie ist auch richtig glücklich darüber. Bei den Herren gab's eine Überraschung: Klaus Kastner, von null auf hundert, sozusagen. Er hat zwar nie die Platzreife gemacht, deshalb läuft er quasi als Sonderfall. Aber der Vorstand hat sich entschieden, dass er den Preis redlich verdient hat. Deshalb muss ich jetzt auch langsam …«

»Nur noch eine Frage«, Rosa sah Tanja Schäfer-Schlaffer interessiert an. »Der Greenkeeper hat nachts trainiert, auf diese Art und Weise konnte er so gut werden. Warum haben Sie so ein großes Geheimnis daraus gemacht? Er hat doch nichts Schlimmes verbrochen.«

»Es war sein Wunsch. Nach seinem Schicksalsschlag und dem kruden Lebenslauf war er froh, bei uns eine gute Anstellung zu haben. Aber er wollte nicht, dass es Gerede gibt. Ihm war seine Arbeit hier sehr wichtig. Er hatte doch sonst nichts mehr. Ich muss jetzt los. Sie entschuldigen mich?«

»Jetzt bekommt er den Pokal.« Rosa schaute beeindruckt zur kleinen Bühne, auf die die Clubchefin Hana und den Greenkeeper holte. »Leider verdient man als Amateurgolfer nicht das große Geld wie die Profis. Aus seinem Kanada-Traum wird wohl so schnell nichts werden.« Sie sah Andy schulterzuckend an.

»Er kann ja erst mal dort Urlaub machen. Allerdings hat er auch hier genug Grün.« Sie applaudierten den Siegern, als Rosa eine bekannte Haartolle in der Menge entdeckte. »Ich verlasse dich ungern, aber ich muss da jemandem ganz schnell Hallo sagen.« Sie schaute Andy noch einmal tief in die Augen, ließ seine Hand los und drängelte sich durch die feiernden Golfer. Manuel Bonasera stand neben Fritz und Emily und unterhielt sich angeregt.

»Rosita, du kennst Emily, wir hatten schon drei Stunden, sie ist Naturtalent.«

Rosa lächelte der jungen Frau wissend zu. »Das hat sie wohl von ihrem Opa. Hallo, Fritz. Heute hast du wohl ein ganzes Ave-Maria für Karl gebetet. So gut wie er abgeschnitten hat.«

»Was?«

»Schon gut.« Rosa wusste nicht, ob Fritz ihre Anspielung auf seine dicke Bibel im Bag nicht verstanden hatte oder ob sein Hörgerät noch zu Hause lag. Mittlerweile hatte sie den Eindruck, dass Fritz gar kein Problem mit den Ohren hatte, bloß so einiges nicht hören wollte. Rosa nahm den Trainer beiseite. »An Frauen mangelt es dir nicht. Sei bloß anständig zu Emily. Wie läuft's denn mit Babsi? Ihr scheint euch wieder zu verstehen.«

»Aaah, Barbara, sie schaut mich wieder an mit so großen Augen. Ich glaube, sie ist eifersüchtig.«

»Wenn du einen Rat möchtest von einer alten, ich meine erfahrenen Frau. Verpass nicht den Zeitpunkt, dich zu entscheiden. Und am besten für die Frau, der Äußerlichkeiten nicht so wichtig sind wie ein gutes Herz.«

»Ha, das auch sagen meine Mama immer. Sie war sehr beeindruckt von dir. Sie leitet Restaurant im Wald. Ich habe noch gar nicht vorgestellt. Wann wir fahren wieder hin, nur du und ich – zu Mama? Du bleibst doch im Club und spielst weiter Golf nach dieser Geschichte, mi preciosa Rosita!«

»Na und ob! Nachdem ich herausgefunden habe, wo du ein Jahr lang gesteckt hast!« Sie grinste ihn an. Noch nie hatte Rosa einen Mann ganz in Weiß mit einem derart hochroten Kopf gesehen. Angsterfüllte Augen schauten sie an. Manuel öffnete den Mund – und schloss ihn wieder. Rosa klopfte ihm kräftig auf die Brust und flüsterte ihm zu: »Bei mir ist dein Geheimnis sicher.« Mit einem lauten »Die nächste Tapas-Platte geht auf dich! Wir sehen uns zur Platzreifeprüfung«, ließ sie den schönen Trainer stehen und lief zurück zu Karl und seinen neuen Golfpartnern.

Hana begrüßte sie mit einem Nicken, während sie mit Karl die nächsten Termine checkte. Wie es aussah, würden sie demnächst nicht mehr zu dritt, sondern zu viert spielen. Ein Vierer-Flight, erinnerte sich Rosa an den Fachbegriff und hoffte, dass diese Frage in der theoretischen Prüfung vorkommen würde.

»Hana trainiert jetzt die Jugend«, berichtete Karl stolz, »die Kinder lieben sie.«

»Gratulation!« Es überraschte Rosa nicht. Auch in der Schule waren nicht unbedingt die Lehrer am beliebtesten gewesen, die sich bei ihren Schülern einschmeichelten und einen auf Kumpel machten. Sondern häufig gerade die älteren und strengen Lehrer, denen das Wohl der Kinder aber wirklich am Herzen lag.

Gemeinsam sahen sie, wie Tanja Schäfer-Schlaffer Fritz zu seinem fünfzigjährigen Vereinsjubiläum eine neue Golftasche überreichte. »Ultraleicht mit viel Stauraum«, pries sie das glänzende Stück an, das so gar nichts mit seiner alten Tasche gemein hatte.

»Schenk ich dir«, war das Erste, was Fritz sagte, als er von der Bühne herunterkam. Und drückte die nagelneue Tasche seiner Enkelin in den Arm. Die sah ihren Großvater nur verwundert an.

»Dein altes Bag ist doch viel zu schwer«, schimpfte Karl, »mach es dir doch leichter in deinem Alter.«

Aber Fritz brummelte nur: »Unsinn.«

»Ich will euch tragen bis ins Alter und bis ihr grau werdet. Ich will heben und tragen und erretten. Jesaja 46, 4, wenn mich nicht alles täuscht.« Rosa grinste den ältesten Spieler des Clubs spitzbübisch an. Nicht nur Fritz war mit einer Bibel aufgewachsen. »Jetzt vermisse ich nur noch einen. Wo ist eigentlich Manfred Krummeisen, habt ihr den am letzten Loch vergessen?«

»Da kommt er!«, rief Fritz, der also doch ganz gut hörte, und zeigte Richtung Eingang, wo sich gerade Manfred zur Feier des Abends ganz in Neonpink mit strammen Schritten näherte.

»Er musste in den vergangenen Wochen sehr viel arbeiten«, raunte ihr Hana zu. »Man sagt, seine Frau hatte keine Lust mehr, die Firma allein zu leiten. Jetzt heult er sich wahrscheinlich wieder bei Tanja aus, pffft.«

Rosa lächelte und nahm Andys Hand, der ihr auch gerade ein neues Glas reichte. »Was Tanja und Manfred wirklich füreinander empfinden, werden wir wohl nie erfahren.« Sie sah ihren persönlichen Baumschulbesitzer an. »Wenn ich drüber nachdenke, bin ich mir auch gar nicht mehr sicher, ob die blauen, eckigen Tabletten in seinem Spind vielleicht einfach nur Weingummi von Tanjas Sponsor waren.«

»Das ist mir auch völlig wumpe. Hauptsache, ich weiß, was du für mich empfindest.« Er küsste Rosa auf den Mund. »Und ich für dich.«

Rosa sah ihrem Freund tief in die Augen. »Eine Antwort bist du mir aber noch schuldig geblieben, mein Lieber. Woher weißt du, wie man Schlösser knackt? Gibt es da etwas, was ich wissen müsste? Ich würde ungern von einem Krimi in den nächsten rauschen.«

»Keine Sorge, Rosa. Ich werde dir alles erzählen. Aber dafür haben wir noch viel Zeit.« Andy nahm ihre Hände und küsste auch diese.

»Dann bleibt jetzt wirklich nur noch eine Frage«, fasste Karl zusammen, während er seine Brille putzte. »Wann machst du endlich deine Platzreifeprüfung, Rosa?«

Kapitel 43

Der Erste, der sie begrüßte, als Rosa mit Andy die Gärtnerei betrat, war Archie. Er sprang an ihr hoch, als habe er sein Frauchen seit drei Wochen nicht gesehen, und so lange kam es Rosa auch vor. Sie knuddelte ihren Mops und freute sich, dass er Andy genauso stürmisch Hallo sagte. Der beste Beweis, dass Archie ihren Freund schon längst in sein Hundeherz geschlossen hatte.

Als Nächstes kam ihnen Willy entgegen – auf einem knallroten Elektroroller kurvte er durch Gärtnerei und Verkaufsraum, wo er versuchte, im Slalom um die Eimer voll strahlender Sonnenblumen zu fahren, während sich Roswitha nur die Augen zuhielt.

»Ist die Chefin aus dem Haus …«, setzte Rosa an, aber Willy unterbrach sie.

»War ene Schnäppchen. Jünstisch abzugeben. Da musste isch zuschlagen. Rot steht mir jut, oder?«

»Und von wem hast du den?« Rosa und Andy warfen sich einen erstaunten Blick zu.

»War so ene Schwarzhaarige mit lustigem Käppschen mit Loch im Kopp.«

»Hana!«, riefen Rosa und Andy gleichzeitig, und der Baumschulbesitzer ergänzte: »Na klar, sie braucht Geld, so ohne Job.«

»Aber sie trainiert doch jetzt die Jugend. Und Tanja hat ihren Jahresbeitrag für die Clubmitgliedschaft erst mal ausgesetzt. Sie zahlt, wenn sie wieder kann. Finde ich nett von Tanja.«

»Und, hast du den schönen Trainer mit den falschen Haaren geoutet?« Moritz saß schon bei Sarah im Café, die zur Feier des Tages eine Buttercreme-Schichttorte mit Golfballkuppe gebacken hatte, die sie gerade anschnitt.

»Er ist so süß rot geworden bis in die frisch gepflanzten Haarspitzen. Dabei hatte ich das Wort Haartransplantation gar nicht erwähnt. Und das werde ich auch nicht tun, das habe ich Manuel versprochen. Von mir erfährt es niemand.«

»Könnte isch auch jebrauchen.« Willy fuhr sich über den blanken Schädel und setzte sich zu ihnen. »Isch krieg trotzdem alle Frauen.« Er lächelte breit.

»Eine nicht«, meldete sich Andy und küsste Rosa vor aller Augen auf den Mund.

Selbst Willy war sprachlos. Für eine Sekunde.

»Datt is der Beweis.«

»Wofür, Willy?« Roswitha lächelte versonnen.

»Et is nie zu spät für ene Spätblüher.«

»Willy! Und was bist du dann? Ein Zuspätblüher?« Rosa lachte. »Na endlich!« Sie sprang auf. Hauptkommissar Peter Klein betrat gerade das Café, an seiner Hand Daniela im gepunkteten Sommerkleid. Seine Uniform hatte er gegen Jeans und T-Shirt getauscht, sie gaben ein hübsches Pärchen ab.

»Watt denn, haste noch mehr ausjefressen, Scheffin?«

»Unsinn, ich wollte Peter und Daniela schon längst in Ruhe unsere Gärtnerei zeigen. Und jetzt, da der Trubel vorbei ist …« Rosa begrüßte die beiden. »Daniela, du hast Sarah und meine Mutter Roswitha noch gar nicht kennengelernt. Und das ist Willy, unser ältester Mitarbeiter.« Der sich gleich angeregt mit der jungen, hübschen Frau über die Pflege von Bananenstauden unterhielt – Daniela sah zumindest so aus, als würde sie sein Rheinisch verstehen.

»Hat der Koch gestanden?«, überfiel Rosa ihren ehemaligen Schüler noch vor dem ersten Schluck Kaffee.

»Dank Luises Zeugenaussage ist es nur eine Frage der Zeit. Sein Konto weist einige nicht erklärbare Einzahlungen auf. Das Problem ist: Wer will schon einen vorsätzlichen Mord gestehen?«

»Aber ihr könnt doch das Handy des toten Golfspielers auswerten«, meldete sich Andy zu Wort. »Da müssten ja alle Absprachen gespeichert sein.«

»Wir sind dabei. Es ist der Beweis, dass die beiden Männer in einer Beziehung zueinander standen, in keiner freundschaftlichen.«

»Vermutlich wurde Görgen von David Behringer erpresst, anhand der Nachrichten. Der junge Mann brauchte Geld für seine Sucht. Ein Teufelskreis. Ich hoffe, Winnie wird sich nicht als Opfer rausreden.« Rosa grübelte.

»Das kann er gerne versuchen. Fakt ist aber, dass wir seine Fingerabdrücke auf dem Telefon des Toten gefunden haben. Er hat es seinem Opfer nach dem Mord aus der Tasche gezogen. Freiwillig wird der es ihm kaum gegeben haben.«

»Richtig, Peter.« Rosa lächelte zufrieden. Wie unterschiedlich die Lebenswege ihrer ehemaligen Schüler doch verliefen. Der eine buchstäblich im Sand, der andere ging gerade steil bergauf. Wie es aussah, wuchs Peter mit seinen Aufgaben. Hätte sie das nur schon als seine Lehrerin gewusst!

»Jetzt essen Sie doch erst mal ein Stück von Sarahs fantastischer Buttercreme-Golfertorte.« Roswitha schob dem Hauptkommissar ein Stück hin, während Rosa weitersprach.

»Ein Mord mit Vorsatz bleibt ein Mord mit Vorsatz, der Spaten in den Händen eines Kochs sagt doch alles. Da fällt mir ein«, Rosa lief zur Theke und fischte den goldenen Ball aus dem großen, runden Glas. »Das ist der Ball, den ich beim Pilzesammeln gefunden und mit einem Champignon verwechselt habe. Den muss Winnie da verloren haben, würde mich nicht wundern, wenn da auch Kokain drin ist. Hatte ich völlig vergessen.« Sie drückte ihn dem erstaunten Peter in die Hand.

»Da jeht er hin, unser Betriebsausflug. So kommen wir nie zur Loreley.«

»Und ich dachte, Willy, du hättest noch jede Frau bekommen!«, lachte Rosa und gab Sarah ein Zeichen. Es war Zeit für eine Runde Kölsch für alle.

Epilog

Es fiel gar nicht auf. Sie wirkten dunkel, voll und kräftig, wie sie in der Nachmittagssonne glänzten, als Manuel lässig mit der Hand durchfuhr.

»Dein Shampoo besorge ich mir auch«, bemerkte Rosa und lächelte ihren Trainer verträumt an, während sie sich den Schweiß von der Stirn wischte.

»Rosita, du nur lenken ab. Du sollst endlich schlagen. Guck, alle warten.«

Rosa stand in ihren neuen, noch fast sauberen Golfschuhen am Abschlag von Bahn neun und schaute rüber zum Clubrestaurant. Dort auf der Terrasse, wo sie vor Wochen die Nachricht erhalten hatte, dass es einen Toten gab, hatten sich alle versammelt: Andy und Karl, der gerade noch mit Fritz, Hana und Manfred eine Runde gespielt hatte. Luise und Silvia Görgen und sogar Tanja Schäfer-Schlaffer hatten sich eingefunden, um Rosa bei ihren letzten Prüfungsschlägen zuzusehen. Auf der gegenüberliegenden Bahn hatte Klaus Kastner seinen Rasenmäher ausgeschaltet und die Schutzbrille abgenommen und starrte ebenfalls herüber.

»Wenn du jetzt machst ordentlichen Abschlag, du hast Platzreife in der Tasche, Rosa, na los.« Manuel wurde ungeduldig. Also stellte sie sich breitbeinig vor ihrem Ball auf, die Hände mit verschränkten Fingern um den Schläger gewickelt, den Schlägerkopf am aufgeteeten Ball. Rosa konzentrierte sich, holte aus, wie sie es gelernt hatte, schön locker in der Hüfte dank Babsi – sie war dann doch noch ein paarmal bei der Trainerin gewesen, um keine Phobie gegen Fitnessstudios zu entwickeln. Und dann ließ Rosa schwungvoll ihre Arme Richtung Ball fallen, während sich ihr Unterkörper elegant drehte. Mit einem lauten *Klack* traf ihr Schläger den Golfball, der im perfekten Bogen in die Luft flog. Vorbei an Andys Kugelahornen und ihren Studentenblumen, die noch immer in knallgelber Blüte standen. Als sie diese gepflanzt hatten, war wenige Hundert Meter entfernt ein Mensch ermordet worden. Rosa sah ihren Ball bis zur nächsten Bahn fliegen, wo die Esskastanien bald Früchte tragen würden. Sie sollte sich mit dem Greenkeeper zusammentun, dachte sie. Da Kastner jetzt nicht mehr heimlich mitten in der Nacht üben musste, könnten sie stattdessen gemeinsam Kastanien sammeln, aus denen der neue, junge Koch im Restaurant herbstliche Gerichte zaubern würde. Wo war ihr Ball gelandet? Rosa konnte ihn plötzlich nicht mehr sehen. Es war doch keiner von Winfrieds goldenen Fakebällen gewesen, die beim Aufprall zersprangen und feinstes Kokain zurückließen? Sie hielt sich die Hand über die Augen und schaute rüber zum Privatweg der van der Lohs, den man hinter den Bäumen erahnen konnte. Dort, wo sie David gefunden hatten. Einer, den das Schicksal zu den Drogen getrieben hatte. Der hoch hinaus gewollt hatte und tief gefallen war. Statt reich und erfolgreich endete er erschlagen neben dem Golfplatz.

Der Schrei, der über die Bahn hallte, kam aus Manuels Mund. Mit seinen langen, schlanken Beinen in den weißen Shorts spurtete er los in Richtung Fahne. Rosa hört Rufe, die nach Hole-in-one klangen, aber sie gingen unter in dem aufbrandenden Applaus, der von der Terrasse herüberwehte.

»Ich glaube, mein Lieber, wir haben die Prüfung bestanden«, sagte Rosa und holte mit einem Griff Archie aus dem Fahrradkorb, den sie heute zweckentfremdet unter das Golfwägelchen geschnallt hat. Den hatte ihr Karl zur Feier des Tages gemietet, wenn sie versprach, das Wägelchen in Zukunft nur noch korrekt Trolley zu nennen – damit sie ihren Freund nicht wieder auf dem Golfplatz blamierte. Weil sie jetzt eine richtige Golferin war, die demnächst über die Bahnen ziehen würde. Nachdem sie so erfolgreich darum gekämpft hatte, dass Frieden und Harmonie im Club herrschten, überlegte Rosa, würde es doch ein Leichtes sein zu erreichen, dass Hunde auf dem Golfplatz erlaubt waren, nicht nur mit einer Ausnahmegenehmigung wie heute. Wenigstens solche, die so klein und so nett waren wie Archie.

Ihr Mops war längst zu Manuel gestürmt, der aufgeregt um die Fahne sprang und ins Loch zeigte. Wo, wie es schien, tatsächlich ihr Ball lag. Während Rosa ihrem Hund folgte, konnte sie sich ein lautes Lachen nicht verkneifen. So würde Archie so schnell kein Mitglied in diesem Golfclub werden. Denn ihr Mops trollte sich aufs Grün, schnupperte einmal rund um das Loch, um dann direkt an der Fahne sein Beinchen zu heben.

ENDE

Rezepte

»Sie brütete mit Karl über ihrem wöchentlichen Scrabble-Spiel, neben sich einen Waldmeister Secco.«

Waldmeister Secco
200 ml Waldmeistersirup
50 ml Limettensaft
100 ml Gin
750 ml Prosecco (trocken)
Crushed Ice
1 Limette
frische Minze

Waldmeistersirup, Limettensaft und Gin auf Crushed Ice verrühren, in Gläser füllen, mit Secco auffüllen und mit der Minze dekorieren.

»Hoffen wir, dass Peter Klein auf Spargel-Quiche steht!«

Spargelquiche für eine Quicheform (22 cm)
250 g Spargel
½ Stange Lauch
1 große Zwiebel
30 g Schinkenwürfel
50 ml Sahne
50 ml Milch
90 g geriebener Käse (Emmentaler oder Greyezer)
130 g Mehl
100 g Butter
½ TL Backpulver
25 ml Wasser
3 Eier
1 Eigelb
¼ TL Zucker
¼ TL Salz
Pfeffer
frisch geriebene Muskatnuss

Für den Teig Mehl und Backpulver mischen, in eine Schüssel sieben und mit 70 g Butter vermengen. Ein Ei plus ein Eigelb verquirlen, Salz und Zucker im Wasser auflösen, alles dazugeben und kurz zu einem glatten Teig verkneten, kühl stellen.

Für die Füllung den Spargel nicht zu weich kochen und in ca. 4 cm lange Stücke schneiden. Die halbe Stange Lauch in feine Ringe schneiden, die Zwiebel schälen und klein schneiden. Den Schinkenspeck in einem Topf kross anbraten, den Lauch und die Zwiebeln hinzufügen und glasig dünsten. 30 g Butter zerlassen. 2 Eier, Sahne, Milch und aufgelöste Butter hinzufügen, glattrühren und unter den Spargel mischen. Unter die Speck-Zwiebel-Masse 90 g geriebenen Käse unterrühren und alles mit Salz, Pfeffer und Muskatnuss würzen. Die Spargelmasse in die Form füllen, den Backofen auf 200 Grad vorheizen. Die Quiche auf mittlerer Schiene in 40–50 Minuten goldbraun backen. Dabei die letzten 15 Minuten nur Unterhitze verwenden oder auf die unterste Schiene geben, damit der Boden schön knusprig wird. Vor dem Anschneiden kurz abkühlen lassen.

»Schweigend genossen sie die Käsemuffins, die Rosa schon gestern vor ihrem nächtlichen Abenteuer aus Cheddar, Frühlingszwiebeln und einigen Eiern gebacken hatte, und schaukelten dazu auf der leicht quietschenden Hollywoodschaukel.«

Käsemuffins

140 g Frühlingszwiebeln
1 kleine Zwiebel
2 Eier
25 g Rapsöl
60 g geriebener Cheddar für die Masse
80 g geriebener Cheddar zum Bestreuen
100 g Crème fraîche
Salz, Pfeffer, Chili, Paprikapulver
110 g Mehl
6 g Backpulver

Die Frühlingszwiebeln in feine Ringe schneiden. Das Mehl mit dem Backpulver vermischen. In einer zweiten Schüssel den geriebenen Cheddar mit den kleingeschnittenen Zwiebeln, den Eiern, Rapsöl und der Crème fraîche verrühren, mit Salz, Pfeffer, Chili und Paprikapulver würzen. Zum Schluss das Mehlgemisch dazugeben und nur so lange rühren, bis sich alles gut vermischt hat.

Mit einem Spritzbeutel oder Löffel ca. 70 g Masse in jedes Muffinförmchen füllen. Das Ganze mit geriebenem Cheddar bestreuen. Bei 180 Grad 25–30 Minuten backen.

»Zwei Fälle mit einem Rhabarberbaiser erledigt, sozusagen,
dachte Rosa, als sie sich in ihr Auto setzte.«

Rhabarberkuchen mit Baiserhaube

Für den Teig:
250 g Zucker
3 Eier (Gr. M)
5 Eigelb (Gr. M)
400 ml Sahne
Salz, Vanille
450 g Mehl
1 Pck. Backpulver

1250 g Rhabarber

Für die Baiserhaube:
5 Eiweiß
150 g Zucker
100 g Puderzucker
1 Pck. Vanillezucker
1 Prise Salz

Den Backofen auf 200 °C vorheizen. Rhabarber waschen, putzen und klein schneiden. Mehl und Backpulver mischen und
sieben. Den Zucker mit den Eiern, der Sahne und den Gewür-
zen glattrühren und mit dem Mehl glattarbeiten. In einen mit
Backpapier ausgelegten Tortenring einfüllen. Den Rhabarber
auf der Rührmasse verteilen und bei 200 °C (Ober- und Unterhitze) 20 – 25 Minuten anbacken.

Inzwischen die Baiserhaube zubereiten: Salz zum Eiweiß
hinzufügen und mit 150 g Zucker und dem Vanillezucker steif

schlagen. Den Puderzucker sieben und von Hand unter das steif geschlagene Eiweiß heben. Das Baiser auf dem angebackenen Kuchen verstreichen und weitere 15 Min. bei 200 °C backen. Eventuell vor dem Servieren mit Puderzucker bestäuben.

»Statt des Kuchens hatte Rosa unterwegs Spaghetti, Knoblauch, Pinienkerne, Sardellen und Rosinen gekauft, um bei Karl sizilianische Nudeln zu kochen.«

Sizilianische Spaghetti für 2 Personen
250 g Spaghetti
1 Knoblauchzehe
4 Sardellen in Öl
2 EL Tomatenmark
¼ Tasse Rosinen
¼ Tasse Pinienkerne
½ Tasse Semmelbrösel
Weißwein oder Wasser
Olivenöl
Salz, Pfeffer

Die Rosinen in Weißwein oder Wasser einlegen.

Semmelbrösel in einer Pfanne ohne Öl oder Fett bei mittlerer Hitze bräunen und beiseitestellen.

Die Spaghetti nach Angaben al dente in Salzwasser kochen. Währenddessen in einer Pfanne Olivenöl erhitzen, den in Scheiben geschnittenen Knoblauch darin sanft anbräunen. Sardellen, Pinienkerne und Rosinen hinzugeben und braten bis die Sardellen in der Hitze schmelzen. Das Tomatenmark anschwitzen und mit einer Kelle Nudelwasser ablöschen, kurz köcheln lassen, bis die Soße dickflüssig wird. Die fertige Pasta abgießen und zur Soße geben. Auf Tellern anrichten und mit den Semmelbröseln bestreuen.

»Ich glaube, mein westfälischer Eintopf ist fertig«, seufzte Andy und erhob sich, während ihm Archie schwanzwedelnd folgte.

Westfälischer Eintopf für 4 Personen
250 g durchwachsener Speck
1 Zwiebel
4 Möhren
4 Kartoffeln
300 g grüne Bohnen
1 Liter Brühe oder mehr nach Bedarf
nach Belieben noch 1 Apfel und 1 Birne
Petersilie
Pfeffer, Salz, Bohnenkraut getrocknet

Die Zwiebel schälen und in feine Würfel schneiden. Möhren schälen und in Scheiben schneiden, Kartoffeln schälen und grob würfeln. Die Bohnen waschen und putzen, notfalls klein schneiden.

Den Speck in einem großen Topf anschwitzen, die Zwiebeln dazugeben, dann die Möhren. 1 Liter Gemüse- oder Fleischbrühe angießen, je nach Bedarf auch mehr, alles 20 Minuten kochen. Die Kartoffelwürfel und Bohnen dazugeben und 20 weitere Minuten kochen. Wenn Apfel und Birne gewünscht, dann ebenfalls schälen und in Stücke schneiden und am Ende hinzufügen. Alles mit Salz und Pfeffer abschmecken, Bohnenkraut hinzugeben. Die Petersilie hacken und über jede Portion streuen. Ist eine Fleischbeilage gewünscht, dann am Anfang mit dem Speck anbraten und mitschmoren.

Karl biss in eins von Rosas Blätterteiggebäcken. »Fantastisch, deine Röllchen. Spinat, richtig?«

Blätterteigrollen mit Spinat und Feta

1 Packung fertiger Blätterteig (am besten der tiefgefrorene in quadratischen Stücken)
300 g Spinat (frisch oder tiefgefroren und aufgetaut)
1 Zwiebel
30 g Pinienkerne
100 g Fetakäse
2 Eier
etwas Milch
eine Handvoll Sesam

Den Spinat waschen, Stiel entfernen, blanchieren. Die Zwiebeln andünsten, Spinat und ein Ei zugeben, mit Salz, Pfeffer und Muskatnuss würzen. Die Pinienkerne in der Pfanne ohne Fett golden rösten. Den Fetakäse in kleine Würfel schneiden, alles vermischen.

Den Ofen auf 200 Grad Ober- und Unterhitze vorheizen.

Die fertigen Blätterteigquadrate kurz antauen lassen und an den Rändern dünn mit Wasser bestreichen. In die Mitte der Blätterteigstückchen die Spinatfüllung geben. Zu einer Rolle formen und am Rand zusammendrücken. Oder über Kreuz zu einem Dreieck formen, die Ränder zusammendrücken und mit einem Messer am Rand 5 ca. 2 cm lange Schnitte anbringen. Auf ein mit Backpapier ausgelegtes Blech legen. Ein Ei und etwas Milch mit der Gabel verrühren und mit einem Pinsel die Rollen oder Dreiecke bestreichen, mit Sesam bestreuen und bei 210 °C ca. 15 Minuten backen.

Danke!

Auch für dieses Buch standen mir wieder einige Fachfrauen und -männer mit Rat und Tipps zur Seite.

Allen voran Autor Mario Giordano, der auf einen Blick sagen kann, was in einer Story wesentlich ist und was »lame«. Danke für deine Zeit, dein Wissen und deinen Zuspruch!

Ebenso konnte ich mich erneut auf meinen ältesten und kreativsten Freund Christoph Schlemmer und seine Ideen verlassen, und waren sie noch so skurril. Ein Komödienschreiber weiß eben, was lustig ist! Danke auch seinem Freund Iván Cerezo für jede Information über Spanier, ihre Schimpfworte, Kosenamen und überhaupt und für die wunderbaren Autorinnenfotos!

Für den nötigen Einblick in die Bonner Polizeiarbeit sorgte der Leiter der Presse- und Öffentlichkeitsarbeit Robert Scholten. Erst durch die Kenntnis von Fachbegriffen, die Arbeitsweise der Polizei bis hin zu Hotspots in Bonn, wurden Verbrechen und Hauptkommissar Peter Klein lebendig.

Für alle Gartenfragen war mir wieder Heike Boomgaarden eine große Hilfe, und auch ein Dankeschön an meine Schwester Eva. Wenn ich sie nicht mit Ortsfragen zu Bonn löcherte, durfte ich mich von ihrem Schrebergarten inspirieren lassen.

Die großartige Konditorin und Lehrerin Claudia Hennicke-Pöschk hat meine Rezeptideen zu funktionierenden Gerichten gemacht.

Und schließlich: Danke, Klaus – für deine Ruhe, dein Sprachgefühl und deine Gerichte! Während du gekocht hast, konnte ich schreiben.

Rätselhafte Morde an der Nordsee

Das deutsch-niederländische Duo ermittelt

978-3-453-42612-2

978-3-453-44196-5

Aufgepasst, ihr Mörder: Hier kommt Tilly Blich.

Reinigungskraft, Basset-Besitzerin und Erstklasse-Ermittlerin!

978-3-453-42757-0